Melissa Foster

Trotz allem Liebe

DIE BRADENS

DIE AUTORIN

Melissa Foster ist eine preisgekrönte *New-York-Times-* und *USA-Today-*Bestsellerautorin. Ihre Bücher werden vom *USA-Today-Bücherblog,* vom *Hagerstown Magazin,* von *The Patriot* und vielen anderen Printmedien empfohlen. Melissa hat mehrere Wandgemälde für das *Hospital for Sick Children,* eine Kinderklinik in Washington, D. C., gemalt.

Besuchen Sie Melissa auf ihrer Website oder chatten Sie mit ihr in den sozialen Netzwerken. Sie diskutiert gern mit Lesezirkeln und Bücherclubs über ihre Romane und freut sich über Einladungen. Melissas Bücher sind bei den meisten Online-Buchhändlern als Taschenbuch und E-Book erhältlich.

www.MelissaFoster.com

Melissa Foster

Trotz allem Liebe

DIE BRADENS

LOVE IN BLOOM – HERZEN IM AUFBRUCH

Aus dem Amerikanischen von Usch Pilz

Die Originalausgabe erschien erstmals 2015 unter dem Titel
»Dreaming of Love – The Bradens« bei World Literary Press, MD, USA.

Deutsche Erstveröffentlichung
2016 bei World Literary Press, MD, USA
© 2015 der Originalausgabe: Melissa Foster
© 2016 der deutschsprachigen Ausgabe: Melissa Foster
Lektorat: Judith Zimmer, Hamburg
Umschlaggestaltung: Natasha Brown

ISBN: 978-1-941480-50-2

*Für Lynn Mullan und Alessandra Melchionda,
die ihr Wissen mit mir geteilt und mir ihre Zeit geschenkt haben,
sodass ich für meine Leserinnen und Leser eine noch schönere
Geschichte schreiben konnte.*

Vorwort

Trotz allem Liebe zu schreiben, hat riesigen Spaß gemacht. Italien bietet eine traumhafte Kulisse für Emilys und Daes ganz besondere Liebesgeschichte. Emily mochte ich schon in den Büchern über ihre Brüder sehr gern. Jetzt endlich bekommt auch sie die Chance, die Liebe ihres Lebens zu finden. Ich hoffe, Sie werden Emily und Dae ebenso ins Herz schließen wie ich.

Wenn dies Ihr erstes Braden-Buch ist, können Sie sich auf eine ganze Serie voller warmherziger, brandheißer und ein klein bisschen unanständiger Bradens freuen. Die Bücher über die Bradens gehören zur Reihe *Herzen im Aufbruch*, in der Sie auf noch viele weitere aufregende Heldinnen und Helden treffen. Die Figuren aus den einzelnen Bänden (*Snow Sisters, Die Bradens, Die Remingtons* und *Seaside Summers*) werden Ihnen in den Geschichten immer wieder begegnen.

Trotz allem Liebe ist das elfte Buch über die Bradens und das neunzehnte in der *Herzen-im-Aufbruch*-Serie.

Eins

Üppig. Grün. Hügelig. *Traumhaft.* Auf dem überdachten Balkon einer Villa in den Hügeln vor Florenz genoss Emily die Aussicht über die einzigartige Landschaft der Toskana und auf die einmalig schöne Stadt. Die letzten Sonnenstrahlen des Tages malten rosige Schatten. Dann erloschen sie und es wurde kühler. Seufzend sog Emily diese italienischen Momente in sich auf und schlang die Arme um ihren Körper. Es war wie ein Traum, dass sie nun tatsächlich hier war und in einer Villa von Gabriela Bocelli, ihrer Lieblingsarchitektin, wohnte.

Zu den Stars der Szene gehörte Gabriela Bocelli nicht, aber Emily bewunderte die Klarheit und Anmut ihrer Linienführung schon, seit sie als Architekturstudentin erste Skizzen ihrer Häuser gesehen hatte. Ihr schien, als wäre das hundert Jahre her. Damals war der Traum von einer Reise in die Toskana erwacht. Aber nach dem Studium war sie zu sehr damit beschäftigt gewesen, ihr eigenes Architekturbüro aufzubauen. Sie hatte sich auf Passivhäuser spezialisiert und für eine Urlaubsreise blieb einfach nie genug Zeit. Dass sie jetzt nicht in ihrer Heimatstadt Trusty am Schreibtisch saß, sondern hier auf dieser Loggia stand und fasziniert auf die Hügel hinausschaute, verdankte sie ihrem Bruder Wes.

Sie zog ihr Handy aus der Gesäßtasche und schrieb ihm eine Nachricht.

Du bist der allerbeste Bruder der Welt. Bin überglücklich, hier zu sein. Danke!

Emilys fünf Brüder waren ungeheuer besorgt, weil sie sich allein auf die weite Reise gemacht hatte. Aber genau genommen wurden die Jungs schon unruhig, wenn sie zu Hause mal außer Sichtweite war. Ihr ältester Bruder Pierce hatte ihr sogar ein extra Handy für Auslandsanrufe schenken wollen. Für alle Fälle. Aber das ging eindeutig zu weit. Mit ihren einunddreißig Jahren würde sie doch wohl einen neuntägigen Trip in die Toskana überstehen, ohne dass ihre Brüder sie retten mussten. Normalerweise kam sie ganz gut ohne Beschützer zurecht. Aber die Braden-Brüder glaubten, jeden Mann, der sich in ihre Nähe wagte, genau unter die Lupe nehmen zu müssen. Viel Lust zum Daten machte ihr das nicht.

Gleichzeitig fand sie es schön, dass sie ihren Brüdern so wichtig war, denn sie war selbst ganz vernarrt in diese Spinner mit dem übersteigerten Beschützerinstinkt.

Adelina Ambrosi erschien an der Balkontür. Ihr Lächeln wirkte nicht mehr ganz so energiegeladen wie noch vor ein paar Stunden. Adelina betrieb die kleine Privatpension in der Villa zusammen mit ihrem Ehemann Marcello schon seit zwanzig Jahren. Sie war eine stämmige kleine Frau mit einem freundlichen Gesicht. Ihre Augen waren blaugrau wie ein Wintersturm, das widerspenstige graue Haar trug sie locker aufgesteckt. Vermutlich um ihre Gäste nicht zu stören, bewegte sie sich nahezu geräuschlos durchs Haus.

»Guten Abend, Emily.« Adelina zupfte einen Fussel von dem Vorhang neben der Glastür. Emily freute sich, dass die Ambrosis das Haus mindestens so sehr liebten wie sie. Um immer genügend Platz für Familienangehörige und Freunde zu haben, vermieteten sie nur zwei der acht Zimmer. Ihnen ging es nicht darum, mit der Villa Geld zu machen, sie war vor allem ihr Heim, und das merkte man auch den gemütlichen Gästezimmern an.

»Guten Abend, Adelina. Gibt es Neuigkeiten von Serafinas Mann?«

Serafina war die Tochter der Ambrosis und erst kürzlich mit ihrem acht Monate alten Sohn aus den Staaten hergekommen. Dort lebte sie zusammen mit ihrem Mann Dante, einem US-Marine. Seine Einheit war derzeit in Afghanistan im Einsatz und Dante galt seit fast drei Monaten als vermisst. Adelina hatte Emily erzählt, dass sie ihre Tochter gebeten hatte, nach Hause zu kommen, damit sie und Marcello sich um sie und den kleinen Luca kümmern konnten. Adelina war fest davon überzeugt, dass Dante zurückkommen würde. Emily hatte ihre Zweifel.

»Noch nicht. Aber ich lasse mir die Hoffnung nicht nehmen.« Adelina senkte den Blick, nickte freundlich und ging wieder ins Haus.

Emily schickte ein stummes Bittgebet für Dantes gesunde Heimkehr in den Abendhimmel.

»Wunderschön.«

Die wohltönende tiefe Stimme trieb Emily einen Schauer über den Rücken. Sie wandte sich um und ... *heiliger Strohsack.* Vor ihr stand ein über eins achtzig großer, sonnengebräunter, exquisit bemuskelter Kerl. Das mokkabraune Haar floss ihm über die Augen und reichte bis fast zum Kragen seines eng anliegenden schwarzen Shirts. Sie wollte ihm zu gern antworten, aber ihr Mund war plötzlich wie ausgetrocknet und sie brachte keinen Ton heraus. Sie hielt sich an der steinernen Balustrade des Mauerbogens fest, unter dem sie stand, und brachte gerade mal ein Lächeln zustande.

Seine vollen Lippen kräuselten sich amüsiert, seine Augen blitzten. Er trat ein paar Schritte näher.

»Wunderschön«, sagte er noch einmal. »Die Aussicht, meine ich.« Seine Augen glitten an ihr hinab. Sofort begann ihr Magen zu flattern. Anstelle der Belustigung trat etwas Dunkles, Sinnliches in seinen Blick. Sie räusperte sich, riss wiederstrebend die Augen von ihm los und schaute wieder in die Ferne. Im Vergleich zu dem, was sie direkt neben sich bewundern konnte, verblasste die Schönheit der Landschaft.

Herrje! Reiß dich zusammen! Lag es an der italienischen Luft oder am Abendhimmel? Jedenfalls raste ihr Puls, als wäre sie gerade einen Marathon gelaufen.

Oder liegt es daran, dass ich schon seit einer Ewigkeit keinen Sex…

»Ehrfürchtiges Schweigen. Angeblich eine ganz normale Reaktion auf den Zauber Italiens.« Er legte die Unterarme auf die steinerne Brüstung und flocht seine großen Hände ineinander.

»Italien. Ja, klar.« Emily war verblüfft über ihren ironischen Ton. Erschrocken presste sie die Lippen zusammen. Eigentlich hatte sie das nicht laut sagen wollen. Beim Anblick dieses Mannes wurden sicher alle Frauen schwach, und sie stand da und schmachtete ihn an wie ein Schulmädchen. Was für ein Blödsinn. Sie schmachtete doch nicht. Das hatte sie noch nie getan. Verdammt, was war mit ihr los?

Mit schiefgelegtem Kopf lächelte er zu ihr hinauf. Emily sah ein Flackern in seinen Augen. War es schelmisch oder gefährlich? Es konnte beides sein. Sicher wusste er um die prickelnde Aura, die ihn umgab. Leise lachend zog er eine Braue hoch.

Gütiger Himmel. Eine heiße Woge schwappte über ihre Brust und ihr Gesicht. Sie verschränkte die Arme. Eine Barriere zwischen ihr und ihm. Die war auch bitter nötig, denn offenbar hatte sie ihre wildgewordenen Hormone nicht im Griff.

»Tut mir leid. Ich bin erst ein paar Stunden hier. Lange Reise, müde Augen.« *Müde Augen?* Mit angehaltenem Atem hoffte sie, dass er so tun würde, als wäre damit erklärt, weshalb sie ihn angaffte.

»Ich bin auch gerade erst angekommen.« Er streckt ihr die Hand hin. »Dae Bray. Schön, Sie kennenzulernen.«

Emily spürte, wie sich ihre Nackenmuskeln lockerten. Offenbar ließ er ihre Erklärung gelten. »Emily Braden. Day? Interessanter Name.« Sie schüttelte seine starke, warme Hand. Er hielt ihre Hand eine Sekunde länger fest als nötig und schon stand sie wieder unter Hochspannung. Das galt auch für die Region südlich ihres Nabels.

»Vielleicht bin ich ja ein interessanter Typ. Dae. D. A. E.« Er sagte das, als müsste er seinen Namen öfter buchstabieren. »Sind Sie zum ersten Mal in der Toskana?«

Wie konnte er so völlig gelassen wirken, während ihr Herz Purzelbäume schlug? Locker und geschmeidig richtete er sich auf und lehnte seine sexy Hüfte in den tiefsitzenden Jeans an die Balustrade. Er schlug die Knöchel übereinander und stützte sich mit den Handflächen auf der Steinbrüstung ab. Das T-Shirt spannte über seiner breiten Brust. Weiter unten ließ es gut definierte Bauchmuskeln erahnen. Emilys Blicke huschten bis zu Bund seiner Jeans. Zu gern wollte sie den Blick noch etwas tiefer gleiten lassen. Aber das verbot sie sich energisch. Unter Aufbietung all ihrer Kräfte ignorierte sie die Hitzewellen, die sie durchjagten, und wandte sich wieder der Aussicht zu.

»Ja.« *Warum klingt meine Stimme so atemlos?* Sie straffte die Schultern, schaute ihm in die Augen und versuchte, ruhig und normal zu sprechen. »Und Sie?«

Er zuckte mit einer Schulter. Sein dunkles, schimmerndes Haar fiel ihm ins Gesicht. Mit einer schnellen Bewegung schüttelte er es nach hinten und gestattete ihr damit einen weiteren Blick auf seine unvergleichlichen Augen und seine markanten Züge. Ein Hauch von Stoppeln sprießte auf seinem kantigen Kinn.

»Für mich ist es auch das erste Mal.«

Emilys Telefon vibrierte. Auf dem Display erschien Wes' Name. Froh über die Ablenkung las sie seine Nachricht.

Freut mich. Pass gut auf dich auf. Viel Spaß. Du hast es verdient.

»Fragt Ihr Ehemann nach, warum Sie sich mit einem wildfremden Kerl unterhalten, anstatt mit ihm einen romantischen Spaziergang durch die Weinberge zu machen?« Er kniff die Augen kaum merklich zusammen, doch sein Lächeln saß bombenfest.

Emily schaute ihm in die Augen. »Dazu müsste ich erst mal verheiratet sein.« Nicht, dass sie etwas dagegen gehabt hätte. In den letzten Monaten hatten sich vier ihrer Brüder Hals über Kopf verliebt und ihr Glück gefunden, ohne je wirklich danach gesucht zu haben. Und sie, die sich nichts sehnlicher wünschte, als sich endlich zu verlieben und geliebt zu werden, stand immer noch alleine da und versuchte, nicht vor Neid zu platzen. Sie freute sich von Herzen für ihre Brüder. Gleichzeitig sehnte sie sich nach der großen Liebe, nach einem Mann, der es nicht vor allem auf das Braden-Vermögen abgesehen hatte. Damit, ein solches Exemplar in ihrer kleinen Heimatstadt zu finden, rechnete sie nicht mehr. Die Einsamkeit hatte sie mit Arbeit bekämpft und war zu einer erfolgreichen Architektin geworden.

»Wenn das so ist … Hätten Sie Lust, ein Glas Wein mit mir zu trinken?«

Bevor Emily antworten konnte, kam eine weitere Nachricht von Wes.

Bitte nicht ZU VIEL Spaß! Ich will nicht in die Toskana fliegen und einen Kerl vermöbeln müssen, weil er meiner kleinen Schwester das Herz gebrochen hat.

Emily lachte über ihren besorgten Bruder. Plötzlich war sie viel lockerer. Sie steckte das Handy weg und lächelte den gut aussehenden Mann an ihrer Seite an. Sie war Tausende Meilen von zu Hause entfernt an einem der romantischsten Orte der Welt. Warum sollte sie nicht *zu viel* Spaß haben? Sie konnte nur raten, was Wes darunter verstand. Wenn es um seine kleine Schwester ging, fand er vermutlich schon Händchenhalten zu gewagt. Aber vielleicht, nur vielleicht, durfte sie sich jetzt endlich auch mal ein Vergnügen gönnen.

Mit frischem Mut und ein klein wenig Abenteuerlust hob sie das Kinn und kniff die Augen leicht zusammen. Sie hoffte, dass das verführerisch wirkte, war aber nicht allzu zuversichtlich, denn ihr fehlte ganz einfach die Übung. Einen Versuch war es trotzdem wert.

»Warum nicht? Klingt gut.«

Dae stieß sich von der Brüstung ab und griff nach ihrer Hand. »Sollen wir?«

»Ähm …« Ging das nicht ein bisschen schnell? War ihr der Femme-fatale-Blick vielleicht *zu gut* gelungen?

»Ich bin harmlos. Fragen Sie meine Schwestern. Harmlos, aber herzlich. Also Hand oder Arm? Sie dürfen sich was aussuchen.«

»Sie haben Schwestern?« Warum fühlte sie sich gleich viel

sicherer? Er nahm ihre Hand und, verdammt, ihre Handflächen passten perfekt ineinander. Seine Hand war groß und warm, ein bisschen rau und ein bisschen schwielig.

»Zwei. Und zwei Brüder. Und Sie?« Gemeinsam gingen sie zur Küche der Villa. Emily freute sich, dass er in dem hohen, nach frisch gebackenem Brot duftenden Raum ihre Hand nicht gleich wieder losließ. Er betrachtete die Flaschen in dem kunstvoll in die Wand eingelassenen Weinregal, zog eine nach der anderen heraus und studierte die Etiketten. Schließlich fand er einen Wein, der ihm zusagte.

»Fünf Brüder. Ähm … Dürfen wir uns hier einfach so bedienen?« Emily schaute sich in der makellos sauberen Küche um. Öfen und Herde standen in Nischen unter gemauerten Bögen. Ein Kupferkessel wartete griffbereit auf der Kochstelle, die Türen der eingebauten Vorratsschränke schimmerten in warmem Mahagoni.

»Es hieß, ich soll mich wie zu Hause fühlen.« Dae reichte ihr die Flasche und führte sie an einem großen Esstisch und einer ebenso großen Kochinsel vorbei. Dann nahm er zwei Weingläser aus einem Hängeschrank an der Wand.

Er lächelte spitzbübisch. »Halten Sie sich immer und überall brav an die Regeln?« Er warf ihr einen forschenden Blick zu, entkorkte die Weinflasche und gab sie ihr zurück.

Eine brave Buchhalterseele? Bin ich das? Sie wusste es nicht genau. Eigentlich war sie für jeden Spaß zu haben. Aber musste man deshalb gleich gegen Regeln verstoßen? Und welche Regeln galten überhaupt noch, wenn man erst mal über dreißig war? Plötzlich war ihr ein wenig beklommen zumute. Hatte sie es mit einem skrupellosen Draufgänger zu tun? Wollte er sie zu Dingen verleiten, die nicht in Ordnung waren? Sie war eine Braden und stammte aus einer angesehenen Familie. Ganz gleich, wo sie sich befand, sie hatte einen Ruf zu verlieren. Was die Situation seltsamerweise nur noch prickelnder machte.

»Emily?«

O nein. Was wenn ...

Seine Hände auf ihren Oberarmen rissen sie aus dem Gedankenstrudel, der sie mitzureißen drohte.

»Emily. Keine Sorge.« Das Haar fiel ihm wieder über die Augen. Sein Lächeln sah sie trotzdem. »Das war ein Scherz.«

Jetzt hält er mich für eine langweilige Trulla. Sie verdrehte die Augen. Mehr wegen sich als wegen ihm. Wes' Nachricht hatte sie wohl unterschwellig in Alarmstimmung versetzt. *Oder bin ich tatsächlich eine fade Buchhalterseele, die ein bisschen Gefrotzel gerade noch aushält, aber kneift, sobald sie eine Regelübertretung wittert? Wie langweilig. Langweilig, zwei Ausrufezeichen.*

»Adelina hat gesagt, ich soll mir in der Küche einfach nehmen, was ich will. Auch vom Wein. Egal zu welcher Tages- oder Nachtzeit.«

Er nahm sie wieder an der Hand und ging mit ihr durch eine schwere Holztür hinaus in den Garten.

»Tut mir leid, Dae. Ich wollte keine Spaßbremse sein.«

»Schon in Ordnung. Wenn Sie meine Schwester wären, hätte ich mich über Ihre Vorsicht gefreut. Sie haben mich angeschaut, als hätte ich mich gerade als Serienkiller geoutet.« Er lächelte sie an.

»Auweia. Wirklich nett ist das nicht, oder?« Sie musste sich beeilen, um in ihren hochhackigen Stiefeln mit ihm Schritt halten zu können. Vorsichtshalber richtete sie den Blick auf den dichten Rasen. Das war besser, als Dae hemmungslos anzugaffen.

»Nett vielleicht nicht. Aber schließlich müssen Sie an Ihre Sicherheit denken.« Er blieb unvermittelt stehen und Emily prallte ungebremst gegen ihn.

Um nicht umzufallen, riss sie den Arm hoch. Die Weinflasche schlug gegen Daes Brust, Wein spritzte auf sein Shirt. Er schlang den Arm sie und hielt sie aufrecht. »O mein Gott. Wie ungeschickt von mir.« *Mist, Mist, Mist.* Sie wischte mit der Hand an seinem Shirt herum und versuchte, seine herrlichen Muskeln nicht wahrzunehmen.

»Ich habe schon schlimmere Unfälle erlebt.« Das lässige Lächeln blitzte wieder auf, seine Augen schienen plötzlich zu glühen. Ihre Knie wurden zu Pudding.

Verdammte Knie. Er hielt sie fester. *Schlaue Knie.*

Gerade als Emily glaubte, dass sie das Atmen endgültig einstellen würde, zeigte er auf ihre Stiefel. »Mit hohen Absätzen läuft es sich im Gras nicht gut.«

Sie konnte nur daran denken, wie wunderbar es sich anfühlte, von ihm gehalten zu werden, und wie schnell ihr Herz schlug.

»Alles in Ordnung?«, fragte er.

Keine Ahnung. »Ja. Alles klar.«

Mit dem Daumen wischte er einen Tropfen Wein von ihrer Wange und kostete davon. »Hmm. Guter Jahrgang.«

Heiliger Strohsack.

Seine Augen wurden dunkel, sein Blick verhangen. Dunkel und verhangen gefiel ihr gut. Sehr gut sogar.

»Vielleicht setzen wir uns besser. Das ist sicherer.« Er deutete mit dem Kopf nach rechts.

Emily blinzelte gegen das verrückte Verlangen an, das in ihrem Bauch ganze Schmetterlingsschwärme auffliegen ließ und ihren Verstand vernebelte. Sie folgte seinem Blick zu einer Laube mit einer wunderbaren Aussicht über Täler und Hügel. Blauregen rankte sich an einem Gitter empor. Triebe voller üppig grüner Blätter schlängelten sich um Säulen, lilafarbene Blütentrauben fielen in Kaskaden herab.

»Traumhaft.« Wie knorrige Finger streckten sich die Äste alter Bäume über den Pfad und bildeten zusammen mit der Wand aus Blauregen einen lebenden Torbogen. Auf der niedrigen Steinmauer, die die Laube zur Seite hin einfasste, standen rustikale Pflanzkübel voller bunter Blumen.

Dae übernahm zusätzlich zu den Gläsern nun auch die Weinflasche und hielt Emily den Ellbogen hin. »Festhalten bitte! Hier herrscht erhöhte Stolpergefahr.«

Am liebsten wollte sie sich einfach an ihn schmiegen und wünschte sich, dass er seinen starken Arm schützend um sie legte. Stattdessen schob sie die Hand durch seinen gebeugten Ellbogen und legte sie auf seinen muskulösen Unterarm. Sie kannte diesen Mann doch erst seit ein paar Minuten. Wieso verging sie fast vor Hitze?

Dae konnte regelrecht sehen, wie die Rädchen in Emilys Kopf ineinandergriffen. Trotz ihrer Nervosität war sie die aufregendste Frau, die ihm je begegnet war. Sie war schlank und ihre Designerjeans und das weiße Shirt mit dem V-Ausschnitt unter dem offenen schwarzen Cardigan betonten ihre sanften Kurven. Verstohlen betrachtete er ihr Profil. Sie hatte eine niedliche Stupsnase und hohe Wangenknochen. Ihr langes Haar hatte dieselbe Farbe wie seines. Zu gern wollte er spüren, wie es über seine nackte Brust glitt. Emily war nur sehr dezent geschminkt und beim genaueren Betrachten ihrer süß geschwungenen Lippen fiel ihm nur das Wort *atemberaubend* ein. Wenn diese Frau nicht gerade von einem zupackenden

Abrissunternehmer überrascht wurde, der ihr kaum Zeit zum Nachdenken ließ, war sie sicher höllisch temperamentvoll und wusste, was sie wollte.

Er hatte ihre kurze Schreckstarre nach dem Zusammenstoß ebenso gespürt wie die versengende Hitze, die sich zwischen ihnen ausgebreitet hatte. Emily war in seinem Arm fast geschmolzen. *Geschmolzen.* Anders ließ sich das Gefühl nicht beschreiben, als die Anspannung aus ihren Schultern und ihrem Rücken gewichen war und sie ihre zarten Kurven an ihn geschmiegt hatte. Wenn er auf ein schnelles Abenteuer aus gewesen wäre, hätte er sie mühelos in sein Bett lotsen können. Aber den One-Night-Stands hatte Dae schon vor Jahren abgeschworen und sich ein Gewissen zugelegt.

Er goss Wein in die Gläser. Zu gern hätte er gewusst, wer ihr vorhin eine Nachricht geschickt und sie damit zum Lachen gebracht hatte.

Er reichte Emily ein Glas und hob seines. »Auf die Toskana.«

Emily stieß lächelnd mit ihm an und nahm einen Schluck Wein. »Hmm, der ist gut. Genau das, was ich jetzt brauche.«

»Sollen wir das mit dem Sie nicht lieber lassen?«, fragte er, nachdem er den Wein probiert hatte.

»Ja gern.« Lächelnd stieß sie noch einmal mit ihm an.

Dae schaute zu, wie sie einen Moment lang abwog, die Holzbank verschmähte und stattdessen auf dem breiten Tisch Platz nahm.

»Von hier aus ist die Aussicht besser«, erklärte sie. »Ich möchte jede Sekunde genießen.«

Sie konnte nicht ahnen, dass Dae ebenfalls lieber auf Tischen saß anstatt auf Stühlen oder Bänken. Das war immer so gewesen.

»Eine Frau nach meinem Geschmack. Ich hätte mich auch für den Tisch entschieden.« Er setzte sich neben sie und stützte die Ellbogen auf die Knie. »Und jetzt erzähl mal, was führt dich in die Toskana?«

»Die Reise hat mir mein Bruder geschenkt, weil ich ihm geholfen habe, seine Freundin mit einem ganz besonderen Abend zu überraschen.« Das Lächeln, mit dem sie von ihrem Bruder sprach, gefiel ihm. Er fand es schön, dass ihr die Familie offenbar ebenso wichtig war wie ihm. Die Art, wie jemand über seine Angehörigen sprach und wie er mit ihnen umging, verriet viel über seine Herzenswärme und Loyalität.

»Was für ein tolles Geschenk.« Ihr Oberschenkel streifte seinen. Als ihre Blicke sich trafen und sie nicht von ihm abrückte, wusste er, dass sie ihn absichtlich berührt hatte. Er spürte ein Kribbeln zwischen den Beinen. *Ruhig bleiben, Freundchen.*

»Ja, finde ich auch. Er wusste, dass ich für mein Leben gern in die Toskana fahren und mir vor allem diese Villa ansehen wollte. Gabriela Bocelli ist eine meiner Lieblingsarchitektinnen. Aber ohne meinen Bruder wäre ich sicher nicht hier. Ich schaffe es einfach nicht, mich lang genug von der Arbeit und der Familie loszueisen.« Sie trank ihren Wein aus und Dae schenkte ihnen nach.

»Das Leben ist zu kurz, um seine Träume aufzuschieben. Schön, dass dein Bruder die Sache in die Hand genommen hat.« Dae und seine Schwestern standen sich sehr nahe und als erfolgreicher Unternehmer hätte er es sich leisten können, alle seine Geschwister in die Toskana einzuladen. Trotzdem war ein solches Geschenk für ihn kaum vorstellbar. Leanna war spontan und chaotisch und lebte völlig planlos in den Tag hinein, und Bailey, seine jüngere Schwester, hatte als Musikerin ein unglaublich dicht gedrängtes Konzertprogramm. Es war schon schwierig genug, nur einen Termin für ein gemeinsames Abendessen zu finden. Wenn er seinen Schwestern eine Reise schenken würde, würde Leanna den Flug verpassen und Bailey wahrscheinlich in letzter Minute absagen müssen. Das größte Geschenk, das sie einander machen konnten, war ganz einfach, Zeit miteinander zu verbringen.

»Meine Brüder kümmern sich sehr um mich. Vielleicht ein bisschen zu sehr.« Sie seufzte.

»Übersteigerter Beschützerinstinkt?« Warum freute ihn das?

»Könnte man sagen. Sie sind großartig und ich bin ganz vernarrt in sie. Aber ja, die Beschützerrolle nehmen sie ein bisschen zu ernst.« Sie schaute ihm in die Augen und die Luft begann zu knistern. Mit geröteten Wangen wandte sie sich ab und presste die Hände auf ihre Oberschenkel. »Ehrlich gesagt, finde ich das noch nicht mal besonders schlimm. Es klingt vielleicht albern, aber ich habe auch immer das Gefühl, auf die Jungs aufpassen zu müssen.«

»Du willst deine Brüder beschützen?« Wie wollte diese zarte Frau das denn machen? Sie wog sicher kaum mehr als fünfzig Kilo. Fünfundfünfzig, wenn überhaupt.

Ihr Lächeln ließ ihre dunklen Augen aufstrahlen. Ihre Stimme wurde weicher, sie straffte die Schultern. »So wahr ich hier sitze. Ihre Freundinnen habe ich mir jedenfalls immer genau angesehen, denn ich will nicht, dass jemand den Jungs das Herz bricht. Meine Brüder sind die begehrtesten Junggesellen der Stadt und Mädchen können ziemlich flatterhaft sein. Inzwischen sind all diejenigen, die noch in der Nähe leben, in festen Händen. Also ...« Sie zuckte die Achseln.

Ihre Liebsten waren ihr wichtig. Das gefiel ihm. Er fragte sich, ob sie ebenfalls zu den heißbegehrten Singles in ihrem

Heimatort gehörte. »Lebst du noch da, wo du aufgewachsen bist?«

»Ja, in Trusty, in Colorado. Trusty ist ungefähr so groß wie deine Faust. Meine ganze Familie wohnt dort. Außer meinen Brüdern Jake und Pierce. Pierce ist der Älteste. Er lebt in Reno und Jake in L. A., aber sie kommen oft zu Besuch. Wir verstehen uns wirklich gut und ich kann mir nicht vorstellen irgendwo anders, womöglich weit weg von meiner Familie zu wohnen. Auswärts zu studieren hat mir schon gereicht. Ich war froh, als ich wieder zu Hause war.« Sie nahm noch einen Schluck Wein und stellte das Glas ab.

Dae hielt die Flasche hoch. »Mehr?«

»Ich mache lieber eine Pause. Sonst musst du mich am Ende in mein Zimmer tragen.«

Ich hätte nichts dagegen. »Sag einfach, wenn ich nachschenken soll.« Er verbot sich den Gedanken, sie in den Armen zu halten. »Womit verdienst du denn dein Geld?«

»Ich bin Architektin und habe mich auf Passivhäuser und ökologisch verträgliches Bauen spezialisiert.« Sie schaute in die Ferne, wieder wurde ihr Blick weich.

»Ach ja? Passivhäuser sind eine prima Sache, aber die meisten Bauherren haben noch zu wenig Ahnung davon.«

Ihre Augen weiteten sich. Er spürte, wie ihr Bein gegen seines drückte. »Du weißt, was Passivhäuser sind? Wenn ich darüber spreche, schauen mich die meisten Leute an, als würde ich Chinesisch reden.«

»Das wundert mich nicht. Passive Solarenergienutzung und Abwärmenutzung von Lebewesen und Geräten als Heizquelle klingen ein bisschen nach Science Fiction. Das ganze Konzept ist noch zu wenig bekannt.« Aus Daes Sicht gehörte der Passivbauweise die Zukunft. Das galt nicht nur für

Wohnhäuser, sondern auch für Bürohäuser, Schulen und andere öffentliche Gebäude. Noch konnten sich die meisten Menschen nicht viel darunter vorstellen. Aber das war vor zwanzig Jahren bei Elektroautos und Handys auch so gewesen.

»Genau.« Sie klopfte ihm auf den Schenkel. Dann starrten sie beide auf ihre Hand.

Ihre Blicke trafen sich, sie schluckte. In den letzten Minuten hatte er die verschiedensten Gefühle in ihren Augen gelesen. Verlegenheit, Beklommenheit, Verlangen. Sicher spürte auch sie, wie aufgeladen die Luft zwischen ihnen war. Ihre Augen wurden dunkler, ihre Lippen öffneten sich.

O ja. Sie spürt es.

Als sie die Lippen mit der Zungenspitze befeuchtete, glaubte er, vergehen zu müssen.

»Und du?« Deutlich entspannter als zuvor stützte sie sich auf eine Hand und drehte sich zu ihm. »Wo wohnst du? Was machst du?«

Die Antwort wollte gut überlegt sein. *Eine sexy Architektin mit einem Faible für umweltverträgliches Bauen. Mal sehen.* Aus Erfahrung wusste er, dass Öko-Jünger Abrissunternehmern wenig Sympathien entgegenbrachten. Er nahm einen Schluck Wein und entschied sich, vage zu bleiben. Diskussionen über Konfliktthemen könnten warten.

»Kommt ganz auf die Woche an. Wenn ich zu lange an einem Ort bin, werde ich kribbelig.« So war das schon immer gewesen. Für längere Zeit allein in einem seiner Häuser zu sein, machte ihn rastlos. Und die Frau, mit der er Wochen, Monate oder gar sein ganzes Leben verbringen wollte, war ihm bisher noch nicht begegnet.

Emilys schön geschwungene Brauen zogen sich zusammen. Offenbar war sie mit dieser Auskunft nicht zufrieden.

»Also …«

»Ich bin im Bausektor tätig. Wo ich mich aufhalte, bestimmen meine Aufträge.«

»Ach. Und ich dachte immer, gerade Leute aus der Baubranche wären besonders ortsgebunden.«

»Manche schon. Aber ich bin für meine Projekte viel unterwegs.« Viel mehr wollte er noch nicht preisgeben, vor allem nicht über den Abrissauftrag, der ihn in die Toskana führte. Er fand es schön, mit Emily zusammen zu sein. Dass er seinen Lebensunterhalt damit bestritt, Gebäude dem Erdboden gleichzumachen, konnte er ihr später noch verraten.

»Wie lange bleibst du denn hier?« Keine sehr originelle Frage, aber ein Themawechsel war angesagt.

»Neun Tage. Und ich habe mir einen genauen Plan gemacht, damit ich möglichst viel sehen kann.« Sie hielt ihm ihr leeres Glas hin.

»Keine Angst mehr, dass ich dich in dein Zimmer tragen muss?« Ihre Blicke trafen sich. *Oder in meins?*, schoss ihm durch den Kopf. Er füllte die Gläser. Er wusste, dass vor allem sein Ego zu ihm sprach. One-Night-Stands hatte er sich zwar abgewöhnt, aber als Gedankenspiel waren sie durchaus prickelnd.

»Ich könnte mir Schlimmeres vorstellen.« Ihre Stimme klang leise und verführerisch. Gedankenverloren spielte sie mit ihrem Haar und senkte den Blick. Dann hob sie den Kopf und sagte fest: »Außerdem hast du Schwestern. Deshalb glaube ich, dass du die Situation nicht ausnutzen würdest.«

»Das ist ein großer Vertrauensvorschuss für einen Kerl, den du gerade erst kennengelernt hast.«

»Wenn du ein Serienkiller wärst, hättest du mich bereits erstochen und meine Leiche entsorgt. Und wenn du mich ins

Bett zerren wolltest, würden wir uns nicht fast die ganze Zeit über unsere Familien unterhalten.« Sie drehte die Hand so, dass sie seine berührte. »Also wie gesagt – du hast Schwestern und der große Bruder in dir wird auf mich aufpassen.«

Verdammt. So viel zum Thema widersprüchliche Signale. Ihre Hand. Das Gerede über große Brüder. Sie machte eine rasante Kehrtwende nach der anderen. Wenn er nicht achtgab, würde der Abend mit einem Schleudertrauma enden.

Eine Stunde und eine leere Weinflasche später standen sie vor Emilys Zimmer. Er hatte den Arm um sie gelegt und hielt sie fest, ihre Wangen waren gerötet, ihre Augen glasig und ihr Kopf lag an seiner Brust.

Sie verträgt wirklich nicht viel. Wie süß. Dae ließ sie los und lehnte sich an den Türrahmen. Vorsichtshalber verschränkte er die Arme. Er wollte sie küssen, ihre weichen Lippen spüren und den leckeren Wein auf ihrer frechen Zunge schmecken. *Der große Bruder in dir wird auf mich aufpassen.*

»Deine fünf Brüder mit dem übersteigerten Beschützerinstinkt, meinst du, die hätten was dagegen, wenn wir morgen zusammen losziehen?«

Sie trat einen Schritt zurück und musterte ihn eingehend. »Kommt drauf an. Verabreden Serienkiller sich mit ihren Opfern zu Besichtigungstouren?«

Er lachte. »Wenn ich einen kennen würde, könnte ich ihn fragen.«

Emilys Handy vibrierte.

»Vielleicht ist das einer von meinen Brüdern. Dann kannst du ihn gleich um Erlaubnis bitten.«

Emily zog ihr Telefon aus der Tasche und las die Nachricht. Sie biss sich auf die Unterlippe, schaute ihm in die Augen und hob den Zeigefinger. Dann tippte sie eine Antwort.

»Ist das dein Ernst? Du fragst deinen Bruder, ob wir den Tag zusammen verbringen dürfen?«

Sie schüttelte den Kopf. Das Haar fiel ihr in die Augen. »Ich frage Daisy, meine zukünftige Schwägerin. Sie und mein Bruder Luke heiraten übernächstes Wochenende.«

Dae rieb sich das Gesicht. Er konnte nicht fassen, dass Emily ihre zukünftige Schwägerin über ihr Date entscheiden ließ. »Na prima.« Er gab sich keine Mühe, seinen Sarkasmus zu verbergen.

Wieder vibrierte ihr Telefon. Mit flatternden Lidern las sie die Nachricht.

»Und, was meint Daisy?«

»Ähm ...« Sie versteckte das Handy auf dem Rücken und lächelte kokett.

Dae verdrehte die Augen. Das Date konnte er sich wohl abschminken. Offenbar war er der große böse Fremde. »Danke für den schönen Abend. Gute Nacht, Emily.« Er machte einen Schritt von ihr weg.

Ihr Lächeln verrutschte. »Moment mal! Das war's? Du hast die Antwort doch noch gar nicht gehört.«

Er rückte so nahe an sie heran, dass ihre Schenkel sich berührten. Nur ein Atemzug trennte ihre Lippen. Emilys Augen blitzten verführerisch und herausfordernd zugleich. Am liebsten hätte er den kecken Gesichtsausdruck einfach weggeküsst. Aber er nahm sich mit aller Macht zusammen.

»Ich dachte nur ...«

»Du dachtest nur?«, schnurrte sie. »Was ist denn aus Mister *Hand oder Arm* geworden? Wenn du so schnell aufgibst, habe ich mich wohl in dir getäuscht.« Sie berührte seine Brust und vernichtete damit beinahe seine besten Vorsätze.

Er straffte die Schultern. »Ich wollte dich nicht bedrängen.

Legst du nicht Wert darauf, dass ich mich benehme wie ein großer Bruder?«

»Doch, ja.« Sie kräuselte die Nase. In ihrem Blick lag so etwas wie Bedauern.

Sie war so unglaublich süß. Er wusste nicht, was er mehr wollte, auf sie aufpassen oder sie küssen. »Na also.« Er beugte sich zu ihr, legte die Wange an ihre, schlang einen Arm um ihre Taille und zog sie an sich. »Was Daisy sagt, ist mir ehrlich gesagt schnuppe«, flüsterte er.

Emily knabberte an ihrer Unterlippe.

Das ganze Haus war still. Nur ihre schweren Atemzüge waren zu hören.

»Ich will deine Antwort, nicht Daisys.«

Dae lehnte sich zurück und schaute ihr in die Augen. Er hoffte, sie würde dem Verlangen nachgeben, das er darin sah.

»Okay«, flüsterte sie.

»Schön. Und damit keine Missverständnisse aufkommen: Auch ohne eigene Schwestern wäre ich nicht gleich über dich hergefallen. Dabei kann ich dir versichern, dass ich keine brüderlichen Gefühle für dich hege.«

Emilys Augen weiteten sich.

»Und ich würde es überhaupt nicht schlimm finden, wenn du mich nicht behandeln willst, als wärest du meine Schwester.«

»Ich …«

»Gute Nacht, Emily.«

Zwei

Emily hatte unruhig geschlafen. Sie war furchtbar aufgeregt und gespannt auf den neuen Tag. Jetzt drehte sie sich in ihrem schwarzen Lieblingskleid vor dem Spiegel und dachte daran, wie Daes Stoppeln am gestrigen Abend an ihrer Wange gerieben hatten. Sie strich sich übers Gesicht, als könnte sie damit das verführerische Prickeln zurückholen, und lächelte. Es war Mitte Juli und wunderbar warm, aber in Daes Gegenwart würde ihr vermutlich immer warm sein, ganz egal, was sie trug und wie das Wetter war.

Dae. War das eine Abkürzung? Sie schlüpfte in ihre süßesten und bequemsten Sandalen. Während sie ihre ehrgeizige Tagesplanung noch einmal durchging, rätselte sie weiter, welcher Name sich hinter der Kurzform Dae verbergen könnte. Ihr fiel kein einziger ein.

Was sie zusammen machen wollten, hatten sie nicht besprochen, aber mit den Programmpunkten auf ihrer Liste würden sie locker von neun Uhr morgens bis sechs Uhr abends beschäftigt sein. Sie ging einfach davon aus, dass Dae sich darauf einlassen würde, und wollte ungern irgendwelche Punkte streichen. Weil sie sich für keine feste Uhrzeit verabredet hatten, wollte sie lieber zeitig frühstücken. Vielleicht war er ja ein

Frühaufsteher.

»Wir haben heute viel vor, Mr. Bray«, sagte sie zu ihrem leeren Zimmer. Sie öffnete die Doppeltür zum Balkon und atmete die warme Sommerluft ein. Ihr Handy klingelte, auf dem Display erschein Daisys Name. Emily trat auf den Balkon.

»Hey Daisy.« Sie schaute hinaus auf die Weinreben und suchte nach der Laube, in der sie und Dae am Vorabend gesessen hatten.

»Selber hey. Du hast dich gestern nicht mehr gemeldet. Und? Wie ist es gelaufen? Hast du meinen Rat befolgt?« Emily grinste über Daisys Neugier. Daisy hatte eine gutgehende Praxis in Trusty, war die Hausärztin fast aller Bewohner der Kleinstadt und arbeitete ähnlich viel wie Emily. Sie war gewissenhaft und kompetent, und von der bildhübschen blonden, blauäugigen Medizinerin wollte sich jeder gern behandeln lassen. Die meisten Patienten waren wirklich krank, aber manche erfanden auch Beschwerden, um einen Termin bei ihr zu ergattern. Emily erinnerte sich noch gut daran, wie deutlich ihr Bruder Luke der Stadt von Anfang an gezeigt hatte, dass Daisy jetzt die Seine war. Was er wohl von Daisys Rat halten würde, Emily solle sich einen heißen Flirt mit Dae gönnen?

»Du meinst, ob wir … schlimme Dinge getrieben haben?« Sie lachte. »Ich bitte dich, Daisy. Nein. Sag mal, ist es bei euch nicht schon Mitternacht? Weshalb bist du überhaupt noch wach?«

»Ich bin einfach zu neugierig und wollte wissen, was war. Du hast ein heißes Abenteuer verdient. Warum hast du die Gelegenheit nicht beim Schopf gepackt? Em, bei dir ist Flaute an der Dating-Front. Und jetzt bist du endlich mal außer Sichtweite deiner besorgten Brüder und auch noch in der *Toskana*. Du kannst daten, küssen und drei Nächte hintereinander mit demselben schlafen. Du kannst tun, was du willst, ohne dass eine Menschenseele in Trusty davon erfährt.«

»Dreimal mit demselben? Gehört sich das?«, frotzelte Emily. Sie entdeckte die Laube und ihr Magen begann sofort wieder zu flattern wie am Vorabend.

»Keine Ahnung. Kurze Abenteuer sind nicht mein Ding.«

»Ach? Du warst immer artig und ich soll hier aufs Ganze gehen? Toller Ratschlag, Dais …« Emily hörte Stimmen und beugte sich übers Geländer. Unten waren Dae und Adelina auf dem Weg zur Terrasse hinter dem Haus. Daes Haar war noch feucht vom Duschen und seine Jeans hingen gefährlich tief auf seinen Hüften. *Wie gestern.* Ein weißes T-Shirt ließ seine beeindruckenden Muskeln erahnen. Bei Tageslicht betrachtet sah er noch atemberaubender aus als am vorigen Abend. Emilys Puls beschleunigte sich. Wie es sich anfühlte, an Daes starke Schenkel und seinen steinharten Waschbrettbauch gedrückt zu werden, wusste sie bereits. Sie konnte an fast nichts anderes mehr denken.

Bei einem weiteren verstohlenen Blick nach unten sah sie, wie Adelina Dae anlächelte. Seinem blendenden Aussehen und seiner einnehmenden Art konnte sicher keine Frau widerstehen. Dae sagte etwas, dann tätschelte er Adelina den Rücken. Die beiden blieben direkt unter Emilys Balkon stehen. Sie hastete zurück in ihr Zimmer und setzte sich auf ihr breites Bett.

»Was ist los?«, fragte Daisy.

»Nichts. Warum?«

»Du hast gerade nach Luft geschnappt. Geht es dir gut? O mein Gott, er ist doch nicht immer noch bei dir, oder?«

»Nein, ist er nicht.« *Hätte ich das gerne?*

»Oh.« Daisy war die Enttäuschung deutlich anzuhören.

»Daisy! Er ist unten vor dem Haus und wir werden den Tag

zusammen verbringen.«

»Wirklich? Prima! Also los, erzähl. Name? Alter? Aussehen? Was macht er? Ist er ein feuriger italienischer Beau?«

»Du bist unmöglich.« Emily war als einziges Mädchen unter den wachsamen Augen von fünf Brüdern aufgewachsen und freute sich, dass mit den Partnerinnen der Jungs endlich mehr Frauen in ihrem Alter zur Familie gehörten. Es war, als hätte sie jetzt vier Schwestern. Mit Daisy und den anderen Mädels konnte sie über andere Dinge sprechen als mit ihren Brüdern. Die Frauen verstanden, dass sie sich endlich verlieben wollte, die Jungs schienen es eher zu befürchten.

»Er heißt Dae Bray und er ist ...«

»Moment mal. Day? So wie *Tag*?«

»D.A.E. Dae. Den Namen habe ich auch noch nie gehört. Aber mir wird schon warm, wenn ich nur an ihn denke. Seine Stimme macht mich ganz kribbelig. Und seine Augen! Herrje, die sind nicht einfach nur braun. Sie gehen mir durch und durch, und gestern Abend waren sie fast schwarz.«

»Das sind die Hormone, Em. Wenn man jemanden sexy findet, weiten sich die Pupillen. Erzähl weiter.«

Emily seufzte. »So was kann nur eine Ärztin sagen. Er hat halblanges Haar, ist mindestens eins achtzig groß, hat breite Schultern und ... Daisy, der Mann besteht nur aus Muskeln. Ich habe seinen Bauch gespürt. Ein Waschbrett vom Feinsten.« Emily fächelte sich Luft zu und atmete tief durch. »O Daisy. Es ist schlimm.«

»Nein, es ist fantastisch. Los, weiter ...«

»Du weißt schon, dass du in zwei Wochen meinen Bruder heiratest, oder?«, frotzelte Emily.

»Ich bitte dich. Für mich gibt es keinen außer Luke. Aber hier geht es um dich. Irgendwo da draußen läuft deine große

Liebe herum. Und wer weiß, vielleicht ist es ja dieser Typ.«

Emily ging im Zimmer auf und ab. Holz in warmen, dunklen Tönen, cremefarbene Wände und Kissen in Apricot und Malve sorgten für eine behagliche Atmosphäre. Auf dem Sekretär standen frische Blumen, auf den rustikalen Bodenfliesen lag ein heller Teppich. Über dem Sessel in der Ecke hing eine kuschelige Decke und in die Wand gegenüber dem Bett war offener Kamin mit einer steinernen Umrandung eingelassen. Das Zimmer war nicht groß, aber dank der klug gewählten Materialien und Farben sehr heimelig.

Sie dachte daran, wie locker und entspannt der Abend mit Dae gewesen war, als sie ihre anfängliche Lustattacke erst einmal unter Kontrolle gebracht hatte. *O verdammt.* Aber beim Gute-Nacht-Sagen hatte sie sich ihm buchstäblich an den Hals geworfen.

»Mach dir lieber keine allzu großen Hoffnungen.« Emily fragte sich, ob sie das vielleicht eher zu sich selbst sagte als zu Daisy. »Schön, er ist ein echter Hingucker und … super nett. Er ist nicht auf den Kopf gefallen, ist aufmerksam und …«

Ein Klopfen an der Tür ließ sie innehalten. *Und ich hoffe, ich habe ihn nicht in die Flucht geschlagen.*

»Jemand klopft an meiner Tür.«

»Dann geh hin und mach auf.«

»Ja.« Emily verdrehte die Augen. »Ich glaube, ich muss jetzt Schluss machen. Hey, Dais …«

»Ja?«

»Danke für den Anruf. Ich wünschte, du wärst hier. Oder Callie, oder Rebecca, oder Elisabeth. Ich kann noch immer nicht fassen, dass ich ganz allein unterwegs bin.« Warum reiste sie überhaupt ohne Begleitung? Und weshalb hatte ihr Wes diesen teuren Trip geschenkt? Sie war so aus dem Häuschen gewesen, dass sie gar nicht nach einem Grund gesucht hatte. Jetzt fragte sie sich, ob die Reise wirklich nur ein Dankeschön war oder ob mehr dahintersteckte. Glaubte er, dass sie einen Tapetenwechsel brauchte? Da hatte er verdammt recht. War ihm aufgefallen, wie sehr sie sich in der Arbeit vergrub, um die Einsamkeit nicht zu spüren? Hatten alle das mitgekriegt?

»Em, du hast ewig von der Reise geträumt. Du bist eine kluge, erfolgreiche Frau und kommst auch auf der anderen Seite des großen Teichs bestens ein paar Tage lang alleine klar.«

»Danke, Daisy. Es tut gut, das zu hören.« Dae brachte sie so durcheinander, dass ihr Gehirn sich in Mus verwandelte. Jemand hatte sie daran erinnern müssen, dass sie klug und erfolgreich war und eine Auszeit verdient hatte. Einen Urlaub. Und nichts anderes war das hier. Oder? Tief in ihr zog sich etwas zusammen. Sie hatte das Gefühl, seit Monaten auf der Suche zu sein. Aber wonach? Nach Liebe? Nach Ablenkung? Oder fehlte noch etwas ganz anderes in ihrem Leben und sie bildete sich nur ein, dass sie die große Liebe suchte, weil fast alle ihre Brüder sie gefunden hatten? Hatte sie die weite Reise angetreten, um sich zu verlieben? Oder wollte sie sich nur entspannen und mal etwas anderes sehen? Sie seufzte und schob diese Gedanken so weit wie möglich von sich weg. Sinnfragen konnte sie sich später noch stellen. Im Moment wollte sie bloß ein bisschen Spaß mit dem gut aussehenden, sündig schönen und aufmerksamen Dae haben.

»Deshalb sage ich es ja. Und außerdem bist du schon nicht mehr allein. Dein heißer Verehrer steht wahrscheinlich gerade vor der Tür.« Daisy lachte.

Ein weiteres Klopfen holte Emily in die Gegenwart zurück.

»Ich lege jetzt auf. Wünsch mir Glück.«

»Nicht nötig. Pass auf dich auf.«

Emily zupfte ihr Kleid zurecht und fragte sich, warum in aller Welt sie so schrecklich aufgeregt war. Ihr letztes Date war doch erst ... Herrje, es war Monate her. Sie holte tief Luft, dann öffnete sie die Tür. Aber draußen stand keiner. Sie schaute sich um. Dae hatte doch sicher bei ihr geklopft. Oder war es Adelina gewesen? Hatte sie sich zu viel Zeit gelassen? Enttäuscht wandte sie sich um und wollte die Tür schließen.

»Warte!«

Emily fuhr zu Daes Stimme herum. Er fing die Tür ab, bevor sie ins Schloss fallen konnte. Sie glaubte, Erleichterung in seinem Blick zu erkennen. Sicher schaute sie ihn ganz ähnlich an.

»Wow.« Daes Augen glitten an ihr hinab, und ein wenig erschrocken merkte sie, dass sie ihn ebenfalls viel zu intensiv musterte. »Du siehst toll aus.«

»Danke. Du auch.«

Er trat in ihr Zimmer. Leise schloss sich die Tür hinter ihm. Sofort wurde es um zehn Grad wärmer im Raum und viel, viel enger. Er legte eine Hand an ihre Hüfte und küsste sie auf die Wange.

»Tut mir leid, dass ich geklopft habe und dann verschwunden bin. Aber ich hatte meine Geldbörse vergessen und musste sie noch kurz holen.«

»Wo ist denn dein Zimmer?«

Er zog eine Braue hoch. »Direkt nebenan. Die vermieten hier nur zwei.«

»Oh.« Mehr brachte sie nicht zustande. *Direkt nebenan.* Ihre Augen huschten zur Wand. Dass es in der Villa nur zwei Gästezimmer gab, hatte sie gewusst, nicht aber, dass sie und Dae Tür an Tür wohnten.

Er richtete den Blick auf die Wand hinter ihrem Bett. »Auf

der anderen Seite.«

»Oh.« *Wow.* Sie hatten die ganze Nacht nebeneinandergelegen. Nur durch eine dünne Wand getrennt.

»Können wir?« Er schaute sich im Zimmer um und Emilys Blick folgte ihm zu ihrem knappen Nachthemdchen. Das zarte Nichts aus pinkfarbener Seide lag mitten auf ihrem Bett. Wie eine Einladung. Dae zog lächelnd die Augenbrauen hoch.

Diesem Mann entging wirklich gar nichts. Leider galt das auch für gewisse Teile ihres Körpers, die plötzlich unter Strom standen. Emily schnappte sich ihre Handtasche. »Ähm, ja. Ich bin fertig.« Am Arm zog sie ihn zur Tür.

»Ich habe schon öfter hübsche Nachtwäsche gesehen«, sagte er grinsend.

»Ja, aber nicht meine.«

»Jetzt, wo du es sagst ... Vielleicht sollten wir hierbleiben.« Er machte kehrt und steuerte mit einem sündigen Grinsen aufs Bett zu.

Emily verdrehte die Augen und dirigierte ihn zur Tür. »Im Moment haben wir andere Programmpunkte.« *Und später?* Mal sehen. Aber die Sehenswürdigkeiten der Toskana würde sie um keinen Preis verpassen.

»Verdammt. Was ist aus der beschwipsten Lady von gestern Abend geworden?«

»Die ist jetzt nüchtern und hat Hunger.«

»Na dann ...« Er wackelte vielsagend mit den Augenbrauen.

»Das war wörtlich gemeint. Ich will frühstücken.« Sie schob ihn nach draußen und zog die Zimmertür hinter ihnen zu. Das Geplänkel machte ihr Spaß. Sie mochte Daes frechen Humor. Sehr sogar. Deshalb mussten sie ja so weit wie möglich von ihrem Bett weg. Jetzt sofort.

Unten auf der Terrasse saß Serafina mit Luca beim

Frühstück. Lucas dichtes dunkles Haar stand in alle Richtungen ab. Sein braunes Shirt spiegelte seine und Serafinas Augenfarbe wieder. Serafina trug einen knöchellangen dunkelblauen Rock und ein bequemes T-Shirt in derselben Farbe. Während Luca fröhlich in die Morgensonne blinzelte, sah Serafina ernst und müde aus.

»Guten Morgen«, sagte Emily. Sie winkte Luca zu. Der Kleine schenkte ihr ein fast zahnloses Lächeln. Serafina schmunzelte, aber ihre Augen blieben traurig.

»Guten Morgen«, sagte sie.

Dae rückte am Nachbartisch einen Stuhl für Emily zurecht.

»Buongiorno.« Adelina eilte voller Elan auf die Terrasse. Sie brachte Cappuccino für Emily und Dae und breitete die Arme aus. »Das wird ein wunderschöner Tag.«

»Das ist er jetzt schon.« Dae lächelte Emily unschuldig an.

Adelina sagte auf Italienisch etwas zu Serafina, dann verschwand sie wieder Richtung Küche. Kurz darauf kam sie mit einem Tablett voller kleiner Küchlein mit Marmeladenfüllung unter einem Gitter aus Teig zurück. Adelina stellte die Küchlein auf Emilys und Daes Tisch und sah ihre Tochter an.

»Danke«, sagten Emily und Dae wie aus einem Mund.

»Guten Appetit.« Adelina strahlte die beiden an. »Das sind *crostata di marmellata* nach einem Rezept meiner Mutter.« Bei einem Blick zu Luca wurde ihr Lächeln noch sonniger. »Aus der guten alten Zeit. Ich hoffe, sie schmecken Ihnen.«

Adelina setzte sich zu Serafina. »Ist Luca fertig?«

»Mama.« Serafinas Stimme war kaum lauter als ein Flüstern. »Was soll das bringen? Unsere Wünsche holen Dante nicht zurück.«

»Tss. Serafina.« Adelina sagte schnell und in strengem Ton ein paar Sätze auf Italienisch. Serafina küsste ihren Sohn aufs

Haar, dann schloss sie einen Moment lang die Augen.

Emily biss in ein Küchlein. »Hmm. Lecker.«

Dae verputzte ein halbes Küchlein mit einem Biss. »So etwas Ähnliches hat meine Mutter auch manchmal gebacken. Wir nannten das Trosttörtchen. Schon beim ersten Happen vergisst man alle Sorgen.«

»Ich glaube, fast alles, was meine Mutter kocht oder backt, hat diese Wirkung. Bei ihr schmeckt es auch immer am besten«, sagte Emily.

»Du bist wirklich ein Familienmensch.«

Emily nickte. Sie versuchte, nicht auf die hitziger werdende Diskussion am Nachbartisch zu achten.

Sie und Dae aßen ihre Küchlein auf und tauschten einen Blick aus. Offenbar spürte auch Dae die Spannung, die in der Luft lag.

»Danke für das köstliche Frühstück, Adelina.« Emily stand auf.

»Freut mich, dass es Ihnen geschmeckt hat.« Adelina drehte sich wieder zu Serafina.

Im Weggehen hörte Emily, wie Adelinas Ton versöhnlicher wurde. »Manchmal hilft Wünschen eben doch, Serafina. Er wird zurückkommen. Ich weiß es.«

Emily konnte nur erahnen, wie es in Serafina aussehen musste. Aber sie war froh, dass Adelina sich um ihre Tochter und ihren Enkel kümmerte, selbst wenn sie Serafina vielleicht vergeblich Hoffnungen machte.

Emily und Dae nahmen den gepflasterten Weg zum Parkplatz. Als Dae nach ihrer Hand griff, schaute sie ihn erstaunt an.

»Möchtest du lieber meinen Arm?«, lachte er.

Den Arm und alles andere. Sachte, Mädchen, sachte. »Danke, ich bleibe bei der Hand. Die arme Serafina.«

»Ja, es ist schlimm.« Daes Stimme klang ernst. »Und Adelina hat so viel Hoffnung. Ich wünsche ihnen von Herzen, dass Dante wieder auftaucht.«

»Das wünsche ich ihnen auch. Aber drei Monate sind eine furchtbar lange Zeit. Glaubst du, er kann noch am Leben sein?«

Dae zuckte nachdenklich die Achseln. »Es gab schon Fälle, in denen vermisste Soldaten nach Jahren gefunden wurden. Wer weiß, vielleicht gibt es ja wirklich eine Chance.«

Sie gingen durch den Vorgarten. Die Sonne wärmte sie mit ihren hellen Strahlen. Emily konzentrierte sich ganz auf Daes Hand, die die ihre umfasste, und schob die Gedanken an Serafinas Mann beiseite.

»Der da ist es.« Dae zeigte auf einen champagnerfarbenen Mercedes.

Emily staunte über Daes Wahl. Sie hatte mit einem wuchtigen Pickup oder einem teuren SUV gerechnet. Dieser Dae Bray war voller Überraschungen. Sie konnte es kaum erwarten, all seine Facetten kennenzulernen. Er öffnete ihr die Beifahrertür und lehnte sich lässig an den Wagen.

»Du hast mich noch gar nicht nach meinem Programm gefragt.«

»Mir ist ganz egal, wohin wir gehen.«

Er wartete, bis Emily auf dem Beifahrersitz Platz genommen hatte, schloss die Tür und ging zur Fahrerseite.

Emily wusste nicht, ob sie irritiert sein oder sich freuen sollte. »Es ist dir egal? Weshalb kommst du dann mit?«

Er beugte sich zu ihr und drückte ihre Hand. »Ich möchte den Tag mit dir verbringen. Ob in Florenz, Siena oder in irgendeinem unbekannten Bergdorf, ist nicht so wichtig.«

Das Lächeln stahl sich wie von selbst auf ihre Lippen. Auch

beim Losfahren hielt Dae weiterhin ihre Hand, und sie fragte sich, ob das Lächeln von nun an zum Dauerzustand werden würde.

»Du sagst mir, wohin es gehen soll, und ich sehe zu, dass wir hinkommen.«

»Nach Florenz. Hast du ein Navi?« Sie schaute sich in dem luxuriösen Wagen um.

»Nicht nötig.« Er zeigte auf seinen Kopf.

Emily verdrehte die Augen. »Kein Navi? Dann warst du schon mal hier.«

»Nein. Aber ich habe mir ein paar Karten angesehen. Ich weiß gern über meine Umgebung Bescheid.«

»Okay, ich hoffe, du hast die Karten dabei. Für alle Fälle. Unser erstes Ziel ist der Dom.«

»Ah ja. Die Basilica di Santa Maria del Fiore an der Piazza del Duomo.«

Emily kniff die Augen zusammen. »Und du warst wirklich noch nie hier?«

Er zuckte die Achseln. »Ich liebe historische Gebäude und interessiere mich für Geschichte. Und wie ich schon sagte, ich weiß immer gern über meine Umgebung Bescheid.«

Warum hatte sie das Gefühl, dass noch viel mehr in Dae steckte, als er preisgab? Er war ein Geschichtsfreak? Welche Überraschungen hielt er noch bereit?

Auf dem Weg in die Stadt schaute Emily aus dem offenen Fenster. Sie fuhren an Feldern und Bauernhöfen vorbei. Hier und da standen alte Villen. Die niedrigen Steinmauern um ihre Gärten säumten die Straße, überall gab es Bäume und Blumen. Von dieser Postkartenlandschaft hatte sie viele Jahre lang geträumt, aber in natura war sie noch viel farbiger und schöner. Selbst die Luft fühlte sich reiner an, als Emily sich das je vorgestellt hatte, und der Blumenduft musste eine aphrodisierende Wirkung haben. Noch nie hatte sie ein solches Kribbeln gespürt, noch nie so unter Strom gestanden.

Ihr Telefon vibrierte. Sie zog es aus der Tasche und las die Mails, die gerade eingegangen waren.

Dae schüttelte missbilligend den Kopf.

»Was ist denn?« Sie wandte sich wieder dem Display zu.

»Du bist in Italien.«

»Und bei der Arbeit.« Sie scrollte sich durch die Nachrichten.

Dae legte die Hand über das Display. »Nimm dir eine halbe Minute Zeit, um die Blumen zu bewundern. Wenn du jetzt deine Mails liest, verpasst du die ganze Pracht.«

Seufzend drehte sie sich zum Fenster. *Heiliger Strohsack.* Fasziniert starrte sie auf ein Feld voller strahlend roter Blüten. Sie liebte Klatschmohn.

»Schau dir das an.« Emily hörte die Begeisterung in ihrer Stimme. So viel roten Mohn hatte sie noch nie auf einem Fleck gesehen. »In echt sind die Blumen tatsächlich schöner als online.« Sie schmunzelte.

Dae steuerte den Wagen an den Straßenrand.

»Warum hältst du an?«, fragte sie.

»Das wirst du gleich sehen.« Er stieg aus, öffnete ihr die Tür und nahm sie an der Hand.

»Was machen wir hier?« Ihr Blick folgte den Autos, die flott an ihnen vorbeifuhren. Dae marschierte mit ihr in das Feld und ging einfach immer weiter. Der Gedanke, dass der aufmerksame, liebenswürdige und verführerische Dae vielleicht doch ein Serienkiller sein könnte und sie ziemlich naiv war, jagte ihr durch den Kopf. Aber sie verscheuchte ihn sofort. Sie standen mitten in einem blutroten Ozean. Welcher Serienkiller würde darauf bestehen, dass sie sich Blumen anschaute?

»Wir genießen das Leben.« Er ließ ihre Hand los und breitete die Arme aus. »Gibt es so was in Trusty, Colorado?« Er drehte sich im Kreis. Dabei streiften seine Fingerspitzen die Blüten.

»Blumen haben wir auch.«

Er maß sie mit einem langen Blick. »Was du nicht sagst, Miss Oberschlau. Aber wächst dort auch toskanischer Klatschmohn? Kannst du dort durch Felder voller roter Blüten tanzen?«

Bevor sie wusste, wie ihr geschah, hob er sie hoch und wirbelte sie herum.

»Du bist verrückt.« Lachend ließ sie sich von ihm herumschwenken.

»Nein. Ich lasse mich bloß nicht von Regeln einengen.« Er stellte sie auf den Boden und nahm sie wieder an der Hand. »Ich weiß nicht, ob das gut ist oder schlecht. Aber so bin ich nun mal.« Er zog sein Telefon aus der Tasche seiner sexy Jeans, legte den Arm um sie und drückte die Wange an ihre.

Oh, das ist schön.

Er machte ein Foto, dann bohrte er die Finger in ihre Rippen. Als sie aufkreischte, machte er gleich noch ein Bild. Emily hortete Fotos geradezu. Sie hatte Dutzende digitaler Alben von ihrer Familie und ihren Freunden und freute sich, dass Dae Fotos von ihnen machte.

»Schon besser. Du hast ein tolles Lächeln.«

»Du bist ganz anders als andere Männer.« Ihr gefiel, dass er seinen Arm auf ihren Schultern liegenließ. Ihm so nahe zu sein, erschien völlig natürlich. Das Gewicht seines Arms und die Hitze seines Körpers machten ihr große Lust herauszufinden, wie es sich anfühlen würde, ihm noch viel näher zu sein.

Dae strich sich das Haar aus dem Gesicht. Das Sonnenlicht verlieh seinen schönen, klaren Zügen zusätzliche Schärfe. Emily war wie elektrisiert. Wie konnte er in einer Sekunde so verspielt wirken und in der nächsten so unfassbar männlich markant?

Er kniff die Augen zusammen und sagte ernst: »Gut. Die meisten Kerle sind nämlich Idioten.«

»Das kannst du laut sagen.« Sie lachte. »Aber du musst sie nicht daten.«

»Bei Frauen gibt es auch nicht bloß Hauptgewinne.«

Leider musste Emily ihm recht geben. Frauen nutzten Männer genauso oft aus wie Männer Frauen. Deshalb hatte sie ihre zukünftigen Schwägerinnen so kritisch unter die Lupe genommen. Zum Glück liebten diese Frauen die Braden-Jungs, weil sie aufmerksame, liebevolle, gestandene Kerle waren, und nicht wegen ihres Geldes oder ihres Ansehens. Emily freute sich, dass ihre Brüder so wunderbare Partnerinnen gefunden hatten.

Dae bohrte ihr erneut die Finger die Rippen. Sie kreischte auf und rannte zum Wagen. So unbeschwert hatte sie noch nie mit einem Mann herumgealbert. Mit Ausnahme ihrer Brüder vielleicht, aber mit Dae war es anders. Mit ihm Quatsch zu machen war prickelnd, betörend und befreiend zugleich. Im Nu hatte er sie eingeholt und hob sie hoch. Sie kicherte, zappelte und genoss das Gefühl, von ihm festgehalten zu werden.

»Ich schlage dir einen Handel vor.« Beim Wagen setzte er sie ab. Breitbeinig stellte er sich vor sie ihn und schaute sie mit lusterfüllten Augen an.

»Einen Handel?«

»Ja.« Er trat näher, sie wich zurück, bis ihr Rücken den Wagen berührte. Er stützte die Hände links und rechts von ihr ab. Sie war zwischen seinen Armen gefangen.

Sein Duft flutete ihre Sinne. Als seine Oberschenkel ihre

berührten, fing ihr Puls an zu jagen. Die schiere Nähe seines Körpers war ein Bann, dem sie nicht entrinnen konnte.

»Heute bestimmst du, was wir machen, und morgen ich.«

»In Ordnung.« Hörte sie sich überrascht sagen. Sie hatte ihren Urlaub in wochenlanger Kleinarbeit minutiös geplant. Sich einen ganzen Tag lang einfach überraschen zu lassen, wäre ihr nie in den Sinn gekommen.

»In Ordnung?« Er zog die breiten, dunklen Brauen zusammen. »Du bist dazu bereit, obwohl du mich noch kaum kennst?«

Sie lachte. »Für Zweifel ist es sowieso zu spät. Wir sind mit deinem Wagen unterwegs. Außer Daisy weiß niemand, wo ich bin, und die ist ein paar tausend Meilen weit weg. Falls ich heute Abend nicht unversehrt zur Villa zurückkomme, ist es sowieso egal, was ich dir für morgen versprochen habe.«

Er grinste.

»Du bist eine ziemlich kecke Person, Emily Braden.«

Sie wurde ganz zappelig vor Freude. *Keck?* Sie selbst sah sich als organisiert, entschlossen und zielstrebig. *Keck.* Er weckte in ihr eine Seite, die bislang kaum eine Rolle gespielt hatte. Das stärkte ihr Selbstvertrauen und machte sie mutig. Sie drückte sich vom Wagen ab, so dass sich ihre Körper von der Brust bis zu den Schenkeln auf voller Länge berührten. Großer Gott, das fühlte sich gut an. Sein Kompliment lockte etwas aus ihr heraus, was bisher im Verborgenen geschlummert hatte, und sie beschloss, das Spiel noch etwas weiter zu treiben. »Du hättest bei deinem Handel mehr herausschlagen können, Mr. Bray.«

»Mehr.« Sein Kiefer spannte sich. »Ah ja.«

»Viel mehr.«

Ein sündiges Lächeln spielte um seine Lippen, verlockend und voller Verheißungen. In Emily löste es allerhand unaussprechliche Fantasien aus.

»Was verbirgt sich bloß alles unter deiner süßen Fassade, Emmie Braden?«

Emmie? Emilys Blick blieb fest, obwohl ein Schauer ihren Körper durchlief. Was machte dieser Mann mit ihr? Diese neue Seite an ihr gefiel ihr. Die kecke, ein wenig verruchte Seite, die sich etwas traute. Plötzlich fühlte sie sich viel stärker und wurde gleich noch mutiger. Sie hakte einen Finger in eine seiner Gürtelschlaufen, seine Augen folgten ihr. »Vorsicht, Emmie. Wir haben einen Dom zu besichtigen.« Er packte ihr Handgelenk und hielt es fest.

Eine atemlose Sekunde lang schauten sie einander in die Augen, gefangen von dem Knistern zwischen ihnen, das immer stärker wurde. Schließlich brach er den Bann, indem er ihre Hand an seine Lippen hob. Er küsste ihre Handfläche, dann stelzte er zur Fahrerseite und ließ sie, aufgewühlt und durcheinander, wie sie war, stehen. So kannte sie sich nicht. Und er hatte sie Emmie genannt. *Emmie!* So nannte sie sonst niemand. Aber wenn Dae es sagte, gefiel es ihr. Sehr sogar. Nie zuvor war ihr ein Mann begegnet, der sich in seiner Haut so wohlfühlte. Nie zuvor hatte sie ein so drängendes Verlangen gespürt.

Drei

Dae fuhr durch die belebten Straßen, parkte so nahe wie möglich am Dom und fragte sich die ganze Zeit, wie er durch den Tag kommen sollte, ohne Emily zu küssen. Er versuchte, nicht daran zu denken, dass sie am Vorabend an den großen Bruder in ihm appelliert hatte. Mit mäßigem Erfolg. Wenn er sie anschaute, sah er nicht nur eine sinnliche, unglaublich anziehende Frau vor sich, sondern auch eine Schwester, eine Tochter und eine Freundin, mit der man sicher Pferde stehlen konnte. Seit wann war ihm eine nahezu Unbekannte so wichtig? Und warum ging das alles so schnell?

Emilys Handy vibrierte schon zum dritten Mal, seit sie die Villa verlassen hatten.

»Bist du wirklich im Urlaub oder gehörst du zu den modernen Nomaden, die immer und überall arbeiten, und sich dafür nur eine ansprechende Kulisse suchen?« Er schaute zu, wie sie mit angespannter Miene eine Mail las und beantwortete.

»Ich bin im Urlaub, muss aber erreichbar sein.« Ihr ernster Blick hing weiterhin am Display.

»Weshalb denn? Hast du niemanden, der sich um deine E-Mails kümmert, wenn du weg bist? Eine Sekretärin vielleicht oder eine Assistentin?«

Sie seufzte. Endlich schaute sie ihn wieder an. »Ich habe eine sehr fähige Assistentin, die die Geschäftsmails übernehmen könnte.«

»Und?«

»Und was?« Sie verschränkte die Arme. Der Stoff ihres Kleides dehnte sich, als würde sie die Luft anhalten.

»Und weshalb gönnst du dir dann nicht wirklich mal eine Auszeit und machst richtig Urlaub?« Er wusste, dass er sie in die Enge trieb und schämte sich ein klein wenig für seine diebische Freude an ihrem Unbehagen. Aber er hatte den Verdacht, dass Emily ein Workaholic war und ein bisschen Druck brauchte, um mal Pause zu machen. Außerdem wollte er sie besser kennenlernen. Wenn ihr Handy ständig Töne von sich gab, war das schwierig.

Sie betrachtete ihr Telefon, dann sagte sie ernst: »Ich bin nun mal gern über alles informiert.«

»Hmhm.« Wieder legte er die Hand über ihr Display. »Ich schlage dir noch einen Deal vor. Du überlässt deiner Assistentin die E-Mails und genießt deinen Urlaub. Zumindest so lange wir beide gemeinsam unterwegs sind. Und ich …«

»Und du?« Sie hob eine Braue.

»Verdammt, ich tue alles, was du willst. Wenn du magst, bin ich während des ganzen Aufenthalts dein Chauffeur.«

Sie lachte, atmete tief durch und ließ die Hände sinken. »Das ist ein Angebot, das ich nicht ablehnen kann. Lass mich nur noch diese eine Mail losschicken.« Sie drückte auf Senden, dann schaute sie ihn an. »Ich werde es versuchen. Aber versprechen kann ich nichts.«

»Du weißt, dass man die Benachrichtigungstöne abschalten kann. Dann hörst du nicht, wenn eine E-Mail eingeht. Das könnte helfen.«

Sie verdrehte die Augen und schob sich eine Haarsträhne hinters Ohr.

»Was ist? Würde es dich umbringen, ein paar Aufgaben zu delegieren, damit du wirklich mal ausspannen und die Tage hier genießen kannst?«

Sie lächelte, doch er sah, wie sie mit sich kämpfte.

»Hast du Angst, Kunden zu verlieren? Sogar diejenigen, die sich für superwichtig halten, wissen, dass niemand dreihundertfünfundsechzig Tage im Jahr arbeiten kann.«

»Ich gebe mir Mühe, besser zu sein als alle anderen.«

»Und ganz sicher mit Erfolg. Aber sogar Superwoman braucht mal eine Pause. Besonders wenn sie extra nach Italien geflogen und dort mit einem sehr attraktiven Mann unterwegs ist.«

Emily lächelte, schüttelte den letzten Rest Anspannung ab und scrollte sich durch die Einstellungen. »Okay, ich mache das jetzt. Den Ton für die E-Mails schalte ich ab, aber den für die Textnachrichten nicht. Vielleicht möchte mich jemand aus meiner Familie erreichen.«

»Du machst das wirklich?« Er staunte, wie leicht sie sich hatte überzeugen lassen.

»Ja. Ich hoffe, dein neuer Job als Chauffeur gefällt dir.«

Er griff nach ihrer Hand und sie reichte sie ihm ohne Zögern. Jetzt kannte er die Antwort auf die Frage, seit wann ihm eine nahezu Unbekannte so wichtig war. Seit Emily. Sie war etwas Besonderes und hatte innerhalb weniger Stunden seine Welt ins Trudeln gebracht. Allein der Gedanke, dass sie schweren Herzens nach Hause zu ihrer Familie zurückkehren würde, gab ihm einen Stich.

Himmel noch mal, wie komme ich denn darauf? Schweren Herzens? Wieso das denn?

Er schüttelte den Kopf, um diese seltsamen Gedanken loszuwerden. Eins war sicher: Er musste sich vorsehen. Schön, er war ein offener, herzlicher Mensch. Aber er lief Gefahr noch ganz andere Gefühle für die kecke, verführerische Emily Braden zu entwickeln. Dabei würden eine Öko-Architektin und ein Abrissexperte sicher nicht lange friedlich zusammen Sandkuchen backen. Und doch: Wenn sie so wie jetzt mit großen Augen die Fassade des Doms bestaunte und dabei strahlte wie ein Kind im Bonbonladen, wurde ihm die Brust seltsam eng. Diesen Moment musste er unbedingt festhalten.

»Augenblick, Em.« Er zog sie an sich und schoss ein Foto von ihnen beiden mit dem beeindruckenden Bauwerk als Hintergrund.

»Warum machst du so viele Bilder von uns?«

»Keine Ahnung, aber ich finde, es passt. Stört es dich?« Gute Frage. Warum wollte er sie ständig fotografieren? Normalerweise benutzte er die Handykamera eher selten. Aber die Zeit mit Emily wollte er festhalten. Vielleicht weil sie nur ein paar Tage hatten. Oder weil ihm in ihrer Gegenwart Gedanken durch den Kopf gingen, die ihm ein wenig Angst machten. Sicher war nur, dass er gern mit ihr zusammen war und sich an jedes Detail ihres schönen Gesichts erinnern wollte. Das musste als Erklärung reichen.

»Nein.« Sie musterte ihn forschend. »Es gefällt mir.«

Ihre Augen verdunkelten sich, ihre Mundwinkel kräuselten sich zu seinem süßen Lächeln. Sofort begann sein Magen zu flattern. Er wusste, dass er mit dem Feuer spielte, hatte aber nicht die geringste Lust, die Flammen zu ersticken.

»Gut, dann fotografiere ich weiter. Und wo wir gerade dabei sind: Wie lautet noch mal deine Telefonnummer?«

»Ist das deine Masche, um an die Nummer von Frauen zu

kommen?«, sie hob eine Braue.

»Nein. Ich will dir nur gern die Fotos schicken, damit du Daisy und deinen Brüdern zeigen kannst, dass du am Leben bist und es dir gut geht.«

»Oh.« Sie lächelte.

Er zog sie an sich. Es war schön, ihre sanften Kurven zu spüren. Mit einem Finger hob er ihr Kinn an, schaute ihr in die Augen und sagte: »Dachtest du wirklich, ich gebe zu, dass mir nichts Besseres einfällt, um deine Nummer zu kriegen?«

Sie schubste ihn weg und verdrehte die Augen. »Du bist unmöglich.«

»Im Gegenteil, Emmie. All das hier …« Er strich mit der Hand an seinem Körper entlang und lächelte vielsagend, obwohl er das alles andere als scherzhaft meinte. Er hatte weder Lust noch Zeit, mit Emily zu spielen. Verschrecken und in die Flucht schlagen wollte er sie allerdings auch nicht. »All das hier ist möglich. Wenn du mir deine Nummer gibst.«

»Deine Verhandlungstaktik wird besser. Du lernst schnell.« Sie gab ihm die Nummer und er schickte ihr die Bilder.

Erst jetzt gestand er sich ein, wie scharf er auf ihre Telefonnummer gewesen war. Doch sie war nur eine Etappe auf dem Weg zum Ziel. Er wollte mehr. Viel mehr.

Daes fester Griff um ihre Hand, die kunstvollen Fensterrosen, die Statuen der Apostel und der Heiligen Maria, die atemberaubende Architektur des Doms mit all ihren ausgefeilten Details – all das ließ Emilys Herz höher schlagen. Oder lag es an Daes Duft nach Kraft und nach Himmel? Oder daran, dass er sie anschaute, als wäre sie die Antwort auf all seine Fragen?

»Du starrst mich an.«

Ein Lächeln umspielte seine Lippen. »Tue ich das?«

»Hmhm. Du machst mich nervös.«

»Jetzt komm schon. An bewundernde Blicke bist du doch sicher gewöhnt.« Er rückte näher an sie heran und senkte den Kopf. Sein halblanges Haar bildete einen schützenden Vorhang zwischen ihnen und dem Rest der Welt und Emilys Puls beschleunigte sich weiter.

»Du ...« Sie schluckte. Am liebsten hätte sie sich auf die Zehenspitzen gestellt und seine vollen Lippen geküsst. »Du siehst mich anders an als die meisten anderen Männer. Dabei sollst du nicht mich anschauen, sondern den Dom.« Sie versuchte, den Blick auf das großartige Gebäude zu richten. Doch ihre Augen kamen nicht von dem männlich markanten Prachtkerl los, der viel zu dicht bei ihr stand, ihren Kopf und ihr Herz völlig durcheinanderbrachte und dafür sorgte, dass sie keinen klaren Gedanken fassen konnte.

Sein dunkler Blick durchdrang sie und wärmte sie von innen. Sie standen in einem Magnetfeld aus gespannter Erwartung. Jede Sekunde Schweigen erschien wie eine Ewigkeit. Daes Duft, sein Blick, sein Haar, das sie abschirmte – all das zusammen bewirkte, dass Emily nicht länger widerstehen konnte.

Ich küsse dich jetzt. Ihre neu erwachte Seite übernahm die Führung. Es war Zeit für einen Aufbruch zu unbekannten Ufern. Einen Moment lang hörte die Erde auf, sich zu drehen, und es gab nur sie beide. Sie stellte sich auf die Zehenspitzen.

Ich muss dich küssen.

Sie schloss die Augen, er hielt ihre Hand noch fester. Es war so weit. Endlich würden ihre Lippen sich treffen. Sie spürte, wie sein Atem über ihre Wange strich.

»Sollen wir reingehen?«

Sie sank auf die Fersen nieder und verlor fast das Gleichgewicht. *Was?*

»Reingehen? Ja. Klar. Ja.« *Heiliger Strohsack!* Hatte sie denn all seine Signale falsch gedeutet? Sich nur eingebildet, dass die Luft zwischen ihnen knisterte? Sie bewegte sich wie in Trance. Die Sache war ihr unsäglich peinlich. Nervös stellte sie sich mit ihm in die Warteschlange.

Zum Glück ging es schnell voran.

»Sollen wir erst in die Kuppel hinaufsteigen?« Er sah völlig normal aus.

Warum war er nicht so durcheinander wie sie? Er ließ den Blick über die anderen Besucher schweifen, betrachtete das Gebäude. Dann tanzten seine Augen über sie hinweg. Sie tanzten. Sie hakten sich nicht an ihr fest wie ihre an ihm. An seinem Traumkörper mit den Adonismuskeln.

»Hm-hm.« Emily wäre am liebsten in einer Ritze im Straßenpflaster versunken. Beinahe hätte sie ihn geküsst, aber Dae hatte für einen harten Aufprall auf dem Boden der Realität gesorgt. War sie wirklich so aus der Übung? Konnte sie Männer einfach nicht mehr lesen? Er hatte ihre Hand gehalten, ihr einen Kosenamen gegeben und so nahe bei ihr gestanden, dass seine Wärme sie überflutet hatte. Sie hatte in letzter Zeit kaum Dates gehabt. Trotzdem merkte sie, wenn sie jemandem gefiel. Was hatte Dae mit ihr vor? Warum blieb er auf Distanz? War das alles für ihn nur ein kurzweiliges Spiel? Oder führten seine warmherzige Art und sein gutes Aussehen dazu, dass sie sich etwas einbildete?

Sein Blick war freundlich, sein Lächeln offen. Und Emily war noch ratloser als zuvor. Sein Interesse an ihr war offensichtlich. Das Knistern zwischen ihnen spürte sicher auch er. Keine Frau konnte sich so täuschen, nicht einmal sie, und nicht einmal, wenn sie außer Übung war. Vielleicht dachte sie einfach zu viel nach und machte damit alles unnötig kompliziert.

Sie folgten den Wegweisern zur Kuppel. Zunächst hielt Dae sie fest an der Hand. Emily zählte jede einzelne der weit über vierhundert Steinstufen, die sie erklommen. Das war einfacher, als ihr Gefühlswirrwarr zu sortieren. Anfangs waren die Stufen steil und breit, dann wurde die Treppe flacher, aber die Stufen schmaler. Dae musste jetzt hinter ihr gehen. Emily spürte seine Hand im Rücken. Er stützte sie und wollte offenbar dafür sorgen, dass sie nicht ins Wanken kam. Wie sollte er ahnen, dass er mit jeder Berührung genau das Gegenteil bewirkte? Ihre Knie wurden immer weicher.

»Alles in Ordnung?«, fragte er leise.

Abgesehen davon, dass ich völlig durcheinander bin... »Ja, alles klar.« An vielen Stellen war der Aufstieg zur Kuppel dunkler und kühler, als Emily erwartet hatte. Aber mit Dae dicht hinter ihr fühlte sich das romantisch und ein kleines bisschen gefährlich an. Schön gefährlich. Als sie seine Hand erneut im Rücken spürte, vergaß sie prompt, auf der wievielten Stufe sie sich befanden. Seine Berührungen lenkten sie vom Stufenzählen ab. Sie beschloss, lieber zu zählen, wie oft er sie anfasste.

Von oben kam ihnen eine Besuchergruppe entgegen. Dae schlang die Arme um Emilys Taille und zog sie an sich. »Für *alles klar* bist du ziemlich still«, flüsterte er. Ein Schauer durchrieselte sie.

Emily konnte nicht antworten. Was sollte sie denn sagen? *Warum hast du mich nicht geküsst? Du bringst mich völlig durcheinander?* So etwas würde ein schmollendes Kind sagen.

Oder eine Erwachsene, die ihm an die Wäsche wollte. Aber zu dem, was gerade zwischen ihnen begann, passte beides nicht.

Als die Gruppe vorbei war, setzten sie ihren Aufstieg fort.

»*Alles klar* sagen Frauen, wenn *nicht* alles klar ist.«

Sie hörte das Lächeln in seiner Stimme. Dass er sie durchschaut hatte, ärgerte sie ein bisschen, aber schon bei seiner nächsten Berührung verwandelte sich ihr alberner Ärger wieder in Verlangen.

Argh. Sie war ein hoffnungsloser Fall.

Gerade als er ihr zum achtunddreißigsten Mal die Hand in den Rücken legte, erreichten sie einen Balkon mit einem fantastischen Blick auf die bunten Glasfenster des Doms. Der schmale Steig zog sich ein Stück weit an der Kuppel entlang. Aus Sicherheitsgründen war er mit einer Plexiglasscheibe eingefasst. Über ihnen zierten einzigartige Fresken die Kuppel.

»Die Fenster sind herrlich. Aber schau mal hinunter.« Emily zeigte hinab zum kunstvoll gemusterten Marmorboden des Doms.

»Mir gefällt die Aussicht schon die ganze Zeit sehr gut.«

Emily wandte sich um und sah, dass Daes Blick auf ihr ruhte. Ihr Herz hämmerte, ihr Magen zog sich zusammen. Dieser Mann war ein Meister der widersprüchlichen Signale. Ein wahrer Champion.

»Weißt du, was wir tun sollten?« Daes Augen blitzten. Er legte den Arm um sie.

»Uns küssen?« Sie schlug die Hand vor den Mund. *Du lieber Himmel.* Wann hatte sie die Kontrolle über ihre Zunge eingebüßt? *Seit es jemanden gibt, den ich unbedingt küssen will.*

Seine Augen wurden dunkler. Mit ernstem Gesicht zog er sein Handy aus der Tasche und machte einen Schnappschuss von ihr.

Ogottogott. Was war bloß in sie gefahren? Emily überlegte, ob sie über die Plexiglasbarriere steigen und mit ihrem Kleid als Fallschirm in die Tiefe segeln konnte.

»Super Foto.« Dae strich mit dem Finger über ihre Wange. »Du findest also, wir sollten uns küssen.«

Ihr Gesicht war knallheiß. Ihre Schlagfertigkeit ließ sie im Stich.

»Ach, sei still.« Sie schubste ihn weg und konzentrierte sich auf die Lichtstrahlen, die durch die bunten Fenster fielen. Sicher lachte Dae sie insgeheim aus. *Küssen? Dich?* Sie war furchtbar verlegen und versuchte, sich selbst Mut zu machen. *Ich bin doch heiß, oder? Wenn nicht heiß, dann mindestens warm. Und ein heller Kopf. Ohne Frage.* Sie hatte es nicht nötig, einem Mann hinterherzulaufen. Wenn sie ihm hinterherlaufen musste, war er nicht der Richtige. Wie oft hatte ihre Mutter ihr das gesagt? Eher selten. Aber die wenigen Male hatten gereicht, sie hatte die Botschaft verstanden.

Sie spürte ihn hinter sich, bevor er sie berührte oder etwas sagte. Eine Gänsehaut jagte über ihre Arme und zu ihrem Schrecken richteten ihre Brustwarzen sich auf.

»Unmöglich«, murmelte sie.

»Alles ist möglich«, flüsterte er. Dann nahm er sie wieder an der Hand und ging ohne ein weiteres Wort mit ihr zum nächsten Teil der Treppe.

Was machst du mit mir?

Stumm erklommen sie weitere Stufen. Emily hörte nur das Wummern ihres Herzens. *Alles ist möglich?* Wie meinte er das? Wer sagte so etwas, ohne die Quelle der Möglichkeiten zu küssen?

Erneut kam ihnen eine Besuchergruppe entgegen. Diesmal musste Dae auf die Stufe unter ihr ausweichen. Seine Hände lagen an ihrer Taille. Sofort ging das Kopfkino wieder los. Sein Gesicht musste in der Nähe ihres Hinterns sein. Oder in der Nähe ihrer Hüfte. Sie hoffte auf Hüfte, sehen konnte sie es nicht. Sich auf der steilen Treppe umzudrehen und nachzuschauen kam nicht infrage. Emily konnte nur beten, dass er nicht fand, sie hätte den Po eines zwölfjährigen Jungen. Üppige Kurven hatte sie zu ihrem Bedauern nicht vorzuweisen. Und seit sie die Partnerinnen ihrer Brüder so oft um sich hatte, fiel ihr noch mehr auf, wie knabenhaft sie war. Pierces Verlobte Rebecca hatte eine rassige Sanduhrfigur und nach der kurvigen Daisy drehten sich alle Männer in Trusty um. Callie und Elisabeth waren einfach rundum perfekt. Dagegen fühlte Emily sich mit ihren sanften Rundungen unscheinbar und unspektakulär. Wenigstens war sie schlank und musste dank guter Gene nicht mal viel dafür tun.

Von oben rannte ihnen ein Pärchen entgegen. Daes Hände schlangen sich um ihren Bauch. *Jap. Hüfthöhe. Eindeutig.* Das Paar drängte sich an ihnen vorbei. Emily spürte Daes Hals an ihrem Hintern und ihr Körper reagierte wie auf Knopfdruck. Ihr wurde heiß und alle ihre Nervenenden begannen zu kribbeln.

Sie musste endlich ihre Gedanken abschalten. Sich Dae irgendwo in der Nähe ihres Hinterns vorzustellen machte sie völlig flatterig. Ganz zu schweigen davon, dass er den Hals an sie drückte. Für ihre Fantasien, was der unmögliche Mr. Alles-ist-möglich mit ihr anstellen könnte, würde sie in der Hölle schmoren.

Zeit für eine Ablenkung. Vielleicht halfen ein paar Fakten über den Dom. *Als mit dem Bau begonnen wurde, war es technisch noch nicht möglich, die Kuppel zu errichten. Zu Beginn des fünfzehnten Jahrhunderts hat Brunelleschi sie dann geplant und gebaut. Bis heute ist sie die größte Backsteinkuppel der Welt.* Der letzte Teil des Aufstiegs führte durch den engen Zwischenraum zwischen der freskengeschmückten Innenwand der Kuppel und der Außenwand. Emily war fasziniert von der Komplexität und Genialität der Bauweise.

Dae schob sich neben sie. Er legte den Arm um ihre Schultern, seine Hüfte rieb an ihrer. Gemeinsam erklommen sie die letzten Stufen. Auf dem Absatz vor der berühmten Leiter, die nach draußen führte, blieb Dae stehen und sah sie an. Seine dichten Brauen zogen sich zusammen, er strich ihr das Haar von der Schulter. Die vertrauliche Geste nahm ihr den Atem.

»Ich möchte diesen Moment mit dir. Genau hier.«

Sein Flüstern glitt über ihre Haut und nistete sich tief in ihrer Brust ein. Lag die erste Begegnung mit diesem Mann wirklich erst ein paar Stunden zurück? Trotz aller Heiß-Kalt-Signale, die er sendete, fühlte sie sich ihm sehr nahe. Es war, als würde sie ihn schon ewig kennen. Von oben fiel Licht in den dunklen Korridor. Emilys Rücken berührte die kalte, harte Wand. Sie presste die Handflächen dagegen und stützte sich ab. Ihre Beine waren viel zu zittrig.

»Hi«, flüsterte er.

»Hi.« Sie schluckte.

»Erfüllt der Dom deine Erwartungen?«

Das wollte er sie fragen? Schemenhaft nahm Emily die anderen Besucher wahr. Die Leute mussten sich umständlich an ihnen vorbeischlängeln, um nach draußen zu gelangen, und er wollte sich mit ihr unterhalten, als stünden sie unten auf der Straße? Aber sie standen in der Kuppel des Doms, von dem sie jahrelang geträumt hatte. Sie war atemlos vom Treppensteigen und vor Erregung, und er tat, was er so gerne tat, und rückte viel zu nahe an sie heran. Und sie? Heilige Mutter aller Dinge, die Freude machten, sie fand das himmlisch. Es war unmöglich, nicht zu spüren, wie sein gesamter Unterkörper an ihrem lag, während er sie mit den Händen auf ihren Hüften an die Wand drückte, um einen sehr korpulenten Mann vorbeizulassen. Weder die beeindruckende Härte an ihrem Bauch noch Daes männlichen Duft, der jetzt nach der Anstrengung des Treppensteigens noch intensiver und betörender war, konnte sie ignorieren.

Er lehnte die Stirn an ihre. Ihre Antwort stand noch aus. *Der Dom. Ach ja. Erfüllte er ihre Erwartungen?*

»Mehr als das«, presste sie hervor.

»Mehr.« Das Wort fiel von seinen Lippen wie ein Geheimnis. Eine seiner Hände strich über ihre Rippen und die Seite ihrer Brust. Ein Schauer durchrieselte sie. »Wie viel mehr, Em?«

Sie schluckte. Am liebsten hätte sie ihn dabei verschlungen. Er drückte die Lippen an ihre Stirn, dann wanderte sein Mund zu ihrer Ohrmuschel.

»Um wie viel mehr?«, flüsterte er noch einmal.

Ihre Beine wurden zu Brei, sie musste sich mit beiden Händen an seiner Hüfte festhalten, um weiter aufrecht stehen zu können. *Heiliger Strohsack.* Was er allein durch Worte in ihr anrichtete, sollte eigentlich gesetzlich verboten sein.

»Alles, was möglich ist.« Sie grinste über ihren Einfall und spürte die Muskeln an seinen Rippen zucken, als er leise lachte. Sein Griff um ihre Seite wurde fester, seine andere Hand legte sich an ihre Wange. Immer wieder zwängten sich Leute an ihnen vorbei. Irritiertes Schnauben und gerührte Seufzer umschwirrten sie, während Daes Daumen über ihre Lippen strich und ihr den Atem stahl.

Wärme durchrieselte jeden Winkel ihres Körpers, als seine

Lippen sich zärtlich an ihre Wange pressten. Erwartungsvoll schloss sie die Lider. Seine Wange streifte ihre, er zog sie noch fester an sich.

»Ich kann keine Affäre mit dir haben, Emily Braden. Aber ich will dich unbedingt küssen.«

»Okay.« Die Antwort kam, bevor sie seine Worte ganz verstanden hatte. »Küss mich.«

An ihrem Mund flüsterte er: »Hast du gehört, was ich gesagt habe?«

»Ja. Mich küssen. Keine Affäre. Nur küssen.« Die Worte kamen in kurzen, schnellen Stößen. Weiter als bis zur ersehnten Berührung ihrer Lippen konnte sie nicht denken.

Lächelnd legte er den Mund auf ihren. Mit dem ersten sanften Druck seiner Lippen atmete sie zittrig ein und sog seinen Geschmack in sich auf. Ihr Körper verschmolz mit seinem, er presste sie an sich und küsste sie tief. Das war kein tastender Kennenlernkuss. Dieser Kuss war fordernd und besitzergreifend, er sagte, dass sie ihm gehörte. Er besiegelte die vielen lustvollen Blicke und verstohlenen Berührungen. Nie zuvor hatten Lippen und Zungen so gut zueinander gepasst, wie die, die jetzt hungrig aufeinandertrafen und einander forschend umspielten. Daes Herz schlug so heftig wie ihres. Sich ganz von ihren Gefühlen mitreißen zu lassen war ungewohnt und ein wenig beängstigend für Emily. Aber sie konnte dem Verlangen, diesem Mann nahe zu sein, ihn zu berühren und von ihm berührt zu werden, nicht widerstehen. Sie schob die Hände unter sein T-Shirt und fühlte, wie seine starken Rückenmuskeln sich spannten, während er sich noch fester an sie drängte. Seine Hand tastete sich über ihren Rücken zu ihrem Hintern und fasste fest zu. Ihre neue, leidenschaftliche Seite schnurrte vor Wonne und brachte die viel besser bekannte, distanziertere und beherrschtere Emily zum Schweigen.

»Ich liebe deinen Hintern«, flüsterte er, als sie sich voneinander lösten.

Gütiger Himmel. Sie würde ihm die Kleider vom Leib reißen. Gleich hier auf der Treppe im Dom.

Vier

Herr im Himmel. Dae hatte nicht geahnt, dass ein einziger Kuss seine Welt aus den Angeln heben konnte. Aber seit er Emily geküsst hatte, war er wie in Trance. Der magische Moment war Stunden her, aber jedes Mal, wenn er daran dachte, wie süß Emily geschmeckt hatte und wie ihr Körper auf jeden seiner Zungenschläge reagiert hatte, wurde er hart. Ihre zarten Kurven spüren zu können, hatte ihm Lustpfeile in die Lenden gejagt. Es war schwer, noch an etwas anderes zu denken.

Stundenlang hatten sie sich im Dom aufgehalten, hatten die Taufkapelle besichtigt und den überaus beeindruckenden Glockenturm. Doch all diese Wunder verblassten im Vergleich zu diesem einen Kuss.

Jetzt, am späten Nachmittag, stand die Sonne bereits tief am Himmel. Bald würde dieser ganz besondere Tag zu Ende sein. Dann würden sie beide sich in der Villa wiederfinden, wo nur eine dünne Wand sie trennte, und er würde eine Entscheidung treffen müssen. Sein Körper flehte ihn an, Emily in sein Bett zu holen. Aber sein Verstand hisste die *Keine-Affären*-Flagge. Dabei hatte das Zusammensein mit Emily so gar nichts von einem schnellen Abenteuer. Jetzt lieber nichts überstürzen. Anstatt seinem Körper das Kommando zu überlassen, musste sein Kopf herausfinden, weshalb Emily eine so durchschlagende Wirkung auf ihn hatte. Dazu brauchte er Zeit. Sich an seine selbst auferlegten Prinzipien zu halten, war bislang nie ein Problem gewesen. Normalerweise wusste er, was gut und richtig war, aber diesmal war er sich nicht sicher. Würde er es bereuen, wenn er sich mit Emily Zeit ließ? Diese Frau weckte völlig neue Gefühle in ihm. Noch nie hatte er den Wunsch verspürt, einer neuen Bekanntschaft eine romantische Überraschung zu bereiten. Aber jetzt brannte er geradezu darauf. Als Emily kurz zur Toilette verschwunden war, hatte er Adelina angerufen und ihr seine Idee erklärt. Adelina hatte versprochen, ihm zu helfen.

Er sah Emily zu, wie sie Eiscreme löffelte. Sie war ganz verzaubert vom Blick auf die Ponte Veccio, die »Alte Brücke«, die den Arno an seiner engsten Stelle überspannte. Gott, sie war so schön. Sie hatte die schlanke Hüfte an eine steinerne Brüstung gelehnt. Ihr langes Haar floss wie Seide über ihre perfekten Brüste und bei jedem Happen ihrer süßen Näscherei lächelte sie ihn um den Löffel herum an. *Gütiger Himmel.* Seit dem Kuss schien sie von innen heraus zu strahlen. Ihre Bewegungen waren fließend und geschmeidig, nicht angespannt und eckig wie in der *Sollen-wir-oder-sollen-wir-nicht*-Phase, die wohl jedes Paar durchlaufen musste. Es war, als hätte der Kuss sie befreit, und er musste sich eingestehen, dass es ihm genauso ging. Emily bewegte sich wie in einer Aura aus Glitzerstaub. Alle Männer drehten sich nach ihr um und Dae konnte die Augen nicht von ihr lassen.

»Ich könnte den ganzen Abend lang hier stehen und wäre glücklich.« Auf die Steinmauer gestützt schaute sie auf den Fluss.

»Du könntest in eins der Geschäfte auf der Brücke einziehen. Sicher hätten die Nachbarn nichts dagegen.« Mit dem Kinn deutete er zu den Läden der Goldschmiede und Juweliere und zu den Kunsthandlungen auf der Brücke. »Du könntest dort ein Architekturbüro eröffnen, die Leute dazu bringen, ihre Häuser abzureißen und sich von dir Passivhäuser bauen zu lassen.«

Emily lachte auf. Sie hatte ein wunderbar melodiöses Lachen. Er hoffte, es jetzt, wo sie so viel lockerer geworden war, öfter zu hören. Ein Kuss konnte viele Spannungen lösen. Dabei hatte er sie im Dom gar nicht küssen wollen. Er hatte nur einen vertrauten Moment mir ihr genießen und hören wollen, was ihr auf dem langen Aufstieg in die Kuppel durch den Kopf gegangen war. Doch als er ihr in die Augen geschaut hatte, war er beinahe in einem See aus Verlangen ertrunken. Er war die Motte, sie das Licht. Sie zog ihn unwiderstehlich an, auch wenn er Gefahr lief zu verbrennen. Er kannte sie noch nicht gut genug, um abschätzen zu können, ob sie nur ein kurzes Abenteuer suchte. Er selbst war nicht auf Abenteuer aus und konnte sich nur auf sein Gefühl verlassen. Und sein Gefühl sagte ihm, dass sie mehr wollte, als eine unverfängliche Affäre. »So gern ich ein Büro auf dieser mittelalterlichen Segmentbogenbrücke ...«

»Wird das eine Architekturvorlesung?«

Sie lachte. »Keine Angst. So gern ich auf dieser Brücke arbeiten würde, sein Haus reißt hier mit Sicherheit niemand ab.« Sie aß den letzten Löffel Eiscreme, und als sie sich die Lippen ableckte, wünschte er, er könnte das für sie tun.

»Willst du mich mit deinen Fachkenntnissen beeindrucken?« *Muss ich mir Sorgen machen, dass du mich erschlägst, wenn du hörst, dass ich Häuser dem Erdboden gleichmache?*

»Kann schon sein.« Sie lächelte. »Nein, im Ernst. Hier werden nicht mal Hühnerställe abgerissen. Die Leute bauen sie zu Wohnungen und Wochenendhäusern um. Hier kennt man den Wert von Traditionen und Althergebrachtem, von Kunst und Architektur. Ganz anders als bei uns, wo man alles für austauschbar und ersetzbar hält. Häuser, Scheunen ... Beziehungen.«

Sein schlechtes Gewissen erdrückte ihn fast. Eigentlich musste er ihr von der Villa erzählen, die er abreißen sollte. Aber bei ihrer Leidenschaft für historische Gemäuer würde sie das sicher niederschmettern. Deshalb stürzte er sich auf das andere Thema, das sie unverhofft angeschnitten hatte.

»Beziehungen? Ist das nur deine Meinung oder sagst du das aus Erfahrung?«

Sie lehnte sich an die Brüstung und musterte ihn mit einem Blick, den er nicht deuten konnte.

»Dasselbe könnte ich dich fragen.« Sie hakte einen Finger in seine Hosentasche. »Jetzt, wo mein Gehirn langsam wieder funktioniert, fällt mir ein, dass du gesagt hast, du wolltest keine Affäre.«

»Heißt das, dein Gehirn war bei unserem Kuss nicht funktionstüchtig? Habe ich unseren ersten und einzigen Kuss einem Blackout zu verdanken? Wenn das so ist, würde ich meinen linken Arm für einen Ich-will-dich-so-sehr-dass-ich-an-nichts-anderes-denken-kann-Kuss geben.« Er liebte es, sie aufzuziehen und ein bisschen aus dem Konzept zu bringen. Das war weniger schwierig, als sich aus einem Abenteuer herauszureden. Die meisten Frauen schätzten es gar nicht, wenn er nicht für eine kurze Nummer zur Verfügung stand. Deshalb hatte er sich eine Rückzugsstrategie zurechtgelegt. Mit Emily wollte er allerdings viel lieber auf taktische Manöver verzichten und ganz er selbst sein.

»Es war mein Ich-teste-die-Möglichkeiten-Kuss.« Grinsend

bohrte sie ihm ihren Finger in die Brust. »Netter Versuch, übrigens. Aber so leicht kommst du nicht davon. Ist dein Wunsch, keine Affäre mit mir zu haben, die Folge persönlicher Erfahrungen oder …?«

»Oder?« Er konnte sich ein Grinsen nicht verkneifen.

»Tss. Ich weiß nicht. Oder irgendwas. Ach, du bist grässlich. Du weißt genau, was ich meine.«

Sie wandte sich ab, doch er hielt sie fest und drehte sie zu sich um. Tarnen und Täuschen kam bei ihr nicht infrage. Ein Blick in ihre vertrauensvollen Augen und die Wahrheit sprudelte aus ihm heraus.

»Ich weiß, was du meinst. Ich will keine Affäre mit dir, weil du dafür nicht die Richtige bist.« Selbst wenn er Affären nicht gemieden hätte wie der Teufel das Weihwasser, wäre sie nicht die passende Frau für so etwas gewesen.

»Was heißt …?«

Er lehnte die Stirn an ihre und atmete tief ein. »Das heißt, mit dir ist alles ganz anders. Das heißt, ich glaube, wenn wir beide zusammenkommen – und ich meine *wirklich* zusammenkommen –, könnte ich nicht wieder weggehen, ohne ein Stück von mir zu verlieren.«

»Oh.« Sie senkte den Blick und wickelte sich eine Haarsträhne um den Finger.

Großer Gott, warum traf ihn das kleine Wort immer wie ein Blitzstrahl? »Damit bringst du mich jedes Mal fast um.«

»Womit denn?« Sie legte die Hände auf seine Brust und schaute ihn an.

»Mit deinem süßen gehauchten *Oh*. Bei jedem dieser *Oh*s frage ich mich, wie sich wohl ein größeres, wilderes *Oh* anhören würde.« Er schaute ihr tief in die Augen. Auf keinen Fall wollte er sie verschrecken oder verjagen, aber er musste ihr einfach sagen, was in ihm vorging.

Sie krallte die Finger in sein Shirt. »Oh.«

»Em…«

»Oh.« Sie riss die Augen auf, als könnte sie nicht fassen, dass sie das schon wieder gesagt hatte. »Nein, nein, nein. Oh Gott.« Stöhnend schlug sie die Stirn gegen seine Brust.

Er legte wie verzaubert die Arme um sie und wusste, dass er ein Problem hatte. Er hing am Haken wie ein Fisch und sie musste nur noch die Angelschnur einholen.

Fünf

Ihr Rückweg zur Villa führte sie erneut an dem Feld voller Klatschmohn vorbei. Emily konnte kaum glauben, dass sie erst vor ein paar Stunden durch das Blumenmeer getanzt waren. Sie fühlte sich, als wären sie eine ganze Woche lang unterwegs gewesen. Verstohlen musterte sie Dae, der den Wagen über die von Bäumen gesäumte Straße lenkte. Ganz gleich, aus welchem Winkel sie ihn anschaute, dieser Mann war einfach schön. Sie überlegte, wie er wohl aussehen würde, wenn sie unter ihm lag. Wie würde es sich anfühlen, wenn sein nackter, muskulöser Körper ihren bedeckte, wenn sein Becken sich an ihrem rieb? Sie wand sich unter den Gefühlen, die in seiner Gegenwart langsam zum Normalzustand wurden. Sie sah aus dem Fenster. Dass die Sache mit Dae nur ein harmloser Flirt war, konnte sie sich nicht einreden. Dafür waren ihre Gefühle zu überwältigend und zu ungewohnt. Noch nie waren Blicke so prickelnd gewesen, ständig musste sich ihr armes Hirn gegen die sündigsten Fantasien stemmen.

Dae legte seine Hand auf ihren Oberschenkel. »Erzähl mir etwas über dich. Etwas, was ich noch nicht weiß.«

Was du noch nicht weißt? Fieberhaft überlegte sie. Sie wollte etwas Lustiges, Freches oder zumindest Interessantes sagen.

Aufregende Geheimnisse hatte sie leider nicht. Verdammt, warum war ihre mutige neue Seite nicht schon vor ein paar Wochen aufgetaucht und hatte ihr ein paar Abenteuer beschert? »Wie zum Beispiel?«

Er kniff lächelnd die Augen zusammen. »Ich weiß nicht. Vielleicht, wie du als kleines Mädchen warst?«

Als kleines Mädchen? War sie das irgendwann mal gewesen? Manchmal kam es ihr vor, als wäre sie schon als Erwachsene zur Welt gekommen. »Wie ich wirklich war und woran ich mich erinnere, sind vermutlich zwei Paar Stiefel. Ich nehme an, ich war ein ziemlich normales Kind. Aber mein Vater hat uns verlassen, als ich noch ein Baby war. Vermutlich ist das der Grund, warum wir Geschwister so fest zusammenhalten. Und vielleicht erklärt das auch meinen Eigensinn.« Es gab keinen Grund zu verschweigen, dass ihr Vater sich verdrückt hatte, aber sie ging mit der Geschichte auch nicht hausieren. Dae hatte sie sie anvertraut, ohne auch nur darüber nachzudenken.

Mitfühlend schaute er sie an. »Dass dein Vater dich verlassen hat, tut mir leid, Em.«

»Er hat nicht mich verlassen, sondern die Familie.« Sie sah ihn zusammenzucken. Sie hatte nicht so schnippisch klingen wollen. Eigentlich waren die Wunden doch längst verheilt, oder? Dass ihr Vater gegangen war, hatte sie schon vor Jahren verarbeitet. »Entschuldige bitte. Ich weiß nicht, warum ich so hart reagiert habe.«

»Schon in Ordnung. Vielleicht tut es ja immer noch weh.«

»Eigentlich nicht. Nur für meine Mom tut es mir leid. Ich habe meinen Vater nie wirklich kennengelernt, aber ich weiß, dass meine Mom ihn geliebt hat. Dass er ihr wehgetan hat, macht mich traurig und wohl auch wütend.«

»Hat sie wieder geheiratet?« Dae hielt auf dem Parkplatz der

Villa unter der auslandenden Krone eines Baumes an und wartete auf Emilys Antwort. Mondlicht fiel durch die Autoscheiben. Er drehte sich zu Emily, zog ihre Hand zu sich und küsste ihren Handrücken.

»Nein. Aber sie ist glücklich. Sie ist keine Frau, die unbedingt einen Mann in ihrem Leben braucht.« Dae war ein aufmerksamer Zuhörer. Er drängte sie nicht zum Aussteigen und wurde auch nicht ungeduldig, obwohl sie sich über ein so ernstes Thema unterhielten. Er wich nicht aus und lenkte nicht ab. Und wenn sein offener, ehrlicher Blick nicht täuschte, dann waren ihm ihre Antworten tatsächlich wichtig.

»Ich glaube, darin ähnelst du deiner Mutter. Ich habe das Gefühl, dass du ebenfalls nicht um jeden Preis einen Mann in deinem Leben brauchst.«

Emily wollte antworten, machte den Mund aber wieder zu. Wie sah es wirklich in ihr aus? Schön, sie war seit einiger Zeit auf der Suche nach der großen Liebe. Aber *brauchte* sie einen Mann? Nein, sicher nicht. Sie wandte sich ab. Dae beugte sich über die Konsole und drehte ihr Gesicht sanft wieder zu ihm.

»Ich kenne dich noch nicht gut. Aber ich spüre, dass in deinem schönen Kopf unglaublich viel vor sich geht. Den ganzen Tag über habe ich immer wieder gerätselt, woran du wohl denkst. Und wenn ich dich jetzt anschaue, würde ich dich am liebsten auf meinen Schoß ziehen und festhalten.«

O ja, bitte. Das wäre wunderschön.

»Falls du mir sagen möchtest, was dir durch den Kopf geht – ich höre dir gern zu.«

Sie zögerte mit der Antwort, denn die Erkenntnisse waren noch zu neu. Daes aufmerksamer, konzentrierter Blick ließ die Worte schließlich direkt aus ihrem Herzen quellen.

»Ich hatte nie das Gefühl, ohne einen Mann nicht leben zu

können. Aber in letzter Zeit ist es oft, als würde mir etwas fehlen. Oder als würde ich etwas verpassen. Vielleicht, weil fast alle meine Brüder sich inzwischen verliebt haben, und ich nicht. Dabei wollten die Jungs sich niemals binden, während ich mir das durchaus vorstellen kann. Ich weiß nicht, warum ich seit einiger Zeit so unzufrieden bin. Vielleicht arbeite ich zu viel. Vielleicht müsste ich den Augenblick mehr genießen. So wie du es heute Morgen gesagt hast. Aber wenn du wirklich wissen willst, was ich vor einer Sekunde gedacht habe, verrate ich es dir. Ich habe mich gefragt, warum ich heute den ganzen Tag über und ganz besonders jetzt in diesem Moment *nicht* das Gefühl gehabt habe, dass mir etwas fehlt.«

Dae legte die Hände an ihre Wangen und die Stirn an ihre. »Sicher nicht, weil du einen Mann in deinem Leben *brauchst*, Emily Braden. Aber manchmal tut es einfach gut, mit jemandem zusammen zu sein, der einem den Tag noch ein bisschen schöner macht.« Er legte die Lippen an ihre und küsste sie tief. All ihre Gedanken standen still. Danach strich er mit dem Daumen über ihre Unterlippe und schaute ihr in die Augen.

»O ja.« Die Worte kamen wie ein langer Atemzug. Ihre Lippen kribbelten und sie war benommen vor Verlangen. »So muss es sein.«

»Oder es liegt daran, dass du endlich das gesehen hast, wovon du schon so lange träumst, und mitten in der Altstadt von Florenz italienisches Eis gegessen hast.« Er stieg aus, ging zur Beifahrerseite und nahm ihre Hand.

Mit einem Grinsen, das wie von selbst immer breiter wurde, griff sie nach ihrer Handtasche. »Ich glaube, deine erste Vermutung kommt der Sache näher.«

Er legte ihr den Arm um die Taille. Zusammen gingen sie

über den Weg aus Schieferplatten zu der zweigeschossigen Villa. Zwei Lampen unter dem Arkadendach der Veranda tauchten den Sitzplatz in ein warmes, gelbliches Licht. Es ließ die Unregelmäßigkeiten der Mauern aus grob behauenem Stein noch stärker hervortreten. Wie es so unter dem klaren Nachthimmel stand und sich unter die knorrigen Äste alter Bäume duckte, hätte das Haus gut auf das Cover eines Liebesromans gepasst.

Dae zog Emily fester an sich. »Riechst du das? Ich glaube, Adelina und Serafina haben heute gebacken.«

Emily war so sehr mit Dae beschäftigt, dass ihr der Duft von frischem Brot gar nicht aufgefallen war. »Ich finde es wunderbar, dass sie so viel zusammen machen. Wie verstehst du dich denn eigentlich mit deinen Eltern?« Emily wollte den Abend noch nicht enden lassen. Sie wollte an Daes Seite tausend Meilen durch die Nacht spazieren, seine starke Hand spüren, seine tiefe, sexy Stimme hören und ihn besser kennenlernen.

»Sehr gut.«

Sie setzten sich auf die Holzbank auf der Veranda. Wie selbstverständlich schmiegte Emily sich an seine Seite. Sie staunte, wie leicht ihr das fiel. Offenbar wusste ihre neue, noch etwas beängstigende, aber auch sehr sinnliche Seite, wie gut und richtig es war, mit Dae zusammen zu sein. Je klarer ihr das wurde, desto kleiner wurde ihre Angst und machte schöneren Gefühlen Platz.

»Meine Eltern haben mich als Baby adoptiert. Meine leibliche Mutter ist Koreanerin, mein leiblicher Vater Amerikaner. Er war geschäftlich in Korea und dann … dann bin ich gekommen.« Er fuhr sich durchs Haar und zuckte die Achseln, als wollte er sagen, so was passiert nun mal.

»Daher auch dein gefährlicher Sex-Appeal und dein faszinierendes Aussehen. Du hast von beiden Seiten etwas geerbt. Von der koreanischen und von der amerikanischen. Ich wette, deine leiblichen Eltern waren sehr gut aussehend. Jetzt kenne ich dein Geheimnis.«

»Gefährlich? Tatsächlich?« Er küsste sie auf die Schläfe.

»Das gefällt dir wohl? Ja. So gefährlich, dass mir manchmal die Worte fehlen. Und mir fehlen sonst *nie* die Worte. Kennst du deine leibliche Mutter?« Sie strich mit dem Finger über die Außennaht seiner Jeans. Sie wollte ihm näherkommen, vorher aber noch mehr über ihn erfahren.

»Die notwendigen Informationen habe ich und könnte Kontakt mit ihr aufnehmen. Aber nach allem, was ich weiß, möchte sie das lieber nicht. Anscheinend galt ihre Schwangerschaft als Schande. Ihre Familie hatte sie sogar eine Zeit lang verstoßen.« Seine Oberschenkelmuskeln spannten sich unter ihrer Berührung.

»Das ist traurig.« Bei der Vorstellung, von der eigenen Familie abgelehnt zu werden, zog sich alles in ihr zusammen. Wie Dae wohl damit klarkam, dass seine Zeugung der Grund dafür gewesen war?

»Ja. Als ich davon erfahren habe, war ich sehr wütend, und anfangs hatte ich Schuldgefühle. So als hätte ich ihr Leben ruiniert. Aber meine Familie hat mir einen anderen Blickwinkel eröffnet. Ich war nur das Ergebnis ihrer Gefühle. Menschen begegnen einander, schlafen miteinander und Frauen werden schwanger. Das Kind kann nichts dafür. Mein leiblicher Vater und die Familie meiner leiblichen Mutter haben ihr das Leben schwer gemacht, nicht ich. Wie diese Leute mit ihr umgesprungen sind, war krank und gemein.«

Emily zog die Beine unter sich auf die Bank und drehte sich

zu ihm. »Für deine Mutter muss das furchtbar gewesen sein.«

»Manche Menschen sind grausam, oder sie sind einfach Schweine.« Er schob Emilys Haar hinter ihr Ohr. Sie konnte nicht widerstehen und erwiderte die Geste, ließ die Finger durch sein Haar gleiten und strich es ihm aus dem Gesicht. Dann legte sie ihre Hand in seinen Nacken. Sie fragte sich, ob seine Muskeln dort wegen ihres Gesprächsthemas oder wegen ihrer Berührung so angespannt waren.

»Das hätte ich am liebsten schon gestern Abend getan«, sagte sie.

»Und ich habe mir schon gestern Abend gewünscht, dass du das tust.«

»Oh.«

Er verzog den Mund zu einem schiefen Lächeln.

Ihr fiel ein, was er über ihre *Oh*s gesagt hatte, und sie presste die Lippen zusammen. Noch nie war ihr ein Mann begegnet, der so offen darüber sprach, welche Gefühle sie in ihm auslöste. Dass ein winzig kleines Wort von ihr eine so durchschlagende Wirkung auf ihn hatte, machte sie glücklich, selbstbewusst und nervös zugleich.

Er legte die Hand an ihre Wange und küsste sie auf den Mund. »Was soll ich bloß mit dir machen, süße Emily?«

Sie zuckte die Achseln und antwortete ihm mit einem Kuss, der ganz zart begann. Doch bald war ihr Verlangen so groß wie seines und sie küssten sich leidenschaftlich und tief. Er vergrub eine Hand in ihrem Haar. Mit der anderen zog er ihre Beine über seine, sodass sie halb auf seinem Schoß saß. Nach dem Kuss ließ er die Hand auf ihrem Schenkel liegen.

»Was du mit mir machst, ist schön.« Sie streichelte mit dem Daumen seinen Nacken und seine Augen wurden dunkler.

»Ja, wirklich?« Er küsste sie erneut. Die Wärme seiner Hand

jagte an ihrem Schenkel hinauf, direkt zwischen ihre Beine. Seit dem gestrigen Abend wusste sie wieder, was Verlangen war, konnte sich aber nicht daran erinnern, sich je so nach den Berührungen eines Mannes gesehnt zu haben. Auch der Wunsch, jeden Quadratzentimeter eines Männerkörpers zu küssen, war neu. So etwas kannte sie nur aus den Erzählungen ihrer Freundinnen. Insgeheim hatte Emily immer das Gefühl gehabt, etwas zu verpassen. Verdammt, ihre Freundinnen behaupteten sogar, solche Gelüste schon als Teenager gehabt zu haben. Um sich keine Blöße zu geben, hatte Emily so getan, als wüsste sie, wovon alle redeten. Dabei hatte sie nicht einmal geahnt, wie übermächtig dieser Wunsch sein konnte. Bis jetzt. Dae weckte eine Lust in ihr, die wie eine Lawine alle Barrieren mitriss, von denen sie bislang nichts geahnt hatte.

Das ist es. Deshalb war sie in den letzten Monaten so unzufrieden gewesen. Ihr Herz hatte gewusst, was ihr fehlte. Was sie brauchte. Das hier. Ihn. *Dae.* Hitze durchjagte ihre Adern, als Daes Lippen sich in ihren Mundwinkel tasteten und sich von dort über ihren Hals zu ihrer Schulter küssten. Mit einem leisen Aufstöhnen schloss sie die Augen. Zu gern wollte sie sich ihren Gefühlen überlassen, sich kopfüber in die Flammen stürzen. Aber hatte nicht genau das Daes leiblicher Mutter so viel Kummer eingebracht? Wenn das Verlangen übermächtig wurde, tat man manchmal Dinge, die man hinterher bereute.

Doch Daes Lippen fühlten sich so wunderbar an und seine Zähne, die sanft an ihr knabberten, jagten ihr Schauer bis in die Fingerspitzen.

Dae hob den Kopf, aber sie klammerte sich an seinem Shirt fest. Sie öffnete die Augen und versank in seinem lusterfüllten Blick.

»Du hast noch nicht zu Abend gegessen«, raunte er.

Was? »Kein Hunger.«

Er kniff die Lippen zusammen. »Es ist schon spät. Ich sollte dich jetzt schlafen lassen.«

»Nicht müde.« *Was soll das?*

»Emily«, flüsterte er.

Alles, was du willst.

Er schaute ihr forschend in die Augen, nahm die Hand von ihrem Schenkel und legte sie an ihre Wange.

Nein! Leg die Hand wieder da hin! Sie wollte ihn ganz nahe an ihren empfindlichsten Körperstellen spüren. Auch wenn sie es für heute dabei beließen und nicht weitermachten. Oder vielleicht doch. Jedenfalls wollte sie fühlen, wie die Wärme seiner Hand durch ihren Schenkel pulsierte.

»Es ist spät.« Er schaute in den nächtlichen Vorgarten. »Und wir sitzen vor der Haustür.«

Er hob ihre Beine von seinen, stand auf und zog Emily auf die Füße. Das Herz hämmerte in ihrer Brust, als er sie an sich drückte. Sie legte ihre Arme um seinen Hals und stellte sich auf die Zehenspitzen, um ihn noch einmal zu küssen, obwohl er sich schon zum Gehen wenden wollte. Er erwiderte ihren Kuss mit großer Zärtlichkeit, beendete ihn aber viel zu schnell. Sie durfte ihm keine weiteren Küsse stehlen, doch ihr Kopf und ihr Körper gehorchten ihr kaum noch. Benommen registrierte sie, wie er ihre Handtasche von der Bank nahm und sie ins Haus und die Treppe hinauf zu ihrem Zimmer führte.

Er schien es gar nicht darauf anzulegen, sie ins Bett zu bekommen. Und sie dachte fieberhaft darüber nach, ob sie tatsächlich schon bereit war für das, was sie sich so sehr wünschte. Nämlich unter ihm zu liegen. Nackt. Mit ihren Schenkeln an seinen Hüften. Eine Bestandsaufnahme ihrer

Gefühle war angesagt. Aber wie denn, verdammt? Sie konnte keinen klaren Gedanken fassen. Sie wollte nur küssen und geküsst werden, fühlen, tasten und berühren. Vor ihrer Zimmertür fischte sie die Schlüssel aus ihrer Handtasche.

Bei der Vorstellung, mit Dae noch ein paar Schritte weiterzugehen, wurde ihr Mund trocken. Aber er unternahm keinerlei Versuche in dieser Richtung. Sie war fast sicher, dass sie am Anfang einer sehr großen, sehr wichtigen Sache standen. Wenn sie etwas übereilten, machten sie das vielleicht kaputt.

Dae nahm ihr die Schlüssel aus der Hand und zog sie noch einmal an sich. Sein Haar fiel über ihre Gesichter, darunter erwärmte sich die Luft.

»Emily, ich finde dich unglaublich anziehend.«

»Ich dich auch.« *Ogottogott.*

»Wenn ich jetzt mit dir ins Zimmer gehe, werden wir einander sehr, sehr gut kennenlernen.«

»Ja.«

»Genau das möchte ich. Zentimeter für Zentimeter.«

Ihr Körper vibrierte vor Erwartung. »Ja.«

Er lehnte die Stirn an ihre. »Ich bin froh, dass du nicht *Oh* gesagt hast.«

Sie brachte ein Lächeln zustande, war aber zu zittrig, um ihm zu antworten.

»Em, ich will kein schnelles Abenteuer mit dir, weil ich kein Mann für schnelle Abenteuer bin. Ich kann einfach nicht. Ach Quatsch, natürlich kann ich. Und früher hatte ich auch keine Skrupel. Aber ...« Er schloss einen Moment lang die Augen und schüttelte den Kopf.

Dann schaute er sie offen und voller Bedauern an. Er war ein echter Gentleman und das machte ihn noch attraktiver.

Sie schluckte. Langsam fügten sich die einzelnen

Mosaiksteine zu einem Bild zusammen. »Ist es wegen deiner Mom?«, presste sie hervor.

»Hm, ja«, raunte er. »Kapiert habe ich das erst während der Collegezeit. Damals ist mir klargeworden, dass ich eine Frau in eine ähnlich schlimme Situation bringen könnte, wie die, in der meine Mutter war. Und das will ich nicht. Ich weiß, das klingt, als wäre ich ziemlich merkwürdig, vielleicht auch schwach. Aber …« Er zuckte die Achseln. »So bin ich jetzt nun mal.«

»Oh, Gott sei Dank.« Die Worte waren heraus, bevor sie wusste, was sie sagte.

Seine Brauen zogen sich zusammen. »Nicht die Reaktion, die ich erwartet habe, aber okay.«

»Versteh mich nicht falsch. Denk bitte nicht, dass ich nicht mit dir schlafen will. Das will ich nämlich. Nichts lieber als das. Ich bin bloß … außer Übung.« *Außer Übung? Das klingt, als wollte ich Golf spielen.*

»Außer Übung?«

»Nein, ach herrje, Dae. Du bringst mich ganz durcheinander.« Sie seufzte. »Ich war ewig nicht mehr mit jemandem zusammen und ich finde das hier wunderschön. Das mit uns beiden. Ich habe Angst, dass sich etwas ändert, wenn wir jetzt die Nacht zusammen verbringen.« Langsam wurden ihre Gedanken etwas klarer. Sie hatte Dae ihre Befürchtungen anvertraut. Er machte es ihr leicht, ganz offen zu sein. Sie rückte näher an ihn heran, legte die Hand an seine Brust und lächelte ihn an.

»Und, Dae, es ist schön, dass du so besorgt um mich bist. Aber ich bin ein großes Mädchen und weiß, wie man sich gegen Schwangerschaften schützt.«

Er legte erneut die Hände an ihre Wangen und küsste sie so, dass sie beinahe all ihre Bedenken über Bord geworfen hätte.

»Ja, sicher, ich auch. Aber das ist nicht alles. Man kann einem Menschen auf vielerlei Art schaden oder wehtun, manchmal ohne es zu wollen. Es geht nicht nur um Babys. Es geht um das hier.« Er legte die Hand über ihre linke Brust, direkt auf ihr Herz. Sofort schlug es noch viel schneller. »Lass uns abwarten, was morgen ist.«

Morgen. »Morgen darfst du bestimmen, was wir machen.« *Ich bin so froh, dass wir diesen Tag vor uns haben. Ich will noch viele weitere mit dir.*

»Ja, so lautet unsere Abmachung. Und ich werde jede Minute nutzen.«

»Immer diese Versprechungen.« Sie lächelte, um ihm zu zeigen, dass sie scherzte. Mehr oder weniger.

»Es gibt zwei Dinge, die ich niemals tue: Ein Versprechen brechen und das Falsche.«

»Das ist unmöglich. Jeder macht Fehler.«

»Ich nur, wenn ich es gar nicht verhindern kann.« Er drückte ihre Hand an die Lippen und küsste sie. »*Buonanotte bella. Lo sogno di voi.*« Er ließ ihre Hand los, deutete eine Verbeugung an und wandte sich zu seinem Zimmer um.

»Bis zu *Gute Nacht, Schöne*, konnte ich dir folgen.«

»Schlaf gut. Ich werde von dir träumen.«

Sie wollte zu ihm stürzen und sich in seine Arme werfen, aber ihre Beine verweigerten ihr den Dienst. Sie fühlte sich von seinem Kraftfeld umfangen. Wenn sie sich bewegte, würde sie sicher fallen.

Er hauchte ihr einen Kuss zu und schloss seine Tür auf. »Gute Nacht, süße Emily.«

»Gute Nacht, Dae.«

Sie öffnete ihre Tür und zwang sich, in ihr Zimmer zu treten. Drinnen lehnte sie sich mit dem Rücken gegen die Tür und schloss die Augen. *Was für ein Tag! Was für ein Abend! Was für Küsse!* Sie versuchte, ihr rasendes Herz zu beruhigen. Aber selbst tiefe Atemzüge halfen kaum.

Mit einem verträumten Seufzen öffnete sie die Augen und drückte auf den Lichtschalter. Ihre Schlüssel und ihre Handtasche fielen zu Boden. Das Zimmer war ein Blumenmeer. Überall standen Vasen und Blumentöpfe voller strahlend roter Mohnblumen. Gefäße voller Klatschmohn bedeckten die Kommode, den Nachttisch – sogar hinter der halb geöffneten Badezimmertür lugten Blumen hervor. Kein Winkel des Raums war ungeschmückt. Auf dem Boden neben der Balkontür standen rustikale Pflanzkübel, aus denen ebenfalls blutrote Blüten quollen. Mit Tränen in den Augen betrachtete Emily das von Blütenblättern bedeckte Bett und entdeckte auf dem Kopfkissen einen weißen Umschlag.

»Dae«, flüsterte sie. Mit zitternden Fingern zog sie die Karte heraus. Wann hatte er Zeit gehabt, Adelina anzurufen und sie um diesen Gefallen zu bitten? Die Karte hatte er sicherlich nicht selbst schreiben können, aber das war nicht wichtig. Beim Lesen hörte sie seine Stimme.

> *Meine süße Emily,*
>
> *als wir uns gestern Abend zum ersten Mal gesehen haben, hat mir sofort das Leuchten in deinen Augen gefallen. Aber magisch angezogen hat mich eine Energie. Und jetzt lässt du mich nicht mehr los, Emily. Danke für den wunderbaren Tag. Ich freue mich schon auf morgen.*
>
> *Möglicherweise der Deine, Dae*

Die Karte an die Brust gedrückt ließ Emily sich aufs Bett fallen. Sie strampelte mit den Füßen und stieß einen Jubelschrei aus. Sofort schnellte sie wieder hoch. Er war direkt hinter der Wand. Sie konnte an seine Tür klopfen und sich bedanken. Das gehörte sich so. Das wollte sie gern. Aber er hatte keinerlei Andeutungen gemacht, dass eine Überraschung auf sie wartete. Vielleicht wollte er lieber keinen Dank.

Schon möglich, aber was sollte sie tun? Was wünschte er sich? Lächelnd starrte sie die Wand an, die sie trennte. *Dae Bray, du bist so wunderbar unmöglich.*

Ihr fiel ein, dass er ihr am Nachmittag die Fotos geschickt hatte. *Perfekt!* Sie hob ihre Tasche auf und fischte ihr Handy heraus. Dort hatten sich eine Menge Nachrichten angesammelt. Sie scrollte sich durch die Eingänge. Daisy. Wes. Elisabeth. Callie. Luke. Ross. Rebecca. Pierce. Jake. Und – endlich – Dae. Emily verdrehte die Augen. Seltsam, dass ihre Mutter ihr nicht auch noch geschrieben hatte. Daisy musste jemandem von Dae erzählt haben, dann hatten die Braden-Buschtrommeln gesprochen. Sie fragte sich, ob in Trusty bereits getratscht wurde. Neuigkeiten verbreiteten sich dort wie ein Flächenbrand. Wie lange würde es dauern, bis ihre Brüder ein Sondereinsatzkommando auf den Weg schickten, wenn Schwesterchens Antwort auf sich warten ließ? Was sie an Dae schreiben sollte, musste sie sich erst noch überlegen. Deshalb schickte sie erst einmal ein paar Worte an Daisy. In Colorado war es nach ihren Berechnungen spätnachmittags. Jetzt am Wochenende würde Daisy die Nachricht sicher gleich lesen.

Manche Leute können einfach nichts für sich behalten. Tsss. Emily drückte auf Senden, dann sah sie sich die Fotos an, die Dae ihr geschickt hatte. Seine umwerfenden dunklen Augen schauten zurück. Auf jedem Bild hatte er den Arm um sie gelegt und sie sah immer glücklich aus. So glücklich wie schon lange nicht mehr. Wie noch nie. Selbst auf dem Schnappschuss, auf dem sie so durcheinander war, hatte sie diesen verträumten Blick. Als sie bei dem Foto im Mohnblumenfeld ankam, fragte sie sich, ob er die Überraschung bereits in diesem Moment geplant hatte. Wie hatten er und Adelina das bloß geschafft? So viele Blumen!

Sie schaute sich die Fotos noch einmal genau an. Sah sie so glücklich aus, weil sie nicht so viel Stress hatte wie üblich? Mit der Arbeit, der Familie? Ihre Familie war eigentlich kein Stressfaktor. Aber ihr dicht gedrängter Terminkalender ließ ihr oft zu wenig Zeit für die Menschen, die ihr etwas bedeuteten. Das setzte sie unter Druck. Und dann gab es noch den Stress, den sie sich selbst machte, indem sie ständig grübelte, ob sie wohl je einen Mann finden würde, der zu ihr passte. Seufzend dachte sie daran, wie sehr sie das in letzter Zeit beschäftigt hatte. Vielleicht stimmte es ja, dass einem der Richtige immer dann begegnete, wenn man es am wenigsten erwartete.

Noch einmal scrollte sie sich durch die Fotos. Nein, der Glanz in ihren Augen und ihr vor Glück tanzendes Herz hatten nichts mit ihrer Auszeit zu tun. Schuld daran war einzig und allein der gut aussehende, sinnliche, unmögliche Kerl, der ihr von ihrem Display entgegenschaute.

Sie schrieb an Dae.

Die Mohnblumenfee war in meinem Zimmer. Ich glaube, sie ist etwa eins fünfundachtzig groß, hat dunkle Augen und dunkles Haar, für das viele Mädchen sterben würden. Ich liebe sie. Die Blumen! Und deine Augen und dein Haar. Noch schöner könnten die Blumen nur sein, wenn du sie mit mir zusammen bewundern würdest.

Vor dem Abschicken las sie die Nachricht noch einmal durch. Vielleicht hatte sie das Flirten ja doch nicht komplett verlernt.

Als ihr Handy eine Minute später vibrierte, schaute sie lächelnd aufs Display. Doch die Nachricht kam nicht von Dae, sie kam von Daisy. *Ich habe es NUR Elisabeth gesagt. Aber vielleicht hat Margie etwas gehört. Sie hat uns gerade Kaffee gebracht.*

Emily stöhnte auf. »Margie!« Kopfschüttelnd tippte sie eine Antwort. Margie bediente seit Ewigkeiten im Diner von Trusty. Sie war wie die Augen und Ohren des verschlafenen Nests, und wenn sie Wind von einer Sache bekam, wusste es im Handumdrehen die ganze Stadt. Trotzdem liebte Emily sie heiß und innig. Auf die Bürger von Trusty ließ Margie nichts kommen, sie war schlagfertig und mütterlich und sorgte dafür, dass die Gäste des Diners sich wie zu Hause fühlten.

Noch während Emily die Nachricht an Daisy verfasste, vibrierte ihr Telefon erneut. *Daisy! Du hast mich dem Tratschdrachen zum Fraß vorgeworfen. Du hast Glück, dass ich dich sehr liebhabe, sonst würde ich dich jetzt hassen.*

Kopfschüttelnd scrollte sie sich zu Daes Nachricht.

Wenn ich bei dir wäre, würden wir nicht die Blumen bewundern.

Verdammt, da war was dran. Nachdenklich kaute sie an ihrer Unterlippe und sann über eine pfiffige Antwort nach. Ihr Telefon vibrierte bereits wieder. *Das war keine Absicht. Die Frau hört besser als eine Fledermaus. Ich hoffe, er ist wirklich so heiß, wie man sich jetzt in Trusty erzählt. Vielleicht habe ich ein klein bisschen übertrieben.*

»Oh nein.« Emily tippte eine Antwort. *Ist er. Und übertreiben musst du hoffentlich bald auch nicht mehr. Ich gehe jetzt schlafen. Bitte sag allen neugierig besorgten Familienmitgliedern, dass es mir gut geht. Danke!*

Nach dem Abschicken schrieb sie an Dae. Sie fand die perfekte Antwort, von der sie hoffte, dass sie ihn die ganze Nacht wachhalten würde.

Oh.

Er reagierte sofort. *Unfair! Du bist unmöglich!*

Emily grinste. »Tja, lieber Dae. Ich weiß nicht, wie du das geschafft hast, aber mein Gehirn ist jetzt nicht mehr ganz so benebelt, und die Worte fehlen mir auch nicht mehr.« Sie spürte, wie sie sich in die selbstbewusste Geschäftsfrau und erfolgreiche Unternehmerin zurückverwandelte, als die man sie in Trusty kannte. So schlagfertig, klug und wendig wie ihre männlichen Kollegen war sie allemal, meist sogar schneller und besser. Kein Wunder, wenn man mit fünf Brüdern aufgewachsen war. Mit einem spitzbübischen Grinsen tippte sie die Antwort.

Alles ist möglich. Gute Nacht.

Emily steckte das Ladekabel ihres Handys ein, pflückte sorgfältig die Blütenblätter vom Bett und wünschte sich, Dae wäre bei ihr.

Sechs

Mit dem Handy am Ohr ging Dae durch den Garten der Villa, die er abreißen sollte. Sein Auftraggeber, Frank Corrington, quasselte ohne Punkt und Komma über ein ganz anderes Projekt. Dae war extra früh aufgestanden, um sich einen Überblick zu verschaffen. Es gab verschiedene Möglichkeiten, ein Haus dem Erdboden gleichzumachen. Man konnte mit der Abrissbirne anrücken, es in die Luft jagen, die Mauern niederwalzen und auf ein unbebautes Nachbargrundstück fallen lassen. Oder man entschied sich für eine kontrollierte Sprengung, bei der die Wände wahlweise nahezu senkrecht in sich zusammenfielen oder nach innen stürzten. Dieses Verfahren beherrschte nur eine Handvoll Experten und Dae gehörte dazu. Eigentlich war er für diesen einfachen Abrissauftrag überqualifiziert, aber das hatte er gewusst. Frank Corrington war der Freund eines Geschäftspartners, dem Dae gern einen Gefallen tun wollte.

Zähneknirschend hörte er zu, wie Frank ganze Salven von Flüchen losließ und jede Menge Schimpfwörter in seine Sätze einstreute. Daes Gedanken stahlen sich zu Emily. Es war sieben Uhr morgens und er wäre jetzt viel lieber bei ihr gewesen. Aber wenn er sich in aller Frühe um die Arbeit kümmerte, konnte er den Rest des Tages mit ihr verbringen. Vermutlich schlief sie noch. Er gönnte es ihr. Er selbst hatte die ganze Nacht wachgelegen, an ihren verführerischen, zierlichen Körper und ihre intelligenten, sinnlichen Augen gedacht, die sich einen Pfad in sein Herz gebrannt hatten.

Er ging zu einer kleinen Anhöhe. Die sanft gewellte Landschaft breitete sich vor ihm aus. Hier und da leuchteten Blumenteppiche in Rot, Gelb und Weiß, und ein Stück die Straße entlang gab es einen Olivenhain. Dae dachte daran, wie bereitwillig Adelina die Blumen für Emily besorgt hatte. Zu gern hätte er Emilys Reaktion gesehen.

Sie war so unglaublich süß. Und dann diese freche Nachricht: *Oh.* Wie konnten zwei unschuldige Buchstaben ihn derart unter Strom setzen? Zu wissen, dass nur eine dünne Wand ihn von ihr trennte, war auch nicht hilfreich gewesen. Ständig stellte er sie sich in dem seidenen Nichts vor, das auf ihrem Bett gelegen hatte, und malte sich aus, wie sie wohl nackt aussah, wenn das seidene Nichts zu Boden geschwebt war.

Er spürte ein Ziehen zwischen den Beinen. Herrje, er wurde schon wieder hart. Er fuhr sich durchs Haar und atmete tief durch. Mit dieser Häufigkeit war ihm das zuletzt als Teenager passiert.

Franks Stimme wurde lauter. Dae konzentrierte sich wieder auf das Gespräch, das er an sich vorbeiziehen lassen hatte. Frank bekräftigte gerade seine Pläne für das über fünfzig Hektar große Anwesen. Eigentlich musste Dae dem Mann dankbar sein. Ohne seinen Auftrag wäre ihm Emily nie über den Weg gelaufen. Und dass sie die weite Reise wert gewesen war, wusste er schon jetzt.

Dae hörte Stimmen und wandte sich um. Zwei Frauen Anfang zwanzig stiegen in der Einfahrt von ihren Fahrrädern.

Die Villa stand seit Jahren leer. Dae sah die Frauen zum Haus gehen und fragte sich, was sie dort wollten. Ein wenig unschlüssig folgte er ihnen mit einigem Abstand. Frank redete unverdrossen weiter.

»In den nächsten paar Tagen bin ich schlecht zu erreichen. Meine Frau besteht auf diesem beschissenen Trip«, schimpfte er. »Was bringt Frauen eigentlich auf die Idee, dass ein Mann sich wegen eines idiotischen Hochzeitstags fast umbringen muss?«

Dae kannte Frank seit ein paar Monaten und hielt ihn für einen durchtriebenen, selbstsüchtigen Widerling. Leider war er kein Einzelfall. Viele von Daes wohlhabenden Kunden glaubten, die ganze Welt müsste ihnen auf Zuruf zu Diensten stehen. Dae war geübt im Umgang mit solchen Leuten. Spaß machte ihm das nicht, aber er liebte seinen Beruf und gehörte zu den Besten seines Fachs. Dank seines großartigen Rufs konnte er für einen Abriss sechsstellige Beträge verlangen. Zu zart besaitet durfte man da nicht sein. Er wusste, wie der Hase lief, wann er seine Kunden reden lassen und wann er sie unterbrechen oder zum eigentlichen Thema zurückholen musste.

Er verkniff sich die Antwort, die ihm auf der Zunge lag. *Tun Sie Ihrer Frau einen Gefallen und trennen Sie sich von ihr. Geben Sie ihr die Chance, einen Mann zu finden, der für ein paar romantische Tage mit ihr alles stehen- und liegenlassen würde. Einen schlechtgelaunten Dummschwätzer wie Sie hat sie nicht verdient.*

»Weiß der Teufel. Sobald ich hier alles geklärt habe, schicke ich Ihnen eine E-Mail. Sie können mir antworten, wenn Sie wieder zurück sind.« Dae bog um die Hausecke, wich ein paar leeren Blumenkübeln aus und blieb wie angewurzelt stehen. Die

Frauen hatten sich mit ausgebreiteten Armen an den Stamm des gewaltigsten Olivenbaums gedrückt, den er je gesehen hatte.

»Was zum …«

»Was ist?« Franks Frage riss Dae aus seiner Erstarrung.

»Ähm … nichts. Wir stehen nicht unter Zeitdruck. Auf dieser Reise verschaffe ich mir nur eine Übersicht und kümmere mich um einige Formalitäten. Der Abriss kommt später.« Eigentlich hatte er sich auf diesen Auftrag gefreut, doch jetzt musste er an Emilys Worte denken. *Hier werden nicht mal Hühnerställe abgerissen … Ganz anders als bei uns, wo man alles für austauschbar und ersetzbar hält. Häuser, Scheunen … Beziehungen.*

Er betrachtete den mächtigen Baum, der anscheinend mit der Rückwand des Hauses verwachsen war. Es sah aus, als würden die Frauen den Stamm umarmen. So viel stand jetzt schon fest: Das war kein Auftrag wie jeder andere. Gab es hier Gesetze, die das Fällen von Bäumen regelten? In den Staaten waren alle möglichen Vorschriften für den Umgang mit Baumbeständen, für Abrissarbeiten und bauliche Veränderungen zu beachten. Einen Termin auf der örtlichen Baubehörde hatte er bereits vereinbart, und morgen würde er sich das Immobilienregister ansehen, in dem die Besitzverhältnisse festgehalten waren. Dae setzte *Genehmigung für Baumfällarbeiten* auf seine mentale To-do-Liste.

»Ihre Anfrage zur bisherigen Verwendung des Anwesens habe ich bekommen«, sagte Frank. »Ich habe Ihnen geschickt, was ich habe. Zwei Vorbesitzer. Weiteres ist mir nicht bekannt. All der andere Quatsch, den Sie wissen wollten, sagt mir nichts. Und ehrlich gesagt, ist mir auch nicht klar, warum das wichtig sein soll. Wen juckt's? Verkauft ist verkauft. Jetzt gehört der Schuppen mir und nur das sollte Sie interessieren. Oder gibt es irgendein Problem?«

»Nein, nicht dass ich wüsste. Wann sind Sie das nächste Mal hier in der Toskana?«

»Das nächste Mal? Verdammt, Dae. Ich war noch nie hier. Hab das Gemäuer ungesehen gekauft. Meine bessere Hälfte braucht dringend ein Hobby, damit sie mich in Ruhe lässt. Wir reißen alles ab und stellen einen Prachtbau hin, ein Urlaubsdomizil mit allem Drum und Dran. Meine Frau kann sich dort fünf, sechs Monate im Jahr verwirklichen und ich bin ein glücklicher Mann. In Wirklichkeit werden ein paar Leute aus meiner Crew in L. A. sich um alles kümmern. Die wissen, wie man das macht. Meine Frau wird glauben, dass sie alle Entscheidungen trifft. Von mir können Sie noch was lernen, Dae.« Frank lachte. »Das Geheimnis einer guten Ehe ist, nicht allzu viel Zeit zusammen zu verbringen.«

Von dir lernen? Nein danke.

Dae brachte das Gespräch zu Ende und steckte sein Handy weg. Von Weitem beobachtete er, wie die Frauen den Baum losließen und ein paar Schritte zurücktraten. Sie rieben sich die Augen, als weinten sie. Genau konnte er das aus der Entfernung nicht erkennen, aber auch ihn beeindruckten die schiere Größe und die Schönheit des Baumes. Eine der Frauen zog etwas aus der Rocktasche und ging zur anderen Seite des Stamms. Was sie vorhatte, konnte Dae nicht sehen. Der knorrige, in sich gedrehte Baumstamm verdeckte die Sicht. Dae wollte nicht stören und bog wieder um die Ecke zur Vorderseite der Villa. Kurz darauf hörte er die Frauen kichernd die Einfahrt entlangrennen. Dann fuhren sie auf ihren Rädern davon.

Als sie weg waren, schaute er sich die Mauer mit dem Baum genauer an. Ringsum gab es jede Menge Platz. Weshalb baute jemand sein Haus ausgerechnet an einen Baum, der riesengroß werden konnte? Dass Olivenstämme mit zunehmendem Alter immer dicker wurden, wusste in dieser Region doch sicher jedes Kind. Auf den ersten Blick hätte man meinen können, der Stamm sei durch die Hauswand längs geteilt worden. Aber eine so brutale Behandlung hätte kein Baum überlebt.

Der Stamm musste einen Umfang von mindestens sieben Metern haben. Er bestand aus mehreren Teilen, die sich ineinander verschlungen hatten wie Liebende aus einer Fabelwelt. Dae schaute sich den Koloss genauer an. In Ritzen und Hohlräumen steckten Zettel und Stofffetzen. Vorsichtig berührte er ein Stück Papier mit der Fingerspitze. Es zerfiel zu Staub und rieselte zu Boden. In einer anderen Ritze entdeckte er einen neu aussehenden Zettel. Er streckte die Hand danach aus, ließ sie aber wieder sinken. Was die Frauen hier machten, ging ihn nichts an. Vielleicht hinterließen sie Liebesbotschaften für ihre Freunde.

Wo der Baum genügend Licht und Platz hatte, reckte er lange, starke Äste bis hinauf zum Hausdach. Die Blätter wirkten gesund und dicht. Weitere dicke Äste schlängelten sich an der Hausmauer empor. Hoch oben vereinten sie sich mit der Krone. Dae machte mit dem Handy ein paar Fotos.

Die Schönheit des Baumriesen berührte ihn. Er musste Emily herbringen und ihn ihr zeigen. Diesen Anblick durfte er ihr nicht vorenthalten, selbst wenn es ihr nicht gefallen würde, dass er hier alles dem Erdboden gleichmachen sollte. In der vergangenen Nacht hatte er Emilys Namen gegoogelt und sich eine Stunde lang mit ihrem Facebook-Profil beschäftigt. Sie hatte viele Architekturpreise gewonnen und auf zahllosen Konferenzen Vorträge gehalten, oft zum Thema Passivbauweise. Die süße, sinnliche Lady, die ihn so in ihren Bann zog, war eine erfolgreiche Geschäftsfrau. Auch Bilder von Häusern, die sie gebaut oder umgebaut hatte, hatte er sich angesehen, und war höllisch beeindruckt von ihren gestalterischen Fähigkeiten.

Die Fotos auf Facebook zeigten Emily meist lächelnd im Kreis ihrer Familie. Selbst ein Blinder hätte die tiefe Verbundenheit zwischen ihr und ihren Lieben gesehen. Wieder einmal fühlte sich der Bruder in ihm angesprochen. Sie hatte recht. Er würde über sie wachen, bei ihm war sie sicher. Aber das wäre sie auch gewesen, wenn er keine Schwestern gehabt hätte. Nach dem gestrigen Tag mit ihr war sein Wunsch, sie zu beschützen, noch größer und dabei doch alles andere als brüderlich. Er wollte viel mehr als geschwisterliche Vertrautheit. Er wollte wissen, was ihren Körper zum Beben brachte, wo sie gern berührt werden wollte und wie sie sich unter ihm anfühlte, wenn er sich tief in ihr vergrub. Er wollte aufwachen und in ihren schönen dunklen Augen dasselbe Verlangen sehen wie am gestrigen Abend. Er wollte dabei sein, wenn sie aus ihrem dichtgedrängten Terminplan ausbrach, um mit strahlendem Gesicht ein Feld voller Mohnblumen zu bewundern. Und ihn interessierte, wie sie in ihrer gewohnten Umgebung zu Hause in den Staaten war, wo sie ihre Zeit zwischen der Arbeit und ihrer Familie aufteilen musste.

Die Toskana weckte sicher in jedem Besucher romantische Gefühle. Vielleicht waren seine Empfindungen ja deshalb so viel tiefer als sonst. Lag es an den warmen Farben, den besonderen Materialien und am ausgeprägten Familiensinn der Menschen hier, dass sein Geist sich zu neuen Ufern aufmachte? Er hatte eine wunderbare Familie. Sie sahen sich häufig, riefen einander an oder schrieben sich E-Mails. Aber noch nie hatte er sich nach einer eigenen Familie gesehnt. Verdammt, soweit er wusste, erging es seinen Geschwistern nicht anders. Sie waren von ihren Hippie-Eltern zu Freigeistern erzogen worden und hatten gelernt, dass Erfahrungen mehr wogen als Bücherwissen. Alle Geschwister waren beruflich erfolgreich, konnten reisen und sich entfalten. Aber lange Zeit hatte keiner von ihnen sich ein Nest gebaut. Dann hatte ausgerechnet Leanna, die Unsteteste von allen, sich in Kurt Remington, einen erfolgreichen Thriller-Autor verliebt. Leanna war die Einzige in der Familie, die beruflich nie wirklich Fuß gefasst hatte. Colby war als Navy-SEAL bei der Marine im Einsatz, Wade war ein weltweit gefragter Guru für künstliche Intelligenz. Bailey, die Jüngste, legte gerade eine rauschende Rockstarkarriere hin und bescherte Dae gelegentlich schlaflose Nächte. Viel zu häufig hatten Promis Ärger mit Stalkern, aber Bailey hatte einen starken Willen und war dickköpfig wie ein Maulesel. Und Colby sorgte dafür, dass ihr jederzeit ehemalige SEALS als Leibwächter zur Verfügung standen.

Anfangs hatte Dae gar nicht fassen können, dass Leanna mit Kurt ein ruhigeres, geordneteres Leben beginnen wollte. Aber seither war sie so glücklich, dass er einen eingehenden Blick auf sein eigenes Leben geworfen hatte. Er besaß Häuser in Denver, Boston und Chicago, hielt sich aber nie längere Zeit in einem davon auf. Und Leanna? Auch sie war stets rastlos umhergezogen. Jetzt hatte sie eine feste Beziehung und eine Tätigkeit, die ihr Spaß machte, und blühte seither sichtbar auf. Sie stellte in Cape Cod Marmelade her und war mit einem Mann verlobt, der sie anbetete. Offenbar hatte sie Stabilität gesucht und Kurt bot ihr genau das. Wenn Dae das Glück seiner Schwester sah, fragte er sich, ob er etwas verpasste, weil er sich nie wirklich auf einen Menschen einließ. Und jetzt gab es plötzlich Emily, und er konnte sich vorstellen, es mit ihr zu versuchen.

Er musste sie unbedingt hierher bringen. Sicher würde sie

strahlen, wenn sie sah, wie dieser Baum und das Haus miteinander verwachsen waren. Allerdings fürchtete er, dass das Strahlen schnell erlöschen würde, wenn er ihr eröffnete, dass er das Haus abreißen sollte.

Sieben

Mit einem Stück Toast in der kleinen Hand und Krümeln auf den Lippen saß Luca auf dem Schoß seiner Mutter und schaute Emily mit großen Augen an. Emily hörte Marcellos Stimme. In der Hoffnung, Dae wäre bei ihm, drehte sie sich um. Dae hatte ihr eine Nachricht geschickt und geschrieben, er hätte frühmorgens einen geschäftlichen Termin und würde sich gern gegen neun mit ihr treffen. Sie solle ruhig schon frühstücken, sie hätten heute viel vor. Jetzt war es Viertel vor neun und Emily freute sich unbändig darauf, ihn wiederzusehen. Sie war gespannt, wohin sie fahren würden, und überrascht, wie leicht es ihr fiel, ihre minutiöse Tagesplanung über den Haufen zu werfen und sich von Dae überraschen zu lassen.

Leider war Marcello allein. Emily zwinkerte Luca zu und winkte. Der Kleine grinste breit zurück. Serafina lächelte Emily zu, dann drehte sie sich wieder zu ihrer Mutter. Die beiden unterhielten sich auf Italienisch. Emily verstand nur hin und wieder Dantes Namen. Jetzt bedauerte sie, dass sie vor der Reise keinen Italienischkurs gemacht hatte, aber ihr hatte schlicht die Zeit gefehlt. Sie war schon froh, dass sie es überhaupt geschafft hatte, sich für diesen Trip neun Tage lang freizuschaufeln. Denn auch bei den Vorbereitungen für Daisys und Lukes

Hochzeit hatte sie tatkräftig geholfen. Inzwischen war die Planung perfekt. Dank Callies Organisationstalent, Rebeccas und Elisabeths Ideenreichtum und mit Emilys Mutter als Fels in der Brandung würden Luke und Daisy ein tolles Fest feiern können. Die beiden hatten dazu etwa hundert Freunde und Verwandte auf ihre Farm in Trusty eingeladen. Emily war Daisys Trauzeugin. Ihr Kleid für den festlichen Tag hing fertig gebügelt zu Hause im Schrank. Sie freute sich, dass Luke bald den Bund fürs Leben schließen würde. Er war der erste ihrer Brüder, der ernst machte. Mit den Partnerinnen der Jungs hatte sie großes Glück. Zickenkriege wie in manchen anderen Familien gab es unter ihnen nicht. Emily mochte die Verlobten ihrer Brüder allesamt sehr gern. Sie ertappte sich bei der Frage, was die Jungs wohl von Dae halten würden. Er war ebenso offen und fürsorglich, ebenso männlich markant wie sie. Sicher würden er und die Braden-Männer sich gut verstehen.

Kopfschüttelnd schob sie den Gedanken beiseite. Sie hatte gerade mal einen Abend und einen Tag mit Dae verbracht und dachte schon daran, ihn der Familie vorzustellen. Das ging nun wirklich ein bisschen zu schnell. Dafür hatte sie sich seit Jahren nicht mehr so viel Zeit mit dem Checken ihrer Mails gelassen. Offenbar hatte Dae bereits einen gewissen Einfluss auf ihr Leben. Einen recht guten sogar.

Sie drehte sich wieder zu Luca und setzte das Winkewinke-Spiel fort, bis er genug davon hatte und sich den Rest des Toasts in den Mund stopfte. Emilys Gedanken wanderten wieder zu ihrer Familie. Ob Daisy und Luke wohl gleich Nachwuchs haben wollten? Sie wusste, dass die beiden sich eine große Familie wünschten. Genau wie sie. Emily und ihre zukünftigen Schwägerinnen malten sich oft scherzhaft aus, wie sie ihre Kinderschar gemeinsam großziehen würden. *Verliebt, verlobt, dann sagst du Ja – und schon ist das erste Baby da.* Sie seufzte. Bei ihr würde das wohl noch ein bisschen dauern.

Adelina schenkte ihr Kaffee nach. Sie trug einen Rock und einen Pullover in Grau, dazu flache Lederschuhe. Nach dem gestrigen Tag zwischen lauter Touristen fiel Emily jetzt besonders auf, wie unterschiedlich sich Einheimische und Gäste kleideten. Serafina trug ein cremefarbenes Kleid mit einem Gürtel, Emily hatte sich für eng anliegende Jeans, eine rote Bluse, schwarze Ballerinas und große Ohrringe entschieden. Ja, es gab tatsächlich sichtbare Unterschiede.

Sie spürte Adelinas forschenden Blick. Dachte sie gerade dasselbe? Dass man Touristen sofort an ihrer Kleidung erkannte?

»Danke, Adelina. Das Croissant war lecker.«

»*Grazie.*« Adelina beugte sich zu ihr. »Und die Mohnblumen?«, raunte sie leise.

Emily spürte, wie ihre Wangen heiß wurden. »Die sind wunderschön. Danke.«

Adelina nickte lächelnd. »Ihr Kavalier ist ein wirklich gut aussehender Gentleman. Vielleicht sollten Sie unser Casa dei Desideri besuchen.«

»Mama!« Serafina schüttelte den Kopf. Etwas unwirsch sagte sie etwas auf Italienisch und Adelina antwortete im selben Ton. Serafina runzelte die Stirn. Die Entgegnung kam wieder auf Italienisch. Gebannt verfolgte der kleine Luca die hitzige Diskussion. Sein Kopf drehte sich hin und her wie bei einem Tennismatch.

Adelina tätschelte Emilys Rücken. Jetzt flüsterte sie fast, und was immer sie sagte, führte dazu, dass Serafina errötete.

»Vorsicht, Emily«, sagte sie mit einem Zwinkern. »Meine Mutter ist eine heimliche Kupplerin.«

»Casa dei Desideri? Was ist das?«, fragte Emily. *Und warum ist Serafina rot geworden?* »Ich glaube, auf der Karte mit den Sehenswürdigkeiten stand davon nichts.«

Adelinas Mundwinkel kräuselten sich nach oben. Mit einer weichen, fast verträumten Stimme antwortete sie: »Das ist keine Sehenswürdigkeit, nur ein ganz besonderer Ort. Sein Geheimnis wird von der Mutter zur Tochter, von Frau zu Frau weitergegeben.«

Emily beugte sich näher zu ihr. Ihre Neugier war geweckt.

»Es ist das Haus der Wünsche. Du suchst die große Liebe? Trag deinen Wunsch dorthin. Du möchtest schwanger werden?« Liebevoll schaute sie Luca an. »Trag deinen Wunsch dorthin.«

»Dann gibt es dort eine Art Wunschbrunnen?«

Adelina schüttelte den Kopf. »Nein, *bella*. Keinen Brunnen. Nur ein altes Haus und einen Baum. Die Frauen aus der Gegend lassen ein Stück von ihrem Herzen dort und viele Wünsche gehen in Erfüllung. So habe ich meinen Marcello gefunden, und Serafina ist mit Luca schwanger geworden, nachdem sie beim Wunschhaus war.«

»Mama!« Serafina sagte wieder etwas auf Italienisch. Es brachte beide Frauen zum Lächeln. Etwas schüchtern lächelte Serafina dann auch Emily an.

»Du weißt, dass das Wünschen hilft. Jeden Morgen und jeden Abend wünschen wir uns, dass Dante gesund nach Hause kommt, und er wird wiederkommen.« Adelina nickte bekräftigend.

»Nur Herzenswünsche werden wahr. Dinge, die man mit Geld kaufen kann, schenkt einem das Haus der Wünsche nicht. Und man kann nicht schummeln oder sich selbst belügen. Man muss den Wunsch wirklich tief in sich spüren.« Adelina drückte die Hand ans Herz und schaute zum Himmel hinauf. Im selben Moment bogen Marcello und Dae um die Ecke. Adelina lächelte ihren Mann an. »Die Wünsche müssen aus einem liebenden Herzen kommen, *bella*.«

Aus einem liebenden Herzen. Die Toskana war wirklich unfassbar romantisch. Als Dae Emily in die Augen schaute, beschleunigte sich ihr Puls. Sein Haar sah sexy zerwühlt aus. So als wäre er direkt nach dem Duschen mit der Hand hindurchgefahren. Selbst frisch rasiert wirkte er kernig und markant. Die oberen Knöpfe seines weißen Hemdes standen offen. Seine sonnengebräunte Haut und ein paar Brusthaare lugten hervor. Die Ärmel hatte Dae sich bis knapp unter den beeindruckenden Bizeps aufgekrempelt. Er sah noch fantastischer aus als gestern.

»*Il mio amore.*« Marcello breitete die Arme aus. »Erzählst du unserem Gast Ammenmärchen?«

Adelina schüttelte den Kopf und ging leise murmelnd ins Haus.

»*Ah, il mio ometto.*« Marcello schnappte sich Luca und küsste ihn auf beide Wangen. Luca kreischte vor Freude und Marcello lächelte Emily an. »Mein kleiner Mann. Mein Luca.«

Emily wurde warm ums Herz. Der kleine Junge bekam so viel Liebe, und Marcello zeigte ganz unbefangen, wie vernarrt er in seinen Enkel war. Lucas Vater war nicht da, aber die ganze Familie schenkte dem Kleinen unglaublich viel Wärme und Geborgenheit.

Mit selbstbewussten Schritten und Glut im Blick trat Dae näher. Seine tiefe Stimme streichelte Emilys Haut. »*Il mia dolce Emily.*«

Meine süße Emily. Eine Gänsehaut jagte über ihre Arme. Er küsste sie freundschaftlich auf beide Wangen, vermutlich aus Rücksicht auf Serafina und Marcello. Zu gern wäre Emily jetzt mit Dae allein gewesen. Seine Stimme hatte die Schmetterlinge in ihrem Bauch geweckt, und sie sehnte sich danach, in seinen Armen zu liegen und seine Lippen auf ihren zu spüren.

In der Gegenwart dieses atemberaubenden Mannes passierten ungeahnte Dinge mit ihr. Bis vor Kurzem hätte ihr das Angst gemacht. Jetzt fand sie diesen Zustand aufregend.

Marcello sprach angeregt auf seinen Enkel ein und trug ihn ins Haus. Serafina stand auf, strich ihren Rock glatt, warf Emily ein Lächeln zu und folgte den beiden.

»Hi.«

Dae setzte sich neben Emily, sein Knie streifte ihres. »Hast du gut geschlafen?«

»Ja.« *Lügnerin.* Sie hatte sich die ganze Nacht hin und her gewälzt und ununterbrochen an ihn gedacht. Voller Sehnsucht. »Danke für den wunderschönen Tag gestern. Und für die Mohnblumen! Das war die romantischste Überraschung meines Lebens.«

Dae strahlte. »Ich hätte zu gern dein Gesicht gesehen, als du das Licht im Zimmer angemacht hast. Aber wenn ich mit dir hineingegangen wäre, hätte ich nicht mehr weggekonnt.«

Sie gab sich Mühe, ihn sich nicht in ihrem Bett vorzustellen, und scheiterte kläglich.

»Hast ... ähm ... hast du denn gut geschlafen?«

Dae legte seine Hände auf ihre Oberschenkel und beugte sich zu ihr. »Fast hätte ich die Wand zwischen uns beiden eingerissen.« Er legte eine Hand in ihren Nacken, zog sie an sich und küsste sie voll zärtlicher Leidenschaft. Nach dem Kuss waren sie beide ein wenig atemlos. Dae lehnte die Stirn an ihre und hauchte ihren Namen. »Emily.«

»Dae.« Mehr brachte sie nicht heraus. Die Luft um sie beide lud sich auf. Sie sehnte sich mit jeder Faser nach ihm und wollte sich von ihrem Verlangen treiben lassen.

Doch bald waren sie auf dem Weg nach Poppi, um sich die mittelalterliche Burg anzusehen. Dae fuhr mit offenen Fenstern und hielt Emilys Hand. Sie betrachtete sein kräftiges Handgelenk. Dass ihre Hand in seiner lag, erschien ihr nur natürlich. *Wow, das ging aber schnell.* Sie liebte Daes kleine Gesten. Genau wie seine lustvollen Blicke, wenn er glaubte, sie würde nichts bemerken. Es war, als hätte er eine Direktverbindung zu ihren empfindlichsten Stellen. Jedenfalls rührten die sich jedes Mal, wenn sie ihn bei einem dieser heißen Blicke ertappte. Sie fand es himmlisch, dass er sie zur Begrüßung immer küsste. Und wenn sie sich verabschiedeten, selbst wenn es nur für Minuten war, drückte er jedes Mal ihre Hand und schaute sie an, als wollte er sagen: *Lauf mir ja nicht weg.*

»Wie bist du auf die Burg von Poppi gekommen? Hattest du sowieso vor, dorthin zu fahren?«

Sein Mundwinkel zuckte. Vermutlich dachte er sich eine freche Antwort aus.

»Ehrlich gesagt, bin rein geschäftlich in die Toskana geflogen, nicht wegen irgendwelcher Sehenswürdigkeiten. Aber dann ist mir diese unglaublich süße, brandheiße Architektin über den Weg gelaufen. Ich hatte das Glück, dass sie mir ihre Aufmerksamkeit geschenkt, einen Tag mit mir verbracht und mir einen weiteren versprochen hat. Und ich hoffe, es werden noch mehr. Die Burg habe ich vor allem für die süße Architektin ausgesucht. Für dich, meine Schöne. Aber auch, wegen der Legende, die sich um das alte Gemäuer rankt.«

Sie schob sich eine Haarsträhne hinters Ohr, setzte sich ein wenig aufrechter hin und versuchte auszusehen, als würde sie nicht gerade dahinschmelzen. Aber genau das war der Fall.

»Könnte es sein, Mister Bray, dass Sie von der Legende von

Lady Matilda sprechen?«

Er drückte ihre Hand. »Von keiner anderen.«

»Du hast eine Schwäche für Frauen, die Ehebruch begehen und ihre Liebhaber nach einer kurzen Nacht schnöde ins Jenseits befördern?« Emily kannte die schaurige Geschichte. Es hieß, Lady Matilda sei die schönste Jungfer weit und breit gewesen. Gegen ihren Willen hatte man sie mit dem mächtigsten Mann von Poppi vermählt, der viel älter gewesen war als sie und zu dem sie keinerlei Zuneigung empfunden hatte. Sie hatte das gemeine Volk außerhalb der kalten Burgmauern um sein freies Leben beneidet, und das war ihr zum Verhängnis geworden.

Dae lachte auf. »Im Moment habe ich eher eine Schwäche für eine zierliche Brünette, von der ich hoffe, dass sie ihre Liebhaber nicht mittels einer Falltür entsorgt. Auf einen tödlichen Sturz in spitze Klingen und Glasscherben bin ich nicht besonders scharf.«

Emily schüttelte sich. Offenbar kannte er die gruseligen Details so gut wie sie. Die Kronen der Bäume links und rechts der Straße bildeten eine Art Tunnel. Der grüne Baldachin schluckte das Sonnenlicht.

»So etwas würde ich niemals tun«, sagte Emily leise. »Ich würde einer schnellen, aber weniger gewaltsamen Methode den Vorzug geben. Gift vielleicht.«

Er lachte. »Und für deine Opfer würdest du eine vollendet schöne Krypta bauen. Ich glaube, ich sollte mir mein Essen in Zukunft genau anschauen.«

»Du weißt, dass es auf der Burg spukt, oder? Den Bewohnern von Poppi ist aufgefallen, dass die jungen Männer, die die Nacht mit der schönen Matilda verbracht hatten, nie wieder aufgetaucht sind. Die Leute aus dem Ort haben die Burg gestürmt, die Schöne in einen Turm eingemauert und dort sterben lassen. Es gibt Touristen, die ihr Gespenst gesehen haben wollen.«

Dae parkte oberhalb der Altstadt von Poppi. Die Aussicht war fantastisch. Sie reichte von der Burg über die Dächer der Stadt bis hinaus zu Feldern und Höfen.

»Ich habe davon gehört. Und du, Mylady, wirst nun bald herausfinden, ob etwas Wahres daran ist. Wir kriegen eine Privatführung.«

Dae stieg aus. Emily blieb mit offenem Mund sitzen.

Eine Privatführung?

Sie schaute zu, wie er um den Wagen ging. Eigentlich musste sie sich schämen, weil sie sich beim Anblick seiner breiten Schultern und seines knackigen Hinterns beinahe besabberte. Und wie ihm das Haar über die Augen fiel, war einfach zu sexy.

Er öffnete ihr die Beifahrertür und zog sie in seine Arme. Sie hatte längst das Gefühl, dorthin zu gehören, lehnte sich an seine Brust und schaute hinauf zu seinem Kinn, auf dem bereits wieder ein paar Stoppeln sprießten. Sie wollte sich an seinem Kieferknochen entlang küssen. Sich einfach auf die Zehenspitzen stellen, an einer Seite anfangen und weitermachen, bis sie auf der anderen ankam. Sie hielt sich mit den Händen an seiner Taille fest und spürte, wie ihr Magen flatterte.

Okay, Emily. Beherrsch dich. Sie versuchte, nicht an Daes Kinn, sondern lieber an die Führung zu denken.

»Privatführungen gibt es zurzeit gar nicht«, sagte sie. »Ich wollte eine Besichtigungstour mit einer Kleingruppe buchen, aber es hieß, jetzt in der Hochsaison würden nur Standardführungen angeboten.«

Dae küsste sie zärtlich. »Anscheinend hast du nicht die

richtigen Beziehungen.«

»Beziehungen? Soso. Hast du nicht gesagt, du wärst zum ersten Mal hier?«

»Das ist richtig.« Er drehte sie in seinen Armen, damit sie die Burg sehen und sich dabei mit dem Rücken an seine Brust lehnen konnte. »Vergiss die Logistik und genieß den Blick. Glaubst du, du könntest die Burgmauern erklettern?«

»Vielleicht.«

Er küsste ihren Hals. »Ich glaube, es gibt wenig, was du nicht schaffen kannst.«

»Mit Schmeicheleien kommt man immer weiter. Aber wie hast du es geschafft, eine Privatführung zu arrangieren?« Sie ließ nicht locker.

Er zog sein Handy aus der Tasche und drehte sich gemeinsam mit ihr mit dem Rücken zur Burg. »Bitte lächeln.«

Obwohl sie lieber eine Antwort gehabt hätte, lächelte sie für das Foto.

»Ich kann dir nicht alle meine Geheimnisse verraten.« Er nahm ihre Hand. »Komm, lass uns einen kleinen Rundgang machen.«

Emily staunte, welchen Unterschied ein paar Pflastersteine machten. Wären die Straßen, durch die sie gingen, asphaltiert gewesen, hätte sie bestimmt nicht das Gefühl gehabt, in einem Märchenland gelandet zu sein. Eigentlich waren es nur Steine, aber Emily war verzaubert. Sie schaute Dae an. Er spürte ihren Blick und warf ihr ein Lächeln zu.

Okay, vielleicht liegt es gar nicht an den gepflasterten Straßen. Vielleicht liegt es an dir.

Eine Gasse führte hinauf bis zum Vorplatz der Burg. Hand in Hand gingen sie zum Eingang. So viele Touristen wie vor dem Dom drängten sich hier nicht. Die Hand wie einen Schirm über die Augen gelegt schaute Emily am Glockenturm empor.

»Lady Matilda muss sehr einsam gewesen sein. Irgendwie tut sie mir leid. Sieh dich doch nur um. Die Burg ist beeindruckend. Aber kannst du dir vorstellen, allein hier herumzusitzen, während dein liebloses Scheusal von einem Ehemann irgendwo in der Ferne Schlachten schlägt? Kein Mensch, mit dem du reden kannst, einsame Mahlzeiten …« Sie drehte sich zu Dae und war überrascht über seinen durchdringenden Blick.

»Sie hat Männer ermordet. Dutzende.«

»Ja, ich weiß. Die Frau war nicht bei Trost und hat ihren qualvollen Tod sicher verdient. Aber überleg doch mal. Sie wurde mit einem Mann verheiratet, der mehr als doppelt so alt war wie sie. Mit einem kalten, jähzornigen Unhold, dessen Familie die Region mit eiserner Faust regiert hat. Und dann hat sie gut bewacht, aber mutterseelenallein hier herumgesessen. Vielleicht hat sie darüber den Verstand verloren. Sie wusste, dass draußen vor den dicken Mauern Menschen ein ganz normales Leben lebten, dass sie lachten und liebten, dass Frauen den Mann ihres Herzens küssen, mit ihm das Bett teilen und ihre Kinder in den Armen halten konnten. Wie elend muss ihr zumute gewesen sein.«

Dae küsste Emily auf die Schläfe. »Was in Lady Matilda vorgegangen ist, werden wir nie erfahren. Aber dass du Erklärungen suchst und Mitgefühl hast, spricht für deine Herzenswärme.«

»Mit Mitgefühl hat das wenig zu tun. Ich denke nur, dass wir durch unsere Lebensumstände, durch unsere Familie und unser Umfeld geprägt werden. Das alles beeinflusst, was wir tun. Meinst du nicht?«

Dae blieb vor dem Eingang der Burg stehen und legte die Hand an ihre Wange. Dass er sie so oft berührte, fand sie schön.

Außerhalb ihrer Familie hatte sie selten Männer kennengelernt, die so viel Wärme ausstrahlten und ihre Zuneigung so deutlich zeigten. Aber Dae war mindestens so gefühlvoll und offen wie ihre Brüder und suchte ebenso unbefangen Körperkontakt.

»Doch, da ist was dran«, sagte er. »Du selbst bist das beste Beispiel dafür. Du gibst die Wärme weiter, die dir geschenkt wird.«

Sie umarmte ihn fest. »Genau wie du.«

Mit der Privatführung hatte Dae ins Schwarze getroffen. Ohne ständig von Menschenmassen umringt zu sein, konnten sie sich die Burg ganz in Ruhe ansehen und einander dabei noch besser kennenlernen. Dae schaute Emily nur zu gern dabei zu, wie sie die Architektur der Burg bestaunte, und er lauschte gebannt, wenn sie über bauliche Besonderheiten und die Geschichte der Anlage sprach. Sie war ganz in ihrem Element. Mit leuchtenden Augen betastete sie die Mauern und warf mit Daten und Fakten um sich, als würde sie aus einem Buch vorlesen. Der Burgführer, ein kleiner rundlicher Mann, hatte nichts dagegen. Dae konnte sich gut vorstellen, wie Emily auf Konferenzen und bei Besprechungen mit ihrem Fachwissen glänzte, die Zuhörer begeisterte und sich ihren Respekt erwarb.

Sie verbrachten viele Stunden in der Burg, schauten sich den Glockenturm und den Innenhof an. Auch den Bereich, der vor langer Zeit als Gefängnis gedient hatte, besichtigten sie und fotografierten um die Wette. Daes Lieblingsfoto entstand vor der riesigen Steintreppe, die Emily für schlichtweg unbeschreiblich erklärte. Das Foto fing ihre Begeisterung ein. Die Zeit mit ihr verging wie im Flug. Alles, was sie tat oder sagte, fachte Daes

Verlangen nach ihr an. Sie war so durch und durch Emily und stahl sich mit all ihren kleinen Angewohnheiten tief in sein Herz. Er fand es bezaubernd, wie sie sich auf die Unterlippe biss, wenn ihr aufging, dass eine ihrer Bemerkungen zweideutig war. Noch besser gefiel es ihm, wenn sie die Hand an seine Seite legte, weil sie ihm etwas zeigen wollte. Verdammt, sogar der ernste Blick, mit dem sie über die Geschichte der Burg sprach, hatte seinen ganz eigenen Charme. Aber am meisten freute er sich über Emilys Natürlichkeit. Sie verstellte sich nicht und versuchte nicht, ihn irgendwie zu beeindrucken. Sie war stark und verletzlich, ernst und witzig zugleich. Nur ein einziges Mal ertappte er sie dabei, wie sie die Nachrichten ihrer Brüder las. Obschon sie dabei die Augen verdrehte, verriet ihr Seufzen, wie lieb sie die Jungs hatte. Familienbande gingen ihr über alles. Schon lange vor dem Ende der Burgbesichtigung war Dae vollkommen verzaubert von Emily.

Nach einem späten Mittagessen in Poppi streiften sie bis zum Sonnenuntergang durch die Straßen und Gassen. Dann machten sie sich auf den Rückweg zur Villa. Dae wollte das Date noch nicht enden lassen. Schon allein deshalb nicht, weil er morgen wegen seines Projekts viele Termine und wenig Zeit für Emily haben würde. Bei der Vorstellung, auf ihre Gesellschaft verzichten zu müssen, verspannten sich seine Nackenmuskeln. Emily saß mit geschlossenen Augen neben ihm, lehnte den Kopf an den Sitz und lächelte glücklich. Sie sah umwerfend aus.

»Müde?«

»Nein«, schnurrte sie, ohne die Augen zu öffnen. »Nur herrlich entspannt. So entspannt wie schon seit Jahren nicht mehr.«

»Hast du Lust auf einen Spaziergang am Fluss?«

Sie schaute ihn an, als hätte er ihr einen Sack pures Gold angeboten. »Tolle Idee.«

Ein paar Minuten später parkten sie in einem hübschen Städtchen am Fluss. Die Sonne küsste den Horizont, während sie einer schmalen Gasse zu einem mit Bäumen bestandenen Weg am Flussufer folgten.

»Danke für den wunderschönen Tag.« Emily schaute ihn an.

Dae legte den Arm um sie und zog sie an sich. »Ich danke *dir*. Und der Tag ist noch nicht vorbei.« Er küsste sie auf die Schläfe. Dabei atmete er ihren blumigen, sehr weiblichen Duft ein. *Ganz und gar Emily.*

Auf dem Weg am Wasser entlang lehnte sie den Kopf an ihn.

»Bin ich morgen wieder an der Reihe? Darf ich bestimmen, was wir tun?«, fragte sie.

»Tut mir leid, Em. Aber morgen ruft die Arbeit.«

Ihr Griff um seine Seite lockerte sich. »Ach, entschuldige, ich bin einfach davon ausgegangen …«

Dae blieb stehen, drehte sie zu sich und hob ihr Kinn mit dem Zeigefinger an. Er schaute ihr in die enttäuschten Augen.

»Das ist gut. Ich freue mich, dass du einfach angenommen hast, wir könnten wieder zusammen losziehen. Aber ich habe ein paar Termine wegen meines Auftrags. Die können dauern. Sollen wir uns vielleicht abends treffen?« Verdammt, er wünschte, er könnte die Arbeit einfach Arbeit sein lassen. Zudem plagte ihn sein Gewissen, weil er Emily noch nicht gesagt hatte, womit er seinen Lebensunterhalt verdiente. Sobald sich eine gute Gelegenheit bot, musste er das nachholen.

»Gern. Aber bitte fühl dich zu nichts verpflichtet. Ich möchte dich in deinem Urlaub nicht zu sehr mit Beschlag belegen.«

»Em, das ist kein Urlaub. Ich bin wegen der Arbeit hergekommen und dann habe ich dich kennengelernt. Du bist viel spannender, als es meine Arbeit je sein könnte. Von dir lasse ich mich gerne mit Beschlag belegen.« Er drückte die Lippen auf ihre. Als ihre Arme sich um seinen Hals schlangen, lächelte er.

»Gute Antwort.« Er küsste sie leidenschaftlich und genoss, wie sie sich dabei an ihn schmiegte.

Widerstrebend lösten sie sich voneinander. Er strich über ihren Rücken und ihre Seiten, dann lehnte er die Stirn an ihre und seufzte ihren Namen.

»Du weckst in mir Gefühle, die ich noch nie hatte«, gestand er.

»Und du in mir. Deine Berührungen, deine Stimme … was du mit mir machst, ist so groß und so neu. Du bringst mich völlig durcheinander.«

Ihre Worte steigerten seine Erregung. Zu wissen, dass er dieselbe Wirkung auf sie hatte wie sie auf ihn, machte es ihm noch schwerer, sein Verlangen im Zaum zu halten.

Sie gingen ein Stück, dann setzten sie sich ans Ufer. Dae zog Emily dicht zu sich heran. Schweigend lauschten sie dem Plätschern des Flusses und den entfernteren Geräuschen der abendlichen Stadt.

»Erzähl mir etwas über deine Arbeit.« Emily strich über seinen Oberschenkel.

Die Arbeit. Ach ja. Sie saßen ganz allein am Fluss und eigentlich wollte er sie einfach nur berühren und überall spüren. Leider würde sie das vielleicht nicht mehr zulassen, wenn sie erfuhr, wie seine Arbeit aussah. Flunkern konnte und wollte er nicht, jetzt half nur noch die Flucht nach vorn. »Ich investiere in Immobilien, aber vor allem bin ich ein Abrissexperte.«

»Du jagst Gebäude in die Luft?«

Er lachte nervös auf. »Manchmal schon.«

»Und weshalb bist du hier? Abriss oder Investition?«

Ihre Hand rieb seinen Schenkel. Sein Körper reagierte sofort. Er versuchte, sich auf ihre Frage zu konzentrieren. Ehrlichkeit war angesagt, auch wenn Emily ihm dann vielleicht die kühle Schulter zeigte. Er räusperte sich. »Abriss.«

Sie nickte und lehnte sich an ihn. Seine Hände glitten über ihre Schultern zu ihren Oberarmen. Emily fühlte sich so unglaublich gut an und duftete so betörend. Und sie waren ganz allein, saßen etwas abseits des Pfades unter einem Baum. Der Geruch des Flusses vermischte sich mit Emilys Duft. Dae wusste kaum, wie er sich noch beherrschen sollte. Er hob Emilys Kinn und drückte den Mund auf ihren. Seine Zungenspitze musste nicht lange um Einlass bitten. Sie öffnete die Lippen und der Tanz ihrer Zungen begann. Emilys hungriger, fordernder Mund heizte ihm mächtig ein. Verdammt, sie konnte küssen. Er vergrub eine Hand in ihrem Haar und zog ihren Kopf behutsam ein wenig nach hinten, damit er ihren süßen Hals besser erreichen konnte. Er küsste sich an ihrem Kiefer entlang bis zu der zarten Stelle direkt unter ihrem Ohr. Sanft knabberte er an ihrer Haut und hörte sie aufstöhnen. Schwer atmend drängte sie sich an ihn, während er ihren Hals mit Küssen bedeckte, ihr dann das Shirt von einer Schulter zog und an ihrer warmen Haut saugte.

»Dae, du bringst mich um den Verstand.«

Ihre Blicke trafen sich und einen Atemzug später fanden sich ihre Münder in einem weiteren gierigen Kuss. Stöhnend und voller Verlangen legte er Hände auf ihre perfekten, festen Brüste.

»Du fühlst dich unglaublich gut an.«

Behutsam drückte er sie ins Gras. Er konnte nicht aufhören, sie zu küssen, wollte weitermachen, bis ihr die Sinne schwanden. Er legte sein Bein über ihres, deckte sie mit seinem Körper zu und ließ sie seine Küsse atmen. Seine Hand schob sich unter ihre Bluse bis zu ihrem BH. Sanft knetete er durch den feinen Spitzenstoff hindurch eine ihrer harten Brustwarzen zwischen Daumen und Zeigefinger und wünschte sich nichts mehr, als ihre Brüste mit den Lippen verwöhnen zu können. Sie wölbte sich ihm entgegen und legte ihr Bein um seines. Bald waren sie ineinander verschlungen wie zwei Schlangen beim Liebesspiel. Sein Becken presste sich an ihres, sie stöhnte in seinen Mund. Er wollte sie gleich hier am Flussufer nehmen, jeden Zentimeter ihres nackten Körpers streicheln und sie besitzen. Er bekam nicht genug von ihr und ahnte bereits, dass das auch so bleiben würde.

Bebend und schwer atmend schob sie ihn ein klein wenig von sich weg. Ihr Blick war so lüstern wie seiner.

»Lass uns zur Villa fahren«, flüsterte sie.

Das ließ er sich nicht zweimal sagen. Hastig machten sie sich auf den Weg zum Parkplatz. Alle paar Schritte blieben sie stehen und küssten sich. Am Wagen angekommen hob er Emily auf die Motorhaube, drängte die Schenkel zwischen ihre und küsste sie erneut. Sie presste sich an seine Härte, ihre Zungen tasteten, forschten und wollten sich nicht voneinander lösen. Schließlich beendete er den Kuss und atmete tief durch. Wie sollte er sich aufs Fahren konzentrieren, wenn er nur daran denken konnte, in ihr zu sein?

Er hob sie von der Motorhaube und half ihr in den Wagen. »Zur Villa. Schnell.«

Sie hielt ihn an seinem Hemd fest und zog seinen Mund zurück zu ihrem. Halb in den Wagen gebeugt küsste er sie.

Diese Frau brachte ihn um jeden Rest Selbstkontrolle. Sollte er die Sitzlehne nach hinten stellen und sie gleich hier auf dem Parkplatz am Fluss nehmen? *Verdammt.* Wie kam er bloß auf diese Idee? Widerstrebend ließ er von ihr ab. Er war außer Atem und hart wie Stahl. Sein Blick bohrte sich in ihren. Emilys Augen waren jetzt fast schwarz. Heftiger als er es wollte, zog er ihren Kopf zu sich. Wieder trafen sich ihre Lippen. Sie wühlte die Hände in sein Haar. Ihr Kuss war so wild und so fordernd wie seiner.

Himmel noch mal!

»Wir kommen …« Er küsste sie erneut. »… niemals hier weg.« Wieder ein heißer Kuss. »Nie.«

Sie lachte an seinem Mund. »Fahr los. Jetzt. Schnell.«

Zwanzig Minuten später tastete er nach seinem Zimmerschlüssel. Einen Arm hatte er um Emily gelegt, mit der freien Hand ging er den Schlüsselbund durch. Emily drückte die Lippen an seinen Hals und schickte damit einen Blitzstrahl direkt zwischen seine Beine. Endlich hatte er den richtigen Schlüssel im Schloss. Mit dem Knie stieß er die Tür auf und mit dem Fuß hinter ihnen gleich wieder zu. Mondlicht fiel zur Balkontür herein und warf einen silbrigen Schein auf sein Bett. Mit einer fließenden Bewegung drückte er Emilys Rücken an die Tür. Hastig schloss er ab. Die Schlüssel landeten zusammen mit ihrer Handtasche auf dem Boden. Seine Hände bewegten sich wie von selbst. Er wollte sie überall berühren. Jetzt sofort. Im Nu hatte er ihr die Bluse über den Kopf gezogen und … verdammt, die Frau brachte ihn um den letzten klaren Gedanken. Ihr schwarzer Spitzen-BH bedeckte kaum ihre Brustwarzen. Sie war erotischer als jedes Victoria's-Secret-Model. Seine Hände tasteten sich über ihre bezaubernden Brüste, er verschlang ihren Mund mit seinen Küssen. Sie stöhnte an seinen Lippen, krallte sich an seiner Hüfte fest und zog sein Becken an ihres. Dann zerrte sie an seinem Hemd. Er riss es sich so hastig herunter, dass die Knöpfe in alle Richtungen sprangen. Emilys Augen wanderten über seine Brust zu seinen Tattoos, ihre Lippen kräuselten sich zu einem anerkennenden Lächeln. Er beugte sich zu ihren Brüsten und streichelte mit der Zungenspitze eine ihrer Brustwarzen unter dem feinen Spitzenstoff. Emilys duftete himmlisch. Davon würde er nie genug bekommen. Sie krallte die Hände in sein Haar und drückte seinen Mund an ihre Brust.

»O ja«, hauchte sie.

Er zog ihr die BH-Träger von den Schultern und befreite ihre Brüste aus ihren zarten Spitzenhüllen. Noch hob der BH sie ein wenig an. Sie waren zum Anbeißen schön. Mit betörender Langsamkeit leckte er sich erst um eine Brustwarze, dann um die andere, während seine Hände die festen Rundungen rieben und massierten. Emily drängte das Becken an ihn. Er antwortete mit einem leidenschaftlichen Kuss. Ihre harten Brustwarzen an seiner Haut brachten ihn zur Raserei. Er wollte sie ganz und er wollte sie jetzt. Er öffnete ihre Jeans. Einem Moment lang hielt er inne und suchte in ihren Augen nach Zustimmung. Wortlos nickte sie, ihre Mundwinkel hoben sich. Er musste sie einfach weiterküssen. Dabei hakte er die Daumen in den Bund ihrer Jeans und zog die Hose nach unten. Seine Zähne knabberten an Emilys Unterlippe. Emily schnappte nach Luft.

Seine Hände hatten sich bereits auf den Weg zu ihren Hüften gemacht. Die Jeans auf den Oberschenkeln und nur in ihren Panties und mit dem BH unter den Brüsten stand sie vor ihm wie ein sündiger Traum.

»Willst du es wirklich, Emily? Jetzt können wir noch

aufhören, aber wenn wir noch eine Minute weitermachen, garantiere ich für nichts mehr.« Er hielt ihren Blick fest.

»Ich will es. Auch wenn …« Sie zögerte. Einen Moment lang wurden ihre Augen ernst. »Es ist alles so schnell gegangen. Normalerweise warte ich damit viel länger. Aber, ja, Dae. Ich will dich. Das hier. Uns. Du kannst dir nicht vorstellen, wie sehr.«

Mehr musste er nicht hören. Er griff hinter sie und hakte ihren BH auf. Die feine Hülle segelte zu Boden. Dae umfasste Emilys wunderbare Brüste.

»Du bist atemberaubend.« Er drückte die perfekten Hügel aneinander, leckte und küsste die Nippel. Dann verwöhnte er mit Lippen und Zunge die Stelle zwischen ihren Brüsten mit und arbeiteten sich langsam bis zu ihrem Nabel. Er küsste ihn, umspielte, neckte und erforschte ihn mit der Zungenspitze. Langsam arbeitete er sich tiefer und leckte sich am Bündchen ihres schwarzen Spitzenpanties entlang. Sie wölbte sich ihm entgegen und wollte sich die Jeans vollends herunterziehen. Er hielt ihre Handgelenke fest.

»Noch nicht«, flüsterte er.

Sie stöhnte.

Er leckte sie durch die feuchten Panties hindurch, dann knabberte er an der Innenseite ihres Oberschenkels. Emily wand sich. Sie versuchte, die Schenkel weiter zu öffnen, doch die Jeans hinderten sie daran. Zärtlich streichelten seine Finger die feuchte Stelle zwischen ihren Beinen. Emily schnappte erschauernd nach Luft. Ihre heftigen Reaktionen machte Dae verrückt. Halb wahnsinnig vor Verlangen zog er den Bund ihrer Panties herunter. Kein Härchen verstellte ihm den Blick.

»Emily«, stöhnte er. Er legte die Stirn an ihren Nabel.

»Das Waxing war ein Geschenk von Daisy«, presste Emily

zwischen zwei hastigen Atemzügen hervor. »Hat grässlich wehgetan. Gewöhn dich lieber nicht daran.«

»O Baby. Ich sorge dafür, dass du den Schmerz vergisst.«

Er leckte ihre Leistenbeuge, atmete ihren süßen Duft ein und hörte sie erneut aufstöhnen. Dann widmete er sich der anderen Seite, ließ die kühle Luft über die feuchtgeküssten Stellen streichen und spürte, wie ihr eine Gänsehaut über die Oberschenkel jagte. Er hakte die Zeigefinger in ihre Panties und zog sie ihr bis auf die Schenkel herunter.

»Dae«, flüsterte sie. Ihre Hände gruben sich in sein Haar. Sie zog seinen Mund zu ihrer Mitte.

Seine Zunge streichelte sie zart. Er freute sich an ihrem Zittern, drückte ihre Schenkel mit den Händen auseinander und tauchte mit der Zunge in sie ein. Mit dem Daumen umkreiste er ihren empfindlichen kleinen Knubbel, bis ihre Beinmuskeln sich anspannten, ihr Körper zuckte und bebte. Sein Name flog von ihren Lippen. Er machte weiter und sog sie in sich auf. Erst als die letzten Wellen verebbt waren, zog er ihr die Schuhe von den Füßen und befreite sie aus ihren Jeans. Er hielt sie fest, damit sie nicht ins Wanken kam. Mit geschlossenen Augen, eine Hand noch immer in seinem Haar vergraben, stand sie da.

»Alles in Ordnung, Baby?«

»O Gott, ja.« Ihre Lider flatterten auf. Ein zufriedenes Lächeln umspielte ihre Lippen.

Dae stieg aus seinen Jeans und drückte seinen nackten Körper an ihren.

»Du fühlst dich so gut an. Ich möchte dich am liebsten verschlingen.«

»Ich kann ... nicht denken.«

Er küsste sie hart und tief. Sie schmolz in seinen Armen.

»Das musst du jetzt auch nicht.«

Er hob sie hoch und trug sie zum Bett, konnte einfach nicht aufhören, sie zu küssen. Ihr langes Haar bildete zusammen mit seinem einen Vorhang, durch den das Mondlicht sickerte. Mit einer Hand zog er die Decke vom Bett und legte Emily auf das Laken.

Wie ein Fächer fiel ihr Haar über sein Kopfkissen. Ihr Anblick in seinem Bett raubte ihm die Sinne.

Sie griff nach ihm. Ihre Augen waren dunkel, ihre Stimme rau. »Komm zu mir.«

Er legte die Lippen auf ihre. Gott, er liebte ihren Mund. Seine Hand tastete in der Nachttischschublade nach einem Kondom.

»Ich nehme die Pille«, sagte sie.

»Die schützt zu neunundneunzig Prozent. Sobald du hundertprozentig sicher bist, dass ich der Mann fürs Leben für dich bin, gehen wir das Restrisiko ein.« Während er sich die Latexhülle überzog, küsste er sie. »Ich will dich beschützen und dir niemals schaden.«

Gleichzeitig mit ihren Körpern verschmolzen ihre Lippen. Einen Moment lang hielt er inne. Er wollte diesen Augenblick festhalten, spüren, wie ihre Schenkel sich an seinen rieben, wie ihre heiße, feuchte Mitte ihn Zentimeter für Zentimeter verschluckte, wie ihre Brust sich seiner entgegen wölbte. Seine Stirn berührte ihre, dann begann er, sich zu bewegen. Verdammt, es war wie ein Traum. Ihre Körper fanden einen gemeinsamen Rhythmus, ihre Lippen vereinigten sich zu einem leidenschaftlichen Kuss. Als er sich schneller bewegte, beschleunigte sich ihr Herzschlag und ihre Muskeln spannten sich. Sie grub die Fingernägel in seine Lenden, er stieß schneller und tiefer in sie hinein. Er wollte den Höhepunkt hinauszögern.

Doch die Muskeln in ihrem Inneren spannten sich um ihn und eine heiße Welle riss ihn mit. In einem Strudel aus Schweiß, Lust und Hitze jagten sie dahin. Als sie gemeinsam kamen, stöhnte er zwischen zusammengebissenen Zähnen ihren Namen hervor. Danach lehnte die Stirn an ihre und versuchte sich zu erinnern, wie man atmete. »Noch mal«, hörte er sie flüstern und glaubte sich im Paradies.

Mit niemandem wollte er dort lieber sein als mit seiner süßen Emily.

Ein wenig würde sie sich wohl gedulden müssen. Aber ihr sinnlicher Mund tastete sich zu seinem Hals, saugte, leckte und küsste, und schon nach wenigen Atemzügen war er wieder bereit, der betörenden Emily zu schenken, was sie beide sich wünschten.

Acht

Emily spürte Daes Lippen zart an ihrer Wange. Die Erinnerung an die vergangene Nacht, an jeden einzelnen traumhaften Kuss, kehrte zurück. Lächelnd öffnete sie die Augen. Zweimal hatten sie sich geliebt. Hinterher hatte er sie in den Armen gehalten und geflüstert: »Bleib bei mir.«

Jetzt stand er fertig angezogen vor ihr. Sein Haar war nass, seine dunklen Augen blickten nachdenklich. Sie hob die Hand und strich über seine unrasierte Wange. Ihr Körper reagierte sofort. Die Haut an der Innenseite ihrer Oberschenkel war sicher ein wenig wund von seinen Stoppeln, aber das kümmerte sie nicht. Wenn er nicht weggemusst hätte, hätte sie genau da weitergemacht, wo sie in der Nacht aufgehört hatten. Nie zuvor hatte sie sich so geliebt gefühlt. Sie war mit der ganz und gar richtigen Person am ganz und gar richtigen Ort gewesen.

»Guten Morgen«, sagte sie.

Er küsste sie auf den Mund. »Ich will nicht weg von dir.«

Emily zog sich das Laken über die Brust und setzte sich auf. »Dann bleib.« Sie wusste, dass es nicht fair war, so etwas zu sagen. Aber die Worte waren ihr spontan herausgerutscht. Natürlich durfte Dae seine Arbeit nicht vernachlässigen. Eine Frau, die wie sie für den Erfolg lebte, musste das doch verstehen. Auch wenn sie sich seit Neuestem fragte, weshalb sie glaubte, stets mehr leisten und besser sein zu müssen als alle anderen. Um jeden Preis.

Ein Lächeln spielte um seine Lippen. »Das würde ich zu gern tun. Leider geht das nicht. Aber heute Abend sehen wir uns. Sollen wir uns hier treffen? Was hast du heute vor?«

»Moment …« Sie lugte unter das Laken. »Ich glaube, erst mal ziehe ich mir etwas über und gehe zum Duschen in mein Zimmer.«

Er legte sich auf sie und küsste sie auf die Nasenspitze. »Jetzt werde ich ununterbrochen daran denken, wie du nackt unter der Dusche stehst. Wie soll ich mich da auf die Arbeit konzentrieren?«

Sie lachte. »Viel verpasst du ja nicht.«

»Da siehst du mal, wie wenig Ahnung du hast, Miss Braden. Einen atemberaubenderen Körper als deinen habe ich nämlich noch nie gesehen.« Er drückte seine Härte an ihr Becken und küsste sie.

»Oh.« *Vielleicht kann ich ihn ja doch dazu bringen, seine Termine abzublasen. Ach ja, blasen … Schluss jetzt. Die Arbeit geht vor. Das sollte ich doch am besten wissen.*

Er stützte die Stirn an ihre Brust. »Du bringest mich um den Verstand.«

Ihr fiel ein, was er über die Wirkung ihrer *Oh*s gesagt hatte. »Tut mir leid. Ein bisschen. Vielleicht.«

»Ja, klar.« Er küsste sie erneut und strich ihr das Haar aus dem Gesicht.

»Ich mache Sightseeing. Aber ohne dich ist das sicher nicht halb so schön.«

»Doch, es wird toll. Sollen wir heute Abend zusammen essen? Und falls du irgendwo allzu viel Spaß hast, schreib mir, und ich komme.«

»Im Ernst?« Wow. So ein Mann war ihr noch nie begegnet.

»Im Ernst. In ein paar Tagen muss ich zurück in die Staaten und bis dahin will ich so viel Zeit wie möglich mit dir verbringen.«

Ihr wurde ganz flau. »Wann reist du denn ab?«

»Augenblick ... heute ist Montag. Mein Flug geht am Donnerstag, also in vier Tagen, wenn wir heute mitrechnen.«

In *vier* Tagen? Nur noch *drei* Nächte? Warum fühlte sich das an, als nahte der Weltuntergang? Am liebsten hätte sie ihn gebeten, einfach länger zu bleiben. Sie hatte so viele Fragen. Sie wusste ja noch nicht einmal, wo er wohnte. Emily schaute sich in dem sauber aufgeräumten Zimmer um. Die Kleider, die Dae gestern getragen hatte, hingen ordentlich gefaltet über einem Stuhl in der Ecke. Seine Haarbürste lag auf der Kommode, gleich neben seiner ledernen Brieftasche. Ihr wurde klar, dass sie viel zu wenig über ihn wusste, und das musste sich unbedingt ändern. Sie wollte alles über ihn erfahren. Alles.

»Vier Tage«, sagte sie leise. »Und wohin fliegst du dann?«

»Nach Denver. Zu einer Besprechung wegen einer meiner Immobilien dort.« Er warf einen Blick auf die Uhr. »Ich muss los zu meinem ersten Termin heute. Schreibst du mir bitte viele Nachrichten von deiner Tour? Und schickst mir Fotos?«

Sie lächelte. »Klar.« Plötzlich war ihr ein bisschen seltsam zumute. Fand er denn gar nichts dabei, sie in seinem Zimmer alleinzulassen? »Keine Sorge, ich bin gleich weg und schließe ab, wenn ich gehe.«

»Em, von mir aus kannst du den ganzen Tag hierbleiben. Fühl dich wie zu Hause.« Er küsste sie und stand auf. »Adelina wünscht dir einen guten Morgen.«

Emily riss die Augen auf. »Du hast sie schon gesehen? Und

sie weiß, dass ich in deinem Zimmer bin?«

»Bei nur zwei Gästen entgeht ihr sicher nicht viel. Ich bin schon eine ganze Weile wach. Sie und Serafina sind gerade zurückgekommen, als ich unten war. Sie hatten wohl irgendwo für die sichere Heimkehr von Serafinas Mann gebetet und wir haben zusammen Kaffee getrunken.«

»So lang bist du schon auf den Beinen?« *O mein Gott.* »Du hättest mich wecken sollen.«

Er berührte ihre Wange. »Du bist süß, wenn du rot wirst.«

Ihre Wangen wurden gleich noch heißer.

»Du hast so friedlich geschlafen, und ich habe angenommen, dass du dich nach der vergangenen Nacht ein bisschen ausruhen musst.«

Sie klimperte mit den Wimpern. »Wenn du mich geweckt hättest, hätten wir direkt da weitermachen können, wo wir aufgehört haben.«

»Ich … du …« Er knirschte mit den Zähnen und schloss die Augen. Vielleicht ärgerte er sich, dass er eine Gelegenheit verpasst hatte, oder er nahm sich gerade vor, das Verpasste an einem anderen Morgen nachzuholen.

»Du bist süß, wenn du durcheinander bist«, frotzelte sie.

»Herrje, was habe ich bisher bloß ohne dich gemacht?« Er drückte die Lippen auf ihre. »Wenn ich ehrlich bin, habe ich dich aus purem Eigennutz schlafen lassen. Es sieht schön aus, wenn du in meinem Bett liegst. Nackt.«

»Du bist unmöglich. Du willst bloß, dass ich noch mal rot werde.«

»Unmöglich? Du weißt doch jetzt, was möglich ist, wenn wir zusammen sind. Zugegeben, dich erröten zu sehen, gefällt mir. Aber lange nicht so sehr, wie dich in meinem Bett liegen zu sehen.« Er griff nach seiner Geldbörse, hauchte ihr einen Kuss zu und ging zur Tür. »*Ciao, bella.*«

Dann war er weg. Emily fühlte sich plötzlich sehr allein. Sie zog sich an, fischte eine ihrer Visitenkarten aus ihrer Handtasche und schrieb eine Nachricht an Dae auf die Rückseite.

An den unmöglichen Kerl, mit dem alles möglich ist!
Du bist erst eine Minute weg und fehlst mir trotzdem schon so sehr.
E.

Sie machte das Bett und legte das Kärtchen auf sein Kopfkissen. Dann ging sie in ihr Zimmer, duschte und zog sich an. Unten auf der Veranda stand Adelina. Sie hatte den kleinen Luca auf dem Arm.

»Guten Morgen, Adelina. Guten Morgen, Luca.« Emily kitzelte den Kleinen an den Füßen, bis er gluckste.

»Emily, guten Morgen.« Adelinas etwas zu eindringlicher Blick verriet, dass sie wusste, wo Emily die Nacht verbracht hatte. Emily spürte, dass sie schon wieder rot wurde.

»Ihr schöner Verehrer hat ein Geschenk für Sie dagelassen.« Adelina zeigte auf ein kleines Päckchen mit einer roten Schleife. Es lag neben Emilys Teller.

»Danke.« Überrascht drehte sie das Päckchen in der Hand. Ihre Verlegenheit war wie weggewischt. Was war das für ein Mann, der sie mit romantischen Geschenken überraschte und auf ungeahnte Weise ihr Herz öffnete?

»Er hat Liebe in den Augen, wenn er von Ihnen spricht.« Adelina rückte Emily einen Stuhl zurecht und schenkte ihr Kaffee ein. Dabei murmelte sie etwas auf Italienisch in Lucas Ohr.

»*Casa dei Desideri*«, sagte sie etwas lauter und stellte die

Kanne ab.

Das Haus der Wünsche. Emily lächelte. »Dieses Haus möchte ich zu gern sehen, Adelina. Aber heute komme ich nicht dazu.«

Adelina küsste Luca dreimal auf die Wange. »Das Haus hat uns unseren Luca geschenkt. Schreiben Sie Ihren Wunsch auf und gehen Sie hin. Sie werden schon sehen. Der Wunsch geht in Erfüllung.« Seufzend schaute sie in die Ferne. »*Albero di amore.*«

Wieder einmal bedauerte Emily, dass sie keinen Italienischkurs gemacht hatte.

Gespannt packte sie Daes Geschenk aus. Es war ein Notizbuch. Auf die erste Seite hatte er ein paar Zeilen geschrieben. Seine Handschrift war genauso schwungvoll und leicht, wie er in ihr Leben getanzt war.

Süße Emily! Wenn wir zusammen sind, ist nichts unmöglich. Vielleicht hast du Lust und Zeit, dir diese Villa anzusehen. Bis heute Abend, Dae

Er hatte ihr eine Karte gezeichnet und darauf besonders markante Punkte vermerkt. Das Ziel war nicht mit einem X sondern mit einem großen Herzen markiert.

Daes Wegbeschreibung war perfekt. Emily fuhr an dem Olivenhain auf seiner Karte vorbei und bog eine knappe Meile danach in die Einfahrt des einzigen Hauses weit und breit ein. Auch die Vorderansicht des Gebäudes hatte Dae gekonnt skizziert. Wie viele Villen in der Toskana hatte das Haus ein Dach mit wenig Neigung. Etliche Dachziegel fehlten oder waren zerbrochen. Die Bogentüren und- fenster schienen weitgehend intakt zu sein. Genau wie ein großer Teil der aufwendig gestalteten Säulen. Emily stieg aus dem Wagen und ging auf das Haus zu. Aus der Nähe sah sie die Risse und schadhaften Stellen, die die Säulen aufwiesen. Einige Fenster waren zerbrochen, Efeu überwucherte Teile des Hauses. Hier wohnte schon lange niemand mehr. Sie fragte sich, weshalb Dae die Villa kannte und aus welchem Grund er sie hergeschickt hatte.

Sie beschloss, sich das Haus näher anzusehen, und folgte dem gepflasterten Weg zum Gebäude. Als sie um die erste Hausecke bog, stand sie vor einer schönen Pergola, die von einem Rankgitter voller grüner Triebe beschattet wurde. Die Pergola erinnerte sie an die Laube, in der sie am ersten Abend zusammen mit Dae die Aussicht genossen hatte. Auch von hier aus bot sich ein wunderbarer Blick auf die hügelige Landschaft. Sie entdeckte den Olivenhain, an dem sie vor ein paar Minuten vorbeigefahren war. Im Garten gab es eine altmodische, schmiedeeiserne Wasserpumpe. Ihr simples, rustikales Design hatte seine ganz eigene Schönheit. Beim Betrachten der Pumpe stellte sich Emily vor, wie eine große Familie hier lebte, arbeitete und gemeinsam den Garten bestellte, wie zusammen gekocht wurde, so wie Serafina und Adelina es taten. Einen Augenblick lang schwelgte sie in nostalgischen Gefühlen. Vielleicht konnte ihre Mutter ihr das Kochen doch noch beibringen. Catherine Braden war eine hervorragende Köchin und verwöhnte die Familie gern mit köstlichen Gerichten. Als Kind hatte Emily immer mit ihren Brüdern mithalten wollen, ob es nun um Schulnoten gegangen war oder darum, draußen herumzutoben. Für etwas anderes hatte sie gar keine Zeit gehabt. Dann war sie aufs College gegangen, hatte gebüffelt und gefeiert. Dass sie etwas verpasst haben könnte, weil sie nie mit ihrer Mutter am Herd gestanden hatte, kam ihr jetzt zum ersten Mal in den Sinn.

Sie beschloss, ein andermal darüber nachzudenken und sich

erst einmal das Haus noch genauer anzusehen. Durch einen schmalen Torbogen trat sie in einen kleinen Hof. An einer Wand hingen alte Pflanzkübel. Ihr Inhalt war verdorrt. Ein zerbrochener Holzstuhl lag in einer Ecke, der Boden war voller welker Blätter und Schmutz. Die Außenwand des Innenhofes bestand aus einer hüfthohen Mauer mit aufgesetzten Bögen. Emily malte sich aus, wie schön es hier gewesen sein musste, als die Pflanztröge aus Ton und Metall noch von Blumen und Grünpflanzen übergequollen waren. Von hier aus führten zwei Holztüren ins Gebäude. Emily drückte die Klinken herunter, aber die Türen waren abgeschlossen. Selbstverständlich. Was hatte sie denn erwartet? Sie verließ den Hof und ging weiter zur Rückseite des Hauses.

»Unfassbar.« Mitten in der Rückwand wuchs der größte Olivenbaum, den sie je gesehen hatte. Auf den ersten Blick sah es aus, als hätte jemand die Mauer längs durch den Baum gezogen. Aber in Wirklichkeit hatte der mächtige Stamm die Mauersteine, die seine Flanken berührten, ein Stück weit umwachsen. Als Architektin konnte sie sich vorstellen, einen Raum um einen Baum herumzubauen. Aber warum machte man einen Baum zu einem Teil der Hausmauer? Erstaunt stellte sie fest, dass die Mauer weder Risse noch Verformungen aufwies. Das Haus musste uralt sein. Sicher hatte der Baum anfangs nur die Hälfte seines jetzigen Umfangs gehabt. *Aber Mauern passen sich nicht an mächtiger werdende Baumstämme an. Das ist unmöglich.*

Kein Wunder, dass Dae sie hierher geschickt hatte. Mr. Alles-ist-möglich. Wie hatte er dieses Haus bloß gefunden? Wie gern hätte sie ihn jetzt bei sich gehabt. Sie zog das Telefon aus der Tasche und trat so weit zurück, dass sie den gesamten Baum aufs Bild bekam. Dann machte sie ein Foto und schickte es ihm. Dazu schrieb sie: *Absolut unmöglich, absolut fantastisch!*

Sie betrachtete die starken Äste und die dichte Baumkrone, die bis hoch über das Hausdach hinaus ragte.

Daes Antwort ließ nicht lange auf sich warten. *Ich wusste, dass dir das gefallen würde. Schau dir unbedingt die Ostseite an. Die Aussicht von dort ist ein Traum. Muss zur nächsten Besprechung. Bis heute Abend. Ich vermisse dich.*

Plötzlich schwebte sie wie auf Wolken. Er vermisste sie. *Er vermisst mich!* Sie war selig, dass auch er das Band zwischen ihnen spürte.

Sie ging zum Baum zurück. Sie liebte die knorrigen, in sich verdrehten Stämme von Olivenbäumen. In natura hatte sie noch nie einen gesehen. Eigentlich kannte sie solche Bäume nur von Fotos, aber selbst die hatten sie begeistert. Kein Baum glich dem anderen und selbst völlig verwachsene Exemplare waren wunderschön. Dass Dae ihr den Weg zu diesem besonderen Ort gewiesen hatte, machte ihn noch viel kostbarer.

Emily betrachtete den Baumstamm genauer. Erst jetzt bemerkte sie die Zettel, Stofffetzen und Bänder in den Ritzen und Vertiefungen. Neugierig trat sie näher. Im selben Moment schlugen ganz in der Nähe zwei Autotüren zu. Sie erstarrte.

Ich treibe mich auf einem Privatgrundstück herum, auf dem ich nichts zu suchen habe. Nicht gut.

Sie konnte sich bildlich ausmalen, wie sie verhaftet wurde. Dann hatten ihre Brüder tatsächlich Grund zur Sorge.

Sie eilte zur Vorderseite des Hauses und steuerte auf ihren Wagen zu. Das Auto, das sie gehört hatte, parkte auf der gegenüberliegenden Straßenseite. Drei Frauen standen davor. Sie hielten sich an den Händen und schauten zum Haus. Emily stieg schnell in ihren Wagen und machte sich auf den Weg nach Florenz. Ein warmes Gefühl durchrieselte sie. Dae hatte dieses

Haus entdeckt und dabei an sie gedacht.

Ein paar Stunden später saßen sie in einem hübschen kleinen Restaurant am Arno zusammen beim Abendessen. Dae konnte die Augen nicht von Emily lassen. Mit dem kurzen Sommerkleid und dem langen offenen Haar war sie strahlend schön. Sie hatten sich die köstliche *zuppa di arselle*, eine Suppe mit Brot, Tomaten und Muscheln, und *tagliatelle ai funghi*, Tagliatelle mit Pilzen, schmecken lassen und dazu Wein getrunken. Emily erzählte Dae von ihren Erlebnissen.

»Durch die Stadt zu spazieren und Menschen zu beobachten, hat Spaß gemacht. Aber der Höhepunkt des Tages war mein Besuch bei der verlassenen Villa, zu der du mich geschickt hast. Deine Karte war übrigens perfekt.«

Er nahm ihre Hand. »Ich hätte zu gern dein Gesicht gesehen, als du vor dem Baum gestanden hast.« Er hatte keine Ahnung, wie er ihr erklären sollte, dass er das Gebäude vermutlich abreißen musste. Sie sah so glücklich aus und er wollte ihnen den Abend nicht ruinieren.

»Leider musste ich schnell wieder weg, denn plötzlich sind drei Frauen aufgetaucht. Ich wollte keinen Ärger, weil ich mich auf einem Privatgrundstück herumtreibe, und bin gegangen. Stell dir vor, ich hätte meine Brüder anrufen und ihnen sagen müssen, dass ich festgenommen worden bin. Dann würden sie mich nie mehr aus den Augen lassen.«

»Ich bin ja da und hätte dich aus dem Knast geholt.« Er rückte näher an sie heran und legte den Arm um sie. »Hast du gesehen, was alles in der Rinde klemmt? Man könnte meinen, der Baum sei geschmückt worden.«

»Das ist eine gute Beschreibung. Ich musste an etwas denken, wovon Adelina schon ein paarmal gesprochen hat – an das Haus der Wünsche. Heute hat sie dem Ort noch einen anderen Namen gegeben. Irgendwas mit Liebe.«

»Hat sie vielleicht *albero di amore* gesagt? Der Baum der Liebe?«

»Ja, genau! Ich glaube, das waren ihre Worte.« Emilys Augen weiteten sich. »Vielleicht war ich heute an dem Ort, zu dem sie mich sowieso schicken wollte. Viele Frauen aus der Umgebung tragen ihre Herzenswünsche dorthin. Wenn sie die große Liebe suchen oder unbedingt schwanger werden wollen, vertrauen sie auf das Wunschhaus.«

Sie beugte sich vor und strich Dae über die Wange. Er mochte das sehr. Verdammt, egal, wo und wie sie ihn anfasste, es war immer schön.

»Ich bin fast sicher, dass ich heute beim Haus der Wünsche war. Adelina behauptet, dank des Hauses hätte sie ihren Mann kennengelernt. Serafina ist mit ihrem Kinderwunsch auch dorthin gegangen und jetzt hat sie den kleinen Luca. Vermutlich beten Adelina und Serafina jeden Morgen am Wunschhaus für Dantes Rückkehr. Und Adelina möchte gern, dass ich mir dort auch etwas wünsche.« Emily schaute auf den Fluss hinaus und seufzte verträumt.

»Was denn wünschen?« Dae hatte eine vage Ahnung, wie die Antwort lauten könnte. Beim Morgenkaffee hatte Adelina gesagt, er hätte Liebe in den Augen, und die Toskana würde oft Herzen zueinander führen. Aber nur diejenigen, die wirklich füreinander bestimmt seien. Dae wusste nicht, ob er an so etwas wie Schicksal glaubte oder gar daran, dass ein bestimmter Ort bestimmte Menschen zusammenbringen konnte. Doch jetzt, wo Emily sich an ihn schmiegte und ihn ansah, als wäre er vollkommener als der Dom von Florenz, jetzt, wo verwirrende Gefühle sein Herz fast überquellen ließen, erschienen ihm solche Vorstellungen nicht mehr völlig abwegig.

»Sie sagt, sie sieht etwas in deinen Augen.« Emily hielt seinen Blick fest und biss sich auf die Unterlippe.

»Etwas?«

»Hmhm.« Sie spielte mit ihrem Haar. Dae fand sie hinreißend, wenn ihre kleinen Gesten verrieten, wie nervös oder angespannt sie war.

Er bezahlte die Rechnung, dann gingen sie hinaus in die sternklare Nacht. Ein paar Minuten lang bewunderten sie stumm den Himmel. Dann sagte Dae: »Sie hat recht.«

»Wer?«

Nur ein paar Schritte entfernt plätscherte der Fluss. Dae schaute Emily in die Augen. Er wollte in ihren sinnlichen Tiefen ertrinken. Diese Frau zog ihn magisch an, und er wusste nicht, wie er ihr widerstehen sollte. Oder ob er das überhaupt wollte.

»Adelina«, antwortete er. »Ich empfinde wirklich etwas für dich, Emily. Und das heißt nicht bloß, dass ich noch jede Menge unanständige Dinge mit dir anstellen will. Meine Gefühle für dich gehen viel tiefer. Und sie sind so groß, dass ich sie noch nicht wirklich verstehen kann.«

Einen Atemzug lang lag Besorgnis in ihrem Blick. Dann schlug sie die Augen nieder. Als sie ihn wieder anschaute, war die Besorgnis purer Offenheit gewichen. »Mir geht es genauso.«

Eine einfache, ehrliche Antwort. Keine voreiligen Versprechungen, kein Fischen nach Details, keine Forderung nach Erklärungen, die er selbst noch nicht hatte. Vor ihm stand keine Frau, die verzweifelt auf der Suche nach einem Mann war und sich an ihn klammern wollte. Das machte sie für ihn noch attraktiver und zeigte ihm, wie unverstellt und wie anders Emily war.

Eine Weile schlenderten sie noch am Wasser entlang, lauschten ihren Worten nach und ließen sie ein Band zwischen ihnen knüpfen. Dann fuhren sie zurück zur Villa, und Dae hatte das Gefühl, dass jetzt alles anders war. Die Luft hatte von Anfang an zwischen ihnen geknistert. Jetzt, wo sie einander ihre Gefühle offenbart hatten, war das Knistern noch stärker geworden. Alles, was sie sagten oder taten, hatte mehr Tiefe, mehr Bedeutung.

An der Villa angekommen setzten sie sich auf die hintere Veranda mit Blick in den Garten. Emily zog die Beine unter sich auf die Bank und kuschelte sich an ihn.

»Wie hast du das alte Haus mit dem Baum überhaupt gefunden?«, fragte sie.

Vor dieser Frage hatte er sich die ganze Zeit gefürchtet. Wieder einmal half nur die Flucht nach vorn.

»Wegen diesem Haus bin ich hier.« Er konnte förmlich sehen, wie sie eins und eins zusammenzählte.

»Willst du es abreißen oder ist es ein Investitionsobjekt?« Er hörte die Wachsamkeit in ihrer Stimme und wünschte sich, er könnte ihr eine andere Antwort geben. Aber er musste ihr die Wahrheit sagen. »Ich soll den Abriss vorbereiten.«

Emily nickte mit zusammengekniffenen Lippen. »Und wenn es das Haus ist, von dem Adelina mir erzählt hat? Das Haus der Wünsche?«

»Was ich dann tue, weiß ich ehrlich gesagt noch nicht, Em. Welche Bedeutung das Haus haben könnte, habe ich erst heute Abend durch dich erfahren. Noch können wir nicht sicher sein, dass es sich wirklich um das Wunschhaus handelt. Und wenn es so wäre, hätten wir es wohl eher mit Mythen als mit Fakten zu tun.«

»Und mit einem Ort voller Träume und Hoffnungen. Dort hat Serafina um Luca gebetet und Adelina sich die Liebe ihres Lebens gewünscht. Das klingt vielleicht albern oder naiv, aber was, wenn du ausgerechnet dieses Haus tatsächlich abreißen sollst?« Sie verschränkte die Arme und sein Magen verknotete sich.

Konnten ein Haus und ein Baum wirklich zwischen ihnen stehen?

»Noch gibt es jede Menge Klärungsbedarf. Der Abriss steht noch nicht fest.« Er legte den Arm um sie und spürte ihr Zögern. »Du bist doch jetzt nicht sauer auf mich, oder?«

»Ich bin nicht sauer«, sagte sie leise. »Ich weiß noch nicht mal, ob ich an die Kraft des Hauses glaube. Aber das tut nichts zur Sache.« Sie lehnte sich an ihn. »Die Leute aus der Gegend glauben dran. Ist es nicht das, was zählt? Die Frauen geben ihr Wissen um das Haus von Generation zu Generation weiter. Der Gedanke, du könntest es dem Erdboden gleichmachen, macht mich traurig. Denn dann nimmst du den Frauen hier einen Ort, der ihnen viel bedeutet, und einen Teil ihrer Geschichte. Und was ist mit der armen Serafina? Falls sie wirklich jeden Morgen dort für die sichere Rückkehr ihres Ehemanns betet, hättest du dann nicht das Gefühl, sie um ihre Hoffnung zu bringen?«

So schwierig hatte Dae sich dieses Gespräch nicht vorgestellt. »Ach, Babe, wir wissen doch noch nichts Genaues. Aber nehmen wir an, es wäre tatsächlich das Wunschhaus, soll ich den Auftrag dann ablehnen?« *Kann ich das überhaupt?* Das machte er sonst nur bei unkalkulierbaren Risiken oder rechtlichen Problemen. Aber die Frauen, die er bislang gedatet hatte, hatten seine Arbeit immer rückhaltlos bewundert, und keine hatte sich je für etwas eingesetzt, das ihr nicht einmal gehörte.

Emily Braden war anders.

»Nein. Das ist nun mal dein Job.« Sie legte den Kopf schief. »Oder ... ich weiß nicht. Vielleicht?«

Er küsste sie zärtlich. »Wenn ich das Haus nicht abreiße, macht es ein anderer.«

»Kein schöner Gedanke. Aber lass uns erst mal rausfinden, ob wir tatsächlich von Adelinas Haus der Wünsche sprechen. Vielleicht zerbrechen wir uns ja ganz umsonst den Kopf. Am besten, wir fragen sie gleich morgen früh.«

»Guter Plan.«

»Wie sind denn deine Besprechungen heute gelaufen? Wie war dein Tag?«

Er hatte keine Lust, noch weiter über seine Arbeit zu reden. »Es lief ganz gut, aber viel wichtiger ist, wie es zwischen uns beiden läuft. Ich mag die Arbeit, mit der ich meinen Lebensunterhalt bestreite. Die Aufträge sind meist ziemlich interessant und machen mir Spaß. Aber wenn wir beide zusammen sind, ist alles andere unwichtig. Schenk mir den morgigen Tag.«

»Gern!« Sie lächelte.

»Gut, ich habe mir nämlich etwas ausgedacht.«

»Du hast mich schon dazu gebracht, nicht ständig meine Mails zu checken. Dann werfe ich jetzt einfach auch noch meine Planung über den Haufen.« Das sagte sie ganz selbstverständlich und ohne einen Hauch von Enttäuschung in der Stimme.

»Ich möchte auf keinen Fall, dass du etwas verpasst.« Er ließ die Finger durch ihr Haar gleiten und küsste sie. »Aber uns bleibt nur noch so wenig gemeinsame Zeit in der Toskana und die möchte ich nutzen.«

Sie schlug den Kopf gegen seine Brust. »Die Tage gehen viel zu schnell vorbei.«

»Stimmt. Aber wir sehen uns wieder.« Er zog sie auf seinen Schoß und strich ihr das Haar von der Schulter. »Und zwar bald. Sonst kriege ich Emily-Entzugserscheinungen.«

»Das müssen wir auf jeden Fall verhindern. Ich wünschte, du könntest einfach bleiben. Am Ende meines Urlaubs würde ich dich in meinen Koffer stecken und dich nach Hause schleppen.«

Dae lachte über ihren düsteren Ton. »Das wäre ein hartes Stück Arbeit.« Er betastete ihren Bizeps. »Du bist gut in Form, Baby. Aber um all das hier wegtragen zu können, müsstest du noch ein bisschen trainieren.« Er strich mit der Hand an seinem Körper entlang, dann küsste er sie leidenschaftlich.

»Dich zu küssen, ist unglaublich schön«, raunte er an ihren Lippen.

»Zeig mir doch einfach oben im Zimmer, wie schön du es wirklich findest.«

Herzlich gerne.

Neun

Entspannt wie eine Katze beim Sonnenbad lag Emily auf der Matratze und lauschte ihren und Daes Atemzügen. Selbst in der Dunkelheit sah sie ringsum die tiefroten Mohnblüten glühen. Das hatte er für sie getan. *Für uns.* Er war so unglaublich romantisch und gefühlvoll. Das zeigte sich in allem, was er tat – ob er ihr eine Landkarte zeichnete oder so wie jetzt mit den Fingerspitzen über die Außenseiten ihrer Oberschenkel strich. Federleicht streichelte er ihre Beine und machte sie damit schon wieder ganz kribbelig. Dabei hatten sie sich gerade erst geliebt und waren danach atemlos, satt und zufrieden auf die Laken gesunken.

»Wow.« Dae griff nach ihrer Hand.

»Wow? Sagst du das immer nach dem Sex?«

»Nein. Das sage ich nach dem Sex mit dir.« Er stützte sich auf den Ellbogen und grinste sie an. »War es für dich nicht *wow*?«

»Es war *wow* und noch viel mehr.« Sie schmiegte sich an ihn. Dass sie sich eines Tages so tief mit einem Menschen verbunden fühlen würde, hatte sie schon nicht mehr zu hoffen gewagt. Sie wusste nicht, wie sie ihre Empfindungen in Worte fassen sollte. Dazu hätte sie sie erst einmal verstehen müssen. Sie war unsagbar glücklich, trotzdem nagte an ihr, was Dae ihr erzählt hatte. Er war ein Abrissunternehmer, damit konnte sie leben. Aber dass er das schöne alte Haus mit dem Baum dem Erdboden gleichmachen könnte, wollte sie sich nicht einmal vorstellen. Was, wenn es sich tatsächlich um das Haus der Wünsche handelte?

Energisch schob sie den Gedanken beiseite und strich Dae über die Wange. Sie freute sich, dass er dabei genießerisch die Augen schloss und gelöst und glücklich aussah. »Ich liebe dein Gesicht.« Sie vergrub die Hände in seinem Haar. »Und dein Haar. Es ist wahnsinnig sexy.«

»Das mit dem Gesicht ist günstig. Ich habe nämlich kein anderes. Und den Friseurtermin für den Bürstenschnitt sage ich ab.« Das schelmische Blitzen in seinen Augen brachte sie zum Lachen.

»Mit kurzem Haar kann ich mir dich gar nicht vorstellen.«

»Es gab mal eine Zeit, in der ich um keinen Preis auffallen wollte. Im ersten Collegesemester hatte ich einen ordentlichen Kurzhaarschnitt. Aber irgendwann habe ich gemerkt, dass Anpassung überbewertet ist.«

»Ich dachte, deine Eltern waren Hippies.«

Er küsste sie zärtlich. »Nicht im eigentlichen Sinn, aber sie waren ziemlich locker. Mein Vater ist beim Militär, aber das merkt man ihm nicht an. Oft hatte ich den Eindruck, dass er gar nicht damit rechnet, dass wir uns an alle Regeln halten. Und meine Mom ist definitiv ein Freigeist, genau wie meine Schwestern. Meinen Eltern war es immer wichtig, dass wir Erfahrungen sammeln, uns dabei aber selbst treu bleiben. Sie haben uns kaum kontrolliert und selten bestraft. Meine Mom fand immer, man müsste jeden Augenblick bewusst leben und nicht versuchen, immer alles hundertprozentig im Griff zu haben. Ich glaube, das hat mich geprägt. Harte Arbeit schreckt mich nicht, aber ich will mich nicht aufreiben, sondern das Leben auch genießen. Am College dachte ich, dazu müsste ich sein wie alle anderen.« Er warf sein Haar zurück. »Die richtige Frisur und die richtigen Klamotten. Du weißt schon. So wie bei den Mädchen, die immer die richtigen Schuhe und die richtige Handtasche haben wollen.«

»Hört sich an, als hätten deine Eltern sich vor allem glückliche Kinder gewünscht.«

»Ja, sie sind großartig. Aber du hast mit deiner Mutter und deinen Brüdern anscheinend auch Glück gehabt.«

»Das kann man wohl sagen. Meiner Mutter war es allerdings immer wichtig, dass wir überall zu den Besten gehört haben. Sie musste uns ohne Vater großziehen, aber das sollte man uns nicht anmerken. Die Familie geht ihr über alles.« Mit versonnenem Blick dachte sie an ihre Kindheit und Jugend. Jeden Tag hatte ihre Mutter sich versichert, dass sie ihre Schulsachen ordentlich gepackt hatten, hatte ihnen Pausenbrote geschmiert, ihre Brüder zum Training gefahren und sie bei den Spielen angefeuert. Sie hatte stets großen Anteil am Leben ihrer Kinder genommen und tat es noch. Emily gefiel das.

»Woran denkst du?«

»Daran, dass ich eine wirklich gute Kindheit hatte. Auch ohne einen Dad. Ich habe nicht das Gefühl, etwas verpasst zu haben. Und ich denke daran, dass du mir klargemacht hast, dass ich im Urlaub nicht ständig arbeiten muss. Danke.«

»Wie muss ich mir dein Leben in Colorado vorstellen, Em? Bist du dort genauso wie hier?«

Bin ich das? Sie dachte an ihre langen Arbeitstage und daran, dass sie fast täglich von ihren Familienmitgliedern hörte oder mit ihnen zusammen war. »Im Grund bin ich wohl dieselbe.

Aber ich arbeite viel …«

»Hast du auch viele Dates?« Er zog die Brauen zusammen.

»Höre ich da so etwas wie Eifersucht?«

»Vielleicht.«

Sie stemmte sich hoch und küsste ihn. »Nicht nötig. Obwohl mich ein bisschen Eifersucht natürlich freuen würde. Ich lebe in einer sehr kleinen Stadt, in der Tratsch sich mit Lichtgeschwindigkeit verbreitet. Viel Lust auf Dates hat man unter solchen Umständen nicht. Außerdem habe ich in den letzten Jahren kaum Männer kennengelernt, die mich interessiert haben. Und du? Wie sieht es bei dir aus?«

»Ganz ähnlich. Ein netter Abend hier und da, aber nichts Ernstes. Aber dich würde ich zu gern wiedersehen. Ich habe ein Haus in Denver. Wie lange fährt man von dort nach Trusty? Ein paar Stunden?«

Ihr Herz machte einen Sprung. *Denver.* Er hatte ein Haus in Denver! Insgeheim hatte sie gehofft, ihn nach Italien wiedersehen zu können. Dass er öfter in Denver war, stimmte sie zuversichtlich. »Stimmt, von Denver hast du schon mal gesprochen. Von dort aus ist man in zwei Stunden in Trusty. Wann kommst du denn?«

»Kommt ganz darauf an, wie bald du mich sehen willst.«

Sie drückte ihn auf den Rücken und schob sich über ihn. Ihr Haar fiel wie ein Vorhang um ihre Gesichter. Sie schenkte ihm ein zuckersüßes Lächeln. »Sobald ich zu Hause bin.«

Er packte sie lachend an den Hüften. »Brauchst du nicht ein bisschen Zeit, um dich wieder einzugewöhnen?«

»Nein. Am besten, du holst mich gleich am Flugplatz ab. Ich komme am Samstag um vierzehn Uhr dreißig an. Wieder zu Hause zu sein, wird sich seltsam anfühlen.«

»Du meinst wegen des Jetlags?«

»Jetlag? Ach was! Es wird seltsam sein, dich dort zu sehen anstatt hier, aber mindestens genauso schön.« Sie küsste ihn. Plötzlich war sie ganz aufgeregt.

»Wir sehen uns wirklich wieder?« Sie spürte, wie er unter ihr hart wurde. In ihre Freude mischten sich Bedenken. Konnte mehr aus ihnen werden, obwohl sie so unterschiedliche Einstellungen hatten?

»Selbst deine Brüder mit ihrem übersteigerten Beschützerinstinkt könnten mich nicht davon abhalten.« Er schlang die Arme um sie, drehte sie auf den Rücken, deckte ihren Körper mit seinem zu und legte die Beine zwischen ihre. »Sag mal, kannst du eigentlich kochen?«, fragte er an ihren Lippen.

Konnte er Gedanken lesen? »Merkwürdige Frage. Nicht sehr gut.«

Er küsste sie. Seine Hand glitt zu ihrer Hüfte und vertrieb alle Gedanken an ihre Berufe, die so gar nicht zueinander passten.

»Hmm. Ein Mann muss schließlich wissen, worauf er sich einlässt.« Er knabberte an ihrem Kieferknochen, dann küsste er sich bis zwischen ihre Brüste. »Kannst du putzen?« Er leckte eine ihrer Brustwarzen und sie schnappte nach Luft.

»Ja«, flüsterte sie.

»Ja, du kannst putzen? Oder ja …«

Sie lachte auf. »Beides.«

»Dann bleibe ich vielleicht sogar über Nacht.«

Sie drehte ihn wieder auf den Rücken, fühlte sich kühn und mutig. Es war spannend, dieser kürzlich erst entdeckten Seite freien Lauf zu lassen. Dabei hatte sie nicht einmal gewusst, dass ein Teil von ihr angekettet gewesen war. Mit Dae wollte sie neue Horizonte erobern. »Ich habe andere Talente, die sind wichtiger als Kochen und Putzen.« Sie legte die Hände auf seine stahlharten Bauchmuskeln und fuhr mit der Zunge die Vertiefungen zwischen den Muskelsträngen nach. »Du darfst dir ein Zimmer aussuchen, in dem ich zur Hochform auflaufe. Aber nur eins.« Sie küsste sich an seinem Oberschenkel entlang. Angesichts seiner Reaktion überlief sie ein wohliger Schauer. Seine Muskeln spannten sich an, seine Augen wurden noch dunkler, wirkten beinahe schwarz.

»Ein Zimmer«, wiederholte er mit rauer Stimme.

Sie legte die Hand um seine Härte und leckte die Spitze. »Überleg dir gut, was du haben willst«, flüsterte sie.

Sie ließ ihn tief in ihren Mund gleiten. Mit zusammengebissenen Zähnen saugte er zischend Luft ein.

»Himmel, Em.«

Sie leckte und küsste ihn, machte ein Spiel daraus. Ihre Hand arbeitete im Rhythmus ihrer Lippen. Auf dem Weg nach oben drückte sie ein wenig fester zu, auf dem Weg nach unten lockerte sie den Griff. Stöhnend packte er sie an den Schultern.

»Em.«

Sie sah ihm tief in die Augen, während sie ihn von der Wurzel bis zur Spitze leckte.

»Du bringst mich um.« Er schloss die Augen und ließ den Kopf aufs Kissen fallen.

Ein Hitzestrahl durchjagte Emily. Sie genoss, dass sie ihm so viel Lust bereiten konnte. Sie leckte und rieb ihn, bis er die Hände in das Laken krallte, bis seine Oberschenkel sich anspannten und er sich aufbäumte. Dann schob sie sich an ihm nach oben. Hastig drehte er sie auf den Rücken und griff nach einem Kondom. Halb verrückt vor Verlangen kniete er zwischen ihren Schenkeln und riss mit zittrigen Fingern die Verpackung auf. Sein hungriger Blick hielt Emily gefangen. Sie richtete sich ein wenig auf und half ihm mit der Latexhülle.

Dann prallten ihre Körper mit gierigen Küssen und stoßenden Hüften aufeinander. Sie hatte vor ihm nicht viele Liebhaber gehabt, und nie hatte sie sich so ausgefüllt gefühlt, so als Teil eines Ganzen. Mit harten Stößen trieb er sie bis kurz vor den Höhepunkt, nur um sich dann langsam zurückzuziehen. Sie stieß einen Protestlaut aus. Ohne Eile tauchte er wieder in sie ein und schlug ein gemächlicheres Tempo an. Zärtlich und langsam streichelte seine Zunge dabei die ihre, bis sie vor Verlangen fast verging. Sie klammerte sich an seiner Hüfte fest und drängte sich an ihn.

Er lächelte an ihren Lippen. »Hast du es eilig?«

»Du bringst mich um den Verstand. Bitte, Dae. Ich will mehr.«

Ihre Fingerspitzen glitten über seinen Rücken und sie spürte, wie er erschauerte. Schneller bewegte er sich dennoch nicht. Sie packte seinen Hintern und zog ihn in sich.

»Ich wäre vorhin fast gekommen.« Er saugte an ihrem Ohrläppchen.

Sie erkannte sich kaum wieder. »Bitte«, flüsterte sie.

Er küsste die Stelle unter ihrem Ohr. Ein amüsierter Unterton schwang in seiner Stimme.

»Bitte was?«

»Schneller, härter, mehr. Bitte.«

Er schob sich tiefer in sie und bald spürte sie jeden himmlischen Zentimeter. Seine langsamen, kreisenden Bewegungen jagten heiße Blitze bis in ihre Zehenspitzen.

»Oh ... ah ...«

»Schneller ist nicht immer besser, Baby.« Sein nächster Kuss raubte ihr den letzten klaren Gedanken. Sie bäumte sich unter ihm auf.

Der Kuss wurde härter und fordernder. Und Herr im

Himmel, das war höllisch schön. Sie krallte sich an seinen Rücken, und in sein Haar, zog ihn an sich und ließ sich von ihrer Leidenschaft leiten. Stöhnend schlang sie die Beine um seine Hüfte.

»Ja, Baby.« Raunte er. »Lass dich fallen. Lass mich hören, wie sehr du uns willst.«

Du liebe Güte. Nicht um alles in der Welt konnte sie die lustvollen Laute unterdrücken, die aus ihrer Kehle stiegen. Das wollte sie auch gar nicht, denn sie liebte ihre neu gefundene Sinnlichkeit und sie liebte, wie er darauf reagierte.

»Verdammt, du machst mich unglaublich an«, flüsterte er.

Er packte ihren Hintern und presste sie an sich. Mit tiefen Stößen brachte er sie zum Höhepunkt. Atemlos spürte sie, wie ihre Mitte sich zusammenzog, wie die Hitze durch ihren Körper raste und sie verschlang. Benommen nahm sie wahr, wie eine seiner Hände sich in ihr Haar wühlte. Er bog ihren Kopf zurück und drückte die Lippen auf ihren halb geöffneten Mund. Jede Faser ihres Körpers pulsierte, alle Nervenenden glühten. Seine Zunge tauchte in ihren Mund ein und, *dem Himmel sei Dank*, er atmete für sie mit, während sich sein Körper in wilder Ekstase aufbäumte. Bebend stieß er weiter in sie hinein, bis die letzte Welle seines Orgasmus verebbt war.

Dann legte er den Kopf an ihre Brust. Emily strich ihm durchs Haar. Sie versuchte, ihre Empfindungen, ihren Körper und ihren Kopf wieder unter Kontrolle zu bringen. Dae gab ihr das Gefühl, schön zu sein. Er erahnte all ihre Wünsche und brachte ihren Körper zum Singen. Daran, in seinen Armen einzuschlafen, konnte sie sich gewöhnen. Genauso wie daran, mit ihm aufzuwachen und an alles, was zwischen Aufwachen und Einschlafen passierte. Sie war süchtig nach ihm. Er war wie eine Droge, bei der es keine Überdosis gab.

»Alle Zimmer.«

»Wie bitte?« Sie lachte.

»Du hast gesagt, ich soll mir ein Zimmer aussuchen, in dem du zur Hochform aufläufst. Und ich nehme alle. Ob du kochen oder putzen kannst, ist mir egal. Das war nur ein Scherz. Aber unanständige Dinge würde ich mit dir gern in jedem Zimmer tun.«

Sie schlang die Arme um seinen Rücken und drückte ihn. Sie mochte seinen frechen Humor. »Und wenn ich in einer WG wohne?«

»Dann brauchen wir Augenbinden.«

Sie spürte sein Lächeln an ihrer Brust. »Du bist ein ganz schlimmer Junge, Mr. Bray.« Plötzlich sah sie ihn am Fuß eines steilen Hügels stehen. Er breitete die Arme aus, erwartete sie. Er würde sie festhalten und nie mehr loslassen. Doch hinter ihm zerbrach die Welt in tausend Scherben. Trümmerteile regneten herab, Staubwolken stiegen in den Himmel. Ihre Ängste und Zweifel wurde sie offenbar nicht so leicht los. *Haben zwei Menschen mit so unterschiedlichen Überzeugungen und Vorstellungen wirklich eine Chance?*

»Ich spreche von deinen Mitbewohnern. Denen würde ich die Augen verbinden.« Er hob den Kopf und lächelte sie liebevoll an. »Ich mag deine Augen. Sie verraten mir, was du fühlst, und manchmal sogar, was du denkst.«

Emily schaute beiseite und er rollte sich von ihr herunter. Sie wandte sich ab, als dieser atemberaubende Mann völlig nackt und unbefangen zum Badezimmer ging, um das Kondom zu entsorgen. Durch die Balkontür hindurch starrte sie in den Sternenhimmel. Was sollte sie bloß tun? Nie zuvor hatte sie so viel für jemanden empfunden. Vor diesen Gefühlen wollte und konnte sie nicht weglaufen.

Sie spürte, wie Dae sich wieder neben sie legte. Er zog sie an sich und küsste sie auf die Wange. »Ich habe deine Augen schon gesehen. Du musst dich nicht wegdrehen. Irgendetwas beschäftigt dich.«

Warum kämpfte sie plötzlich mit den Tränen? Sie drehte sich zu ihm, lehnte die Stirn an seine und legte die Hand an seine Wange. Er schlang seinen starken Arm um sie und zog sie fest an sich.

»Du reißt Häuser ab und ich will sie erhalten.« Sie ärgerte sich über ihre zittrige Stimme.

»Das ist unsere Arbeit, Em.« Er drückte die Lippen an ihre Stirn. »Keiner hat behauptet, dass unsere Beziehung einfach werden würde. Aber sicher fühlst du genau wie ich, wie tief die Verbindung zwischen uns beiden schon ist.« Er hob ihr Kinn an und schaute ihr in die Augen. »Ich spüre sie schon, wenn ich nur an dich denke, aber erst recht, wenn ich deine Stimme höre, wenn wir zusammen sind ... Du bist bereits ein Teil von mir geworden. Bevor wir uns begegnet sind, habe ich nicht geahnt, dass mir etwas fehlt. Doch mein Herz hat vom ersten Augenblick an gewusst, dass ich erst mit dir zu einem Ganzen werden kann.«

Das Band zwischen ihnen spürte sie auch. »Mir geht es genauso. Aber wie ...?«

»Ich weiß es nicht. Irgendwie.«

Irgendwie. Sie wollte an *irgendwie* glauben.

»Du sollst dich gut fühlen mit mir und glücklich sein, ich will dir nicht wehtun, dir nicht schaden. Vertrau mir.«

Das tat sie längst und das würde sich nicht so schnell ändern.

Sie schloss die Augen und überließ sich ganz dem Gefühl von Geborgenheit, das sie in seinen Armen empfand. Als er die

Lippen erneut an ihre Stirn drückte, verankerte sie diesen Moment ganz fest in ihrer Erinnerung.

Für alle Fälle.

Zehn

Beim Aufwachen schien Emily die Sonne hell ins Gesicht. Als sie den Kopf wegdrehte, fiel ihr Blick auf Dae. Mit ihrer Liste von Sehenswürdigkeiten, die sie besuchen wollte, neben sich und einer Straßenkarte auf den Schenkeln saß er auf der Bettkante. Als er ihre Bewegung spürte, wandte er sich zu ihr um.

»Guten Morgen, meine Schöne.« Er nahm ihre Hand und drückte sie an seine Lippen.

Unwillkürlich seufzte sie wohlig auf. *Mich hat es bös erwischt. Daran ändern auch unsere Berufe nichts, die so gar nicht zueinander passen.* Er wandte sich wieder der Karte zu.

»Ich bin mitten in den Vorbereitungen. Ein Erste-Hilfe-Set, Wasserflaschen und Energieriegel habe ich schon eingepackt.«

»Ein Erste-Hilfe-Set? Energieriegel? Machen wir eine Bergwanderung?«

»Nein.« Er lachte.

»Denkst du nicht, dass wir für einen Urlaubstag in Italien ein bisschen überversorgt sind?«

»Findest du? Du bist doch diejenige, die gerne alles bis ins letzte Detail durchplant.«

»Ich wollte mir ein paar Sehenswürdigkeiten anschauen,

keine Expedition in die Wildnis machen.«

Er lachte. »Ich will sicher sein, dass mein Mädchen alles hat, was es braucht. Und außerdem …« Er wedelte mit ihrer Liste. »Außerdem sorge ich dafür, dass du alles zu sehen bekommst, was du sehen willst.«

Warum bin ich nicht überrascht?

»Du bist so lieb zu mir.«

»Du machst es mir leicht.«

So ging das also mit den ganz großen Gefühlen. Auch ihre Brüder hatten sich Hals über Kopf verliebt und alles war gut. Bei jedem gestohlenen Kuss, bei jeder Berührung und bei jedem Blick konnte man sehen, wie stark das Band zwischen den Paaren war. Sicher würden ihre Brüder auch ihr sofort ansehen, was Dae mit ihr machte.

Wie können wir uns so gut verstehen? Und das bei so grundverschiedenen Berufen? Diese Frage würde sich wohl jeder stellen, dem sie von Dae erzählte. Mit solchen Hindernissen hatte ihre Brüder sich nicht herumschlagen müssen.

Aber Adelina hatte trotz allem Liebe in Daes Augen gesehen.

Nur warum meint sie, ich soll zum Haus der Wünsche gehen?

Das Haus der Wünsche. Genau.

»Ich möchte noch etwas auf meine Besichtigungsliste setzen.« Sie zog sich das Laken über die Brust und schob sich neben Dae. In seinen schwarzen, eng anliegenden Boxershorts sah er zum Anbeißen aus.

»Was immer du willst, Babe.«

»Das Haus der Wünsche.« Erfolglos versuchte sie, ein Lächeln zu unterdrücken.

Er legte ihr eine Hand an die Wange und küsste sie. Dann seufzte er laut.

»Das Haus der Wünsche.«

»Ja. Ganz gleich, ob es sich um das Haus handelt, zu dem du mich geschickt hast, oder nicht. Ich möchte dorthin, zusammen mit dir.« Sie wusste nicht weshalb, aber plötzlich erschien es ihr sehr wichtig, das gemeinsam zu tun.

»Das bringt meine perfekt geplante Route für unsere Radtour ein bisschen durcheinander.« Seine Stimme klang streng, doch seine Augen lachten.

»Radtour?«

»Jap. Du hast mir heutigen Tag versprochen, und ich habe dir versprochen, dass du nichts verpassen wirst. Ich möchte gern mit dir zusammen die herrliche Landschaft erkunden, nicht nur die Sehenswürdigkeiten. Die Radtour ist ein Kompromiss. Also? Gilt unsere Abmachung noch?«

Auf einem Fahrrad hatte sie seit Ewigkeiten nicht gesessen. Aber das war nicht das Problem. Sie hatte sich einfach sehr auf das Händchenhalten während der Autofahrten gefreut. Bei der Vorstellung, sich bei ihrem Besichtigungsprogramm die Seele aus dem Leib zu strampeln, hielt ihre Begeisterung sich in Grenzen.

»Ich kann sehen, wie in deinem schönen Kopf die Zahnrädchen ineinandergreifen.« Er legte die Karte weg und zog sie auf seinen Schoß. Sie musste das Laken loslassen und saß nackt bis zur Hüfte auf ihm. Sofort spürte sie, wie er unter ihr hart wurde. »Du bist atemberaubend.« Er wickelte das Laken um sie, nahm ihre Hand und bog ihre Finger um die Enden des Tuchs zusammen, sodass sie es festhielt. »Vertraust du mir?«

Sie nickte. Seine Erregung, hart und sehr spürbar, und seine muskulöse Brust lenkten sie ab. Er hatte bereits geduscht und roch wie eine appetitliche Fantasie, die jederzeit Wirklichkeit werden konnte.

»Ich würde dich nie zu etwas drängen, das dir vielleicht zu viel werden könnte.« Sein vieldeutiger Blick jagte ihr einen Schauer über den Rücken. »Okay, das stimmt nicht ganz. Letzte Nacht habe ich dich ein bisschen gequält. Aber es war eine prickelnde Quälerei.«

Sie holte zittrig Luft. »Wenn du so weiterredest, kommen wir heute nicht mal mehr bis vor die Zimmertür.«

Eine Stunde und zwei überwältigende Orgasmen später saßen sie beim Frühstück. Adelina bestätigte ihnen, dass das alte Haus mit dem Olivenbaum tatsächlich das Haus der Wünsche war. Als sie hörte, dass Dae es abreißen sollte, wich die Farbe aus ihrem Gesicht. Sie musste sich an einem Stuhl festhalten und wankte, als hätte sie gerade erfahren, sie sei schwer erkrankt.

»Nein. Nein, das geht nicht.« Adelina schüttelte den Kopf. »*Questo è terribile. Demolire? Demolire!* Nein.«

Emily verzog gequält das Gesicht und griff nach Adelinas Hand.

»Vielleicht muss Dae es ja gar nicht tun.« Sie warf Dae einen flehentlichen Blick zu. Er sollte Adelina beruhigen.

Verdammt. Den Gefallen hätte er Emily zu gern getan, aber er konnte unmöglich lügen. An den Tatsachen war nun mal nicht zu rütteln.

»Was letztendlich passieren wird, ist noch nicht ganz klar«, erklärte er. »Aber der Käufer will den Abriss, und ich habe keine Ahnung, ob er sich noch umstimmen lässt.«

Dae streckte die Hand nach Emily aus, doch Emily war ganz mit Adelina beschäftigt.

»Es tut mir so leid, Adelina. Dae wusste nicht, dass er hier das Haus der Wünsche abreißen soll.«

Gütiger Himmel. Emily wollte ihn in Schutz nehmen. Er sollte nicht der Grund für Adelinas Schmerz sein. Aber er wollte nicht von ihr beschützt werden. Ehrlichkeit war ihm wichtig und mit Problemen ging er immer sehr offen um.

Adelina murmelte etwas auf Italienisch. Im selben Moment bog Serafina um die Ecke. Als sie das Gesicht ihrer Mutter sah, weiteten sich ihre Augen.

»Mama!« Sie eilte an Adelinas Seite. »Was ist passiert? Was ist los?«

Adelinas Blick wurde entschlossen. Sie antwortete mit einer Salve von italienischen Sätzen. Emily und Dae tauschten einen Blick aus. Die Worte *Casa dei Desideri* hatten sie beide verstanden.

Serafina schlug die Hand vor den Mund. Adelina tätschelte ihr die Wange.

»Und was tun wir jetzt?«, fragte Serafina.

»Jetzt hilft nur noch Wünschen«, antwortete Adelina.

Elf

Dae und Emily gingen den Hügel hinunter zu dem Schuppen, wo Adelina die Leihfahrräder für ihre Gäste unterstellte. Dae hatte sich seinen Rucksack über die Schulter geworfen. Emily stapfte wütend durchs Gras und hasste sich dafür. Schließlich hatte Dae nur die Wahrheit gesagt. Aber verdammt, war das wirklich nötig gewesen? Hätte er den Schlag nicht ein wenig abmildern können? Schließlich wusste er noch nicht, ob er das Haus wirklich abreißen würde. Oder etwa doch?

»Gut so.« Dae ging neben ihr her. Er hatte nicht einmal versucht, nach ihrer Hand zu greifen. Vermutlich, weil er sah, dass sie vor Wut schnaubte. »Lass es raus, Babe. Und sobald du darüber reden willst, bin ich ganz Ohr.«

Bitte was? Wie konnte er so gelassen sein? Sie war außer sich, ganz gleich, ob das nun passend oder unpassend war. Sicher würde er noch einmal darüber nachdenken, ob er das Haus mit der ungewöhnlichen Geschichte, das Haus, das Adelina und Serafina so viel bedeutete, tatsächlich dem Erdboden gleichmachen wollte. Dass er Adelina so schonungslos die Wahrheit gesagt hatte, verstand sie nicht. Hatte er ihr wirklich unter die Nase reiben müssen, dass der Käufer den Abriss wollte? Sicher hätte er eine kleine Notlüge erfinden und Zeit gewinnen können, bis sämtliche Fragen geklärt waren.

Oder gab es gar nichts mehr zu klären? Stand der Abriss schon fest?

Dae öffnete die schweren Holztüren des Schuppens. »Anklagendes Schweigen ist selten eine Lösung, Em. Sollten wir nicht lieber reden?«

»Vielleicht.« Sie hörte sich an wie ein trotziges Kind und fand sich selbst abscheulich.

Dae lehnte sich an die Wand des Schuppens und überkreuzte die Knöchel. Genauso hatte er an dem Abend dagestanden, an dem sie einander kennengelernt hatten. Dass er so sexy und entspannt aussehen konnte, während sie innerlich völlig verknotet war, war nicht fair. Er griff nach ihrer Hand, doch sie wollte sie ihm nicht geben. Anstatt ärgerlich zu werden, stieß er sich von der Wand ab und nahm ihre Hand behutsam in seine. Ganz so, als könnte nie wirklich etwas zwischen ihnen stehen. Dann lehnte er den Rücken wieder an den Schuppen, stellte sich breitbeinig hin und zog sie zwischen seine Beine.

»Zwei Tage, Babe.« Seine Stimme streichelte sie. »Zwei Tage, bis uns tausende Kilometer trennen. Rede mit mir. Sag mir alles, was gut, schlecht oder schmerzhaft ist. Ich bin ein großer Junge. Ich halte das aus.«

Zwei Tage. Tränen stiegen ihr in die Augen. *Verdammt.* Sie weinte nie. Sie wusste ja noch nicht mal, weshalb sie weinte. Wegen des alten Hauses oder weil er bald wegmusste? Sie hatte keine Ahnung. Aber sich zu benehmen wie ein bockiges Kind, brachte sie nicht weiter.

Sie drückte die Handflächen gegen seine Brust. In einer Sekunde wollte sie mit den Fäusten auf ihn eintrommeln, in der nächsten unter einem seiner heißen Küsse dahinschmelzen und alle Trauer und allen Ärger vergessen.

»Emily.« Die Zärtlichkeit, mit der er ihren Namen sagte, stimmte sie versöhnlicher. »Ich habe dir gesagt, dass ich versuche, stets das Richtige zu tun. Dazu gehört auch, die Wahrheit zu sagen. Selbst wenn sie schmerzt.«

»Das tut sie.«

»Ich weiß.« Er strich ihr das Haar von der Schulter. »Das gilt nicht nur für Adelina, sondern auch für dich.«

»Warum hast du es dann getan?«

Er zog eine Braue hoch und lächelte schief.

Sie verdrehte die Augen. »Ich weiß, du willst nicht lügen. Aber ich bitte dich. Hättest du nicht sagen können ...«

»Dass ich das Haus nicht abreiße? Den Auftrag nicht annehme? Dass ich versuchen werde, den Käufer umzustimmen?«

»Ja.«

»Nein.«

»Aber ...«

Er atmete laut aus. Seine Augen wurden ernst. »Ich habe Achtung vor Adelina. Wie kann ich ihr in die Augen schauen und sie dabei belügen? Wie kann ich ihr versprechen, etwas nicht zu tun, was ich dann vielleicht doch tun werde?«

»Darauf weiß ich keine Antwort. Aber mir macht das alles sehr zu schaffen.«

Sein Blick wurde weicher, und Emily glaubte, einen Anflug von Traurigkeit über seine Züge huschen zu sehen.

»Es tut mir leid. Ich würde dich oder Adelina niemals absichtlich so quälen. Aber Em, Babe. Du willst doch keinen Freund haben, der dich belügt.«

Freund. Das Wort schlang sich um ihr Herz und drückte zu. Warum stellte sie sich so an? Das Haus gehörte ihr nicht. Es war nicht ihre Geschichte, die mit den alten Mauern verschwand. Und sie liebte diesen Mann. Sie liebte ihn wirklich, ganz unabhängig davon, was aus dem Haus der Wünsche wurde.

»Wie könntest du dir je sicher sein, ob ich dich nur schützen möchte oder aus anderen Gründen lüge? Wie könntest du mir je vertrauen?«

»Verdammt, Dae.« Nicht einmal das konnte sie mit Überzeugung sagen. *Ich hasse es, wenn du recht hast.*

»Dass du unglücklich bist, verstehe ich. Das alte Haus bedeutet Adelina offenbar sehr viel. Ihr Gesicht hat Bände gesprochen. Mein Auftraggeber hat das Grundstück ungesehen gekauft. Ich bin fast sicher, dass er keine Ahnung von der Legende hat, die sich um seinen Besitz rankt. Und genauso sicher bin ich, dass diese Geschichte ihm komplett egal wäre. Er ist ein echter Kotzbrocken.«

Dae berührte Emilys Wange. Ihr Ärger ebbte noch ein wenig weiter ab.

»Sag mir, was du von mir erwartest, Babe. Was immer möglich ist, werde ich für dich tun.« Er legte die Arme um ihre Taille und zog sie näher zu sich heran.

Emily seufzte. »Was ich am liebsten hätte, kannst du nicht machen. Also lassen wir das. Du hast deinen Job und ich meinen. Ich muss einfach damit leben.«

Er lehnte die Stirn an ihre. »Ich wünschte, ich könnte dir sagen, dass ich den Auftrag ablehne. Aber ich bin mir noch nicht schlüssig. Und außerdem: Wenn ich das Haus nicht abreiße, tut es ein anderer. Frank findet schon jemanden, der das für ihn erledigt. Wenn ich es mache, weiß ich wenigstens, dass es auf sichere Art und Weise geschieht. Vor einer endgültigen Entscheidung gibt es noch einiges zu klären und abzuwägen. Aber wenn aus uns beiden ein Paar werden soll, und das hoffe ich von ganzem Herzen, müssen wir einen Mittelweg finden.«

Emily erschrak selbst über ihr sarkastisches Auflachen. »Einen Mittelweg zwischen Abreißen und Erhalten? Ach ja?«

»Sag jetzt nicht, du willst aufgeben.« Er lehnte sich zurück und sah ihr forschend ins Gesicht.

»Nicht uns beide«, antwortete sie schnell.

»Aber genau darum geht es, Babe. Unsere Arbeit ist nicht alles, aber sie ist doch ein Teil von uns. Deshalb ist ein Mittelweg, mit dem wir beide leben können, ja so wichtig.«

Emily wollte gern glauben, dass sie diese nebulöse Mitte irgendwie finden konnten. Oder machten sie sich etwas vor und ihre Auffassungen waren schlicht unvereinbar?

»Ich werde deine beruflichen Entscheidungen immer respektieren.« Er nahm ihre Hände in seine. »Denn sicher triffst du sie aus guten Gründen und wägst die Auswirkungen sorgfältig ab. Dass dich unsere unterschiedlichen Auffassungen beschäftigen, verstehe ich. Aber ich sehe da kein echtes Problem. Für mich bist du genau richtig, wie du bist, mit allem, woran du glaubst.«

Na prima. Dann hängt also alles nur an mir. »Dann bin ich also schuld, dass wir uns reiben?«

»Schuld? Nein, Babe. Was soll ich dir denn vorwerfen?«

»Meine Sorgen wegen unseren unvereinbaren Berufen.« *Wieso macht dir das alles gar nichts aus?*

»Deswegen kann ich dir doch keine Vorwürfe machen, Em. Dir gefällt nicht, womit ich meinen Lebensunterhalt verdiene und dass es mir oft sogar Spaß macht, Häuser abzureißen. Aber das ist in Ordnung. Du hast ein Recht auf deine Meinung und deine Gefühle, aber sie müssen nicht zwischen uns stehen.«

»Wie soll das möglich sein?«

»Das ist nicht schwer.« Er zuckte die Achseln. »Wie ich schon sagte: Deine beruflichen Entscheidungen werde ich immer respektieren. Solange du glücklich damit bist, sehe ich keinen Grund, sie infrage zu stellen.«

Sie schüttelte den Kopf. Eine wirklich gute Erwiderung fiel ihr nicht ein.

»Ich habe eine Idee.« Dae zog sie in den Schuppen, nahm sie in die Arme und küsste sie.

Emily machte einen halbherzigen Versuch, ihm auszuweichen. Aber schon eine Sekunde später öffnete sie die Lippen und ihre Zunge glitt über seine. Wenn sie einander so berührten, war alles andere egal. Seine Lippen küssten die Spannung aus ihrem Körper. Auch daran konnte sie ablesen, wie stark das Band zwischen ihnen schon war. Ihr Problem mit seinem Job war ein Hindernis auf ihrem gemeinsamen Weg. Aber es musste doch zu überwinden sein. Sie konnte wenigstens versuchen, einen Mittelweg zu finden.

Nach dem Kuss lächelte er sie an. »Das könnte ich den ganzen Tag tun.«

»Da sind wir uns absolut einig«, sagte sie atemlos.

»Schön!« Er schob ein Fahrrad zu ihr, dann holte er sich selbst eines. »Lass uns losradeln und an dem Grundstück Halt machen, von dem wir reden.«

»Am Haus der Wünsche.« Sie wollte, dass er verstand, wie wichtig das Haus vielen Menschen war. Auch einem Serienkiller versuchte man vor Augen zu halten, dass sein Opfer einen Namen hatte, ein atmender Mensch mit Gefühlen war, damit er es vielleicht verschone.

»Ja, genau.« Er grinste. »Und auf dem Weg dorthin suchen wir uns ein paar Gebäude aus und überlegen, ob wir sie abreißen oder stehenlassen würden. Wir machen jeder eine Liste und heute Abend vergleichen wir.«

»Und das bringt uns weiter?« Sie schob ihr Rad aus dem

Schuppen.

»Auf jeden Fall lernen wir dabei etwas übereinander und über uns selbst.«

Sie befürchtete, dass sie auf diese Weise vor allem feststellen würden, wie unterschiedlich sie dachten. »Und wenn wir uns hinterher noch immer uneins sind?«

»Dann haben wir zumindest versucht, uns anzunähern.«

Emily wünschte sich magische Kräfte. Dann hätte sie sich in die vergangene Nacht zurückversetzt, wo sie einander in den Armen gehalten und sich geliebt hatten, ohne einen Gedanken an irgendwelche gegensätzlichen Auffassungen zu verschwenden. Auch eine Zeitmaschine, die sie beide um zehn Jahre zurückversetzte, hätte sie gern gehabt, damit sie die gewonnene Zeit mit Dae hätte verbringen können.

Als sie losradelten, war Emily nicht mehr ganz so aufgebracht. Dae hoffte, dass sie verstand, weshalb er Adelina keine Notlüge aufgetischt hatte, wusste aber, dass Emily anders dachte als er. Vielleicht würden die Listen ihnen weiterhelfen. Die Idee hatte er von seinen Eltern. Sie hatten stets auf einen offenen Gedankenaustausch gesetzt und ihre Kinder darin bestärkt, ihre Meinung zu vertreten. Natürlich hatte das zu vielen hitzigen Debatten geführt. Colby war ein streitlustiger Dickschädel, Wade eher ausgeglichen. Doch er sagte gern seine Meinung und scherte sich wenig um die Standpunkte der anderen. Was Colby wiederum auf die Palme brachte. Um nicht ständig Streitereien schlichten zu müssen, hatten ihre Eltern sich etwas einfallen lassen. Jedes Kind musste fünf bis zehn Stichpunkte aufschreiben, die seine Meinung untermauerten. Und oft entdeckten die gegnerischen Parteien dabei überraschend viele Gemeinsamkeiten. Dae hoffte, dass es ihm und Emily ebenso ergehen würde.

Es musste eine Schnittmenge geben.

Einen Mittelweg.

Auf Emilys Plan stand für diesen Tag ein Besuch in Greve in den Chianti-Hügeln. Die landschaftlich schöne Strecke hatte keine allzu steilen Anstiege. Zweimal hatten sie schon angehalten, um sich Notizen zu Gebäuden zu machen. Das erste hatte ausgesehen wie eine verlassene Hütte, das zweite war eine große Villa in einem guten Zustand gewesen. Dae wusste nicht, weshalb Emily über dieses Haus diskutieren wollte, aber hey, immerhin hatte sie sich auf seinen Vorschlag eingelassen.

Als sie sich einem Sonnenblumenfeld näherten, trat Dae ein wenig kräftiger in die Pedale und lenkte sein Rad neben Emily. »Lass uns dort anhalten.«

Emilys Wangen waren von der Sonne und von der Anstrengung leicht gerötet. Ihrer Schönheit tat das keinen Abbruch und mit dem Helm auf dem Kopf sah sie unglaublich süß aus. Dae freute sich, dass nicht nur ihr Mund, sondern auch ihre Augen wieder lächelten. Der Tag war gerettet, die Unstimmigkeiten des Morgens würden erst wieder eine Rolle spielen, wenn sie sich damit beschäftigen wollten.

Sie legten die Räder an den Rand des Sonnenblumenfeldes und nahmen ein paar lange Schlucke aus ihren Wasserflaschen.

»Einfach umwerfend«, sagte Emily ein wenig atemlos.

»Die Sonnenblumen? Ich glaube, so viele auf einmal habe ich noch nie gesehen.«

»Alles, Dae. Die Radtour, die Hügel, die wunderbare Aussicht. Der Blick auf die Höfe und Villen. Im Auto wäre das alles viel zu schnell an mir vorbeigezogen. Danke, dass du mich zu der Tour überredet hast.« Sie küsste ihn.

»Wenn es dafür Küsse gibt, fallen mir sicher noch allerhand andere Sachen ein, zu denen ich dich überreden kann.« Er hob vielsagend die Augenbrauen und sie gab ihm einen Klaps auf den Arm. »Das war ein Scherz. Du warst nicht schwer zu überzeugen. Viele Einwände hattest du jedenfalls nicht.«

»Ich habe sie bloß nicht ausgesprochen.« Sie grinste.

Er zog sein Telefon aus der Tasche seiner Shorts und drückte die Wange an ihre. »Bitte ganz lieb lächeln.« Dae war überzeugt, dass sie die kleine Funkstörung zwischen ihnen bald behoben haben würden. Und selbst wenn sich herausstellte, dass die Störung etwas größer war – für Emily lohnte es sich zu kämpfen.

Als sie eine Grimasse zog, küsste er sie auf die Wange und schoss dabei das Foto.

»Super Bild.« Er lachte, dann zeigte er in die Ferne. »Siehst du den Baum oben auf dem Hügel? Den höchsten von allen? Er steht da wie ein Wächter.«

Sie kräuselte die Nase, wandte sich um und schaute über das Sonnenblumenfeld hinweg. Sie überragte die Blumen kaum und ihr Staunen wollte er niemals vergessen. Während Emily hingerissen die Landschaft bewunderte, machte er unbemerkt weitere Fotos von ihr. Er hätte sie ewig anschauen können. Aber nach seiner Abreise musste er bis zu ihrem Wiedersehen mit den Fotos vorliebnehmen.

»Einfach großartig. Unfassbar, was uns bei einer Autofahrt alles entgangen wäre.«

»Stimmt, und wenn es nach mir geht und wir zusammen bleiben ...« Er hielt inne. Dieses *Wenn* schmeckte bitter. »Dann sorge ich dafür, dass dir nie wieder etwas entgeht.«

Sie schlang die Arme um seine Taille und drückte ihn. »Ich

weiß gar nicht, was ich bis jetzt ohne dich gemacht habe.«

»Das beruht auf Gegenseitigkeit, Baby. Und weißt du was? Die schönsten Dinge erkennt man oft erst auf den zweiten Blick. Schau doch mal nach unten.« Dae steckte das Telefon weg und legte die Arme um sie. Er war überglücklich, dass sie dasselbe empfand wie er.

»Was siehst du?«

»Unsere Füße.«

Er küsste sie auf die Stirn. »Okay. Und jetzt tun wir mal so, als stünden wir in einem traumhaft schönen Sonnenblumenfeld und du würdest nicht unsere Füße sehen, sondern etwas viel Kleineres.« Er wartete.

»Winzige weiße Blümchen?«

»Echte Schönheit verbirgt sich oft in den kleinen Dingen. In Dingen, die viele Menschen nicht sehen.«

»Mir passiert das selten«, antwortete sie lächelnd.

»Das glaube ich dir. Aber dein Verstand ist ständig in Bewegung, du bist andauernd am Planen und Überlegen. Das fasziniert mich an dir. Aber ich hoffe, dass du dir eines Tages etwas mehr Ruhe gönnst und merkst, dass der Rest der Welt warten kann, während du die kleineren, stilleren Dinge im Leben genießt.«

Sie lehnte die Stirn an seine Brust. »Okay. Du hast mich durchschaut. Ich glaube wirklich, immerzu anpacken und alles im Griff haben zu müssen.«

»Dagegen ist nichts einzuwenden. Aber lass dich nicht völlig vereinnahmen. Nimm dir Zeit für die leisen und kleinen Wunder.«

Er küsste sie erneut und flüsterte: »Weißt du eigentlich, wie sehr ich dich vermissen werde, wenn ich wegmuss?«

Sie vergrub stöhnend das Gesicht an seinem Hals. »Musst

du mich daran erinnern? Im Augenblick versuche ich so zu tun, als würde unsere gemeinsame Zeit hier einfach weitergehen. Wie es ist, ohne dich aufzuwachen, stelle ich mir lieber gar nicht erst vor.«

»Dann findest du das also schön?« Er knabberte an ihrem Ohr. Die Art, wie sich seine Brust bei ihrem perlenden Kichern zusammenzog, wurde ihm immer vertrauter.

»Viel schöner, als es nach so kurzer Zeit der Fall sein sollte. Ich glaube, meine Brüder würden mir den Kopf abreißen. Oder dir. Weil wir uns so schnell näher gekommen sind! Und ihre Verlobten würden sich freuen, dass ich so glücklich bin. Zwischen den Reaktionen der Jungs und der Mädels klafft ein tiefer, dunkler Graben.«

»Komm schon, deine Brüder freuen sich sicher für dich, wenn du glücklich bist. So wie ich mich gefreut habe, als meine Schwester Leanna ihren Kurt gefunden hat.« Er nahm seinen Helm ab und fuhr sich durchs Haar. Die Bewegung an der frischen Luft tat gut. Durch Städte zu bummeln und sich die Sehenswürdigkeiten anzuschauen, machte Spaß, war aber nicht mit den harten Trainingseinheiten zu vergleichen, die er sonst täglich absolvierte. Aber genauso, wie Emily eine Pause von der Arbeit brauchte, brauchte er eine Auszeit von seinem üblichen Tagesablauf. Und selbst wenn es nicht so gewesen wäre, hätte er gern auf seinen Sport verzichtet, um mehr Zeit für Emily zu haben.

»Ich kann ehrlich gesagt nur raten, wie sie reagieren werden. In einer festen Beziehung haben sie mich noch nie erlebt. Sicher freuen sie sich für mich. Aber sie werden dich sehr genau unter die Lupe nehmen.« Sie lachte. »Leicht werden sie es dir nicht machen.«

Er küsste ihre Mundwinkel. »Wir werden schon irgendwie

klarkommen. Kennenlernen will ich sie auf jeden Fall. Dass ich dich besuchen möchte, habe ich ernst gemeint.«

»Mein Vorschlag, dass du mich vom Flugplatz abholen sollst, war auch ernst gemeint.« Sie zog die zwei Notizblöcke aus Daes Rucksack, auf denen sie festhielten, was dem Erdboden gleichgemacht werden sollte und was stehen bleiben durfte.

»Das Sonnenblumenfeld. Soll es verschwinden oder bleiben?« Sie hielt ihm seinen Block und einen Stift hin.

»Das ist doch keine Frage.« Er gab ihr einen Klaps auf den Hintern, sie grinste ihm keck ins Gesicht.

»Klar ist das eine Frage. Du machst gern Dinge platt. Kannst du etwas so Schönes einfach niederwalzen?« Sie spielte mit ihrem Stift.

»Ich ahne, worauf du hinauswillst. Okay. Schreib deine Gedanken auf, Missy. Und ich entscheide, was als Nächstes auf unsere Liste kommt.«

»Unmöglich.« Emily schüttelte den Kopf.

Er legte die Wange an ihre und flüsterte: »In den letzten vierundzwanzig Stunden habe ich dreimal unter Beweis gestellt, was alles möglich ist, Miss Mehr-Schneller-Härter.« Er spürte, wie ihre Wange heiß wurde. Bevor sie antworten konnte, küsste er sie gierig. Vielleicht hätte sie ohnehin nichts sagen können, denn ihr war der Mund offen stehen geblieben und in ihrem Blick hatte eine Mischung aus Verlegenheit und Verlangen gelegen. Seinen Kuss erwiderte sie voller Leidenschaft. Erst als ein vorbeifahrendes Auto hupte, löste er widerstrebend die Lippen von ihren. Lachend stiegen sie wieder auf die Räder.

Dae hatte einen Stopp in Strada und einen weiteren auf einem Weingut in den Chianti-Hügeln geplant. Doch weil der Himmel sich langsam grau färbte, radelten sie an den bunten Fassaden von Strada und an den Reben vorbei direkt nach

Greve. Je näher sie der Stadt kamen, desto dichter wurde der Verkehr. Sie arbeiteten sich bis zur Piazza Matteotti vor. Erfreut stellten sie fest, dass dort gerade ein kleines Fest im Gang war. Mittelalterliche Gebäude mit Mauern in strahlenden Gelb- und erdigen Pastelltönen säumten den dreieckigen Platz. Steinerne Arkaden beschatteten die Eingänge der Geschäfte. Über den Steinbögen lagen Terrassen. Grüne Ranken und Blüten in Rot, Gelb, Lila und Weiß ergossen sich von dort über die schmiedeeisernen Geländer. In der Mitte der belebten Piazza thronte eine Statue des florentinischen Entdeckers Giovanni da Varrazzano, ringsum gab es Pavillons mit Verkaufsständen.

Emily und Dae schlossen ihre Räder ab und schlenderten Hand in Hand über den Platz. Dae überlegte kurz, warum er sich so leicht und glücklich fühlte. Steckte ihn die gute Laune der feiernden Menschen an? Lag es an der Schönheit der Piazza oder an der Frau, in die er sich gerade verliebte?

»Was für ein wunderbarer Zufall, dass das Fest gerade heute stattfindet«, seufzte Emily. »Und die Musik!« Sie holte tief Luft und schloss die Augen.

Du bist der Grund. Ganz eindeutig. Du.

»Und dieser Duft. Unglaublich. Alles riecht so ... italienisch.«

»Ja, beinahe so gut wie du.« Dae legte den Arm um sie und küsste sie auf die Schläfe.

»In den Broschüren stand nichts von einem Fest. Hast du davon gewusst?«, fragte Emily.

»Nein. Wir haben einfach Glück gehabt.« Er trat mit ihr an einen Stand, an dem eine Frau handgemachte Körbe verkaufte. »Entschuldigen Sie? Gibt es dieses Fest in jedem Jahr?«

»Das alljährliche Musik- und Weinfest findet im September statt. Dieses kleine Event ist erst vor ein paar Wochen ziemlich spontan geplant worden. Wie und warum genau weiß ich nicht, aber ich finde es fantastisch«, erklärte die Frau. »Ich bin bei meiner Tante zu Besuch. Die Körbe hier macht sie selbst. Ich muss morgen wieder nach Hause fliegen, nach Kalifornien. Ich bin froh, dass ich das Fest noch miterleben kann.«

Eine Weile plauderten sie mit der Frau, dann bummelten sie weiter. An einem Stand wurde ihnen in Olivenöl getunktes Brot angeboten. Sie verschlangen es dankbar. Die Radtour hatte sie hungrig gemacht. Am nächsten Stand ließ ein älteres italienisches Paar sie Wein aus der Region probieren. Dae hätte stundenlang zusehen können, wie Emily regionale Spezialitäten kostete, Kunsthandwerk und handgeschreinerte Olivenholzmöbel bewunderte. Es gelang ihm, unbemerkt einen Schal zu erstehen, der ihr gut gefallen hatte. Er ließ ihn in seinem Rucksack verschwinden und legte die Hände um ihre Taille. Wie sie sich an ihn lehnte und seine Seite berührte, wenn sie ihm etwas zeigen wollte, gefiel ihm sehr. Verdammt, ihm gefiel einfach alles an ihr. Sogar wie sehr sie damit zu kämpfen hatte, dass er möglicherweise das Haus der Wünsche abreißen musste. Sie war stärker als jede andere Frau, die er kannte, und scheute sich nicht, ihre Meinung zu sagen. Das und vieles andere bewunderte er an ihr. Seine Gedanken galoppierten bereits mit ihm davon. Er dachte an Thanksgiving und an Weihnachten. Zu gern wollte er noch einmal mit ihr hierher kommen, wenn ihre Beziehung gefestigt war und seine Abreise nicht wie eine dunkle Wolke über ihnen hing.

Zum Essen setzten sie sich auf die Terrasse eines Restaurants an der Piazza und beobachteten von dort aus den Festbetrieb. Traditionell war das Mittagessen hier die üppigste Mahlzeit des Tages. Nach Tomaten und Mozzarella mit frischem Basilikum teilten sie sich einen Teller Tortellini, die auf Daes Zunge geradezu schmolzen. Aus Emilys wohligem Aufstöhnen schloss er, dass sie den köstlichen Anschlag auf ihre Geschmacksknospen ebenso genoss wie er.

Nach dem Hauptgang bot die attraktive brünette Bedienung ihnen Tiramisu und Kaffee an.

»Nein danke. Ich bin so voll, dass ich mich kaum noch rühren kann.« Emily tätschelte ihren Bauch.

Die Augen der Bedienung hingen auffallend lange an Dae. Er griff nach Emilys Hand.

»Die Rechnung, bitte«, sagte er, ohne den Blick von Emily zu lassen. An seine Wirkung auf Frauen war Dae gewöhnt. Normalerweise brachte ihn das nicht aus der Fassung. Aber Emily sollte nicht glauben, dass ihr eine andere gefährlich werden konnte. Weder jetzt noch in Zukunft. Sie war die Erste, bei der er überhaupt so weit dachte. Ein Blick von ihr, ein Flüstern oder eine Berührung, und er war dahin. So ähnlich musste es seiner Schwester Leanna ergangen sein, als sie sich Hals über Kopf in Kurt verliebt hatte. Und genau wie seine Schwester wollte er nicht, dass irgendetwas die Gefühle störte, die von Sekunde zu Sekunde intensiver wurden.

»Daran muss ich mich wohl gewöhnen.« Emily biss sich auf die Unterlippe.

Er überlegte, ob er so tun sollte, als wüsste er nicht, wovon sie redete, entschied sich aber dagegen. Direkt und ohne Umschweife, das war die beste Strategie. Die beiden verbliebenen Tage würden im Nu vergehen und Emily sollte hinterher keinerlei Zweifel an seinen Gefühlen für sie haben.

»Gewöhn dich lieber an den Gedanken, dass es ganz egal ist, wer mich anschaut. Ich habe nämlich nur Augen für dich.« Er drückte ihre Hand an seine Lippen und küsste sie. Dann schaute er ihr tief in die Augen. Er hoffte, dass sie spürte, wie viel sie ihm schon jetzt bedeutete. »So lange wir beide ein Paar sind – ganz gleich, ob wir nebeneinandersitzen oder ob Tausende Meilen uns trennen –, werde ich keiner anderen einen Blick schenken. Geschweige denn mein Herz.«

»Oh, Dae.« Sein Name glich einem langen Atemzug.

Lächelnd beugte er sich zu ihr. »Ich weiß jetzt, wie deine anderen *Oh*s sich anfühlen, und mein Körper weiß es auch.«

Sie errötete und er küsste sie zärtlich auf die Lippen.

»Vielleicht fällt es dir schwer, das zu glauben, denn es geht alles so schnell. Aber, Em, wenn ich am Donnerstag wegmuss, sollst du nicht den kleinsten Zweifel daran haben, was ich für dich empfinde.«

Emily wusste nicht, was sie Dae antworten sollte. Ihr Herz quoll fast über vor Glück. Er hatte alles gesagt, was sie sich nur wünschen konnte, doch sie traute sich nicht, ihre Gefühle für ihn ebenfalls in Worte zu fassen. Würde es dann nicht noch viel mehr wehtun, wenn sie feststellen mussten, dass es für sie beide keinen gangbaren Mittelweg gab? Würde er je verstehen, wie sehr ihr der Erhalt von Kultur und Geschichte am Herzen lag? Selbst wenn es sich dabei um schwer greifbare Legenden und Mythen handelte? Oder war es schlichtweg albern, sich deswegen Sorgen zu machen? Sah so die Realität von Liebesbeziehungen aus? Mogelten andere Menschen sich auf diese Weise durchs Leben? Gaben sie nach, obwohl sie es nicht wollten? Akzeptierten sie resigniert die völlig unterschiedlichen Einstellungen ihres Gegenübers?

Sie brauchte dringend jemanden zum Reden. Die Partnerinnen ihrer Brüder waren jetzt ihre besten Freundinnen.

Aber eine rückhaltlos offene Antwort versprach sie sich von ihnen nicht, denn sie wussten sehr gut, wie eng Emily und ihre Brüder einander verbunden waren. Blut war nun mal dicker als Wasser. Nur für Dae galt das nicht. Für Emily stand er inzwischen an erster Stelle, noch vor ihrer Familie. Noch vor ihren Brüdern, die ihr regelmäßig Nachrichten schickten. Ihre Prioritäten hatten sich rasant und ohne Vorwarnung verschoben. Nie hätte sie geglaubt, dass das Herz so mächtig war und in allem das letzte Wort hatte.

»Babe?«

Sie schaute Dae an und alle Zweifel schwanden. Sie spürte es vom Scheitel bis zu den Zehen und überall dazwischen. Jetzt war er ihre Nummer eins. Sie blinzelte die Gedankennebel weg, bis sie Daes schönes, besorgtes Gesicht ganz klar und deutlich vor sich sah.

»Entschuldige bitte. Mir geht gerade so viel durch den Kopf.«

Dae bezahlte die Rechnung. Dann spazierten sie Hand in Hand durch die Menge auf dem Platz. Er hatte ihr sein Herz auf einem silbernen Tablett dargeboten, drängte sie aber nicht zu einer Antwort. Sie ahnte, wie schwer ihm das fallen musste. Doch sie fürchtete, dass Traurigkeit sie überfallen und Tränen ihr die Stimme rauben würden, wenn sie versuchte zu erklären, was sie fühlte. Vor der Statue in der Mitte des Platzes blieben sie stehen. Während Dae die Inschrift las, versuchte Emily, ein wenig Ordnung in ihre wirre Gefühlswelt zu bringen. Sie wusste, was sie für Dae empfand. Wenigstens das sollte sie ihm sagen. Dieser Mann hatte ihr Herz geöffnet wie noch niemand zuvor, und ganz gleich, ob sie zusammen oder getrennt waren, sie dachte in jeder Sekunde an ihn. Er sollte wissen, dass die Welt zum Paradies wurde, wenn sie beide sich liebten. Und dieses Paradies wollte sie nie verlassen.

Er hat eine Frau verdient, die es nicht für ein schweres Verbrechen hält, wenn er das Haus der Wünsche dem Erdboden gleichmacht. Ihre Kehle zog sich zusammen.

»Möchtest du jetzt gern die Museen besuchen, die auf deiner Liste stehen?«

Sie staunte über seinen warmen, liebevollen Blick. Sie hatte einen bitteren Unterton erwartet, einen Hauch von Kühle, weil sie ihm die Antwort auf das Eingeständnis seiner Gefühle schuldig blieb. Überrascht stellte sie fest, dass er sie einfach akzeptierte, wie sie war, und das annahm, was sie ihm in diesem Augenblick geben konnte. Viel mehr als ein Schweigen war es nicht. Schuldgefühle, die noch schwerer wogen als die grauen Wolken am Himmel, erfassten sie.

Sie rückte ganz nahe an ihn heran, schmiegte den Kopf an seine Brust und ließ sich davon trösten, wie schnell und bereitwillig er die Arme um sie legte. Stark und sicher schlug sein Herz unter ihrer Wange.

Ich liebe dich, Dae. Ich liebe, wie du mit mir umgehst. Ich liebe deine Aufmerksamkeit und wie sehr du dich bemühst, immer das Richtige zu tun. Dass alles so schnell geht und dass wir Tausende Meilen von allem Vertrauten entfernt sind, ist mir egal. Das hier: du, ich. Das fühlt sich richtig an und echt. Ich will, dass es niemals endet.

Er küsste sie aufs Haar, und sie wusste, dass sie ihre Gedanken nicht laut aussprechen musste. Denn er kannte sie längst.

Die guten, die schlechten und die widersprüchlichen.

Zwölf

Auch auf dem Rückweg fuhren sie die Via Chiantigiana entlang, auf der sie gekommen waren. Anders als noch am Morgen standen jetzt graue Wolken am Himmel und der Wind frischte auf. Dae fürchtete, dass es bald regnen würde. In ihrem luftigen Top und den Shorts war Emily nicht dafür gerüstet, und die Vorstellung, dass sie auf einer nassen, rutschigen Straße zur Villa radeln musste, gefiel ihm gar nicht. An einen Regenschutz hatte er nicht gedacht. *Verdammt.* Und er hatte geglaubt, er sei auf alles vorbereitet. Besorgt schaute er hinauf zu den düsteren Wolken, die von Minute zu Minute bedrohlicher wirkten.

Er winkte Emily an den Straßenrand.

»Was ist denn?« Ein feiner Schweißfilm schimmerte auf ihrer Haut.

»Sieht aus, als würde es bald regnen.« Er musste die Stimme heben, um den Wind zu übertönen. »Wir sollten uns irgendwo unterstellen.«

»Pfft.« Sie wedelte mit der Hand. »Wegen ein bisschen Regen? Ich würde gern noch bis zum Haus der Wünsche fahren. Es ist nicht mehr weit.«

Auf dem Hügel über ihnen stand ein altes Bauernhaus. Vielleicht konnten sie dort warten, bis der Sturm vorbei war.

»Em, dich bei Wind und Nässe hier herumfahren zu lassen, gefällt mir gar nicht. Das ist gefährlich.«

»Du machst dir zu viele Gedanken und hörst dich schon an wie meine Brüder. Ich komme klar.«

»Siehst du das Bauernhaus dort oben?«

Sie nickte mit zusammengezogenen Brauen.

»Und daneben die Scheune?«

»Die, die aussieht, als könnte sie jeden Moment in sich zusammenfallen?«

»Renovieren oder abreißen?« Er grinste. Damit hatte sie sicher nicht gerechnet. Aber er wollte wetten, dass sie das windschiefe Gebäude mit dem gefährlich zur Seite geneigten Dach und Mauern, die aussahen wie ein faltiges Gesicht, lieber abreißen würde.

Sie verdrehte die Augen. »Du bist unmöglich.« Eine Windböe zauste das Gras am Wegrand. »Bei diesem Wind und kurz vor einem Platzregen soll ich mir Gedanken über einen alten Schuppen machen?«

Er hob stumm die Augenbrauen, fischte die Notizblöcke aus dem Rucksack und reichte ihr ihren. Grimmig kritzelte sie ein paar Zeilen. Dann steckte sie den Block zurück in den Rucksack. Dae warf erneut einen Blick zum Bauernhaus. Er hoffte, dass der böige Wind Emily umstimmen würde.

»Em.«

»Denk nicht mal dran. Ich bitte doch nicht wildfremde Leute, mich wegen ein bisschen Regen in ihr Haus zu lassen. Und außerdem: Sagst du nicht immer, das Leben sei zu kurz, um etwas zu verpassen?«

Sie stieg wieder aufs Rad. Er konnte sie nur für ihre Entschlossenheit bewundern. Und für ihren zierlichen, heißen Körper, der sich mit erstaunlicher Geschwindigkeit von ihm entfernte.

Die Wolken schienen wie aus Blei. Zum Glück war es bis zum Haus der Wünsche nicht mehr weit, als Dae die ersten Regentropfen spürte. Emily trat energisch in die Pedale. Diese Frau war beeindruckend. Was immer sie tat, tat sie mit voller Kraft. Kein Wunder, dass sie mit seinem Beruf Probleme hatte. Sicher war sie es gewohnt, ihren Standpunkt durchzusetzen. Auch Kunden mussten manchmal zu ihrem Glück überredet werden. Vielleicht hätte seine Vorliebe für Aufträge, bei denen es kräftig rumste, sie gar nicht so sehr gestört, wenn nicht ausgerechnet das Haus der Wünsche zu seinen potenziellen Abrissprojekten gehört hätte. Sie war eine intelligente, vernünftige Frau. Sie war Architektin und wusste, dass alte Gemäuer zur Gefahr werden konnten, wenn man sie einfach stehenließ. Er dachte daran, was sie über den Wert von Kultur, Familienbanden und so schwer greifbaren Dingen wie Mythen und Legenden gesagt hatte. Ihr Herz war so groß wie der Mond und das konnte er ihr unmöglich zum Vorwurf machen. Er wünschte sich nur, dass dieses Herz Vertrauen in seine Fähigkeit fasste, die richtigen Entscheidungen zu treffen.

Als die verlassene Villa in Sicht kam, öffnete der Himmel seine Schleusen. Wie eine Wand aus Wasser prasselte der Regen nieder. Der heulende Wind peitschte ihnen die Tropfen ins Gesicht. Dae trat noch kräftiger in die Pedale, um zu Emily aufzuschließen. In diesem Moment rutschte ihr Fuß ab und ihr Fahrrad machte einen Schlenker nach links. Ihr Vorderrad geriet in eine Querrille in der Fahrbahn und verfing sich dort, das Hinterrad hob ab und Emily segelte über den Lenker.

Dae sprang von seinem Rad, bevor es richtig stand. »Emily!« Der Sturm verschluckte seine Stimme. Bei ihrer unsanften Landung im Gras zersprang das Herz in seiner Brust.

»Em!« Er beugte sich über sie und versuchte, sie so gut wie möglich vor den Regentropfen zu schützen, die auf seine Haut prasselten wie kleine Geschosse. Dreckspritzer bedeckten ihre Wangen, ihre Stirn und ihr Haar. Er strich über ihre Arme und Beine, tastete nach gebrochenen Knochen. Zu seiner Erleichterung fand er nichts Alarmierendes. Sie öffnete die Augen. Ganz offensichtlich hatte sie Schmerzen. Tränen mischten sich mit dem Regen und dem Schmutz auf ihrer Haut.

»Emily, Baby? Alles okay? Wo tut es weh?« Er wischte ihr mit dem Daumen die Tränen ab, aber der Regen benetzte ihre Haut sofort aufs Neue. Sie zitterte, und er versuchte, sie vor dem Unwetter abzuschirmen. »Kannst du deine Arme und Beine bewegen? Falls du dir etwas gebrochen hast, ist es besser, ich lasse dich liegen.«

»Ich …« Sie wackelte mit den Fingern, dann bewegte sie die Beine. »Verdammt, das tut weh.«

»Wo?« Sein Herz hämmerte. Bei diesem Wetter hätte er sie nicht fahren lassen dürfen. Er hätte sie beschützen müssen und sich von ihrem Dickkopf nicht davon abbringen lassen sollen.

»Überall. Ich bin auf der Schulter und der Hüfte gelandet. Aber ich glaube, es ist alles in Ordnung. Am schlimmsten war der Schreck.« Sie drehte sich auf den Rücken und blinzelte die Tränen weg. Seitlich an ihrer Wange hatte sie ein paar Kratzer. Kleine Steinchen hatten sich in ihre Haut gebohrt. Sie stützte sich auf den Ellbogen.

»Nicht aufstehen. Ich trage dich zum Haus. Es ist nicht weit.« Vorsichtig strich er den gröbsten Schmutz von ihrer Wange, nahm ihr den Helm ab und warf ihn zusammen mit seinem beiseite.

»Du willst mich tragen?« Sie setzte sich auf. »Das ist nicht nötig, Dae. Morgen tut mir wahrscheinlich alles weh. Aber ich kann gehen.«

»Kommt gar nicht infrage. Ein weiteres Risiko gehe ich nicht ein.«

Sie zog das Knie an, bis ihr Fuß flach auf dem Boden stand, und schnappte nach Luft.

»Dein Knöchel?« Vorsichtig betastete er die Stelle.

»Halb so schlimm. Sicher bloß verstaucht.« Sie versuchte, den Fuß zu belasten und schrie auf.

Kurz entschlossen hob Dae sie vom Boden auf und drückte ihren zitternden Körper an seine Brust. Ihre Haut war eiskalt. Tausend Gedanken jagten ihm durch den Kopf. Er wollte sie vor dem peitschenden Regen schützen, herausfinden, was ihr fehlte, und sie an einen trockenen, warmen Ort bringen. Bestimmt würde Emily wie immer tapfer und stark sein wollen. Obwohl es ihr insgeheim gefiel, Brüder zu haben, die liebevoll auf sie achteten, wollte sie stets allen beweisen, dass sie ebenso zielstrebig und erfolgreich sein konnte wie die Braden-Männer. Als sie ohne weitere Widersprüche den Kopf an seine Brust lehnte und die Augen schloss, überkam ihn eine Welle von Dankbarkeit. Mit ihr in den Armen ging er auf die Knie und hakte den Rucksack von seinem Fahrrad los. Er zog es ein Stück von der Straße weg. Die Räder konnte er später holen. Erst einmal musste er Emily ins Trockene bringen. Er warf sich den Rucksack über die Schulter und legte Emily in seinen starken Armen zurecht. Sie schmiegte sich fest an ihn, und er stand auf und trug sie über die Wiese zu dem Haus, das ihr ein Stück ihres Herzens geraubt hatte. Dieses Stück, oder zumindest einen Teil davon, wollte er gern wiederhaben.

Daes Körper war pitschnass, aber dennoch warm. Bei jedem seiner raschen Schritte wurde Emily an seine muskulöse Brust gedrückt. Er stapfte mit ihr in den Armen die Einfahrt zum Haus hinauf. Ein wenig beschämt wegen ihres dummen Sturzes klammerte sie sich an sein triefendes T-Shirt. Sie hätte besser auf die Straße achten sollen, dann wäre ihr auch die Querrille aufgefallen. Aber sie hatte nur Dae im Kopf gehabt. Seit er sie auf die windschiefe Scheune aufmerksam gemacht hatte, hatte sie einen prickelnden Tagtraum nach dem andern. Wie würde es sein, mit Dae zusammen in diesem baufälligen Schuppen festzusitzen, fernab von der Welt und anderen Menschen? Wenn sie nur Schutz und Wärme fanden, indem sie sich aneinanderklammerten? Wenn nichts und niemand sie störte? Ihr kamen die sündigsten Einfälle. Dabei war diese Vorstellung geradezu lächerlich. Sie hatten beide funktionierende Handys und nur ein paar Schritte vom Schuppen entfernt stand ein Bauernhaus. Aber träumen durfte man ja wohl.

Herrje. Wollte ich etwa mit dem Sturz eine solche Situation heraufbeschwören?

Nein, das ist albern.

Sie schlang die Arme um Daes Hals und spürte, wie er sie fester fasste, bevor er mit ihr die Treppe zur Veranda hinaufstieg, hinaus aus dem Regen.

»Habe ich dir wehgetan? Du bist gerade ganz starr geworden.«

Das ist dir aufgefallen? »Nein, mir ist nur kalt.«

»Gleich wird es besser, Babe. Ich habe einen Schlüssel. In einer Sekunde sind wir im Haus.« Er nahm den Rucksack von der Schulter und ging wieder auf die Knie. Emily hielt er dabei fest an sich gedrückt.

»Du hast einen Schlüssel?« Obwohl sie vor Kälte zitterte

und ihr der Schreck des Sturzes noch in den Gliedern saß, begeisterte sie die Aussicht, das Haus der Wünsche von innen sehen zu können. Sie war gespannt, ob es die magische Aura eines Ortes hatte, der Wünsche erfüllen konnte.

»Ja, natürlich. Bevor ich einen Auftrag annehme, sehe ich mir alles ganz genau an. Auch das Innere eines Gebäudes.« Während er noch nach den Schlüsseln stöberte, rollte über ihren Köpfen der Donner. Emily zuckte zusammen. Day hörte auf, nach den Schlüsseln zu suchen, und drückte Emily noch fester an sich.

»Ich bin bei dir, Babe. Hört sich an, als würde der Sturm heftiger, als wir dachten.«

»Dann ist es ja gut, dass ich vom Rad gefallen bin.«

Er kniff die Augen zusammen.

»Sonst wären wir immer noch im Regen unterwegs. Bis zu Adelina ist es noch ein ordentliches Stück.«

Er küsste sie auf die Stirn. Dann hatte er die Schlüssel endlich in der Hand. »Stimmt. Wie geht es deinem Knöchel?«

Sie drehte den Fuß hin und her. Der Schmerz war auszuhalten. So ähnlich hatte es sich angefühlt, wenn sie sich als Kind den Fuß verknackst hatte. »Autschi.«

»Autschi? Du bist sogar noch süß, wenn dir etwas wehtut.« Er steckte den Schlüssel ins Schloss. »Jetzt gehen wir erst mal rein und schauen uns deinen Autschi-Knöchel an.« Der Schlüssel wollte sich nicht sofort drehen, aber schließlich gelang es Dae doch, die ächzende Tür zu öffnen. Er trug Emily in eine geräumige Diele. Die feuchte Luft folgte ihnen ins Haus, doch auch von innen schlugen ihnen Kälte und Feuchtigkeit entgegen. Eindeutig nicht die magische Aura, die Emily sich vorgestellt hatte. Um Daes Füße bildete sich eine kleine Pfütze. Das Regenwasser versickerte in den Rissen des kunstvollen

Mosaikbodens unter seinen Sneakers. Eine gewölbte Decke überspannte die Steinmauern und auf der rechten Seite gab es zwei Bogentüren. Am Ende der Diele führte eine breite geschwungene Treppe ins obere Stockwerk. Ein Windstoß drückte die Haustür noch weiter auf, gleichzeitig ließ der nächste Donnerschlag den Himmel erzittern. Dae hielt Emily noch fester und drückte die Tür mit der Schulter zu. Versuchsweise betätigte er den Lichtschalter.

»Kein Strom. Und Wasser gibt es sicher auch nicht.«

»Wenigstens sind wir im Trockenen. Du kannst mich absetzen. Du hast mich ganz schön weit getragen, ich muss dir doch langsam zu schwer werden.« Emily hatte kein Gramm Übergewicht. Aber er sollte nicht das Gefühl haben, sie beglucken zu müssen. Ihr Leben lang hatte sie immer wieder unter Beweis gestellt, wie stark und unabhängig sie war. Sich umsorgen zu lassen fiel ihr nicht leicht.

Der Blick, den Dae ihr zuwarf, sagte deutlich, dass er entscheiden würde, wann es Zeit war, sie abzusetzen. Und der entschlossene Zug um seinen Mund verriet, dass Verhandeln zwecklos war.

Sie biss sich auf die Zunge, um nicht ruppig zu erklären, dass ihr nichts fehlte und dass sie alleine laufen konnte. Oder humpeln. *Hüpfen?* Sie musste sich klarmachen, dass Dae keiner ihrer Brüder war, der sie in Watte packen wollte. Zwar fühlte sie sich in der Rolle des schutzbedürftigen Weibchens nicht wirklich wohl, aber in Daes starken Armen zu liegen war wunderschön. Sie beschloss, den Moment einfach auszukosten.

»Schau dir das an. Eine derart hohe Deckenwölbung sieht man selten. Das Haus wurde sicher erst im neuzehnten Jahrhundert gebaut, vielleicht sogar etwas später. Aber dieser Stil ist ans dreizehnte Jahrhundert angelehnt.«

»Ich liebe es, wenn du so schmutzige Sachen sagst.« Er grinste. »Aber lass uns mal nachsehen, ob wir nicht passend zum einundzwanzigsten Jahrhundert ein gemütliches, trockenes Plätzchen finden, wo du dich ausruhen kannst und wo es wärmer ist.«

Sie verdrehte die Augen. »Beeindruckt das Haus dich denn gar nicht?« Wie konnte dieses imposante Gebäude ihn kaltlassen? Um seine einzigartige Schönheit zu erkennen, musste man kein Architekt sein. Oder fielen ihm die großartigen Details gar nicht auf? *Undenkbar.* Immerhin hatte er unbedingt gewollt, dass sie das Haus zu sehen bekam.

»Beeindruckt bin ich vor allem von dir. Das Haus interessiert mich erst, wenn dir wieder warm ist, wenn du trocken bist und dir der Knöchel nicht mehr wehtut.« Er ging mit ihr durch den ersten Türbogen. Beim Anblick eines riesigen leeren Zimmers blieb er stehen. Risse zogen sich durch den Verputz der Wände. Der Fliesenboden wirkte uneben und ein bisschen verzogen. Aus irgendeinem Grund fand Emily das schön. Gegen die großen Fenster an der Vorderseite des Hauses schlug der Regen. Der Donner hallte und Blitze warfen ihr bedrohlich flackerndes Licht in den Raum.

»Keine Ahnung, warum ich geglaubt habe, das Haus wäre noch möbliert.« Daes Kiefer spannte sich.

»Wo ist der Baum?« Sie wollte unbedingt die Wand sehen, mit der er verwachsen war. Er wirkte so gigantisch. Aber vielleicht hatte sie die Stärke des Stamms falsch eingeschätzt. »Ich bin unglaublich neugierig, wie er vom Hausinneren aus aussieht.« Sie hörte das Zittern in ihrer Stimme und sah Daes besorgten Blick. Die Regentropfen prasselten an die Scheiben wie Schrotkörner. Emily klammerte sich fester an ihn.

»Keine Angst, Babe. Hier sind wir sicher.« Er schaute sich

um. »Wo ist der verdammte Baum?« Dae drehte sich mit ihr in den Armen um die eigene Achse, dann trug er sie zurück in die Diele.

Langsam kam sie sich ein wenig albern vor. Sie fürchtete sich nicht vor Gewittern. Warum presste sie sich dann zitternd an ihn?

»Dae, bitte. Lass mich runter. Ich kann mich auf dich stützen und gehen.« Ihr zaghafter Ton klang selbst in ihren Ohren nicht überzeugend.

Er ignorierte ihre Bitte und ging mit ihr durch den zweiten Türbogen.

»Ich trage dich gern. Außerdem klappern deine Zähne.«

Wirklich? Verdammt, er hatte recht.

Dae trug sie in eine große, moderne Küche mit dunklen Holzschränken, Terrakottaboden und einer großzügig bemessenen Kochinsel mit einer marmornen Arbeitsfläche. Von den dunklen Deckenbalken hing ein eisernes Topfregal. Um einen ausladenden Tisch standen drei hölzerne Stühle, die denen ähnelten, die Emily auf der Terrasse an der Seite des Hauses gesehen hatte.

Ihr Blick wanderte durch den Raum. Sie wollte zum Olivenbaum. Aber dazu mussten sie die Rückwand des Hauses finden. Sie konnte an nichts anderes mehr denken. Die Architektin in ihr wollte den Stamm sehen, der sich auf unerklärliche Weise mit einer Mauer verbunden hatte. Die Frau in ihr strebte zu dem Baum, der Wünsche erfüllen konnte.

»Dae. Da.« Sie zeigte auf eine Tür in der Ecke. Er trug sie hin und öffnete die Tür mühelos. Obwohl er sie durch den Regen geschleppt hatte, obwohl seine Kleider trieften und seine Schuhe tropfnass über die Fliesen patschten, schien sie ihm nicht zu schwer zu werden.

Die Tür führte in einen schmalen Korridor. Dort befand sich eine weitere Tür.

»Liegt im Märchen nicht immer hinter der dritten Tür ein Schatz oder ein Geheimnis?« Er drehte den Knauf und drückte die Tür auf.

»Heiliger Strohsack«, hauchte Emily. »Wow. Lass uns hingehen, schnell.« Fasziniert vom Anblick des gigantischen Baumes, der die Rückwand des Hauses durchwucherte, beugte sie sich vor. Eigentlich hätte sie nicht so überrascht sein sollen, aber mit einem derart spektakulären bautechnischen Ding der Unmöglichkeit hatte sie nicht gerechnet. Sie schaute Dae an. Auch einen Mann wie ihn zu finden, hatte sie für ein Ding der Unmöglichkeit gehalten. Einen Mann, ohne den sie sich das Leben nicht mehr vorstellen konnte. Und doch war er jetzt da.

Sie betrachtete den Baumstamm. Kein Wunder, dass sich um diese majestätische Erscheinung Mythen rankten. Diese unerklärliche Verbindung von Baum und Haus würde sie wohl nie verstehen. Aber war das überhaupt nötig? Ihr Blick huschte erneut zu Dae. Vielleicht musste sie auch ihn nicht ganz und gar verstehen.

»Vermutlich ist das der ältere Teil des Hauses. Anstatt den Baum zu fällen, weil er immer größer wurde, hat man später einfach eine weitere Wand eingezogen, eine zweite Rückwand, sozusagen.« Sie ließ den Blick durch den großen möblierten Raum schweifen. Er vibrierte vor Energie.

»Spürst du das?«, fragte sie atemlos.

Seine Antwort war ein Kuss auf ihre bebenden Lippen.

»Roter Samt. Auf ein solches Sofa habe ich gehofft.« Dae kniete sich mit ihr vor das alte Möbelstück. »Komm, Baby. Mach es dir bequem.« Er balancierte Emily auf seinem Knie, während er den Staub von den Samtpolstern wischte. Sein Blick fiel auf zwei Stühle und die aufwendig verzierte hölzerne Truhe unter dem Fenster.

Sie schaute zu, wie seine Augen den Raum systematisch absuchten. Nie hatte sie sich sicherer gefühlt. Ihre Brüder hätten sich genauso aufopfernd um sie gekümmert, aber bei Dae fühlte sich das ganz anders an. Trotz aller Liebe schwang bei ihren Brüdern immer auch ein wenig familiäre Verpflichtung mit. Daes Fürsorge hingegen kam aus tiefstem Herzen und eine familiäre Verpflichtung gab es nicht.

»Du gibst einen prima Helden ab, weißt du das?« Sie küsste seine stoppelige Wange.

»Einen Helden?« Ein Lachen vibrierte durch seinen Körper. Diesen tiefen warmen Ton wollte Emily an jedem einzelnen Tag ihres Lebens hören.

»Ja. Ich gebe es ungern zu, aber in einem Film wäre ich die verzagte Maid in Not und du der mutige Retter.«

Er legte sie auf das luxuriöse Sofa. »Eine verzagte Maid? Du? Nie im Leben. Ohne meine Hilfe wärest du nicht nur hierher gehumpelt, sondern hättest die Räder auch noch mitgeschleift.«

Sie wusste nicht, ob das als Kompliment gemeint war oder ob es ihn störte, dass sie so selbstständig war.

»Du sagst gar nichts. Ist alles okay?«, fragte er.

Ihm entging wirklich nicht die kleinste Regung. »Ja. Findest du mich unweiblich? Nicht feminin genug? Bin ich zu …«

»Baby, du bist von oben bis unten mit Dreck bespritzt, hast spitze kleine Steinchen in der Wange stecken und einen verstauchten Knöchel. Und deine größte Sorge ist, dass du nicht feminin genug wirken könntest?« Er küsste sie zärtlich. Dann streichelte er die unversehrte Seite ihres Gesichts. »Du bist die sinnlichste, femininste Frau, die ich kenne, und dass du so stark bist, macht dich nur noch anziehender. Du bist die perfekte

Kombination aus Intelligenz, Weiblichkeit und Entschlossenheit. Schon allein deshalb könntest du keine verzagte Maid in Not sein. Du bist genau richtig, wie du bist, ich würde nichts an dir ändern.«

Wieder küsste er sie. Seine liebevolle Antwort wärmte sie durch und durch. Wie schaffte er es nur, immer die richtigen Worte zu finden und immer das Richtige zu tun? *Du würdest nichts an mir ändern.* Und sie hatte Probleme mit seinem Beruf?

Er zog sich das nasse Shirt über den Kopf und breitete es über die Armlehne der Couch. Emilys Mund wurde trocken. Würde sie sich je an den Anblick seines Traumkörpers gewöhnen?

Er kniete sich zu ihr. »Beug dich vor, dann helfe ich dir, dein Shirt auszuziehen.«

»Ähm ...« Trotz des schmerzenden Knöchels, trotz des Schmutzes in ihrem Haar, trotz der Kälte und der ungewohnten Umgebung erwachte die Lust in ihr.

Er lachte. »Ich bin kein Unhold, Emily. Dass du schmutzverkrustet, zerkratzt und verletzt vor mir liegst, werde ich nicht ausnutzen. Ich möchte dir nur aus dem nassen Shirt helfen, damit deine Haut trocknen kann und es dir vielleicht ein bisschen wärmer wird.«

Sie beugte sich vor und er zog ihr das Oberteil aus. Dann drückte er die Wange an ihre und flüsterte: »Ich könnte jetzt sagen, ich gucke nicht hin. Aber das wäre gelogen.« Er küsste ihren Hals. Dann glitt seine Hand an ihrem Bein entlang zu ihrem Knöchel. Schlagartig verwandelte sich das Verlangen in seinem Blick in Mitgefühl.

»Dass du gestürzt bist, tut mir furchtbar leid.« Er küsste ihre Schulter. Die Berührung war zärtlich, dennoch zuckte sie zusammen.

»Tut das weh?« Seine Augen waren so ernst, dass sie ihm nichts vorflunkern wollte.

»Ein bisschen.«

»Baby, ich wünschte, das wäre nicht passiert.« Er küsste sie unterhalb der Stelle, die er gerade berührt hatte.

»Ich bin selbst schuld. Ich hätte besser auf die Straße achten müssen.« Sie staunte, wie unbefangen sie in ihrem BH und den Shorts vor Dae sitzen konnte. Mit den drei anderen Männern, mit denen sie in ihrem Leben geschlafen hatte, hatte sie sich nackt oder halbnackt nie richtig wohlgefühlt. Sie hatte immer das Gefühl gehabt, mit anderen Frauen verglichen zu werden oder gar nur Mittel zum Zweck zu sein. Selbst unter Frauen zeigte sie sich nicht gern freizügig. Nur halb angezogen, aber trotzdem entspannt herumzusitzen, war Neuland für sie. Doch Dae schaute sie an, als gäbe es nur sie. Und sein Blick war nicht lüstern, sondern sagte: *Ich will, dass du dich geborgen fühlst und glücklich bist.* Sie fand das unsagbar schön. Tief in ihrem Herzen wusste sie, wie sehr er sie liebte. Sie war erstaunt, wie deutlich sie das spürte. Wie hätte sie ahnen sollen, dass so große Gefühle nicht allein in ihren Träumen existierten? Aber mit Dae war alles neu und nichts unmöglich. Kein guter Freund, kein Angehöriger hätte sie mit so viel Liebe und Zuwendung überhäufen können. Sie vertraute Dae und fühlte, dass sie ihn mit ganzer Seele liebte. Trotz all ihrer Zweifel und Bedenken.

Behutsam zog er ihr die Sneakers aus.

»Du kannst nichts dafür. Es ist einfach passiert. Lass mich mal sehen, wie schlimm es ist. Und danach mache ich dich ein bisschen sauber.« Seine Finger schwebten über ihrem Knöchel. »Darf ich ihn anfassen?«

Sie nickte, biss aber vorsichtshalber die Zähne zusammen.

»Ich bin ganz vorsichtig. Versprochen.« Er legte die Finger

um das Gelenk und drückte es sanft. »Tut das weh?«

Sie schüttelte den Kopf. »Schmerzen habe ich nur, wenn ich den Fuß bewege.«

»Okay, sehen wir mal nach.« Er umfasste zunächst ihre Ferse. Den Blick fest auf ihre Augen geheftet, tastete er mit leichtem Druck die gesamte Region um ihren Knöchel ab. »Du hältst die Luft an. Tut das weh?«

»Nein. Ich wollte bloß auf alles gefasst sein.« Sie hielt sich an seinem Bizeps fest. »Versuch mal, meinen Fuß zu bewegen.«

Er nickte. Sie spürte, wie seine Muskeln sich unter ihrer Hand spannten, und wusste, dass er Angst hatte, ihr wehzutun. Als er ihren Fuß leicht nach oben drückte, zuckte sie zusammen. Doch die Angst vor dem Schmerz war schlimmer gewesen als der Schmerz selbst. Oder hatte Daes sorgenvoller Blick ihn ein wenig gelindert?

»Wie schlimm?«

»Nicht sehr.«

Er drehte ihren Fuß ein wenig nach außen. Jetzt zuckte sie heftiger zusammen und sog scharf die Luft ein. *Autsch. Dieser Schmerz war fies.*

Dae legte die Stirn in Falten. »Das hat richtig wehgetan. Versuch erst gar nicht, es abzustreiten.«

Emily hatte den Mund bereits aufgemacht, jetzt machte sie ihn wieder zu. Den Schmerz zu leugnen, wäre albern gewesen, auch wenn sie Dae gern beruhigt hätte.

»Das könnte eine Bänderdehnung sein. Du brauchst einen Eisbeutel und Schmerztabletten.«

»Das mit dem Eisbeutel dürfte schwierig werden.«

»Zum Glück hat dein bestens vorbereiteter Freund an fast alles gedacht.« Er stöberte in seinem Rucksack. »Schmerztabletten. Bitteschön.«

»Dass du dich als meinen Freund bezeichnest, finde ich schön. Ich hatte schon so lange keinen mehr.«

Er streichelte ihre Wange. »Mir gefällt es auch. Ich kann kaum fassen, dass ich der Glückspilz bin, der sich dein Freund nennen darf.«

»Dae.« Er hielt *sich* für einen Glückspilz? Sie fühlte sich, als wäre sie aus einem Flugzeug gefallen und geradewegs in einem Feld mit vierblättrigen Kleeblättern gelandet. Das hätte sie ihm gern gesagt. Aber er war bereits wieder im Krankenpfleger-Modus und drückte ihr zwei Tabletten und eine Wasserflasche in die Hand.

»Runter damit, Babe.«

»Zu Befehl. Ich werde dir beweisen, wie brav ich sein kann.« Sie spülte die Tabletten mit einem Schluck Wasser hinunter.

»Lieber nicht. Oder willst du uns den Spaß verderben?« Er zog einen hellblauen Beutel aus dem Rucksack und knetete ihn. Dann faltete er ihn, drückte mit den Daumen darauf und hielt ihn Emily hin. »Eis für meine Liebste.«

Sie betastete den Beutel. Er war tatsächlich kalt.

»Die Segnungen der Chemie.« Er lächelte. »Bist du bereit?«

»Hmhm.« Sie fand es schön, dass er ihr fragend in die Augen schaute, während er den Beutel auf ihren Knöchel legte.

»Okay?«

»Ja. Sehr kalt, aber das tut gut.«

»Kannst du den Beutel an deinen Fuß drücken, so lange ich dich ein bisschen säubere?«

Sie hielt den Beutel fest, während er in seinem Erste-Hilfe-Set stöberte und schließlich eine Bandage herauszog. Er schüttete Wasser aus der Trinkflasche darauf, strich ihr das nasse Haar hinter die Ohren und wischte ihr mit konzentrierter Miene vorsichtig den Schmutz aus dem Gesicht. Sie vermutete, dass sie aussah wie eine halb ersäufte Katze. Das Haar klebte ihr am Kopf und ihre Wangen und ihre Nasenspitze waren sicher rot vor Kälte. Sie war froh, dass sie sich nicht sehen konnte.

»Ich wünschte, ich hätte eine warme Decke für dich. Ich sehe mich gleich mal hier um.«

»Nicht nötig, es ist alles okay.« Sie war nass, ihr war kalt, aber so *okay* wie im Augenblick hatte sie sich noch nie im Leben gefühlt.

»Das sagst du immer, aber das heißt nicht, dass es wirklich so ist.«

Sie sah, wie seine Augen sich verengten, als er sich ihrer anderen Gesichtsseite zuwandte. »Was ist?«

»Du hast ein paar Kratzer und zwei kleine Steinchen haben sich in deine Wange gegraben. Ich kann sie rauspulen, aber ich will dir nicht wehtun. Am besten, du legst den Kopf zurück und schließt die Augen.«

Eingegraben? Sofort hatte sie ein Bild von kantigen Brocken inmitten blutiger Krater vor sich. Sie wollte nach ihrer Wange tasten, aber Dae nahm ihre Hand in seine und drückte Emily sanft auf das Sofa.

»Es hört sich schlimmer an, als es ist. Vielleich hätte ich nicht *eingegraben* sagen sollen, sondern lieber, dass sie *drinstecken*. Ich wollte dir keine Angst machen.« Er legte den Eisbeutel so auf ihren Knöchel, dass sie ihn nicht mehr festhalten musste.

Drinstecken. Und das ist besser als eingegraben? Herrje. Würde sie Narben davontragen? Würden die ihn stören? Oder sie? Narben waren kein Weltuntergang. *Reiß dich zusammen, Emily. Alles ist gut.* Gar nichts war gut. Sie hatte scheußliche Angst.

Offenbar merkte er, wie verkrampft sie plötzlich war, denn er verharrte, wo er war, mit seiner Brust an ihrer, mit seinen

Händen an ihren Schultern. Liebevoll schaute er sie an.

»Tut mir leid, wenn ich dich erschreckt habe, aber die Steinchen sind winzig, und ich verspreche, ich werde ganz vorsichtig sein.«

Sie nickte, atmete tief ein und schloss die Augen. Sie wollte weinen vor Angst, aber dann spürte sie seine Lippen auf ihren und seine Hände an den Seiten ihres Kopfes und wurde ruhiger.

»Es tut mir so leid, Baby«, flüsterte er. »Es wäre mir viel lieber, wenn ich vom Rad gefallen wäre.«

Dankbar für seine Fürsorglichkeit hielt sie sich an seinen Armen fest, während er behutsam ihre Wange abwischte.

»Sag mir, wenn ich zu fest zudrücke.«

Jeder Muskel in ihrem Körper spannte sich in angstvoller Erwartung. »Mache ich.« Ihre Stimme zitterte.

Er lehnte die Stirn an ihre. »Mach die Augen auf, Em.«

Sie blinzelte ihn an.

»Ich werde dir nicht wehtun, okay? Du musst keine Angst haben. Es ist nicht schlimm und wird weniger schmerzen als dein Aufprall auf dem Boden. Okay?«

Sie nickte.

»Eine Pinzette habe ich leider nicht. Deshalb werde ich die Steinchen mit den Fingernägeln packen.« Direkt über ihnen grollte der Donner. Der ganze Raum schien zu beben. Ein Blitz erhellte das Zimmer. »Ich möchte damit nicht warten, bis wir wieder bei Adelina sind. Und Marcello will ich bei diesem Sturm nicht anrufen. Sicher würde er uns sofort holen wollen und das wäre zu gefährlich.« Mit ein wenig Wasser aus der Trinkflasche wusch er sich die Finger. Dann beugte er sich über Emily. »Mach die Augen wieder zu.«

Darum musste er sie nicht lange bitten. Sie kniff die Lider fest zusammen.

»Okay. Es geht los.«

Sie spürte ein leichtes Kratzen unterhalb des Wangenknochens.

»Na bitte. Einen hab ich draußen. Halb so schlimm, oder?«

Sie brachte kein Wort heraus. Die Angst vor dem Schmerz sorgte dafür, dass sie die Augen mit aller Kraft geschlossen hielt und sich an Daes Armen festklammerte, als würde sie in einem Schlauchboot auf Stromschnellen zutreiben.

»Okay. Fertig.«

Sie riss die Augen auf. »Fertig?«

»Ja. Luft holen, Baby. Atme.« Er kramte wieder in seinem Erste-Hilfe-Set, dann zog er ein kleines Fläschchen und eine kleine Tube hervor.

»Gibt es irgendwas, was du nicht da drin hast?«

»Ja.« Er lachte auf. »Kondome.«

Ein Hitzestrahl durchjagte ihren Körper. »Oh.«

»Das ist keine große Hilfe.« Er grinste. »Seit wir uns kennengelernt haben, sind sie immer in meiner Geldbörse.« Er hielt das Fläschchen in die Höhe. »Das ist ein Desinfektionsmittel.«

Er träufelte es auf ein Stück Verbandstoff und säuberte damit die Wunden an ihrer Wange und die anderen Kratzer. Das brannte ein wenig. Anschließend trug er aus der Tube etwas Wundsalbe auf, dann lehnte er sich zurück, betrachtete sein Werk und atmete tief aus.

»Schon besser.« Er fuhr sich durchs Haar. Es fing bereits an zu trocknen. »Was macht dein Knöchel?«

»Dem ist kalt.«

»Den Eisbeutel lässt du am besten noch eine Weile drauf, damit er nicht zu stark anschwillt.« Er schaute sich zum Baum um. »Wie funktioniert die Sache mit dem Wünschen eigentlich?

Jetzt wäre ein guter Zeitpunkt für einen Test.«

»Wie es genau geht, weiß ich nicht. Aber ich nehme an, man schreibt seinen Wunsch auf einen Zettel oder sucht sich einen Gegenstand, der den Wunsch symbolisiert. Den Zettel oder den Gegenstand befestigt man am Baum.«

Wortlos zog Dae die Notizblöcke aus dem Rucksack. Zusammen mit einem Stift drückte er Emily einen in die Hand. »Schreib deinen Wunsch auf, Baby.«

Bevor sie Dae kennengelernt hatte, hätte sie den Wunsch aufgeschrieben, den sie monatelang mit sich herumgeschleppt hatte. Sie hätte die Chance genutzt, sich die ganz große Liebe zu wünschen, einen Mann, bei dem sie sich angenommen und gut aufgehoben fühlte. Dann hätte sie endlich nicht mehr neidisch sein müssen, wenn sie verliebte Paare sah, die Zärtlichkeiten austauschten oder so vertraut miteinander taten, wie nur Liebende es konnten. Gegen den Traum von der großen Liebe waren alle anderen Wünsche verblasst. Aber Dae gab ihr jetzt schon mehr, als sie sich je erhofft hatte.

Sie schaute zu, wie er etwas auf seinen Notizblock schrieb. Die Erkenntnis, dass sie die große Liebe bereits gefunden hatte, zauberte ein Lächeln auf ihre Lippen. Ihr Herz war so warm und so voll, und jeder Blick, jede Berührung machten es noch voller. Nur ihr Kopf war manchmal noch störrisch.

»Meinst du, ich kann mir gleich zwei Dinge wünschen?«

Sie lachte. »Keine Ahnung. Vielleicht?« *Zwei Wünsche?* Was wollte er bloß haben?

Er nickte und schrieb etwas auf ein zweites Stück Papier. Dann riss er die Blätter aus dem Block und faltete sie zusammen. Er fuhr sich durchs Haar, zuckte die Achseln und erhob sich.

»Einen Versuch ist es wert.«

In seinen nassen Shorts und Schuhen und mit nacktem Oberkörper ging er zum Baumstamm. Seine Knie und Schienbeine waren dreckverkrustet. Er hatte sich aufopfernd um Emily gekümmert und dabei keinen Gedanken an sich selbst verschwendet. Sie fand es unfassbar, wie liebevoll und fürsorglich er sie behandelte. Aber fast noch mehr erstaunte sie, dass sie das zulassen konnte. Was Dae mit ihr machte und in ihr bewirkte, zeigte ihr deutlich, wie eng und eingefahren ihre Vorstellungen bislang gewesen waren. So wie diese Beziehung wuchs, so wuchs auch sie.

»Die Sache mit dem Baum ist wirklich merkwürdig«, sagte er. »Das Wurzelgeflecht muss unter dem Haus liegen. Wie kann der Baum überleben?«

»Ich kenne Häuser, die um Bäume herumgebaut worden sind. Aber einen Baumstamm, der mit einer Hauswand verwachsen ist, habe ich noch nie gesehen.« Emily stützte den Rücken gegen die Armlehne des Sofas. »Eigentlich brauchen die Krone und das Wurzelwerk viel Platz. So etwas wie das hier ist genau genommen gar nicht möglich.«

»Und trotzdem passiert es. Jetzt wünsche ich mir erst mal was.« Er steckte seine Zettel in eine Ritze im Stamm. »Mal sehen, was passiert.«

Ein ohrenbetäubender Donnerschlag verschluckte seine Worte. Fast gleichzeitig erhellte ein Blitz den Raum. Emily zuckte zusammen.

»Mutter Natur gefallen meine Wünsche wohl nicht.« Dae setzte sich zu Emily und legte die Arme um sie.

Sie starrte ihren Notizblock an. Sie wusste nicht, was sie sich wünschen sollte. Vielleicht einen Mittelweg mit Dae? Oder dass er nicht das Interesse an ihr verlor, wenn er nach Hause flog und Tausende Meilen sie trennten? Sollte sie sich wünschen, dass ihr Knöchel schnell verheilte oder dass Serafinas Mann nach Hause kam? Dieser Wunsch war der wichtigste und ließ jeden anderen oberflächlich und egoistisch erscheinen.

»Was sagt dieser Blick?«, fragte Dae. »Hast du Schmerzen oder grübelst du?«

»Ich grüble.« *Du fängst selbst die kleinsten Signale auf. Man könnte meinen, du liest meine Gedanken.*

»Gott sei Dank. In dem Fall kann ich vielleicht helfen.«

»Ich weiß einfach nicht, was ich mir wünschen soll.«

»Hast du nicht gesagt, es muss ein Herzenswunsch sein? Mich hast du schon, falls du mich willst. Was wünscht dein Herz sich denn noch?«

»*Falls* ich dich will?«

»Ich weiß, was ich für dich empfinde. Nur deine Gefühle sind mir noch ein wenig rätselhaft.«

Sie fand es wunderbar, dass er all ihre Regungen wahrnahm, und seine Einfühlsamkeit überraschte sie immer wieder aufs Neue. Aber jetzt, wo sich so viele widersprüchliche Gedanken in ihr stritten, wünschte sie sich, seine Sensoren wären nicht ganz so empfindlich.

»Was hast du dir denn gewünscht?« Ein kleines Ablenkungsmanöver schien ihr angebracht.

Lächelnd strich er ihr über den Arm. »Deine Haut fühlt sich schon wärmer an. Das ist gut.«

»Du wechselst das Thema. Und warum schaust du mich so …« Seine Augen waren dunkel und verführerisch. Doch in seinem Blick lag auch eine Spur Frustration. Die Luft zwischen ihnen heizte sich auf. Seine Hand glitt an ihrem Arm nach oben. Unter seinen Fingerspitzen zogen sich all ihre Muskelstränge zusammen. Jetzt las sie pures Verlangen in seinen Augen.

Er rieb sich das Gesicht. »Ich tue, was ich kann, um nicht ständig daran zu denken, wie gern ich dich hier auf dieser Couch lieben würde.«

»Klingt nach einer prima Ablenkung von meinem Dilemma.« Sie befeuchtete ihre Lippen mit der Zungenspitze.

Dae stöhnte unwillkürlich auf und rückte näher an sie heran. »Verdammt, jetzt wünsch dir etwas«, raunte er.

»Schon passiert.«

Sie legte seine Hand an ihre Brust. »Lieb mich.«

»Bin schon dabei.«

Er legte die Lippen auf ihre und küsste sie, bis sie den peitschenden Regen und den heulenden Wind nicht mehr hörte. Ihre Atemzüge, das Geräusch seiner Hand auf ihrer Haut und das Pochen ihrer Herzen waren die einzigen Laute, die zu ihr durchdrangen. Emilys Hände wanderten über seinen Rücken. Sie liebte die Muskeln, die sich unter ihren Fingern wölbten und spannten. Dae ging immer sehr achtsam mit ihr um und wollte ihr auf keinen Fall wehtun. Er hatte sich liebevoll um sie gekümmert, die Tür zu seiner Seele weit aufgestoßen und damit in ihrem Inneren unsichtbare Barrieren niedergerissen. Ihr Atem ging schneller. Die Luft war schwer vor Verlangen. Sie liebte seine zärtlichen Berührungen, sein Bestreben, ihr Genuss zu bereiten. Aber jetzt, wo die Energie ihrer Körper den Raum in Schwingungen versetzte, hier in diesem magischen Haus, in dem Herzenswünsche in Erfüllung gingen, wollte sie keine behutsame Zärtlichkeit. Sie wollte sich von seiner Lust verschlingen lassen und in dem heißen Verlangen verbrennen, das in jedem seiner Blicke lag. Sie wollte sich keine Gedanken über blödsinnige berufliche Differenzen machen. Sie wollte … Nein, verdammt. Sie musste das Gefühl haben, dass seine Liebe ihr Innerstes durchdrang. Trotz der Kälte und ihrer Verletzung und mitten im wilden Sturmregen, der auf das Dach trommelte, wollte sie spüren, wie sein Fleisch auf ihres prallte und wie sein heißer Atem sie an allen Stellen versengte, die sich nach ihm verzehrten. Um seine Lust völlig zu entfesseln, musste sie ihm zeigen, dass das wirklich in Ordnung für sie war. Denn nie im Leben würde er etwas tun, was sie nicht wollte.

Mit fliegenden Fingern und zittrigem Atem legte sie die Hände auf seine Brust und drückte ihn nach hinten, bis er fast auf der Sofakante lag.

Um nicht die Balance zu verlieren, musste er sich an ihren Armen festhalten. Seine lusterfüllten Augen verengten sich. Sein Verlangen fachte ihres noch weiter an.

Oh ja. Genau so will ich es haben. »Wir müssen die Plätze tauschen.« Die Worte kamen leise und zaghaft, nicht fordernd und selbstbewusst, wie sie gehofft hatte.

»Dein Knöchel.«

Sie zwang Wildheit in ihre zitternde Stimme. »Mein Knöchel interessiert mich jetzt nicht. Ich will nicht, dass du vorsichtig bist, Dae. Nimm mich, wie du eine Frau für eine Nacht nehmen würdest, oder ich nehme dich wie einen Mann für eine Nacht.«

Seine Augen wurden fast schwarz. »Ich soll dich nehmen wie …«

»Ja. Hör auf zu denken und fass mich an.« Sie zerrte an den Knöpfen seiner Hose. Er hielt ihre Handgelenke fest. Vor Nervosität und Verlangen stiegen ihr Tränen in die Augen.

»Hey, nicht so schnell.« Forschend sah er sie an. Sie wusste, dass er die Tränen bemerkt hatte. Sein Griff wurde lockerer, seine Miene wirkte fast bestürzt. »Baby, was ist los? Rede mit mir.«

Warum laufen mir Tränen übers Gesicht? So hatte sie sich das nicht vorgestellt. Die Eindrücke des ganzen Tages brachen plötzlich über sie herein: Adelinas fassungslose Miene, als sie von den Abrissplänen gehört hatte. Die widerstreitenden Gefühle, mit denen sie kämpfte. Die überwältigende Liebe zu Dae, die ihr fast die Luft nahm. Der Schreck des Sturzes und der Schmerz des Aufpralls. Und dann das unbeschreiblich gute Gefühl, in Daes Armen ganz sicher zu sein. Sein liebevoller Blick, als er ihre Wunden versorgt hatte. Und dass er jetzt herausfinden wollte, warum sie traurig war, obwohl er vor Verlangen fast umkam.

»Ich …« Sie schnappte nach Luft. »Dae, noch nie habe ich so schnell so viel empfunden. Jetzt wünsche ich mir, dass du einfach loslässt. Liebe mich, als müsstest du nicht das Richtige tun, als müsstest du dich nicht zurückhalten und behutsam sein.«

Seine Lippen lächelten, doch seine Augen blieben ernst. Er war besorgt. »Baby, ich werde dafür sorgen, dass du deine Schmerzen vergisst. Aber nie könnte ich dich so anfassen wie einen One-Night-Stand. Nie werden sich meine Berührungen für dich so anfühlen, als wollte ich dich nur für eine Nacht.« Seine Brauen zogen sich zusammen und er wich ein wenig zurück. »Es sei denn, du willst mir sagen, dass du die Sache zwischen uns als kurze Affäre betrachtest. Denn …«

Sie packte seine Arme und zog ihn zu sich. »Nein, nein, nein!« Sie schluckte ihre Angst und Verwirrung hinunter und holte die Wahrheit ans Licht. »Ich will dich nicht für eine Nacht, sondern für alle. Ich liebe dich, Dae. Und ich will, dass du mich mit der ganzen wilden Leidenschaft liebst, die ich in deinen Augen lese und in deinem Körper erahnen kann.«

Nur mit größter Mühe gelang es Dae, Emily nicht sofort beim Wort zu nehmen und sich auf sie zu stürzen. Er atmete tief durch. Er wollte, dass sie wirklich verstanden hatte, was er für sie empfand. Er war hart, voller Begierde und verliebt. Eine gefährliche Kombination.

»Baby, ich mache mit dir, was du willst. Aber du musst wissen, dass es nur aus Liebe geschieht.«

Damit schälte er sie hastig aus ihren Kleidern. Als er ihr die Shorts und die Panties über den verletzten Knöchel zog, zuckte sie kaum merklich zusammen. Er bemerkte es und zügelte seine Lust einen Herzschlag lang. Es gab viele Möglichkeiten, der Frau, die man liebte, höchste Wonnen zu bereiten und sie alles andere vergessen zu lassen. Er dankte dem Himmel für die extralange Couch, legte sich zwischen Emilys Beine und küsste die Innenseite ihrer Oberschenkel. Ohne Emilys verletzten Knöchel allzu sehr zu erschüttern, bettete er ihre Beine auf seine Schultern. Ihre Brüste hoben und senkten sich mit jedem schweren Atemzug. Als seine Zunge die feuchte Spalte zwischen Emilys Beinen berührte, schnappte sie nach Luft. Sie war heiß und begierig, und er wusste, wie er sie um den Verstand bringen konnte. Eine seiner Hände schob sich zu ihren Brüsten. Er knetete eine ihrer Brustwarzen zwischen Daumen und Zeigefinger, während seine Zunge sie verwöhnte. Emilys lustvolles Stöhnen erfüllte den Raum. Er drückte fester zu. Gleichzeitig ließ er zwei Finger in sie gleiten. Sie stöhnte heftiger, drängender. *Oh ja, Baby. Ich gebe dir, was du haben willst.*

Sein Mund und seine Hände spielten mit ihr. Sie drängte sich an ihn und er rieb mit dem Daumen ihre empfindlichste Stelle.

»Dae.« Sein Name war ein langer, heißer Atemzug.

Er leckte, saugte und streichelte sie, bis sie in höchster Ekstase hemmungslose Lustschreie ausstieß. Erst als die letzten Schauer verebbt waren, hielt er kurz inne, nur um sie sofort wieder neuen Gipfeln entgegenzutreiben. Schwer atmend, die Arme schlaff an die Seiten gebettet, ruhte sie sich nach dem zweiten Höhepunkt aus. Ihre Beine lagen über seinen Schultern, ihre Schenkel waren gespreizt. Und ihre schönen, vollen Lippen kräuselten sich zu einem zufriedenen Lächeln. Sie war Lust, Leidenschaft und süße Sünde, betörend und unwiderstehlich.

Er strich mit der Zunge über die Innenseite ihres Oberschenkels und löste damit eine wohlige Gänsehaut aus.

Erneut wölbte sie sich ihm entgegen.

»Himmel, du bist atemberaubend«, flüsterte er. »Versprich mir den morgigen Tag.«

Ihre Lider flatterten auf. »Versprochen.«

Das herausfordernde Blitzen in ihren Augen entging ihm nicht. Verlangen durchzuckte ihn wie ein heißer Strahl. Er musste sie haben. Jetzt. Er zog sie zu sich und vergrub seine Zunge in ihrem Mund. Sie wich ein wenig zurück. Es war seltsam, ihren eigenen Geschmack zu kosten. Doch bald erwiderte sie seinen Kuss voller Leidenschaft, krallte sich an seinen Rücken und ließ ihre Zunge um seine tanzen. Er küsste sie noch gieriger und richtete sich dann auf den Knien auf. Sie legte die Finger um seine Härte.

»Ich will dich schmecken wie du mich. Ich will alles von dir, Dae.« Sie beugte sich vor und nahm ihn in den Mund.

Jaaaa. Sein Kopf fiel in den Nacken, als ihre samtige Zunge ihn umschmeichelte.

Ihre Hand umfasste die Wurzel noch fester und nahm ihm jede Chance, noch einen klaren Gedanken zu fassen. Als sie den Rhythmus beschleunigte, biss er die Zähne zusammen und kämpfte gegen ein allzu schnelles Ende dieses Vergnügens an. Er wühlte die Hände in ihr Haar, zog ihr Gesicht zu sich und küsste sie hart und tief. Sie schob ihn weg, nur um ihn erneut zu verschlucken.

»Lange halte ich das nicht aus, Baby.« Er stöhnte durch seine zusammengebissenen Zähne hindurch.

Sie hob den Kopf. Seine pulsierende Härte glitt aus ihrem Mund. Sie leckte ihn von der Wurzel bis zur Spitze und schaute ihm dabei in die Augen. »Lass dich gehen. Ich will dich schmecken. Ganz und gar.«

Herr im Himmel.

»Ich will dir genauso viel Lust bereiten wie du mir.« Sie leckte weiter, umspielte die empfindliche Spitze mit der Zunge. »Komm Dae, komm in mich«, flüsterte sie. Dann nahm sie ihn wieder in den Mund.

»Wenn ich jetzt komme, kann ich dich nicht f… ähm … lieben, wie du es gern willst.«

Sie kniff die Augen zusammen. Ihre Stimme war tief und heiser. »Du hättest es ruhig aussprechen können. Es gibt Momente im Leben, in denen kein anderes Wort passt. Ich will das, Dae.«

Unfassbar.

»Aber im Augenblick will ich *das hier* noch mehr.« Sie schloss die Lippen wieder um ihn und schon wenige Sekunden später setzte er in ihrem süßen Mund zum Höhenflug an. Verdammt, und sie schluckte jeden Tropfen, den er ihr geben konnte, während er stöhnend die letzten Lustschauer auskostete.

Danach nahm er sie in die Arme und küsste sie. Tief, hart und liebevoll.

Im Kopf mochte Emily wegen ihrer unterschiedlichen Einstellungen Kämpfe ausfechten. Aber mit dem, was sie gerade getan hatte, zeigte sie ihm, wie verbunden sie bereits mit ihm war. Sie wollte nicht eine Nacht, sie wollte tatsächlich alle.

Dreizehn

Dae schaute zu, wie das dunstige Morgenlicht in den Raum kroch. Schon vor einer Weile hatte er draußen Stimmen gehört und aus dem Fenster gespäht. Einige Frauen hatten sich im Garten eingefunden. Jetzt, wo er die Mythen kannte, die sich um das Haus rankten, konnte er sich vorstellen, weshalb sie gekommen waren. Er hatte neben Emily gelegen, die Stimmen der Frauen auf der anderen Seite der Mauer gehört und sich ausgemalt, welche Wünsche sie wohl hinterließen. Hofften sie auf einen Liebsten, ein Baby oder ein anderes Wunder? *Ein Wunder.*

Er betrachtete Emily. Sie hatte die Wange auf seine Brust gebettet und schlief tief und fest. *Ein Wunder.* Das war sie für ihn. Er schaute hinab zu ihrem Knöchel. Zum Glück war er weder geschwollen noch blau angelaufen. Erfüllten sich in diesem Haus auch Wünsche für die Gesundheit? Er musste Adelina fragen. Erstaunt stellte er fest, dass er nicht mehr ausschloss, dass dieser Ort besondere Kräfte hatte. Er hatte sich eine schnelle Heilung für Emilys Knöchel gewünscht, und zwar von ganzem Herzen. Dae schloss die Augen, atmete aus und versuchte, seine Gedanken auf vertrauteres Terrain zu lenken. Mythen und Wunder waren Neuland für ihn.

Emily bewegte sich. Er war noch immer voller Bewunderung, wie tapfer sie den verletzten Knöchel hingenommen hatte. Und der Blick in ihren Augen, als sie sich in der vergangenen Nacht geliebt hatten, ließ ihn nicht los. In der Truhe unter dem Fenster hatten sie die Decke gefunden, die jetzt Emilys nackten Körper einhüllte, und ein paar Handtücher. Noch in der Nacht hatte er einen der großen Pflanztröge von der Terrasse ins Haus gebracht. Er war voller Regenwasser gewesen. Trotz eines Bodensatzes aus Erde und Sand hatten sie das Wasser zum Waschen verwendet.

Daes Blick glitt über den Baumstamm, der sich in den Raum wölbte wie ein Schoß voller Hoffnungen und Träume. Er dachte an seine Wünsche. Er wollte, dass Emily aufging, dass ihre Einstellungen gar nicht so weit auseinander lagen. Aber etwas in seinem Herzen sagte ihm, dass dafür kein Wunder nötig war. Deshalb hatte er auf diesen Wunsch verzichtet. Viel wichtiger war es gewesen, sich für Serafinas Mann eine sichere Rückkehr zu wünschen. Er konnte nur hoffen, dass das Haus und der Baum tatsächlich magische Kräfte besaßen, denn für diesen Wunsch wurden sie dringend gebraucht. Ein weiterer Wunsch, an den er gedacht hatte, hatte sich in der vergangenen Nacht fast von selbst erfüllt: Emily hatte sich ihm ganz und gar und völlig rückhaltlos geschenkt.

Emily hatte sich nicht für einen Wunsch entscheiden können. Jetzt war ihr schönes Gesicht ganz entspannt, ihre Lippen waren leicht geöffnet, ihre Mundwinkel ein wenig nach oben gekräuselt. Dae lauschte ihren regelmäßigen ruhigen Atemzügen und vermutete, dass sie nur über Wünsche für andere Menschen nachgedacht hatte und nicht darüber, was sie sich für sich selbst wünschen könnte. Ihr großes Herz machte ihr manchmal das Leben schwer, stürzte sie in Gefühlstumulte und sorgte dafür, dass ihr schöner Geist ständig in Bewegung war. Er sehnte sich danach, ihr Gesicht zu streicheln und ihre süßen Mundwinkel zu küssen wie letzte Nacht, als sie aufgewacht waren und er sie noch einmal genommen hatte. Diesmal so, wie sie es gewollt hatte – hart und hemmungslos. Sie hatten sich geliebt, hatten den Raum mit wildem Stöhnen und hastigen Atemzügen voller purer Lust erfüllt. Lächelnd rief er sich diese Momente noch einmal in Erinnerung. Hinterher hatte sie sich von ihm waschen lassen. Noch nie im Leben hatte er eine so tiefe Verbundenheit mit einem anderen Menschen gespürt.

Und im Moment waren Schlaf und Erholung für sie wichtiger als seine Fingerspitzen auf ihrer Wange.

Er stand vorsichtig auf. Sie rollte sich seufzend zusammen und schlief sofort wieder fest. Leise ging Dae zu den Kleidern, die er zum Trocknen über die Stühle gebreitet hatte, und zog sich an.

Dann stellte er die Wasserflasche neben Emily und legte zwei Schmerztabletten dazu. Er hoffte, dass ihr Knöchel und die Stellen, mit denen sie auf den Boden aufgeprallt war, ihr nicht allzu sehr wehtun würden. Vermutlich würde sie ein paar Tage lang jeden Knochen im Leib spüren. Zu gern wäre er länger in Italien geblieben und hätte sich um sie gekümmert. Aber das Haus der Wünsche lag ihr sehr am Herzen. Deshalb musste er dringend persönlich mit Frank, dem neuen Besitzer, sprechen und entscheiden, wie es weitergehen sollte.

Draußen tasteten sich die ersten Sonnenstrahlen durch die Wolkendecke und beschienen den Weg zu den vergessenen Fahrrädern. Die Luft roch noch immer nach Regen, war feucht und frisch. An den Grashalmen glitzerten Wassertropfen. Daes Sneaker waren über Nacht nicht ganz getrocknet und saugten sich bereits wieder voll. Als er sich der Stelle näherte, an der Emilys Vorderrad sich in der Querrille verfangen hatte, wurde seine Brust eng und seine Hände ballten sich zu Fäusten. Er wünschte, er hätte ihren Sturz verhindern können. Der Drang, sie zu beschützen, war ihm bereits in Fleisch und Blut übergegangen.

Er hob ihre Helme auf und hängte sie an die Lenkstangen, dann schob er die Fahrräder zum Haus, stellte sie auf die vordere Veranda und inspizierte Emilys Rad. Es hatte Luft in den Reifen und nichts war verbogen. Aber dass Emily zur Pension zurückradeln würde, konnte er sich nicht vorstellen. In seine Gedanken an Emily versunken spazierte er noch einmal ums Haus. Er stellte sich vor, wie sie beide Hand in Hand durch das feuchte Gras liefen, nebeneinander auf der Terrasse saßen und im Schatten eines üppig bewachsenen Rankgitters Kaffee tranken. Als er die Rückseite des Hauses erreichte, malte er sich Emilys Reaktion bei ihrem ersten Besuch hier aus. Beim Anblick des gigantischen – *und magischen?* – Baumes waren ihre Augen sicher ganz weich geworden. Diese Augen ließen ihn alles andere auf der Welt vergessen. Er fragte sich, wie es sein würde, ohne Emily in Denver anzukommen. Sofort erfasste ihn ein Gefühl tiefer Leere. Mit dieser Frau konnte man nicht einfach nur zusammen sein. Man musste sie erleben. Und er wollte sie immer um sich haben.

Er schaute hinaus über die sanften Hügel und lächelte, als er in der Ferne ein Mohnblumenfeld entdeckte. *Emily, du bist überall.* Er stellte sich vor, wie es sein würde, am Ende des Tages dieselbe Einfahrt hinaufzufahren wie sie. Bislang hatte Dae immer zwischen Tür und Angel gelebt. Nie war er in einem seiner Häuser länger als ein paar Wochen geblieben. Wie würde es sich anfühlen zu wissen, dass sie in einem Haus auf ihn wartete? *Jeden Abend.* Die Vorstellung, sich irgendwo niederzulassen, war so neu und kam so unerwartet, dass sie ihn völlig durcheinanderbrachte. Ein bisschen Angst machte sie ihm auch. Aber ein Leben mit Emily war genau das, was er wollte. Lieber mit ihr Angst haben, als sich ohne sie leer fühlen.

Emily erwachte. Sie lag allein auf dem Sofa und lauschte nach Dae. Es war so still im Raum. Das wilde Prasseln des Regens war einer friedvollen Ruhe gewichen. Emily entdeckte die Wasserflasche und die Tabletten und lächelte. Sie war glücklicher und zufriedener als je zuvor. Während sie die Tabletten schluckte, dachte sie an die vergangene Nacht. Ihr war, als hätte sich alles verändert. Selbst der Baum erschien ihr noch größer und realer als am Abend zuvor. Sie horchte in sich hinein. Sie war ruhiger als sonst und ihre Gefühle schienen klarer und gefestigter.

Ihre Muskeln protestierten, als sich aufsetzte und den verletzten Fuß vorsichtig auf den Boden stellte. In Erwartung des Schmerzes verzog sie das Gesicht. Erstaunt stellte sie fest, dass ihr Knöchel weder blau angelaufen noch geschwollen war. Sie drückte die Ferse ein wenig kräftiger an den kalten Fußboden. Auch das tat nicht weh.

Beim Aufstehen verlagerte sie einen Großteil ihres Gewichts auf den anderen Fuß. Erleichtert, dass ihr Knöchel noch immer nicht protestierte, ging sie die paar Schritte zu dem Stuhl mit ihren Kleidern und zog sich an. Durchs Fenster sah sie Dae. Mit dem Rücken zu ihr füllte er den Pflanzkübel mit frischem Wasser. Er benutzte die Handpumpe und sein Bizeps spannte sich, als er den Schwengel betätigte. An die Pumpe hatte sie in der vergangenen Nacht gar nicht gedacht. Aber einfallsreich wie immer hatte Dae den Kübel voller Regenwasser hereingeholt und sie so liebevoll gewaschen, dass es ihr fast den Atem verschlagen hatte.

Sie betrachtete den Baum. Ihre Unentschlossenheit war wie weggeblasen. Jetzt wusste sie genau, welche Herzensangelegenheit eine zusätzliche Chance brauchte. Sie schrieb ihren Wunsch auf und steckte den Zettel in dieselbe Ritze, in der auch Daes Wünsche einen Platz gefunden hatten. Dann öffnete sie die Tür, lehnte sich an den Rahmen und sah zu, wie ihr Mann den vollen Kübel hochstemmte. Dass er sich so hingebungsvoll um sie kümmerte, fand sie wunderschön. Sie rief sich das Gefühl seiner Hände in ihrem Haar in Erinnerung, als er den Schmutz von ihrem Sturz weggespült hatte, und dachte daran, wie er sie ganz zart abgewaschen und dabei stirnrunzelnd die blauen Flecken an ihrer Schulter und ihrer Hüfte gemustert hatte. Er bewegte sich mit großer Geschmeidigkeit und war so atemberaubend männlich. Als er sich umwandte, trafen sich ihre Blicke.

Dae trug den Kübel über das Gras. Sein Lächeln wärmte sie.

»Wow, du bist wie ein Sonnenstrahl. Müssen Mädels sich nach dem Aufstehen nicht immer erst zurechtmachen? Unfassbar, wie heiß du jetzt schon bist.«

Sie spürte, wie ihre Wangen warm wurden. Die Art, wie er die Augenbrauen hob, verriet, wie gut ihm ihre Reaktion gefiel. Er blieb vor ihr stehen und küsste sie. Wie zum Teufel konnte er nach dem gestrigen Tag und der letzten Nacht so gut riechen? An diesem Mann roch selbst Schmutz noch gut.

»Vielleicht solltest du nicht auf deinem verletzten Fuß stehen.«

»Er tut gar nicht mehr weh. Die Tabletten habe ich

vorsichtshalber trotzdem genommen. Vielen Dank dafür.« Sie hakte einen Finger in die Vordertasche seiner Jeans. »Danke für alles, Dae. Du hast dich unglaublich lieb um mich gekümmert.«

»Wenn du mich lässt, tue ich das ab jetzt immer.«

Wohl wissend, wie ernst er das meinte, folgte sie ihm ins Haus.

»Das Wasser bringe ich nach oben ins Badezimmer. Dann kannst du dich ungestört waschen. Ich kann noch mehr holen und die Badewanne für dich füllen. Aber es ist ziemlich kalt.«

Sie folgte ihm nach oben und testete die Wassertemperatur mit einem Finger. »Ich glaube, eine Katzenwäsche tut es auch.«

»Das dachte ich mir schon. Dafür werde ich dich heute Abend mit einem schönen, warmen Schaumbad verwöhnen. Dann gibt es eine gute Flasche Wein, und du darfst dir aussuchen, wo wir zu Abend essen. Als Gegenleistung schonst du deinen Knöchel. Wenn dir noch mal etwas zustößt, bin ich nicht da und kann dir nicht helfen. Kein guter Gedanke.« Er hob sie auf den marmornen Waschtisch und schob sich zwischen ihre Schenkel. Dann zog er ihr das Shirt von der Schulter und küsste die Stelle, an der sich ein Bluterguss gebildet hatte. Er strich über ihre Beine, zog sie fest in seine Arme und legte dann die Hände an ihren Hinterkopf. Wenn er sie so hielt, hatte das Gefühl, ihm ganz und gar zu gehören.

»Ich wünschte, ich könnte dir alle Schmerzen nehmen. Sind sie wirklich auszuhalten?«

Emily brauchte kein Verwöhnprogramm, sie brauchte nur ihn.

»Es sind keine schlimmen Schmerzen. Eher so, als hätte ich am ganzen Körper Muskelkater. Und als wäre ich von einem Lastwagen überfahren worden.«

Er musterte sie besorgt.

»Das war ein Scherz.« Sie lachte.

»Böses Mädchen.«

»*Frech* ist mir lieber.« Sie strich mit dem Finger über seine Brust und dachte dabei an ihre Brüder und deren Partnerinnen. Das war ein Test für sie selbst, ein Test für ihr Herz. Sie wartete auf das beschämende Gefühl von Neid, das sie bei diesen Gedanken normalerweise überkam. Als es sich nicht einstellte, wusste sie Bescheid.

»Das zwischen uns ist wirklich echt.«

»Hundertprozentig, Baby.«

Sie hielten sich noch eine Weile aneinander fest und lauschten den Worten nach.

»Ich wasche mich jetzt und dann radeln wir zurück zu Adelina.«

Schon wieder lag Sorge in seinem Blick.

»Keine Angst. Falls mein Knöchel zu sehr wehtut, halte ich an und du kannst mich auf deiner Lenkstange kutschieren.«

»Tolle Idee.« Er küsste sie auf die Stirn, dann ließ er sie allein, damit sie sich waschen konnte.

Als sie wieder nach unten kam, hörte sie Dae mit jemandem sprechen. Er klang aufgebracht. Sie entdeckte ihn vor der Tür des Zimmers, in dem sie geschlafen hatten. Er blickte auf und nickte ihr zu, dann ging er mit dem Handy am Ohr ein Stück vom Haus weg. Emily fragte sich, mit wem er redete. Aber sie hielt ihre Neugier im Zaum und fing an, ihre Siebensachen zusammenzupacken. Zögernd hielt sie die beiden Notizblöcke in den Händen, in denen sie aufgeschrieben hatten, welche Gebäude sie abreißen, welche stehenlassen und erhalten würden. Sie wollte gern lesen, was Dae geschrieben hatte. Aber gemeinsam mit ihm. Das, was ihn mit hochgezogenen Schultern und verkniffenem Gesicht durch den Garten stapfen ließ, war sicher wichtiger als ihre albernen Listen. Sie steckte die Notizblöcke zusammen mit ihren anderen Sachen in den Rucksack. Kurz darauf hörte sie, wie Dae mit festen Schritten ins Zimmer trat. Sein Blick war viel zu ernst.

»Kann ich irgendetwas tun?«

»Nein. Danke«, antwortete er düster. »Das Gespräch war geschäftlich. Ich leere den Kübel aus und bringe ihn nach draußen. Dann können wir los.«

Auf dem Weg nach oben nahm er immer zwei Stufen gleichzeitig und war in Rekordzeit wieder zurück. Das Lächeln, mit dem er den Kübel an Emily vorbei ins Freie trug, wirkte angestrengt. Um seine Augen lag ein angespannter Zug. Seine Bewegungen erschienen seltsam abgehackt.

Emily faltete die Decke zusammen und legte sie zurück in die Truhe. Dann wickelte sie die feuchten Handtücher zu einem Bündel und stopfte es in den Rucksack. Sie konnte sie bei Adelina waschen und sich eine Möglichkeit ausdenken, sie zurückzugeben.

»Warum nimmst du die Handtücher mit?«

»Ich will sie waschen.«

»Frank, der neue Besitzer des Hauses, braucht sie nicht und will sie nicht.« Die Schärfe in Daes Stimme erschreckte sie ein wenig. »Wir können sie bei Adelina wegwerfen.«

»Bist du sicher? Ich wasche sie gern.«

»Nein, Em. Der Mann will nicht mal das Haus stehenlassen. Er besteht darauf, dass ich alles dem Erdboden gleichmache. Samt den Möbeln und dem Baum. Die blöden Handtücher interessieren ihn einen feuchten Dreck.«

Die Adern in Daes Unterarmen traten vor, als er sich übers Gesicht wischte. »Entschuldige, Em. Die Arbeit...« Er deutete auf den Baum. »Und dass ich dich bald alleinlassen muss...« Er küsste sie aufs Haar und nahm sie in die Arme. »Das alles macht mir ziemlich zu schaffen. Es tut mir leid. Ich sollte meinen Frust nicht an dir auslassen.«

»Schon okay.« Anscheinend hatte er mit dem Besitzer des Hauses gesprochen. Dae so bedrückt zu sehen schlug ihr auf den Magen. Ihre Eingeweide zogen sich schmerzhaft zusammen und zeigten ihr damit nur allzu deutlich, wie sehr sie diesen Mann liebte.

Seine Augen und seine Stimme wurden wieder weicher. »Nein, Baby. Das ist nicht okay. Es tut mir leid. Ich möchte, dass du dich sicher fühlst und glücklich bist. Und um dieses Schlamassel hier kümmere ich mich, sobald ich wieder in den Staaten bin. Jetzt bringen wir dich erst mal in die Pension. Sicher bist du dort auf jeden Fall. Wenn du nach meiner Abreise etwas brauchst, hilft Adelina dir sicher weiter.«

»Ich bin ein großes Mädchen. Mach dir keine Sorgen.« *Aber ich werde mich fühlen, als hätte ich meinen rechten Arm verloren.* Dae war inzwischen nicht nur ein Teil ihres Lebens, sondern ein Teil ihrer selbst. Schon der Gedanke, auch nur einen Tag ohne ihn verbringen zu müssen, machte sie traurig. Dabei war sie tatsächlich ein großes Mädchen. Ihr blieb auch gar nichts anderes übrig. Sie setzte ein tapferes Gesicht auf.

»Du bist eine kompetente, brillante Frau. Aber das heißt nicht, dass ich mir nicht Tag und Nacht Sorgen machen werde, wenn wir voneinander getrennt sind. Und auch über dieses Haus, wegen dem ich hergekommen bin und das uns zusammengebracht hat, muss ich nachdenken. Ich muss eine Entscheidung treffen.«

Emily rutschte das Herz in die Hose. »Wirst du es abreißen?«

Er schaute ihr in die Augen. Seinen Blick konnte sie nicht

deuten. »Das weiß ich ehrlich gesagt noch nicht.« Er warf sich den Rucksack über die Schulter. »Ich möchte dir noch etwas zeigen.«

Als sie auf die Veranda hinaus traten, hörte Emily Stimmen. »Was ist denn hier los?«

»Komm mit.« Dae schloss die Tür ab und ging mit ihr zur Rückseite des Hauses.

Dort hatten sich etwa zwanzig Frauen versammelt. Die meisten redeten auf Italienisch durcheinander. Einige schnell und hitzig, andere leiser, wie fassungslos. Emily drückte Daes Hand. Das war fantastisch. Vielleicht würde der Besitzer des Hauses sich umstimmen lassen, wenn er erfuhr, wie viele Menschen aus der Gegend an die Magie des Hauses der Wünsche glaubten. Vielleicht würde auch Dae noch einmal ganz neu über alles nachdenken.

»Adelina muss allen ihren Freundinnen und Bekannten von dem drohenden Abriss erzählt haben«, sagte Emily. »Nachrichten verbreiten sich hier offenbar genauso schnell wie zu Hause in Trusty, und das Haus und seine Legende sind den Leuten wirklich wichtig. Einfach großartig, dieser Zusammenhalt.« Die Frauen standen in kleinen Gruppen beieinander und diskutierten gestenreich. Immer wieder schauten sie dabei zum Baum.

»Ich wette, sie wünschen sich gemeinsam, dass dieser Ort nicht zerstört wird. Genau wie Adelina und Serafina. Ist es nicht wunderbar, dass sie alle gleich hergekommen sind?«

»Ja, ganz toll.«

Daes ironischer Unterton war nicht zu überhören. Er machte Emily schmerzlich bewusst, wie grundlegend verschieden ihre Ansichten waren.

Vierzehn

Dae und Emily fuhren auf den Rädern die lange Einfahrt zu Adelinas Pension entlang. Auf dem Parkplatz standen ungewöhnlich viele Autos. Am Haus hielten sie an und nahmen ihre Helme ab.

»Wow. Was das wohl zu bedeuten hat?« Emily schaute zu, wie Dae sein Haar schüttelte. Er sah aus wie ein Motorradfahrer aus einem Werbespot für ein Männerparfum, war braungebrannt und gerade so verschwitzt, dass ihr das Wasser im Mund zusammenlief. Sein ungekämmtes Haar fiel ihm schräg über die Augen und sorgte dafür, dass er auf der Sinnlichkeitsskala neue Rekordwerte erreichte.

»Keine Ahnung. Vielleicht wird etwas gefeiert. Für Feste wäre die Villa ideal.« Er hängte die Helme an die Lenkstangen. »Wie geht es deinem Knöchel jetzt nach der Fahrt?«

»Ein kleines bisschen autschi. Halb so schlimm.«

Dae küsste sie auf die Nasenspitze. »Am besten, du schonst ihn für den Rest des Tages. Ich bringe die Räder in den Schuppen. Geh doch schon mal vor ins Haus und mach es dir bequem.«

»Ich kann dir helfen.« Sie streckte die Hand nach ihrem Fahrrad aus.

»Du hast Glück, dass ich dich habe herfahren lassen.« Er schnappte sich die Räder und machte sich auf den Weg zum Schuppen. »Ruh dich aus, Babe. Ich erledige das.«

Ruh dich aus. Sie hatte das Gefühl, seit Tagen nichts anderes zu tun. Was zwischen ihr und Dae geschah, hatte sie so sehr in Beschlag genommen, dass sie die Arbeit fast vergessen hatte. Verdammt, das fühlte sich gut an.

Sie wollte lieber bei Dae sein, als allein ins Haus zu gehen und es sich bequem zu machen. Emily folgte ihm um das Gebäude herum und schaute zu, wie er den Hügel hinunterging.

»Emily.«

Emily wandte sich um.

»Hi Serafina.«

Serafina kam auf sie zu. Ihr langer Baumwollrock schwang um ihre Beine. Ohne den kleinen Luca auf der Hüfte sah Serafina unglaublich jung aus. Emily schätzte sie auf höchstens Mitte zwanzig. Und doch war sie vielleicht bereits zur Witwe geworden. Emily räusperte sich und versuchte, die Traurigkeit abzuschütteln, die sie bei dieser Vorstellung überkam.

»Hi. Meine Mutter hat sich Sorgen um Sie beide gemacht. Haben Sie sich für eine romantische Übernachtung in Chianti entschieden?« Sie hob fragend die Brauen, ihr Blick war hoffnungsvoll. Doch ihre Neugier wich sofort einer gewissen Besorgnis. »Was ist mit Ihrer Wange passiert?«

»Oh, das tut mir leid. Wir hätten uns melden sollen. Wir sind in den Sturm geraten und ich bin vom Rad gefallen. Viel ist nicht passiert. Es sieht dramatischer aus, als es ist. Wir mussten uns für die Nacht ein trockenes Plätzchen suchen.« Sie lächelte Dae an, der gerade zum Haus zurückkam. »Und es war tatsächlich sehr romantisch. Wo ist denn Luca heute?«

»Gut, dass es so glimpflich ausgegangen ist.« Serafina zeigte zum Haus. »Drinnen sind so viele Frauen, die Luca herumtragen und knuddeln, dass ich geflüchtet bin.«

»Hi Serafina.« Dae stellte sich neben Emily. »Hand oder Arm?«, fragte er sie.

»Hand.« Sie griff nach seiner Hand. »Meine Schulter ist noch ein bisschen druckempfindlich.«

»Gibt es etwas Neues von Dante?«, fragte er.

Serafina schüttelte den Kopf. »Nein, und ich rechne auch nicht damit.«

»Geben Sie die Hoffnung nicht auf«, sagte Emily, obwohl sie selbst skeptisch war. »Sie beten doch jeden Tag am Haus der Wünsche und wünschen ihn sich zurück.«

Serafinas Augen füllten sich mit Tränen. »Ich habe, seit er im Einsatz ist, jeden Tag für ihn gebetet, und seit er weg ist, ist jeder Tag wie ein Jahr. Ich kenne Frauen, die ihren Mann oder ihren Freund verloren haben. Das ist furchtbar, aber wenigstens haben sie Gewissheit. Sie haben gesehen, wie ein Sarg in die Erde gesenkt wurde, und wussten, dass das Leben jetzt ohne den anderen weitergehen muss.« Serafina schüttelte den Kopf. »Wie lang eine Minute sich hinziehen kann, wenn der Mann, den man liebt, verschollen ist, können Sie sich gar nicht vorstellen.«

»Es tut mir so leid, Serafina. Ich wollte Ihren Kummer nicht kleinreden.« Emily fühlte sich schrecklich. So traurig und verzweifelt hatte sie Serafina noch nie gesehen.

»So habe ich das auch nicht verstanden. Das Hoffen auf die Rückkehr eines geliebten Menschen sollte einem leichtfallen. Aber im Augenblick ist gar nichts leicht. Es ist, als wäre ich in einem schlimmen Traum gefangen. Als würde ich im Treibsand festsitzen. Wenn ich nicht an seine Rückkehr glaube, zieht mich der Treibsand in die Tiefe. Aber wann ich immer hoffe, dass

Dante noch lebt, kann ich nicht nach vorn schauen und weitermachen. Ist das nicht ebenso tödlich? Und was ich auch tue, ich habe Angst, Luca mit mir untergehen zu sehen.«

Serafina wischte sich über die Augen und drehte sich zum Haus. »Bitte erzählen Sie meiner Mutter nichts von meinen Zweifeln. Sie und die Frauen da drin sind völlig außer sich, dass dieses Haus abgerissen werden soll. Ich wette, sie haben ihren gesamten Freundeskreis mobilisiert. Meine Mutter glaubt wirklich an die Kraft des Wünschens.« Sie drehte sich wieder zu Emily. Beim Anblick von Serafinas resignierter Miene wurde Emily ganz flau.

»Ich glaube, die Frauen könnten sich sogar vorstellen, das Grundstück zu besetzen.« Serafinas Blick und ihre Stimme wirkten wieder entschlossener. »Ich will nur meinen Mann zurück. Ich will, dass Luca einen Vater hat. Aber kein Wunsch der Welt wird ihn mir zurückbringen. Er ist schon so lange verschwunden. Wir haben gewünscht und gebetet. Selbst mein eigenes Leben würde ich im Tausch für Dantes anbieten. Aber ... das hilft ja alles nichts.«

Ohne lange nachzudenken, nahm Emily Serafina in den Arm. In Emilys Augen brannten Tränen. Ihre nächsten Worte kamen aus tiefstem Herzen und waren erfüllt von der Hoffnung, dass es für Serafina und Dante ein Happy End geben würde. »Sie müssen stark sein, Serafina. Man hat ihn noch nicht gefunden, nicht lebend, aber auch nicht tot. Es gibt also noch Hoffnung.« Sie spürte Daes Hand an ihrem Rücken.

Serafina machte sich von ihr los. Tränen rannen ihr übers Gesicht, ihr Atem war zittrig. »Es ist einfach zu schwer. Jeden Morgen und jeden Abend schleppt sie mich zu diesem Haus. Und jedes Mal habe ich hinterher so viel Hoffnung, dass ich ganz fest glaube, am nächsten Tag würde alles anders werden.

Dass Gott unsere Gebete erhört und mir meinen Dante zurückgibt. Aber dann vergehen die Stunden und die schrecklichen Tage werden zu herzzerreißenden Nächten und …« Sie begann zu schluchzen. »Und dann beginnt alles wieder von vorn.«

Emily breitete noch einmal die Arme aus und Serafina sank an ihre Brust. Emily spürte, wie Dae seine Arme um sie beide legte. Zum ersten Mal kam ihr der Gedanke, dass die Mythen, die sich um das Haus der Wünsche rankten, auch eine Schattenseite hatten. War es fair, immer wieder neue Hoffnung zu wecken, wenn Serafina doch eigentlich einen Schlussstrich brauchte, um neu anzufangen und weiterleben zu können?

Nie war sie dankbarer gewesen für Daes starke Arme. Serafina brauchte unendlich viel Kraft, um einen Tag nach dem anderen zu überstehen und sich dabei um den kleinen Luca zu kümmern. Dae versuchte, ihnen beiden so viel von seiner Stärke zu geben, wie sie brauchten. Wortlos stand er ihnen bei. Sein Einfühlungsvermögen war phänomenal. Seine Fürsorglichkeit schenkte er nicht nur ihr, sondern auch anderen Menschen, die sie brauchten.

Dafür liebte Emily ihn noch mehr.

Der Nachmittag verging viel zu schnell. Dae wollte sich an jede Sekunde mit Emily erinnern. An jeden leidenschaftlichen Kuss, jeden süßen Blick, daran, wie sich ihre Hand in seiner anfühlte und ihr Körper an seiner Seite. Inmitten von Dampfschwaden stieg er aus der Dusche, wickelte sich ein Handtuch um die Hüfte und malte sich aus, um wie viel schöner es gewesen wäre, zusammen mit Emily zu duschen. Sie in ihrem Zimmer alleinzulassen war ihm unendlich schwergefallen. Aber er wollte ihr ein bisschen Luft zum Atmen lassen. Zudem hatte Daisy angerufen und die Frauen sollten ungestört telefonieren können. Mit dem Versprechen, nach dem Duschen wiederzukommen, war er in sein Zimmer gegangen.

Nachdenklich wischte er den beschlagenen Spiegel ab. Weshalb hatte Emily ihn nicht gebeten, mit ihr zu Daisys und Lukes Hochzeit zu gehen? Schön, von Hochzeiten und den Aufgaben einer Trauzeugin hatte er wenig Ahnung. Womöglich war ein Begleiter gar nicht erwünscht, weil Emily sich die ganze Zeit um Daisy kümmern musste. Eine ganz andere Vermutung brachte einen bitteren Beigeschmack mit sich. War Emily sich ihrer Gefühle noch nicht sicher genug, um ihn ihrer Familie vorzustellen? Trotz allem, was sie gesagt hatte, und trotz der Rückhaltlosigkeit, mit der sie sich ihm in der vergangenen Nacht geschenkt hatte? Oder wollte sie ganz einfach nicht zum Stadtgespräch werden? Schließlich hatte sie schon ein paarmal erwähnt, wie gnadenlos in ihrem Heimatort getratscht wurde.

Dae wusste nicht, was er von der Sache halten sollte.

Ein Klopfen riss ihn aus seinen Gedanken. Er öffnete die Tür. Sofort beschleunigte sich sein Puls, denn draußen stand Emily in einem hauchzarten blauen Neckholder-Kleidchen. Es war so kurz, dass es gerade mal ihre Panties bedeckte. Ihre Brüste zeichneten sich unter dem feinen Stoff ab, die Spitzen ihrer Brustwarzen waren deutlich zu sehen. Das Haar floss ihr über die Schultern, ihr Blick war lockend und verführerisch. Sie biss sich auf die Unterlippe. Ehe er ein Wort herausbrachte, stand sie in seinem Zimmer. Sie schloss die Tür hinter sich und schob die Fingerspitzen unter den Rand seines Handtuchs.

»Ich habe dich vermisst.« Sie drückte die Lippen auf seine nackte Brust und ließ die Hände über seine Haut wandern. Seine Erregung war sofort offensichtlich.

Ihr Mund fand seine Brustwarze. Sie leckte und saugte, bis er keinen klaren Gedanken mehr fassen konnte. Längst war er hart wie Stahl.

»Emily«, flüsterte er.

Sie drängte das Becken an seine Härte. »Ich will nicht an unseren Abschied denken, nicht an das Haus der Wünsche und nicht an die Frauen unten, die Pläne schmieden, um es zu retten.« Ihre Stimme klang atemlos. Sie ließ sein Handtuch zu Boden fallen. »Ich will mich in jeder einzelnen Minute, die wir noch haben, nur in uns beiden verlieren.«

Er küsste sie und hob sie hoch. Ihre Beine schlangen sich um seine Taille, er lehnte sie mit dem Rücken an die Tür und die Spitze seiner Härte fand ihre heiße, feuchte Mitte.

»Emily«, atmete Dae an ihren Lippen. Sein Herz jagte. *Kondom. Sofort.*

»Ich könnte schon allein bei dem Gedanken kommen, dass du ohne Höschen vor meiner Tür gestanden hast.«

Er küsste sie gierig. Ihr Mund war das Paradies. All seine Muskeln spannten sich, so sehr drängte es ihn danach, in ihr zu sein. Sie war genauso erregt wie er und schien zu allem bereit. Jedenfalls gab sie sich alle Mühe, sich seinem Griff zu entwinden und ihn in sich aufzunehmen.

»Kondom«, presste er mühsam hervor.

»Ich weiß. Ich will …« Sie klammerte sich an seinem Bizeps fest und senkte sich auf seine Spitze. »Nur ein bisschen.«

Laut stöhnend biss er die Zähne zusammen. »Du bringst mich um.«

Ihre Lippen prallten zu einem tiefen, harten Kuss aufeinander. Dae kämpfte gegen die betörende Vorstellung an, einfach in sie einzutauchen, und verbot seinem Becken energisch, sich aufwärts zu bewegen. Seine Hände drückten

Emilys Hüfte gegen die Tür, mehr um sich selbst zu bezähmen als sie. Ihre Finger gruben sich an seinen nackten Rücken und wühlten sich in sein Haar. Als sie die Beine noch fester um ihn schlang, glaubte er, auf der Stelle kommen zu müssen. Sie löste den Verschluss ihres Kleides, entblößte ihre Brüste, drängte sie an ihn und ließ die Hüften verführerisch kreisen. Ihre Bewegungen waren langsam und provozierend. Als er kaum noch wusste, wie er atmen sollte, und bevor das Verlangen ihn zerriss, warf er sich mit ihr in den Armen herum und legte sie aufs Bett. Die Nachttischschublade riss er so ungestüm auf, dass sie zu Boden krachte.

»Verdammt.« Er rappelte sich vom Bett hoch, hob eine Handvoll Kondome auf und warf sie auf die Matratze. Eines behielt er gleich in der Hand.

Nackt bis auf das Kleid um ihre Hüften, mit rosigen Wangen und mit von ihren leidenschaftlichen Küssen geröteten Lippen lag Emily vor ihm. Der frische Duft ihrer warmen Haut verriet, dass sie erst vor Minuten aus der Dusche gestiegen war. Sein Herz wollte ihm aus dem Körper fließen, nur um noch näher bei ihr zu sein. Er riss die Verpackung auf und zog sich das Kondom über.

»Ich muss dich spüren, Em. Ganz und gar.« Er zog das Kleid von ihrem atemberaubenden Körper und ließ es zu Boden fallen. »Ich kann nicht mehr warten. Ich muss in dir sein.«

Ihre Schenkel streiften seine Hüfte, als er sich auf sie senkte. Tief in ihr vergraben, lag er still, war überwältigt von der Liebe, die ihn durchdrang. Er lehnte die Stirn an ihre. Mit geschlossenen Augen sog er auf, wie ihr Becken sich an ihn presste und wie die perfekten Rundungen ihrer Brüste sich an seine Brust drückten. Er fühlte den wilden Gleichklang ihrer

Herzen.

»Gott, wie ich dich liebe.« Die tiefe Wahrheit seiner Worte und die Wucht seiner Gefühle nahmen ihm fast die Luft. Selbst jetzt, wo er in ihr vergraben war, wollte sein Körper ihr noch näher sein.

Sie flocht die Finger in sein Haar.

»Schau mich an«, flüsterte sie.

Benommen und halb blind vor Verlangen öffnete er die Augen. Seine Muskeln zitterten. Er wollte sie so sehr. Der Blick, mit dem sie ihn ansah, gab ihm beinahe den Rest.

»Du bist längst nicht mehr unmöglich und viel mehr als nur möglich«, flüsterte sie. »Du bist mein ein und alles.«

Er legte den Mund auf ihren und ihre Körper fanden in den vertrauten Rhythmus. Ihre Worte hatten sein Innerstes berührt. Gemeinsam mit seiner Liebe für sie übernahm sein Verlangen das Kommando. Sie streichelten und rieben, tasteten und stießen, verschlangen einander, als gäbe es kein Morgen. Schweiß schimmerte auf ihren Körpern. Der betörende Duft ihrer Lust hing im Raum. Ihre fliegenden Atemzüge und ihr Stöhnen brachten die Luft zu Vibrieren. Dae glaubte zu vergehen, als er Emilys Lippen an seinem Hals und ihre Zähne auf seiner Haut spürte. Er war überwältigt von der Weichheit ihrer Finger auf seiner Hüfte. Doch schon gruben ihre Nägel sich in sein Fleisch und drängten ihn tiefer. Seine Hände glitten über ihre Rundungen, drückten, kneteten, wollten mehr. Er hielt ihre Hüften fest, ihre schlanken Schenkel, genoss Emilys Formen, wie sie sich anfühlte, und wie perfekt ihre Körper sich ineinanderfügten.

»Ja, Dae«, schrie sie.

Zischend atmete er aus. Er konnte sich keine Sekunde

länger zurückhalten. Mit einem letzten Stoß erreichten sie gemeinsam den Gipfel der Lust.

Der Nachmittag verschmolz mit dem Abend. Bald schimmerte Mondlicht durchs Fenster, die Bettdecke lag auf dem Boden. Sie hatten sich geliebt, gedöst, gelacht und sich noch einmal geliebt. Und noch einmal. Emily lag halb auf Daes Brust. Die Wange an seine Haut geschmiegt, zeichnete sie mit dem Zeigefinger sein Schlüsselbein nach. Er zog ihre Hand an seine Lippen, küsste ihre Fingerspitzen und wusste, dass er nie müde werden würde, sie zu lieben.

»Ich kann mir gar nicht vorstellen, morgen stundenlang ohne dich im Flugzeug zu sitzen oder schlafen zu gehen, ohne dich dabei in den Armen zu halten.« Er zog sie an seine Seite. Emily bettete den Kopf auf seinen ausgestreckten Arm. Ihr Haar fiel über das Laken. Sie waren einander so nahe, dass sie sich die Atemluft teilten. Dae schob seinen Schenkel über Emilys Beine. Sie kuschelte sich an ihn und seine Hand fand wie von selbst auf ihre Hüfte.

»Holst du mich wirklich vom Flugplatz ab, wenn ich am Samstag nach Hause komme? Dann wären wir nur zwei Nächte lang getrennt.«

»Glaubst du, nach zwei langen, einsamen Nächten könnte ich auch nur eine weitere Minute ohne dich überstehen?« Er küsste ihre lächelnden Lippen. »Wann fängst du wieder an zu arbeiten?«

»Sobald du weg bist, lese ich meine Mails. Ich denke, ich ...«

»Baby, Baby, Baby. Nur weil ich weg bin, ist dein Urlaub

nicht vorbei. Du arbeitest das ganze Jahr über unglaublich hart. Du hast mir erzählt, dass dein Leben aus Arbeit, deiner Familie und noch mehr Arbeit besteht. Diese Auszeit hast du dir redlich verdient und deine Kunden können noch ein paar Tage warten.«

»Aber ...«

Mit einem Kuss brachte er sie zum Schweigen. »War das denn nicht der Zweck deiner Reise? Wolltest du nicht diesen Ort, von dem du so lange geträumt hast, in vollen Zügen genießen? Du solltest die Zeit nutzen, um Neues zu entdecken und dich bezaubern zu lassen.« Manchmal hatte er das Gefühl, Emily besser zu kennen, als sie sich selbst. Er ahnte, wie ihr Leben in Colorado aussah, stellte sich vor, wie sie bestens vorbereitet von einer Besprechung zur anderen eilte, ihre To-do-Listen und Klebezettel abarbeitete. Zwischendurch telefonierte sie lächelnd mit ihren Verwandten, aß mit ihnen zu Abend, scherzte und lachte. Dae malte sich den liebevollen Blick aus, mit dem sie dabei ihre Brüder ansah. Dann stellte er sich vor, wie er mit am Tisch saß, und das fühlte sich gut und richtig an.

Er hörte Emily über seinen Vorschlag, sich Zeit für sich selbst zu gönnen, seufzen. Vermutlich wurde auch ihr gerade bewusst, wie gut er sie bereits kannte.

»Aber du hast doch auch gearbeitet, während du hier warst«, gab sie halbherzig zu bedenken.

»Ich, meine Liebste, bin nicht hierhergekommen, um Urlaub zu machen. Eigentlich war das als Geschäftsreise gedacht. Aber dann habe ich dich gefunden und du bist meine Welt geworden. Arbeiten musste ich trotzdem hin und wieder. Du musst es nicht.« Er wusste, wie ungern sie sich sagen ließ, was sie tun sollte. Deshalb versuchte er, etwas diplomatischer zu sein. »Ich sage ja nur, dass du mehr verdient hast als ein erfülltes

Berufsleben, Em. Auch dein Herz braucht Erfüllung.«

»Genau wie mein Magen.« Sie grinste.

»Hunger?«

»Ich bin schon halb tot.«

»Komm, wir duschen und dann organisieren wir uns etwas zu essen. Wie spät ist es eigentlich?«

Sie drehte sich auf den Rücken und schaute durchs Fenster in den Nachthimmel. »So spät, dass du schon viel zu bald gehen musst.«

Er legte sich auf sie und drängte die Beine zwischen ihre. »Lass uns lieber nicht die Minuten zählen. Das wäre zu hart.«

Sie hob das Becken an und kniff die Augen zusammen. »Das ist nicht das Einzige, was hart ist.«

»Stimmt.« Er lachte. Zu gerne wollte er in sie sinken und sie lieben, bis sie ihren Hunger vergaß. »Essen oder Vergnügen? Du darfst bestimmen.«

Er schaute in ihr scheinbar nachdenklich verzogenes Gesicht. »Erst Essen, dann Vergnügen.« Sie tat, als wollte sie ihn wegdrücken, aber ihre Augen sagten: *Lieb mich. Jetzt gleich. Hart und schnell.*

»Okay, verstanden.« Er rieb seine Härte an ihrer Mitte. »Aber vorher gibt es hier in diesem Bett noch eine Kleinigkeit zu erledigen.«

Fünfzehn

Sie liebten sich noch einmal, denn es war wirklich bereits so spät, dass er bald gehen musste. Nach dem Duschen machten sie sich unten im Haus auf die Suche nach etwas Essbarem. Serafina und Adelina saßen zusammen am Küchentisch. Serafinas Augen waren nass und gerötet. Adelina hielt ihre Hand und redete leise auf sie ein. Emilys Magen zog sich zusammen. Während sie und Dae einander oben verschlungen und selbstvergessen in ihrer Liebe verloren hatten, war Serafina halb von Sinnen vor Sorge, und ihr letzter Hoffnungsfunke drohte zu verglühen. Wenn er nicht tatsächlich bereits erloschen war.

Emily griff nach Daes Hand. »Wir können auch in ein Restaurant gehen.«

Adelina sagte etwas auf Italienisch und Serafina nickte.

Adelina stand auf. »Bleiben Sie. Ich habe etwas für Sie gekocht, aber ich wollte Sie nicht stören.«

»Das war doch nicht nötig.« Emily spürte, wie Daes Hand aus ihrer glitt. Er ging neben Serafina in die Hocke.

»Kochen ist gut für die Seele«, sagte Adelina. »Jede Frau sollte das können. Wir kochen mit unseren Händen, aber auch mit unseren Herzen. Nichts tut so gut wie ein Essen, das mit

Liebe zubereitet wurde, und in dem die Kraft der Hände steckt, die es zubereitet haben.«

Vielleicht würde sie für Dae tatsächlich noch kochen lernen. Emily wollte ihm etwas von der Liebe und Geborgenheit, die er ihr schenkte, zurückgeben. Für ihn zu kochen, würde ihr eine Möglichkeit dafür bieten. Sie sah Dae nach Serafinas Hand greifen.

»Haben Sie Neuigkeiten?«, fragte er.

Daran hatte Emily noch gar nicht gedacht. Sie hielt den Atem an, bis Serafina den Kopf schüttelte.

In Daes Augen trat Mitgefühl. »Die Ungewissheit ist sicher schwer zu ertragen. Wenn er am Leben ist, sorgt er sich sicher mehr um Sie und Luca als um sich selbst. Ich kenne Dante nicht, aber ich glaube, jeder Mann würde sich wünschen, dass seine Frau das tut, was ihr am meisten Kraft gibt.«

O nein. Was sagst du denn da?

Serafinas Atem setzte aus. Adelina wollte sich zu ihr beugen, hielt aber inne, als ihre Tochter die traurigen Augen auf sie richtete.

»Im Augenblick müssen Sie vor allem für Luca da sein«, sagte Dae. »Egal, was passiert. Sicher würde Dante wie jeder Vater wollen, dass Sie tun, was für Sie und Luca am besten ist. Das bedeutet nicht, dass Sie die Hoffnung aufgeben oder ihren Mann vergessen. Es bedeutet, dass Sie seinen Sohn großziehen.«

Adelina sagte etwas auf Italienisch. Dae schaute zu ihr auf. »Ich sage nicht, sie soll die Hoffnung aufgeben. Ich will ihr nur sagen, dass es völlig in Ordnung ist, die Abwesenheit ihres Mannes zu betrauern. Vielleicht wird das Hoffen auf seine Wiederkehr dadurch sogar leichter. Ich glaube, im Moment ist Serafina in ihren Gefühlen gefangen. Weiter zu hoffen und ewig in dieser Situation gefangen zu sein, macht ihr genauso viel

Angst, wie nach vorn zu blicken.«

Serafina nickte. »Genauso ist es, Mama. Ich möchte weinen, weil er nicht da ist, aber ich wage es nicht. Die Trauer zuzulassen, würde sich anfühlen, als hätte ich ihn aufgegeben. Ich habe Angst, ihn loszulassen, und ich habe Angst, es nicht zu tun. Das frisst mich innerlich auf.«

Adelina stiegen Tränen in die Augen. Sie breitete die Arme aus und Serafina ließ sich von ihr umfangen.

»All das Wünschen und Beten, all die Ungewissheit ist so schwer. Vielleicht hat Dae recht. Wenn ich die Trauer zulasse, anstatt so zu tun, als gebe es sie nicht, dann …« Serafina holte tief Luft und wich ein kleines Stück zurück. »Ich bin nicht sicher, ob er wiederkommt, Mama. Drei Monate. Kann er wirklich noch am Leben sein?«

Tränen rannen über Adelinas Wangen. »Du musst daran glauben, Serafina. Er hat doch nur uns und unsere Hoffnung. Wenn wir nicht mehr hoffen, wer soll es dann tun?«

»Natürlich hoffe ich weiterhin.« Serafina ließ den Tränen freien Lauf. Die Spannung in ihren Zügen löste sich. »Ich hoffe tatsächlich, Mama. Aber ich muss auch den Gedanken zulassen, dass er vielleicht nicht wiederkommt. Und ich möchte, dass du das verstehst. Ohne deine Unterstützung schaffe ich es nicht.«

Adelina nahm ihre Tochter in die Arme und murmelte ihr etwas ins Ohr. Offenbar war sie bereit, ihre Entscheidung mitzutragen, denn Serafina lächelte trotz der Tränen.

Dae stand auf und ging zu Emily. Sie war fassungslos. Wie konnte er so mit Serafina reden? Er kannte sie doch kaum. Niemals hätte sie es gewagt, sich so in eine Familienangelegenheit einzumischen. Aber er hatte genau die richtigen Worte gefunden.

Eins stand nun fest: Für Dae würde sie definitiv kochen

lernen. Was hatte sie diesem Mann, der so viel geben konnte, denn sonst zu bieten?

»Woher wusstest du, was sie jetzt braucht?«

Er zuckte die Achseln.

»Weil auch du damit klarkommen musst, dass jemand nicht da ist? Dass deine leibliche Mutter unerreichbar ist?« Emily sah die Trauer wie einen Schatten über seine Züge gleiten. »Musstest auch du dir zugestehen, deshalb zu trauern? Damit du weiterleben konntest, obwohl sie dich nicht sehen möchte?«

»Kann schon sein. Vielleicht.« Er schaute ihr in die Augen. »Noch nie hat jemand diesen Teil von mir so verstanden, wie du es tust.« Er flocht seine Finger in ihre und einen Augenblick lang standen sie nur da, sahen sich an und spürten das starke Band zwischen ihren Seelen.

»Ja, Emily.« Er hielt inne. Als er weitersprach, klang seine Stimme, als käme sie aus weiter Ferne. »Vermutlich haben meine Worte etwas mit meiner persönlichen Geschichte zu tun. Aber als ich Serafina hier habe sitzen sehen, ging mir plötzlich noch etwas ganz anderes durch den Kopf. Ich habe mir überlegt, was sein würde, wenn mein Flugzeug abstürzt.«

»Dae! An so etwas darfst du nicht mal denken.«

»Das habe ich aber, Em. Und an dich. Wenn die Maschine auf den Erdboden zurasen würde, wäre mein letzter Wunsch, dass dein Leben weitergeht. Lass die Trauer zu und schau dann nach vorn. Du bist ein so besonderer Mensch, Emily. Es wäre pure Verschwendung, wenn du nicht eines Tages Glück in das Leben eines anderen, beneidenswerten Mannes bringen würdest.«

»Ich will nicht …«

»Das verstehe ich. Und ihr geht es genauso. Aber lass uns nicht vergessen, dass sie die Mutter eines kleinen Jungen ist, der einen Vater braucht. Sie hat noch viele Jahre vor sich. Ganz gleich, wie sehr Dante sie geliebt hat oder wie sehr er gehofft hat, ihre einzige Liebe zu bleiben – kein Mann würde wollen, dass seine Frau dauerhaft in einem Schwebezustand verharrt. Er würde sich wünschen, dass sie ihr Leben wieder in die Hand nimmt, genau wie ich mir wünschen würde, dass du eines Tages – vielleicht, wenn du hundert bist – eine neue Liebe findest.«

Sein Lächeln verriet, dass die Zahl Hundert ein Scherz war. Aber seine Augen sagten ihr, dass er den Rest sehr ernst meinte. Sie wusste nicht, ob sie je so selbstlos sein konnte. Sie war gierig. Sie wollte ihn für sich allein.

Später machte Dae sein Versprechen wahr. Gemeinsam tranken sie eine Flasche Wein, dann ließ er Emily ein Bad ein und verwöhnte sie nach allen Regeln der Kunst. Noch zweimal liebten sie sich, dann schliefen sie erschöpft und eng umschlungen ein.

Sechzehn

Als Emily aufwachte, war sie allein. Das überraschte sie nicht. Inzwischen wusste sie, dass Dae ein Frühaufsteher war. Außerdem machte er sich Sorgen, weil er heute wegmusste. Er ließ sie genauso ungern allein, wie sie allein zurückblieb. Sie strich mit der Hand über seine Seite des Bettes. In diesem Zimmer wachte sie heute zum letzten Mal auf. Sie hatten hier geschlafen, damit er packen konnte. Schon der Anblick seiner Taschen an der Tür gab ihr einen schmerzhaften Stich. In ein paar Tagen würde sie ihn wiedersehen und in der Zwischenzeit würden sie skypen. Trotzdem war der Abschiedsschmerz riesengroß.

So schlimm wird es schon nicht werden.
Bestimmt nicht schlimmer als eine Wurzelbehandlung.
Oder als einen Arm oder ein Bein zu verlieren.

Ein paar Minuten später kam Dae mit zwei dampfenden Tassen zurück. Er hatte geduscht und trug dieselben tiefsitzenden Jeans, die Emily schon bei ihrer ersten Begegnung den Atem genommen hatten. Er schüttelte sich das nasse Haar aus dem Gesicht und reichte ihr eine Tasse.

»Hey, meine Schöne. Ich wollte dich nicht wecken. Wie geht es deinem Knöchel?«

Der Kaffee duftete himmlisch. Weshalb wurde ihre Kehle dann eng? Er setzte sich neben sie und legte seine freie Hand auf ihren Oberschenkel.

»Ganz gut. Im Moment tut nur mein Herz weh.«

Er beugte sich zu ihr, als wollte er sie küssen, hielt aber plötzlich inne. »Was? Etwas Kitschigeres habe ich noch nie gehört, und ich finde es herrlich.«

Sie drückte die Lippen an seine. »Kitschig, aber wahr.«

»Ich liebe dich, und mein Herz tut auch weh.«

»Gut. Ganz alleine zu leiden, wäre nämlich nicht sehr prickelnd.«

Er kniff die Augen zusammen. »Sprich bitte nicht von *prickelnd*. Ich muss nämlich bald los.«

Sie wollte lachen und weinen zugleich. Tapfer schluckte sie den Klumpen hinunter, der ihr die Stimme nehmen wollte, und ließ ihr Herz sprechen.

»Ich möchte mich auf deinen Schoß kuscheln, die Arme um dich legen und mich festklammern wie ein kleines Äffchen, damit du nicht wegkannst.«

Er lachte und jetzt stiegen ihr doch Tränen in die Augen.

»Du wärest das süßeste Äffchen aller Zeiten, und ich würde alles geben, um hierbleiben zu können. Aber ich muss mich ums Geschäft kümmern.«

Ums Geschäft. Das Haus der Wünsche. War das für ihn wirklich nur ein x-beliebiger Auftrag? Sie versuchte, nicht darüber nachzudenken. Im Moment wollte sie keine anderen Probleme haben als den bevorstehenden Abschied von Dae.

Er hob ihr Kinn und warf ihr das Lächeln zu, das immer den Wunsch in ihr weckte, mit ihm zu verschmelzen.

»Versprich mir, dass du etwas Schönes unternimmst, wenn ich weg bin, und nicht über der Arbeit brüten oder über das

Haus der Wünsche nachgrübeln wirst. Diese Zeit gehört dir, Em.«

Sie verdrehte die Augen. »Okay. Versprochen. Aber so viel Spaß wie mit dir zusammen wird es mir nicht machen.«

»Davon gehe ich aus.«

Sie gab ihm einen Klaps auf den Arm. »Du bist unmöglich.«

Er hob die Brauen und fing sich damit einen weiteren Klaps ein.

»Hey.« Er rieb sich den Arm und zog eine Schnute. »Mein Winkfleisch kriegt blaue Flecken.«

Darüber mussten sie beide lachen. Er nahm ihr die Tasse ab und umarmte sie.

»Denk daran, wie lange und oft du mit Daisy telefonieren kannst, wenn ich weg bin.«

»Du kommst doch mit mir zu ihrer und Lukes Hochzeit, oder?«

»Du möchtest mich dabeihaben?«

Sie hörte die Erleichterung in seiner Stimme. »Na klar! Habe ich dich noch nicht gebeten, mein Date zu sein?«

»Nicht, dass ich wüsste.« Er grinste schief.

»O nein. Wie gedankenlos von mir. Das tut mir leid. Vielleicht bin ich einfach davon ausgegangen, dass du dabei bist. Siehst du jetzt, was du mit mir machst? Mit dir wird mein Hirn zu Brei.«

»Ich liebe dein Breihirn.« Er vergrub die Nase an ihrem Hals. »Bist du sicher, dass du mich deiner Familie vorstellen willst? Das klingt ziemlich ernst.«

Sie drückte die Lippen an seine. Sie bekam einfach nicht genug von ihm. »Die Tatsache, dass du mich mit Haut und Haaren verschlingen darfst und dass ich dir meine Liebe erklärt habe, müsste dir eigentlich zeigen, dass es ernster kaum sein könnte.«

Er küsste sie. »Du bist unglaublich süß. Okay, ja, ich komme mit. Das Fest ist übernächsten Samstag, nicht wahr?«

»Jap. Die Details verrate ich dir, wenn du mich am Flugplatz abholst. So kann ich halbwegs sicher sein, dass du auch kommst.«

»Glaub mir, nichts könnte mich davon abhalten.« Er tätschelte ihr Bein. »Und jetzt ab unter die Dusche mit dir, damit wir uns draußen verabschieden können.«

»Wirfst du mich etwa aus deinem Bett, Dae Bray?« Sie zog die Brauen zusammen und gab sich Mühe, empört zu wirken. Aber sie wusste, dass er nur sehen würde, wie sehr sie ihn schon jetzt vermisste.

»Ja. Aber nur, damit ich den Flieger nicht verpasse.«

Zwanzig Minuten später lagen sie einander draußen bei seinem Wagen in den Armen.

»Du bist das Beste, was mir je passiert ist, Emily Braden.« Er wollte sie loslassen, doch sie klammerte sich an ihm fest. »Mein süßes Äffchen, wenn ich jetzt nicht losfahre, komme ich zu spät.«

Sie grub die Finger in seinen Rücken. »Und das soll mich überzeugen?«

»Ich liebe dich.«

Widerstrebend ließ sie ihn los. Er lächelte sie an. Diesen Abschied würde sie nur durchstehen, wenn sie lachen konnte.

»Beeil dich besser. Der nächste Gast ist sicher bald hier, und ich habe gehört, er sei männlich und Single.«

Dae zog die Brauen zusammen und drückte sie mit dem Rücken gegen den Wagen. »Ach ja?«

»Hmhm.« Eigentlich hätte sie die Hände nicht mehr um seine Taille legen sollen, aber sie konnte nicht widerstehen. Nur noch ein einziges Mal, dann würde sie ihn gehen lassen, gelobte sie sich.

»Wie gut, dass ich dir vertraue. Selbst wenn du dir ein Zimmer mit Brad Pitt, Chris Hemsworth und Chris Pine teilen würdest, deine schönen Lippen wären mir treu.« Er strich mit dem Daumen über ihren Mund.

Ihre Knie wurden weich. Wie schaffte er das bloß mit einer simplen Berührung, einem Blick, einem Flüstern?

»Versprich mir den Samstag.«

Als ihre Lippen sich zu einem sinnlichen, liebevollen Kuss vereinten, hätte sie ihm alles versprochen.

»Samstag«, flüsterte sie.

»Und du kannst verdammt sicher sein, dass ich dir treu bleibe.« Er beugte sich in den Wagen und holte ein kleines, in Geschenkpapier gewickeltes Päckchen hervor. »Mach es auf, wenn ich weg bin, okay?«

»Unmöglich«, flüsterte sie. »Wann hattest du denn Zeit, mir ein Geschenk zu besorgen?«

»Wenn man jemanden liebt, ist nichts unmöglich.« Nach einer letzten Umarmung und einem letzten Kuss schob er sich hinters Lenkrad und ließ den Motor an. »Und du kannst dir verdammt sicher sein, dass ich dich liebe, Em.«

»Ich liebe dich auch.«

»Ich rufe dich morgen an.« Er setzte seine Sonnenbrille auf und sah damit gleich noch viel leckerer aus. »Bis dahin solltest du den neuen Gast abgehakt haben, okay?«

Sie lachte. »Ich werde viel zu sehr damit beschäftigt sein, dich zu vermissen, um jemand anderem auch nur einen guten Tag zu wünschen.«

»Das wollte ich hören.« Er hauchte ihr einen Kuss zu und fuhr davon.

Das Päckchen an die Brust gedrückt schaute Emily ihm hinterher, bis sie den Wagen nicht mehr sehen konnte. Dann trug sie das Geschenk zur Veranda, setzte sich auf die Stufen und wickelte es aus. Sofort erkannte sie den wunderschönen, handgestrickten mohnroten Schal, den sie in Greve bewundert hatte. Er war um ein kleines ledernes Notizbuch gewickelt. Ein schmales Band hielt es geschlossen. Sie strich mit den Fingerspitzen über das weiche Leder.

»Dae«, flüsterte sie. »Wo hast du das denn her?« Sie streifte das Band ab und öffnete das hübsche Büchlein. Ein Foto, auf dem sie das Sonnenblumenfeld bewunderte, fiel heraus.

»Dass du mich in dem Moment fotografiert hast, habe ich gar nicht bemerkt.« Sie zeichnete ihr Gesicht auf dem Foto nach. *Ich sehe hübsch aus und glücklich. Ich sehe aus, als wäre ich verliebt.* Ihre Mundwinkel kräuselten sich nach oben. *Ich bin verliebt. Unglaublich verliebt.* Sie wandte sich wieder dem Notizbuch zu. Die Seiten waren aus dickem Papier, das an Pergament erinnerte. Keine glich der anderen. Sie las Daes handgeschriebene Notiz.

Lächle, süße Emily.
Ich bin bei dir, zumindest im Herzen. Hand oder Arm?

Sie lachte. »Arm, du großer Spinner.« Sie las weiter und war sofort wieder viel glücklicher als noch vor wenigen Augenblicken.

Ich hoffe, dir bleibt Zeit für diese Dinge, wenn ich weg bin.
  Mach einen Spaziergang durch das Weingut in den Chianti-Hügeln. Der Name und die Adresse stehen ganz hinten in diesem Büchlein. Frag nach Giovanni. Er erwartet dich. Leider haben wir es nicht mehr geschafft,

zusammen dorthin zu gehen. Aber du solltest das nicht verpassen.

Such die Stelle, an der ich das Foto von dir gemacht habe. Den Grund wirst du verstehen, wenn du dort bist. Hör auf, deine hübsche Stirn zu runzeln, und vertrau mir. Fahr einfach hin.

Ich vermisse dich schon, obwohl ich noch gar nicht weg bin. Ich sitze neben dem Bett in UNSEREM Zimmer und schaue zu, wie du schläfst. Du bist so schön, dass ich mich kaum aufs Schreiben konzentrieren kann.

Ich liebe dich, Dae

Er hatte keine Liste von Sehenswürdigkeiten zusammengestellt und sie auch nicht aufgefordert, sich alles anzusehen, was sie ursprünglich geplant hatte. Er bat sie nur, das nachzuholen, was sie gemeinsam nicht mehr geschafft hatten, und an den Ort auf dem Foto zurückzukehren, an dem sie so glücklich ausgesehen hatte. Anscheinend hatte er gewusst, dass die anderen Touristenattraktionen ihr ohne ihn nicht so viel bedeuten würden. Ihm war längst klar gewesen, was auch ihr langsam dämmerte: Selbst weltberühmte Besuchermagneten wie die dunkle Treppe im Dom von Florenz hatten sie vor allem deshalb so berührt, weil sie zusammen dort gewesen waren. Mehr als vierhundert Stufen zu erklimmen, wäre ohne Dae kein bisschen romantisch gewesen. Aber jetzt würde die Treppe immer der Ort sein, an dem ihre Herzen sich gefunden hatten. Der Ort, an dem er sie zum ersten Mal fest in die Arme genommen und wo sie sich zum ersten Mal geküsst hatten.

Siebzehn

Der Duft nach Brot, Gewürzen und anderen himmlischen Dingen lockte Emily in die Küche. Auf dem Tisch standen Schalen mit Salamischeiben, Schinken und Würsten. Ein Teller mit Tomaten- und Käsescheiben sorgte für einen Farbtupfer.

»Buongiorno, Emily.« Adelina hatte sich eine Schürze umgebunden und die Hände in einer großen Teigschüssel vergraben.

»Ich habe Ihnen etwas gekocht. Das wird jetzt nach dem Abschied von Ihrem Freund Ihr trauriges Herz trösten.« Sie wechselte zu einer anderen Arbeitsplatte und nahm den Deckel von einer Schale. »*Pappa al pomodoro*, eine herzhafte Suppe. Essen Sie. Die tut Ihnen gut.« Sie stellte die Schale auf den Tisch und rückte Emily einen Stuhl zurecht.

Die Speise sah aus wie ein Brei aus Tomaten und Brot, aber sie duftete verheißungsvoll.

»Nahrung für die Seele.« Adelina tätschelte Emilys Schulter. »Wussten Sie, dass jede Stadt in Italien ihre eigenen Spezialitäten hat?«

»Ja, davon habe ich gehört.«

Adelina nickte und setzte sich zu Emily an den großen Tisch. »*Pappa al pomodoro* wird überall anders zubereitet. Bei uns schmeckt die Suppe am besten.«

Emily verkniff sich ein Lächeln über Adelinas überzeugten Ton. Aber schon nach dem ersten Löffel von der dicken, würzigen Suppe konnte sie nicht mehr widersprechen.

»Das schmeckt fantastisch, Adelina.«

»Danke. Brot symbolisiert das Leben, Olivenöl die Liebe. Die Suppe gibt Ihnen Kraft für die Zeit der Trennung.«

»Ich weiß nicht, ob es die Suppe ist oder ob es einfach guttut, hier zu sitzen. Aber ich fühle mich schon deutlich besser.«

»Sehen Sie?« Adelina legte sich die Hand auf die Brust. »Kochen heilt traurige Herzen. Wussten Sie, dass wir hier Brot ohne Salz backen?«

»Ach ja?«

»Manche Leute behaupten, das hätte angefangen, als Salz besteuert wurde. Andere sagen, der Grund sei die uralte Rivalität zwischen Pisa und Florenz. Mir ist es ganz egal, warum wir das tun. Aber es macht uns stark. Wir sind Kämpfer. Die Bewohner der Toskana sind voller Kraft und brauchen nicht viel, um gut zu leben.« Sie bekräftigte ihre Worte mit einem nachdrücklichen Nicken. »Heute koche ich für meine Freundinnen. Sie essen, ich rede.«

Emily lauschte Adelinas Geschichten über die Rezepte ihrer Mutter, während Adelina weiter in der Küche hantierte. Serafina kam und half mit, und als Emily gegessen hatte, wurde sie eingeladen, ebenfalls den Kochlöffel zu schwingen. Sie hörte zu, lernte und saugte alles auf, was die beiden Frauen ihr über die Liebe, das Leben und das Kochen erzählten.

Unversehens verschmolz der Tag mit dem Abend. Erstaunt stellte Emily fest, dass sie gar nicht dazu gekommen war, nach dem Abschied von Dae in Trübsinn zu versinken. Dafür hatten diese wunderbaren Frauen gesorgt, die ihr Dinge beibrachten, mit denen sie Dae später Freude bereiten konnte. Sie lächelte über sich selbst, denn plötzlich ahnte sie, wie erfüllend es sein konnte, sich um eine Familie und geliebte Menschen zu kümmern, anstatt außer Haus berufliche Bestätigung zu suchen. Emily hatte immer geglaubt, ihrer Familie, der ganzen Stadt und merkwürdigerweise sogar ihrem abwesenden Vater etwas beweisen zu müssen. Ihr dicht gedrängter Terminplan hatte nie zugelassen, dass sie lernte, wie man anderen das Leben verschönte – abgesehen davon, dass man ihnen Zeit und Liebe schenkte. Kochen, nähen und eine Million andere praktische Dinge waren auf der Strecke geblieben, weil sie sich von ihrem Ehrgeiz hatte treiben lassen.

Jetzt, wo sie fast einen ganzen Tag lang mit Adelina und Serafina gekocht hatte, war ihr klar, wie viel man seinen Lieben auf diese Weise geben konnte, und was ihr bislang entgangen war. Warum sie ein tiefes Gefühl von Geborgenheit überkam, wenn ihre Mutter sie mit einem selbstgekochten Essen verwöhnte, wusste sie jetzt auch. Liebe hatte viele Gesichter. Einige, wie Umarmungen, ein Lächeln und Küsse, waren deutlich sichtbar. Andere, wie die Mühe, die es bedeutete, ein gutes Essen zuzubereiten, die passenden Zutaten zu kaufen oder den Tee genauso aufzubrühen, wie eine geliebte Person ihn mochte, bemerkte man kaum. Wie oft hatte sie diese Art von Hingabe als völlig selbstverständlich erachtet?

Unzählige Male.

Wenn Adelina mit geübten Händen und mit viel Energie in der Küche werkelte und für Verwandte oder Freunde kochte, war das keine lästige Pflicht. Es war ihre Art, Liebe und Zuneigung zu schenken. Emily hatte das Gefühl, sich bei ihrer Mutter entschuldigen zu müssen. Bekocht zu werden war etwas

Besonderes und sie hatte das oft nicht ausreichend gewürdigt.

Jetzt schaute sie zu, spitzte die Ohren und lernte, weil sie Kochen in das Repertoire ihrer Fähigkeiten aufnehmen wollte. Sie wollte Dae auch auf diese Art zeigen, wie wichtig er ihr war. Laut einem alten Sprichwort ging Liebe durch den Magen. Vielleicht war es ja tatsächlich so.

Sicher gab es andere Möglichkeiten, die vielleicht schneller gingen und prickelnder waren. Vor allem wenn die Regionen unterhalb der Gürtellinie dabei zum Einsatz kamen. Aber Kochen machte auch Spaß.

Achtzehn

»Marcello!« Adelina rief auf die Terrasse hinaus, wo Marcello einen Riss in den Fliesen ausbesserte. Sie schwirrte durch die Küche. Ihre Augen flogen von einer Kühlbox zur anderen. Dann hob sie die Deckel und zählte etwas an den Fingern ab.

»Komm. Es wird Zeit.« Serafina griff nach Emilys Hand. Im Lauf des Tages hatten sie begonnen, sich zu duzen. Gerade hatten sie zusammen alle Speisen in die Boxen gepackt.

Es war schon nach sieben. Nach italienischer Zeit würde Dae erst gegen Mitternacht landen. Emily hatte sich für den Abend nichts vorgenommen, und nach dem Nachmittag mit Adelina und Serafina in der Küche konnte sie es kaum erwarten, die köstlichen Speisen zu Adelinas Freundinnen zu bringen.

Marcello musste dreimal zwischen der Küche und seinem Wagen hin und her laufen, bis alle Boxen verstaut waren. Adelina gab Emily einen Korb mit Brot. Es war mit einem hübschen Tuch zugedeckt.

»Und jetzt los, zum Haus der Wünsche.« Adelina drückte Serafina einen Korb mit mehreren Gefäßen voller Olivenöl in die Arme. »Wir treffen uns dort mit anderen Frauen. Wirklich große Wünsche brauchen manchmal Unterstützung.«

Dass sie für Adelinas Freundinnen gekocht hatten, wusste

Emily. Aber nicht, dass sie die Frauen am Haus der Wünsche treffen würden. Jetzt war sie noch viel gespannter auf den Abend.

Marcello kam in die Küche zurück und legte seiner Frau die Hand auf den Arm. »*Il mio amore*, du machst das schon.« Er tätschelte seine Brust über dem Herzen, dann küsste er Adelina auf beide Wangen. »Geh und kümmere dich ums Wünschen. Ich kümmere mich um meinen kleinen Mann.«

Das Haus der Wünsche erreichten sie im letzten Abendlicht. In der Einfahrt und am Straßenrand parkten unzählige Wagen. Im Gras lagen Fahrräder, vereinzelte standen Kinderwagen herum. Das Haus war dunkel, aber schon von der Straße aus konnte Emily das Licht hinten im Garten sehen. Sie suchten sich einen Parkplatz am Straßenrand und stiegen aus. Die Frauenstimmen, die zu ihnen herüberwehten, zauberten Adelina und Serafina ein Lächeln auf die Gesichter. Sie nickten einander aufmunternd zu. Einige Frauen hatten sie offenbar entdeckt und eilten ihnen lachend und winkend entgegen.

»Sie helfen uns beim Tragen«, erklärte Serafina. Sie stieß Emily mit der Schulter an. »Schön, dass du mitgekommen bist. Manchmal vergesse ich, wie das ist. Wenn die Frauen von überallher zusammenkommen, liegt so viel positive Energie in der Luft, dass man das Gefühl hat, alle Wünsche könnten in Erfüllung gehen.«

Serafina stellte Emily den Frauen vor. Alle umarmten sie und küssten sie auf beide Wangen. Ihr war, als wäre sie mitten in einer großen Familienfeier gelandet, auf der alle lachend auf Englisch und Italienisch durcheinanderredeten. Immer zu zweit schleppten die Frauen die Kühlboxen, Taschen und Körbe in den Garten hinter dem Haus. Dort schien die Luft vor Kraft und Freude geradezu zu vibrieren. Emily musste an die

Familientreffen in Trusty denken. Natürlich nahmen nicht nur Frauen daran teil, aber die Atmosphäre war ähnlich lebhaft und vertraut.

Mit bunten Tüchern bedeckte Tische waren zu einer langen Tafel zusammengerückt worden. Wein und Gläser standen bereit, einige Frauen hatten bereits auf den Stühlen Platz genommen. Brennende Kerzen warfen tanzende Schatten auf Teller und Besteck. Die Stimmung war festlich und unter Lachen und Rufen verteilten die Frauen die Speisen aus den Kühlboxen auf der Tafel. Adelina hatte viel Liebe und Energie in das Festmahl für diese Frauen gesteckt. Sie waren mehr als Freundinnen. Sie waren eine Gemeinschaft – nicht verwandt und doch eine Familie. Das verriet die Art, wie sie miteinander umgingen.

Zu diesem Essen waren Frauen aller Altersgruppen erschienen. Sie füllten sich gegenseitig die Gläser, schaukelten Babys auf den Knien und erzählten einander Geschichten zum Lachen und zum Weinen. Hin und wieder stand eine der Frauen auf, ging zum Baum und blieb dort mit gesenktem Kopf stehen. Manche legten die Hand an den mächtigen Stamm. Emily nahm an, dass Generationen von Frauen es seit Hunderten von Jahren so hielten. Wann war das Haus der Wünsche zu einem besonderen Kraftort geworden? Was machte das Haus mit dem Baum so einzigartig und wichtig?

Emily lauschte dem Auf und Ab der Stimmen. Manches verstand sie, manches reimte sie sich zusammen. Vieles konnte sie an den Augen der Frauen ablesen. Ein ganzes Universum von Gefühlen breitete sich vor ihr aus, während die Frauen Geschichten über ihre Großmütter, Tanten, Mütter und Töchter erzählten, die im Lauf der Jahre mit ihren Anliegen zum Haus der Wünsche gekommen waren. Die Geschichten handelten von erfüllten Kinderwünschen oder der glücklichen Heimkehr lange vermisster geliebter Menschen. Emily konnte sich nicht alle merken. Jede war anders, aber alle erzählten von Herzensangelegenheiten.

Bald fand sich auch Emily am Baum wieder, die Hände flach an die raue Rinde gepresst. Sie schloss die Augen. Sie wünschte sich nichts und sie dachte auch nicht ans Wünschen. Sie war einfach nur da und saugte die Schönheit und Wärme der Verbundenheit auf, mit der die Frauen diese Nacht zu etwas Besonderem machten.

»Vermisst du Dae?«, fragte Serafina.

»Ja, sehr. Aber gerade habe ich gar nicht an ihn gedacht. Ich habe einfach nur diesen Augenblick gespürt.« Emily schaute zu, wie die Frauen das schmutzige Geschirr zur Pumpe trugen. Dort war ein weiterer Tisch aufgestellt worden. Zwei Mülleimer gab es ebenfalls. Die Frauen arbeiteten Hand in Hand, als wären sie es seit Jahren so gewohnt. Vermutlich war es auch so. Zwei Frauen spülten, vier andere trockneten ab und stapelten das Geschirr in Körbe.

»Macht ihr das öfter? Ich meine solche Versammlungen?«, fragte Emily.

Serafina schüttelte lächelnd den Kopf. »Wenn man sieht, wie vertraut wir miteinander sind, könnte man meinen, wir sitzen jede Woche hier. Aber wir sind keine feste Gruppe. Bei besonderen Anlässen oder wenn es ein Problem gibt, verbreitet sich die Nachricht in den umliegenden Städten und Gemeinden immer schnell. Wer kann, kommt dann her und unterstützt die anderen. Gleich nachdem ich aus den Staaten zurück war, hat Mama mich mit hierher zu einem Treffen genommen.« Ihre Augen wurden traurig. Mit leiser Stimme fuhr sie fort. »Man möchte so gern an die positive Energie so vieler Frauen glauben.

Daran, dass eine Gruppe, die solche Kräfte freisetzt, einfach alles bewirken kann.«

»Ich bin froh, dass ich dabei sein konnte. Ich glaube, das Zusammengehörigkeitsgefühl, die Stärke und die Willenskraft dieser Frauen sind das eigentliche Wunder. Noch viel mehr als das Haus und der Baum.«

»Ganz sicher.« Serafina nickte. »Das Haus und der Baum sind nur Symbole. Man könnte sie durch alles Mögliche ersetzen. Durch ein Auto oder einen Stuhl. Einen Korb. Einen Schuh. Was genau, ist nicht so wichtig. Seinen besonderen Geist bekommt der Ort erst durch die Frauen, die hier zusammenkommen. Versammlungen wie die heutige gibt es schon seit langer Zeit. Vielleicht seit Jahrhunderten. Keiner weiß genau, wann es angefangen hat. Nur dass es vor vielen Generationen gewesen sein muss.«

»Das heißt, vor langer, langer Zeit haben sich eines Tages Frauen zusammengetan, um sich gemeinsam etwas zu wünschen? Sie hätten sich überall versammeln können. Aber sie haben sich hier getroffen und das Haus ist zum Haus der Wünsche geworden?«

Serafina zuckte die Achseln. »Ich könnte mir denken, dass am Anfang vielleicht eine Art Mädelsabend stand. Vielleicht haben sich ein paar Freundinnen, deren Männer in der Ferne gearbeitet oder in einem Krieg gekämpft haben, verabredet, um zusammen zu essen und zu trinken. Diese Frauen haben einander in guten und schlechten Zeiten beigestanden, wie Mädels das eben tun. Wir Frauen teilen unsere Hoffnungen und Träume miteinander. Ich denke, so hat alles angefangen.«

»Ja, das könnte ich mir vorstellen.« Emily wusste nur zu gut, wie schnell sich alle Arten von Geschichten in ihrem Heimatort verbreiteten. Eine Versammlung mit einer solchen Magie würde sich innerhalb kürzester Zeit herumsprechen. Sie dachte an die große Nähe zwischen ihr und den Verlobten ihrer Brüder, und wie vieles möglich wäre, wenn sie ihre Kräfte bündelten. Sie dachte an den Berggipfel, auf den ihr Bruder Ross sie damals, direkt vor ihrer Abreise ans College gebracht hatte. Er hatte ihr gesagt, dass er gerne zum Nachdenken dorthin ging. Seither machte sie das auch ab und zu, und hatte den Eindruck, dass sie dort oben besser denken konnte und oft Antworten auf ihre Frage und Lösungen für ihre Probleme fand. So entstanden Mythen und Legenden. Vielleicht war es beim Haus der Wünsche ähnlich gewesen.

»Meine Mutter würde dir etwas ganz anderes erzählen. Sie glaubt, die Energie der Erde und des Baumes würde Wünsche erfüllen. Und siehst du die Frau da drüben?« Serafina zeigte auf eine schlanke Brünette in einem knielangen geblümten Kleid. »Sie ist sicher, dass ihre Ahnen mit dem Wünschen begonnen haben. Und die Frau da hinten…« Sie deutete auf eine Frau mit einer Kurzhaarfrisur, die ein Baby auf dem Schoß hielt und herzhaft lachte. »Sie meint, das sei Unsinn, und die Kraft dieses Ortes hätte etwas mit der Stellung der Sterne, der Sonne und des Mondes zu tun.«

Gemeinsam gingen sie zurück zu den Tischen. »Eigentlich ist es gar nicht wichtig, wie und warum es begonnen hat.« Serafina hob die Hände. »Es ist einfach schön, daran zu glauben. Meistens jedenfalls. Gestern Abend habe ich gedacht, das Hoffen sei zu schwer. Ich habe mich so schwach gefühlt. Aber jetzt ist mein Herz wieder ganz mit Hoffnung gefüllt. Schau dich nur um. Wie sollte ich nicht an Dantes glückliche Heimkehr glauben?«

»Ich bin froh, dass du die Hoffnung nicht aufgegeben hast. Ich möchte so gern, dass er zu dir und Luca zurückkommt. Das war der Wunsch, den ich dem Baum anvertraut habe.« Nicht einmal Dae hatte sie das verraten, aber Serafina sollte es wissen. Emily hatte sie und Adelina ins Herz geschlossen.

Serafina umarmte sie. »Danke. Das bedeutet mir sehr viel.«

»Meinst du, es stört, wenn ich ein paar Fotos mache, damit ich Dae zeigen kann, wie wichtig den Frauen hier dieses Haus und der Baum sind?«

»Nein, gar nicht. Mach ruhig.«

Emily machte ein paar Schnappschüsse. Sie wusste zwar, dass Dae die Fotos nicht sofort bekommen würde, und mit seinem Anruf rechnete sie nicht vor morgen, aber vielleicht würde er sich nach dem langen Rückflug über die Aufnahmen und eine Nachricht freuen. *Brad Pitt und die anderen hübschen Kerle haben mich versetzt. Aber wie du hier sehen kannst, bin ich trotzdem nicht allein. Deine Küsse fehlen mir!*

Beim Tippen vermisste sie ihn gleich noch mehr.

»Ich nehme mal an, die große Liebe musstest du dir nicht wünschen«, sagte Serafina. »Die hast du mit Dae gefunden.«

»Das denke ich auch.« Emily warf einen Blick über die Schulter zum Baum. Sie hatte sich in Dae verliebt und war gerade dabei, sich auch in das Haus der Wünsche zu verlieben, in alles, wofür es stand, in die Gefühle, die es weckte, und in die Frauen, in deren Leben dieser magische Ort eine Rolle spielte.

Neunzehn

Dae nahm einen großen Schluck Bier und hörte seinem Bruder Colby zu, der von seinem letzten Einsatz erzählte. Colby war seit sechs Jahren bei den Navy SEALS. Sie sahen sich nur selten, versuchten aber, einander mit Anrufen und E-Mails auf dem Laufenden zu halten.

»In ein paar Monaten habe ich frei, dann komme ich dich besuchen. Vielleicht können wir Wade überreden, seinen Hintern vom Computer wegzuschleppen, und Leanna und Kurt ebenfalls einladen. Und dann gehen wir alle zusammen auf eins von Baileys Konzerten.«

»Gute Idee.« Dae ging durchs Wohnzimmer zu den Panoramafenstern mit Blick auf die Berge und dachte an Emily. Er hätte wer-weiß-was gegeben, sie jetzt und am Abend des Konzerts bei sich zu haben. Und jeden Abend davor, danach und dazwischen.

»Prima. Das wäre also abgemacht. Wie war's in der Toskana? Wann fliegst du wieder hin und machst die Villa platt?«

»Das steht noch nicht fest. Ich treffe mich morgen mit dem Kunden. Der Typ ist ein Kotzbrocken.«

»Du hast den Auftrag doch praktisch in der Tasche. Der

Rest ist Formsache.«

Dass mir der Auftrag durch die Lappen gehen könnte, ist meine kleinste Sorge. Zum ersten Mal in seinem Berufsleben freute er sich nicht auf die Abrissarbeiten. Er wusste nicht, ob er das Haus der Wünsche wirklich dem Erdboden gleichmachen wollte.

»Und ...« Colby senkte die Stimme. »Gab's in der Toskana rassiges Frischfleisch?«

Dae nahm einen Schluck Bier und lächelte. An Colbys derbe Sprüche war er gewöhnt. Sein Bruder ließ nun mal gern den Macho raushängen. Das war schon immer so gewesen. Dae wunderte sich nur, dass ihn das Gerede plötzlich störte.

»Das ist deine Abteilung, nicht meine.«

»Ja, ja, Mr. Ich-will-niemandem-wehtun.« Colbys tiefes Lachen dröhnte durchs Telefon. »Darf ich das als ein Ja verstehen, aber der Gentleman genießt und schweigt?«

»Versteh es als: Ja, ich habe jemanden kennengelernt, allerdings nicht Frischfleisch, sondern die großartigste Frau, die mir je begegnet ist.« Wie sein Bruder reagieren würde, wusste Dae nicht. Aber er machte sich auf das übliche Gefrotzel gefasst. Sie zogen sich ständig gegenseitig auf. Das Problem war nur, dass Dae im Moment keine Lust auf markige Sprüche hatte. Dafür vermisste er Emily zu sehr. Er hoffte, dass sein Bruder die richtigen Antennen für seine Stimmung hatte und sich zügeln würde.

»O je. Eine *Frau*. Keine Schnitte. Kein Mädchen. Eine *Frau*. Klingt ernst.«

Dae lächelte erleichtert. »Ist es auch. Sie ist umwerfend.«

»Leanna-und-Kurt-ernst oder das-könnte-ein-paar-Wochen-halten-ernst?«

»Stell dich auf etwas Langfristiges ein. Leanna-und-Kurt-ernst trifft es ganz gut.«

»Wow. Krass. Aber, hey, ich freue mich für dich. Lebt sie in Italien?«

»Nein. In Colorado und sie heißt Emily.«

»Cool, Kumpel. Wenn ihr bei meinem Urlaub noch zusammen seid, würde ich sie gern kennenlernen.«

»Damit solltest du rechnen. Und ja, ich stelle sie dir vor.«

Sie unterhielten sich noch eine Weile, dann legten sie auf. Dae trank sein Bier aus, setzte sich aufs Sofa und legte die Füße auf den Couchtisch. Dann wählte er Emilys Nummer. In Italien war es jetzt sieben Uhr morgens. Emily schlief wahrscheinlich noch. Aber ihm fielen die Augen zu, und er wollte unbedingt ihre Stimme hören, bevor er ins Bett ging.

Er scrollte sich durch die Fotos, die sie ihm geschickt hatte. Offenbar hatte hinter dem Haus, das er abreißen sollte, eine Party stattgefunden. Hinter dem Haus der Wünsche. Eigentlich wollte er die Fotos gar nicht sehen. Das machte den Abriss nur schwerer, falls er die Sache wirklich durchzog. Seine Nackenmuskeln verspannten sich.

Emily antwortete beim ersten Klingeln. »Hey!«

»Hey, meine Schöne. Du klingst ja schon richtig wach.«

»Bin ich auch. Ich stehe seit einer Stunde mit Adelina und Serafina in der Küche und kann es kaum erwarten, dir zu zeigen, was sie mir beigebracht haben. Wie war dein Flug?«

»Lang und einsam.«

»Du Armer. Ich wäre gern bei dir gewesen. Ist es bei dir jetzt nicht Mitternacht? Mit deinem Anruf habe ich erst viel später gerechnet. Augenblick mal, bitte.«

Er hörte, wie sie Serafina und Adelina sagte, sie sei gleich zurück.

»Okay. Sorry.«

»Ich möchte nicht stören, Babe. Ich kann später noch mal anrufen.«

»Du störst nicht. Ich habe mich auf deinen Anruf gefreut. Letzte Nacht bin ich immer wieder aufgewacht und habe die Hand nach dir ausgesteckt. Du fehlst mir so. Hast du die Fotos bekommen?«

Er stellte sich Emily vor, wie sie im Bett lag. Selbstverständlich nackt. Er räusperte sich und versuchte, sich zu konzentrieren.

»Du fehlst mir auch. Mehr als du dir vorstellen kannst. Und die Fotos habe ich. Sieht aus wie eine Party.«

»Keine Party. Eher eine Versammlung. So etwas habe ich noch nie erlebt. Frauen aus der ganzen Umgebung sind zusammengekommen, um … Ich weiß nicht mal recht, was sie eigentlich getan haben. Gegessen, geredet, sich etwas gewünscht. Dabei ist das Wünschen nicht gleichzeitig oder organisiert abgelaufen. Es war zwar ein gemeinsamer Wunsch, aber die Frauen haben ihn einzeln vorgebracht. Manche auch ohne, dass man es gemerkt hat.«

»Nicht so schnell, Em. Ich bin seit vierundzwanzig Stunden auf den Beinen und ein bisschen groggy. Ich weiß nicht, ob ich alles verstanden habe. Was haben sie sich denn gewünscht?«

»Ach, entschuldige. Ihr Wunsch ist, dass das Haus nicht abgerissen wird.«

Er hörte die Hoffnung in jedem Wort. *Verdammt.* »Em.«

»Du hättest es sehen sollen, Dae. Es war wie ein Familienfest. Die Frauen haben zusammen gegessen, sich um die Babys gekümmert und gelacht, als wären sie seit Jahren eng befreundet. Dabei kannten sich manche kaum.«

Er wollte nicht an die Frauen denken, die er vielleicht schwer enttäuschen musste. Er wünschte sich ein schönes, liebevolles Gespräch mit Emily, wollte ihr die Freude, die er in ihrer Stimme hörte, aber nicht verderben. Seufzend lehnte er den Kopf an das Sofa.

»Hey, Babe?«

»Ja? Tut mir leid. Du bist müde und ich quassle einfach drauflos. Du fehlst mir.«

»Du weißt, ich kann nichts versprechen, was das Haus der Wünsche angeht, Babe.«

»Ja.« Ihre Stimme klang so weit entfernt. »Ich weiß.«

»Es tut mir leid, aber Häuser abreißen ist nun mal mein Job.«

»Du brauchst dich nicht zu entschuldigen, Dae. Trotzdem wünschte ich, du hättest die Energie dieser Frauen gespürt. Es klingt vielleicht seltsam, aber inzwischen fühle ich mich mit dem Haus sehr verbunden. Wir beide haben eine Nacht dort verbracht und uns in einem ganz besonderen Zimmer geliebt. Und gestern habe ich im Garten unter dem Baum zusammen mit Adelina und Serafina die Geschichten der Frauen gehört. Das alles macht das Haus für mich sehr lebendig.«

Dae schloss die Augen. In der Nacht im Haus der Wünsche hatte auch er etwas gespürt. Ja, er hatte fast das Gefühl gehabt, das Zimmer mit dem Baum wäre nur für sie beide in seinem Zustand belassen worden. Die Vorstellung war albern. Aber trotzdem …

»Ich weiß, wie sehr dir das Haus am Herzen liegt, Baby. Und ich muss zugeben, dass ich in unserer Nacht dort das Gefühl hatte, dass uns beide etwas ganz Großes umgibt. Trotzdem kann ich dir nichts versprechen.«

»Das verstehe ich.«

Er stellte sich die Enttäuschung in ihren schönen braunen Augen vor. Dass er der Grund dafür war, tat ihm weh. Auf das

Geld für den Auftrag war er nicht angewiesen. Er konnte das Projekt platzen lassen und Frank sagen, er hätte keine Lust, das Gebäude abzureißen. Das war kein Problem. Aber wie ging es dann weiter? Es würde bald ein anderes Haus geben und dann noch eins und noch eins. Würde seine Arbeit immer ein Zankapfel zwischen ihm und Emily bleiben? Oder hing Emily einfach nur an den Menschen, denen dieses ganz bestimmte Haus so wichtig war? War sie verliebt in den Mythos, der es umgab?

»Ich treffe mich morgen mit dem Kunden. Morgen für mich, heute für dich. Hinterher rufe ich dich an. Bei mir wird es dann ungefähr zwei Uhr nachmittags sein und bei dir ...«

»Etwa zehn Uhr abends. Ganz schön lästig, dieser Zeitunterschied.«

»Allerdings. Sollen wir dann skypen? Ich möchte dich sehen.«

»Okay. Alles Gute für deine Entscheidung. Ich weiß, die wird nicht leicht, und egal, wie sie ausfällt, ich hoffe, sie ist richtig für dich.«

Sie ließ das Wort *Entscheidung* noch ein wenig nachwirken. Wie sollte er wissen, was richtig war? Er wollte nur Emily. Viel mehr hatte in seinen Gedanken keinen Platz.

Als sie weitersprach, klang ihre Stimme wieder so lebendig und energiegeladen wie immer.

»Du kannst stolz auf mich sein. Gestern habe ich tatsächlich vergessen, meine E-Mails zu checken. Und, oh!« Sie lächelte. »Danke für das wunderschöne Geschenk, Dae. Du bist so süß. Später fahre ich auf das Weingut und zum Sonnenblumenfeld.«

»Gern geschehen. Schick mir ein paar Fotos. Und bitte mach ein Selfie, damit ich *dich* auch sehen kann.«

»Okay, versprochen. Und weißt du was?«

»Was?«

»Adelina bringt mir bei, ein paar italienische Gerichte zuzubereiten, und sie erklärt mir die Symbolik der einzelnen Zutaten. Ich kann es kaum erwarten, für dich zu kochen.«

Die Freude in ihrer Stimme wärmte ihn. »Ob du kochen kannst oder nicht, ist nicht wichtig. Was zählt, ist, dass wir zusammen sind und du glücklich bist.«

»Danke, Dae. Aber hier passieren die seltsamsten Dinge mit mir. Ich *möchte* für dich kochen lernen. Und weißt du was? Ich möchte sogar ein bisschen weniger arbeiten und die kleinen Dinge mehr genießen. So wie du es dir gewünscht hast. Welche kleinen Dinge das sind, würde ich gern mit dir zusammen herausfinden, Dae.«

Er fragte sich, ob das so bleiben würde, falls er das Haus abriss, das ihr so wichtig geworden war. Er hatte einen langen Tag hinter sich, er war so müde und vom Jetlag gebeutelt, dass er beinahe schielte. Trotzdem musste er die Frage stellen, die ihm keine Ruhe ließ.

»Ich freue mich, dass es dir so gut geht, Em. Und ich möchte zu gern mit dir alle möglichen kleinen Dinge entdecken. Aber was ist, wenn ich den Auftrag wirklich annehme?«

Emilys Schweigen dauerte eine Sekunde zu lang. Das war Antwort genug. Sein Magen verknotete sich.

»Em?«

»Ja. Ich werde drüber wegkommen. Es ist bloß ein Haus.«

Ihr Ton verriet, dass das Haus längst viel mehr war als *bloß ein Haus*. Der Knoten in seinem Magen zog sich weiter zusammen.

Zwanzig

Den Morgen verbrachte Emily mit Adelina und Serafina in der Küche. Am Nachmittag fuhr sie zu dem Weingut in den Chianti-Hügeln. Lange Reihen von Reben erstreckten sich, soweit das Auge reichte. Inmitten der Weinstöcke stand ein großes Gutshaus mit schweren Holztüren und mehreren Terrassen. Dort befand sich auch die Kellerei. Giovanni erwartete Emily bereits. Er war ein freundlicher Mann mit schütterem Haar, einem grauen Kinnbart und schmalen Schultern. Seine Stimme war so elegant wie der Wein, den er Emily probieren ließ. Er führte sie durch die spektakulären Räumlichkeiten, erklärte ihr, wie die Weinstöcke gepflegt und die edlen Tropfen gekeltert wurden. Doch ihre Gedanken wanderten immer wieder zu Dae. Zu gern hätte sie ihn an ihrer Seite gehabt, ihre Hand in seine gelegt, sich in seinem sinnlichen Lächeln gesonnt und sich von ihm Küsse stehlen lassen. Sie rätselte, wann er es geschafft hatte, die Privatführung für sie zu organisieren. Dae überraschte sie immer wieder aufs Neue. Sie vermisste seine Stimme, seine Berührungen und natürlich seine Küsse. Aber am meisten vermisste sie das Gefühl, ein vollständiger, ganzer Mensch zu sein. Das würde sie erst wieder haben, wenn sie sich wiedersahen. Sie versuchte, nicht darüber nachzugrübeln, was Dae letztendlich mit dem Haus der Wünsche machen würde. Auch jetzt drohten diese Gedanken wieder, ihr die Laune zu verderben, und sie verbannte sie erneut in den hintersten Winkel ihres Kopfes.

Giovanni führte sie hinaus auf eine mit Schiefer gefliese Terrasse mit Blick auf die Reben. Die frische Luft holte Emily zurück in die Gegenwart. Die Trauben würden erst in ein paar Monaten reif sein, aber sie war fast sicher, dass ihr Duft bereits in der warmen Sommerluft lag.

Die Aussicht von der Terrasse war atemberaubend. Das Anwesen lag hoch über Feldern und Höfen. In der Ferne standen Bäume und einzelne Villen auf den Hügelkuppen, Straßen schlängelten sich durch die Landschaft.

»Dae sagte, Sie würden gern ein bisschen allein herumspazieren. Habe ich das richtig verstanden?«

»Oh.« Das kleine Wort rutschte wie von selbst über ihre Lippen. Sie dachte an den versengenden Blick, mit dem Dae stets darauf antwortete. Hektisch blinzelte sie gegen die Vorstellung an und versuchte, so zu tun, als hätte sie nicht soeben ein wohliger Schauer überlaufen.

»Ja, natürlich. Okay. Danke.« Sie fragte sich, weshalb Dae wollte, dass sie allein über das Anwesen wanderte. Aber an seine Überraschungen war sie inzwischen gewöhnt und ließ sich gerne darauf ein.

»Wie Sie wünschen.« Giovanni nickte. Seine schmalen Lippen lächelten. »Lassen Sie sich Zeit. Wenn Sie mich brauchen, sagen Sie einfach am Empfang Bescheid.«

»Danke.«

Als Giovanni gegangen war, machte Emily ein Selfie mit dem Gutshaus als Hintergrund. Dann schrieb sie an Dae.

Ich bin hier. Giovanni ist wirklich nett. Danke. Das Weingut ist wunderschön. Ich würde so gern Hand in Hand mit dir durch die Reben wandern.

Sie steckte das Telefon in ihre Handtasche und ging los. An den Weinstöcken hingen winzige grüne Trauben. Emily malte sich aus, um wie viel schöner alles erst in ein paar Monaten aussehen würde, wenn pralle, saftige Trauben in der Sonne glänzten. Am Ende einer Reihe von Weinstöcken hielt sie an und genoss die Aussicht. Es war wirklich schön hier, und ein klein wenig erinnerte die Umgebung sie an Colorado. Auch dort gab es Hügel und saftige, von Hecken und Feldern unterbrochene Weiden.

Aber hier fühlt sich alles ganz anders an.

Sie zog das in Leder gebundene Büchlein, das Dae ihr geschenkt hatte, aus der Handtasche und notierte, was sie bei der Führung erfahren hatte, damit sie ihm davon erzählen konnte. Leider waren einige von Giovannis Erklärungen einfach an ihr vorbeigezogen. Ihre Gedanken waren zu oft zu Dae abgeschweift. Aber den Weinkeller und den Geschmack der Weine konnte sie beschreiben. Lächelnd hielt sie auch Giovannis liebenswerte Eigenheiten fest: wie seine Lider flatterten, wenn er den Wein probierte, und wie er immer wieder unsichtbare Flusen von seiner Hose schnippte.

Dann dachte sie an den vergangenen Abend und beschrieb die Gesichter und Stimmen der Frauen mit all ihren Emotionen, und wie die Luft von ihrer Energie pulsiert hatte. Sie vertraute dem Büchlein an, dass Serafinas Hoffnung wieder erstarkt war und dass Adelina bei ihrer Rückkehr vom Haus der Wünsche glücklicher ausgesehen hatte denn je. Wie sie in Marcellos Arme gesunken war und dabei geflüstert hatte: *Wir haben gewünscht. Alles wird gut.*

Emily legte den Stift in den Falz zwischen den Seiten und

atmete aus. Im Grund fand sie es albern, sich mit einem Haus so verbunden zu fühlen, von dessen Existenz sie vor knapp zwei Wochen noch gar nichts gewusst hatte. Warum ließ sie zu, dass es wichtige Entscheidungen beeinflusste? Sie hatte doch sonst auch ihren eigenen Kopf. Dae war ein Traum. Er war in ihr Leben getreten, als gehörte er dahin. Und ihr Herz hatte sich ihm geöffnet und liebte einfach alles an ihm. Fast alles. Mit seinem Beruf tat sie sich schwer und das verdammte Haus der Wünsche war ein großer Stolperstein.

Warum lag es ihr so sehr am Herzen?

Sie nahm ihr Telefon und scrollte sich durch die Fotos, die Dae ihr geschickt hatte. Wie hatte ihr Leben sich so schnell so sehr verändern können? Eine Zukunft ohne ihn konnte sie sich schon nicht mehr vorstellen. Sie fühlte sich so verändert und sie war so verliebt. Lag das an der Toskana, wo stets ein Hauch Romantik in der Luft lag?

Sie schaute sich die Fotos an, auf denen sie beide zu sehen waren. Nein, die Toskana konnte nichts dafür.

Es lag an Dae, an ihm ganz allein.

»Ich liebe dich so sehr, Dae.«

Sie betrachtete die Aufnahme mit dem Dom als Hintergrund und legte die Finger an ihre Lippen. Im Dom hatten sie sich zum ersten Mal geküsst.

Emily dachte an Adelina und Serafina. Adelina schien immer zu wissen, was Serafina gerade brauchte. Emily stand mit beiden Beinen im Leben und es gab nicht viel, was sie nicht allein bewältigen konnte. Aber diese Sache war zu groß, zu schwerwiegend und zu verwirrend.

Sie straffte die Schultern und wählte die Nummer ihrer Mutter.

»Emily? Was ist los? Ist was passiert?«

»Nichts ist passiert. Warum bist du so aufgeregt? Ich wollte nur mit dir sprechen.«

»Emily, Liebes, ist dir klar, dass es hier bei uns fünf Uhr morgens ist? Du hast mich zu Tode erschreckt. Ist wirklich alles in Ordnung?«

»O nein! An den Zeitunterschied habe ich gar nicht gedacht. Es tut mir leid, Mom. Schnell, geh wieder schlafen.« Sie hatte sich so in ihre Gedanken verstrickt, dass sie vergessen hatte, wie viele tausend Meilen sie von zu Hause trennten.

»Wie bitte? Jetzt, wo mir das Herz aus der Brust gesprungen ist und herumhüpft wie ein Gummiball? Vergiss es, Schätzchen. Jetzt wird geplaudert. Wie geht es dir? Wie gefällt dir Italien? Daisy sagt, Amors Pfeil hätte dich getroffen.«

Nachdem Catherine Bradens Mann sich mit einer Frau aus einer Nachbarstadt aus dem Staub gemacht hatte, hatte sie ihre sechs Kinder allein großgezogen. Ihr Gatte hatte die Unverfrorenheit besessen, ihr auch noch einen Teil ihres Erbes abluchsen zu wollen. Aber soweit Emily wusste, hatte ihr Onkel Hal, der nicht weit weg in Weston, Colorado, lebte, Wind davon bekommen und den Schurkereien ihres Vaters ein Ende gesetzt. Onkel Hal war eine stattliche Erscheinung, hochgewachsen, mit Schultern so breit wie ein Treppenhaus und einer Brust wie ein Gewichtheber. Trotz seiner über sechzig Jahre strotzte er vor Kraft und Energie. Was er mit ihrem Vater angestellt hatte, wollte Emily gar nicht wissen. Die Bradens hielten zusammen wie Pech und Schwefel. Catherine beschützte ihre Kinder wie eine Löwin ihre Jungen, und Onkel Hal kannte kein Pardon, wenn jemand seinen Liebsten Schaden zufügen wollte.

Als Emily die Wärme in der Stimme ihrer Mutter hörte, war ihr plötzlich zum Weinen zumute.

»Italien ist traumhaft, und ja, Daisy hat das ganz richtig

erkannt. Deshalb rufe ich an.«

»Augenblick, Liebes. Dafür muss ich jetzt doch aufstehen.«

Emily hörte Rascheln, Schritte und Atemzüge. Sie stellte sich das große Haus auf dem Hügel vor, in dem sie aufgewachsen war, sah vor sich, wie ihre Mutter die Treppe zur Küche hinunterstieg.

»Okay. Die Kaffeemaschine läuft, Süße. Und jetzt erzähl.«

Emily seufzte. Sie kam sich ein wenig albern vor, weil sie ihre Mutter geweckt hatte, aber auch, weil sie so erleichtert war, ihre Stimme zu hören.

»Ich weiß gar nicht, wo ich anfangen soll.«

»Vielleicht nicht unbedingt am Anfang. In Herzensangelegenheiten ist das selten gut. Sag mir doch einfach, wie es dir jetzt gerade geht. Sicher beschäftigt dich etwas.«

»Könnte man sagen, ja. Er heißt Dae Bray, und Mom, er ist der wunderbarste Mann, der mir je begegnet ist. Wir haben uns gleich an meinem ersten Abend hier kennengelernt und danach fast jeden Tag zusammen verbracht.« Sie spürte, wie sich ein Lächeln in ihre Mundwinkel stahl.

»Das klingt schon mal erfreulich. Ich nehme an, er behandelt dich, wie es sich gehört, und ist ein guter Mann. Einer, den deine besorgten Brüder nicht sofort vermöbeln würden.«

»Er ist ein Traummann, ein absoluter Alpha-Typ, aber mit einer weichen Seite. Genau wie unsere Jungs.«

»In Liebesdingen bin ich keine Expertin, Em. Das ist kein Geheimnis. Aber ich nehme an, es gibt einen Haken. Also raus damit.«

Emily atmete tief durch. »Er ist Abrissunternehmer. Er walzt Mauern nieder, sprengt Gebäude in die Luft – alles, was so anliegt.«

»Okay. Verstehe. Aber das ist keine Katastrophe. Abrissunternehmer machen einen wichtigen Job, das dürfte dir klar sein.«

»Jap.«

»Du bist kein Kleingeist, Liebes. Deshalb kann ich mir nicht vorstellen, dass du ein Problem mit seinem Beruf hast.«

Emily schloss die Augen.

»Ich fasse es nicht. Emily Braden, was ist in dich gefahren?«

»Nichts.« Sie stand auf und fing an, auf und ab zu gehen. »Gegen seinen Beruf an sich gibt es nichts einzuwenden. Er macht ihm Spaß und daran würde ich nie etwas ändern wollen.« *Wirklich? Ehrlich?*

»Ich glaube, der Kaffee war nötiger, als ich dachte.«

Emily hörte den Löffel in der Tasse klirren. Sie stellte sich vor, wie ihre Mutter im Nachthemd am großen Esstisch saß, auf die Berge hinausschaute und dabei den Kopf über ihre verbohrte Tochter schüttelte.

»Es gibt hier ein Haus mit einer Legende. Man nennt es das Haus der Wünsche. Frauen aus der ganzen Gegend finden sich mit ihren Herzenswünschen dort ein, und es heißt, diese Wünsche würden in Erfüllung gehen. Das Anwesen ist beeindruckend und mit der Rückwand des Hauses ist ein gigantischer Olivenbaum verwachsen. Und, Mom, gestern Abend war ich mit der Besitzerin meiner Pension und ihrer Tochter dort. Etwa fünfzig Frauen hatten sich versammelt, und obwohl viele sich gar nicht kannten, hätte man meinen können, man sei bei einem Familientreffen. Die Frauen haben sich gemeinsam gewünscht, dass das Haus nicht abgerissen wird, und ihre Energie, das Zusammengehörigkeitsgefühl und ihre Wärme … Es war unbeschreiblich. Und ausgerechnet dieses Haus soll Dae dem Erdboden gleichmachen.«

»Langsam wird mir klar, worum es geht. Das ist die Emily, die ich kenne und liebe. Du hast dich in den Mythos verliebt, der das Haus umgibt, in seine Kraft, die Menschen zu einen. Du konntest gar nicht anders, denn so bist du erzogen worden. Die Familie und bewährte Traditionen stehen bei uns an erster Stelle. Das ist dir in Fleisch und Blut übergegangen. Denk nur an die Semesterferien, die ihr zu Hause verbracht habt, und an das Gefühl, wenn Pierce und Jake uns besuchen.«

»Wenn wir alle zusammen sind? Es gibt nichts Besseres.«

»Siehst du? Inmitten deiner Liebsten bist du immer am glücklichsten. Mir geht es genauso. Du bist so daran gewöhnt, dass die Familie und Traditionen über allem stehen, dass du automatisch glaubst, für Dae müsste es genauso sein. Vielleicht erwartest du sogar insgeheim, dass er dir seine Liebe beweist, indem er das Haus, das dir so wichtig ist, nicht anrührt.«

»Musst du mir wirklich so deutlich sagen, wie egoistisch ich bin?« *Das hätte ich auch allein hingekriegt.*

»Ach, Emily. Ich kenne dich gut genug, um zu wissen, dass du einen solchen Liebesbeweis nicht wirklich brauchst.«

»Danke.« Sie reckte das Kinn ein wenig in die Höhe.

»Aber die Situation ist typisch für dich. Du siehst die Dinge gern schwarz-weiß. Schon als kleines Mädchen hast du dich immer von deinem Herzen leiten lassen, obwohl eine Vernunftentscheidung manchmal besser gewesen wäre. Und für Leute, die anderer Meinung waren, hattest du nie viel Verständnis.«

Emily war verblüfft, wie gut ihre Mutter sie kannte. Dabei durfte sie das nicht überraschen, denn Catherine Braden hatte sich immer dafür interessiert, was in ihren Kindern vorging, und auch klare Worte scheute sie nicht.

»Ich halte mich für ziemlich vernünftig«, verteidigte sich Emily.

»Vernünftig, ja. Aber verständnisvoll? Eher weniger.«

»Mom«, japste sie.

»Überleg doch mal, Süße. Bei deiner Arbeit zählt Perfektion. Wenn ein Bautrupp von deinen Plänen abweicht, bringt Verständnis dich nicht weiter. Wenn du dir deiner Sache sicher bist, sagst du genau, was du denkst. Dich umzustimmen ist nicht leicht. Das ist kein Makel. Ich bewundere deine Beharrlichkeit. Ich glaube, das tut jeder, der dich kennt, Em. Aber was erwartest du denn von Dae? Willst du tatsächlich, dass er seine beruflichen Entscheidungen von dir abhängig macht?«

»Nein, natürlich nicht.« *Ein bisschen vielleicht?*

»Du klingst, als wärest du dir ganz sicher. Aber das kaufe ich dir nicht ab.«

Ihre Mutter konnte sehr direkt sein und normalerweise schätzte Emily das an ihr. Aber konnte Catherine nicht ein bisschen gnädiger mit ihr umspringen? Ein winziges bisschen?

»Emily, du bist eine gefühlvolle Frau mit einem großen Herzen. Du bist intelligent, erfolgreich und genauso stark und stur wie deine Brüder. Ich liebe euch von Herzen, aber diese Eigenschaften können in Beziehungen für Spannungen sorgen. Und Beziehungen sind nie einfach.«

»Bei Luke, Wes, Pierce und Ross sieht es aber so aus.«

»Ach, Liebes. Sie sind ganz vernarrt in ihre Mädchen, aber leicht ist es sicher nicht. Was hinter verschlossenen Türen geschieht, wissen wir beide nicht. Glaubst du, Callie ist glücklich, wenn Wes mit seinen halbwilden Rindern arbeitet oder in den Bergen herumklettert, hinterher zusammengeflickt werden muss oder sich gar die Knochen bricht?«

Emily lachte. Callie war zartbesaitet und zurückhaltend, während Wes stets seine Grenzen auslotete. Sie hatten alle schon gesehen, wie Callie nach Luft schnappte und sich abwandte, wenn er beim Bullenreiten abgeworfen wurde oder mit dem Lasso halbwüchsige Kälber einfing. Aber sie sahen auch, wie handzahm Wes wurde, sobald Callie in der Nähe war.

»Nein. Sie findet es grässlich.«

»Aber sie weiß, dass er nicht anders kann. Dass er stets an seine Grenzen geht, ist Teil seiner Persönlichkeit. Sie liebt ihn, wie er ist, und lässt ihn machen. Und Rebecca weiß, dass Pierce ihr immer alle Türen öffnen will und sich mit aller Macht zurückhalten muss, um es nicht zu tun. Manchmal sieht man geradezu, wie ihm dabei vor Anstrengung der Dampf aus den Ohren steigt.«

Emily lächelte über den ausufernden Beschützerinstinkt ihres ältesten Bruders. »Du meinst also, ich soll mir überlegen, ob ich Dae völlig unabhängig von dem lieben kann, was er mit diesem Haus oder irgendeinem anderen Gebäude anstellt?«

»Genau. Eines Tages sprengt er vielleicht ein Bauwerk, das du für ein architektonisches Meisterwerk hältst. Und dann?«

Ihre Mutter stellte all die unbequemen Fragen, denen sie bislang ausgewichen war.

Emily kniff die Lippen zu einem dünnen Strich zusammen. Die deutlichen Worte waren nicht leicht zu ertragen.

»Sieht aus, als müsste ich lernen, seine Entscheidungen zu akzeptieren. Jetzt und für alle Zeiten. Ich muss darauf vertrauen, dass er sie nach bestem Wissen und Gewissen trifft.« Emily stöhnte. »Ehrlich gesagt, wäre es mir schon am liebsten, wenn alles nach meinem Kopf ginge, Mom. Aber natürlich weiß ich, dass ich Dae nur als ganzes Paket bekommen und mir nicht nur das herauspicken kann, was mir gefällt. Bloß wahrhaben will ich es noch nicht.«

»Den Kopf in den Sand zu stecken bringt dich nicht weiter, Liebes.«

»Du hast recht.« Emily lachte. »Dass du mich zwingen wirst, die Augen aufzumachen, hätte mir klar sein müssen. Danke, Mom. Und das meine ich kein bisschen ironisch.«

»Gern geschehen.« Catherines Lächeln war deutlich hörbar. »Ihr beide tut euch einen Gefallen, wenn ihr euch von Anfang an mit euren gegensätzlichen Ansichten auseinandersetzt. Einen Vortrag über die grundlegenden Unterschiede zwischen Männern und Frauen erspare ich dir. Damit kennst du dich aus. Schließlich bist du mit fünf Brüdern aufgewachsen. Du siehst in dem Haus einen Kraftort voller Magie, aber er ist ein Mann. Er sieht Mauern, Fenster und ein Dach.«

»Ja, da hast du wohl recht. Dabei ist er so unglaublich einfühlsam. Ich glaube, er spürt, was das Haus den Menschen hier bedeutet. Vielleicht denkt er lieber nicht darüber nach, aber verborgen ist es ihm sicher nicht geblieben.«

»Mit dir als Freundin wäre das auch schwer möglich. Du behältst deine Meinung nämlich selten für dich.«

Emily hörte das Lächeln ihrer Mutter. »Von wem ich das wohl habe?«

Sie lachten beide. Emily war jetzt ein bisschen leichter ums Herz.

»Einfach ist das alles nicht, Mom. Mein Kopf hat verstanden, aber trotzdem bricht es mir das Herz, wenn ich daran denke, dass das Haus verschwinden soll.« Die *Abreißen-oder-stehenlassen*-Listen fielen ihr ein, und sie fragte sich, was Dae aufgeschrieben hatte.

»Das kann ich mir vorstellen, Liebes. So bist du nun mal gestrickt. Du bist sehr emotional. Wenn du liebst, dann mit ganzer Seele. Und ganz gleich, ob deine Liebe sichtbaren oder unsichtbaren Dingen gilt, wenn jemand diese Gefühle nicht respektiert, nimmst du das persönlich.«

»Wie damals bei Coco.« Das war Emilys Teddybär gewesen. Um sie zu ärgern, hatten ihre Brüder ihn manchmal in einem dunklen Schrank versteckt. Emily hatte dann furchtbar geweint und gezetert, weil sie sich im Dunklen fürchtete und sicher war, dass es ihrem Bären genauso ging. Für die sechsjährige Emily war Coco alles andere als sein seelenloses Stofftier gewesen. Herrje, war sie tatsächlich noch dieselbe wie damals?

»Ja, so ähnlich. Es ist ein Haus, kein Teddy, Em.« Ihre Mutter lachte. Dann wurde ihre Stimme wieder ernst. »Mythen und Traditionen leben nur durch uns weiter. Ihre Bedeutung für uns sorgt dafür, dass sie nicht in Vergessenheit geraten. Ein Haus ist nur eine Sache, ein Symbol für etwas, was viel schwerer zu fassen ist. Süße, du musst herausfinden, ob du Dae bedingungslos lieben kannst. Ob du ihm zutraust, Entscheidungen zu treffen, die er für gut und richtig hält, auch wenn sie nicht immer deinen Vorstellungen entsprechen.«

Emily seufzte. Wenn sie ehrlich zu sich war, war ihr das alles längst klar. Jetzt musste sie sich zu einer Entscheidung durchringen. Die Beziehung mit Dae in den Wind zu schreiben, konnte sie sich nicht mehr vorstellen. Aber sie musste ihre Prioritäten sortieren. Das Gespräch mit ihrer Mutter hatte ihr dabei geholfen. Gespräche mit ihrer Mutter halfen immer.

»Jedes Mal, wenn ich an ihn denke, spüre ich ihn. So als wäre er hier bei mir. Wenn wir irgendwo hingehen, fragt er immer: *Hand oder Arm?* Das klingt vielleicht lustig, aber es sagt viel über ihn aus. Für Dae ist es keine Frage, *ob* er mich festhalten soll, sondern nur, *wie* ich mich halten lassen möchte. Ihm war vom ersten Moment an klar, dass wir füreinander bestimmt sind. Nur ich stelle mich an wie eine Idiotin.«

»Wie eine süße, liebenswerte Idiotin.«

»Danke.« Emily verdrehte die Augen.

»Beantworte mir eine Frage, Emily. Gerüchteweise habe ich gehört, dass Mr. Mangione dich mit der Planung für seine Privatschule in Allure beauftragen will. Wenn Dae dich nun bitten würde, dort kein Passivhaus, sondern einen konventionellen Schulbau zu errichten, würdest du es tun? Oder würdest du notfalls ganz auf den Auftrag verzichten?«

»Das ist etwas anderes.«

»Wirklich?«

Emily setzte sich wieder neben ihre Handtasche und das Notizbuch und atmete laut aus.

»Oh, Em. Das Herz ist kein vernunftbegabtes Organ. Liebe ist nicht logisch. Aber ich habe großes Vertrauen in dich. Du bist eine kluge Frau und dein Herz ist größer als der Staat Colorado. Du wirst einen Weg finden.«

»Danke, dass du an mich glaubst, Mom. Im Augenblick komme ich mir überhaupt nicht klug vor.«

»Wenn man verliebt ist, ist das normal. Mal schwebst du auf Wolke sieben, dann stürzt du mit Lichtgeschwindigkeit ab. Wenn du Glück hast, kannst du den Aufprall verhindern und driftest glücklich dahin. Bis zur nächsten Krise. Oder bis zum nächsten Höhepunkt. Was auch passiert, eins ist sicher, und es wird dir nicht gefallen.«

»Schlimmer als das, was mir in letzter Zeit alles durch den Kopf geht, kann es kaum sein. Sag's mir einfach ganz direkt.«

»Das tue ich doch immer, Liebes. Also: Wenn es wahre Liebe ist, muss er nichts an sich oder seinen Einstellungen ändern. Und dasselbe gilt für dich.«

Einundzwanzig

Auf dem Rückweg zur Pension hielt Emily am Sonnenblumenfeld an. Hier hatte sie vor ein paar Tagen mit Dae gestanden. Sie schaute sich das Foto an, das er in das Notizbuch gelegt hatte, und überlegte, wo genau er es aufgenommen hatte. Seufzend ließ sie den Blick über das Meer aus gelben Blütenblättern schweifen, die sich der Sonne entgegen reckten. Wie um alles in der Welt sollte sie die richtige Stelle finden?

Das ist unmöglich.

Daes Stimme wehte durch ihre Gedanken. *Wenn man jemanden liebt, ist alles möglich.*

Sie studierte ihr Profil auf der Fotografie. Im Moment hatte sie mit der entspannten, glücklichen Frau auf dem Bild wenig gemeinsam. Seit dem Gespräch mit ihrer Mutter war sie aufgewühlt, und ihr Magen fühlte sich an, als presste eine Faust ihn zusammen. Hatte ihre Mutter recht? Mussten sie sich wirklich nicht ändern, wenn es die wahre Liebe war? Nicht einmal ein bisschen? Wozu gab es denn Kompromisse?

Vielleicht sollte sie das verdammte Haus einfach kaufen. Dann wäre der Fall erledigt.

Für diesmal.

Und was passiert beim nächsten Haus?

Mit hängenden Schultern wanderte sie am Rand des Sonnenblumenfeldes entlang. Die richtige Stelle würde sie so nicht finden. Sie brauchte Anhaltspunkte.

Weshalb stellte er ihr eine solche Aufgabe?

Sie betrachtete das Foto noch einmal genau. *Wohin habe ich geschaut?*

Eine Erinnerung durchrieselte sie und wärmte sie von innen. Die Grimasse, die sie beim ersten Foto gezogen hatte. *Super Bild,* hatte er lachend gesagt.

Der Baum. Der Baum, der aussieht wie ein Wächter. »Genau.«

Mit den Augen suchte sie auf der Hügelkuppe jenseits des Feldes nach dem höchsten Baum. Nach einem weiteren Blick auf das Foto sprintete sie am Feldrand entlang, bis sie glaubte, die richtige Stelle gefunden zu haben.

Emily blieb stehen. Was sollte sie denn hier? Sie betrachtete die schönen Blüten, deren dunkle Mitten sich wie tausend Augen auf sie zu richten schienen. Wie Augen, die wollten, dass sie etwas sah. Ihr Herz schlug schneller.

»Ich brauche einen Hinweis, Dae. Hat es etwas mit dem Baum zu tun?«

Sie begutachtete die kräftigen Stängel der Sonnenblumen und versuchte, sich an alle Einzelheiten ihres ersten Halts an diesem Feld zu erinnern. Hatte Dae etwas gesagt, was ihr weiterhelfen konnte? Sie schaute hinaus auf die Straße, dann wieder auf die Blumen. Ratlos huschte ihr Blick über den Boden. Weshalb hatte Dae sie hierher gelotst? Plötzlich sah sie etwas Rotes zwischen den Stängeln hervorschimmern. Es war ein kleiner Strauß Mohnblumen. Ganz kribbelig vor Neugier und Erwartung beugte sie sich hinab. Ein weißes Band hielt die Blumen zusammen. Unter dem Strauß lagen die Notizblöcke, in die sie ihre *Abreißen-oder-stehenlassen*-Listen geschrieben hatten.

Heiliger Strohsack. Und wenn ich sie nicht gefunden hätte?

Er war sicher gewesen, dass sie sie fand.

Dae glaubt an mich.

Als sie den Strauß und die Blöcke aufhob, fielen ihr die winzigen weißen Blüten dicht am Boden auf. Bei ihrem gemeinsamen Stopp am Feld hatte Dae sie aufgefordert hinunterzusehen.

»Du bist wirklich voller Überraschungen, Dae Bray.«

Auf dem Weg zurück zum Wagen las sie, was er auf das Deckblatt eines der Blöcke geschrieben hatte.

Lies die Listen an dem Platz, an dem wir zusammen die erste Flasche Wein getrunken haben. Ich denke an dich.

In Liebe – der unmögliche Kerl, mit dem alles möglich ist

Emily blieb stehen und drückte die Notizblöcke an die Brust. Am liebsten hätte sie sofort nachgeschaut, was Dae aufgeschrieben hatte. Sie schloss die Augen und dachte an ihn. Dann warf sie einen langen Blick auf das Sonnenblumenfeld. Die großen Blüten sah sie kaum. Dafür spürte sie einen sanften Windhauch auf den Armen, hörte das leise Rascheln, mit dem die Blätter einander streiften. Es war, als wäre Dae bei ihr, obwohl er Tausende Meilen entfernt war.

Zweiundzwanzig

Den Freitagmorgen verbrachte Dae damit, die Abrissvideos auf seinem YouTube-Kanal anzusehen. Über die Jahre hatte er immer wieder Filme dort eingestellt und sie gern seinen Freunden und Geschwistern gezeigt. Auch er selbst hatte sich früher an den Clips der Sprengungen gefreut, in denen Mauern perfekt in sich zusammenfielen und sich in ein geordnetes Chaos aus Schutt und Stahlträgern verwandelten.

Doch seit er belanglosen Bettgeschichten abgeschworen hatte, schaute er sich auch die Videos nicht mehr an. Spektakuläre Sprengungen waren ihm nicht mehr so wichtig. Längst standen sein Können und sein Expertenwissen im Vordergrund. Seine Abrisse waren sicher. Wenn er jetzt zuschaute, wie der jüngere Dae triumphierend die Arme in die Luft riss, während hinter ihm ein Gebäude einstürzte, staunte er, wie sehr er sich verändert hatte. Ein echter Draufgänger war er nie gewesen, aber auch kein Kandidat für ein geruhsames Leben in geordneten Bahnen. Nach der Abkehr von den One-Night-Stands hatte er einige etwas längere Beziehungen gehabt. Meist für ein paar Monate. Aber für keine Frau hatte er nur einen Bruchteil der Gefühle entwickelt wie innerhalb weniger kurzer Tage für Emily. Wie auf Kommando vibrierte sein Handy und auf dem Display erschien Emilys lächelndes Gesicht. Er öffnete die Nachricht. Sie hatte ihm ein Foto geschickt, auf dem sie die Notizblöcke aus dem Sonnenblumenfeld in der Hand hielt. Dazu hatte sie geschrieben: *An den trickreichen Mr. Bray. Kann es kaum erwarten, sie zu lesen. Zähle die Stunden, bis wir skypen.*

Froh, dass sie die Blöcke gefunden hatte, lächelte er vor sich hin und wandte sich dann seiner Arbeit zu. Die Unterlagen für die Besprechung mit Frank hatte er zusammen. Die Sachlage war unkompliziert und in ein paar Stunden würde er Frank gegenübersitzen und ihm das sagen. Nur gefühlsmäßig war er noch längst nicht bereit für die Entscheidung, ob er das Haus der Wünsche abreißen sollte oder nicht. Inzwischen zwang er sich, das Haus in Gedanken tatsächlich so zu nennen. Sein Mythos und seine Bedeutung für die Menschen in seiner Umgebung ließen sich nicht mehr von den Mauern trennen, die er gegen Geld dem Erdboden gleichmachen sollte.

Die richtige Entscheidung zu treffen und dabei seine Zukunft mit Emily nicht aufs Spiel zu setzen, war eine gigantische Herausforderung. Seine Arbeit ermöglichte Unternehmen, manchmal sogar Städten und ganzen Regionen, zu wachsen, und er machte seinen Job verdammt gut. Er war kein windiger Heißsporn, der aus purer Lust und ohne Plan Gebäude in die Luft jagte. Er war ein Experte. Ein Vorreiter seiner Branche. Und er hatte nicht das Gefühl, dass seine und Emilys Ideale völlig unvereinbar waren. Aber seit dem Gespräch mit ihr in der vergangenen Nacht fragte er sich, ob sie je die Schönheit und den Wert seiner Arbeit erkennen oder für alle Zeiten nur Trümmer und Zerstörung sehen würde.

Emily stand mit Luca auf dem Arm auf der Terrasse der Pension, während Serafina seine Kuscheldecke aus dem Haus holte. Sie und Marcello wollten mit dem Kleinen einen Spaziergang machen, Emily wollte die Listen lesen, die sie und Dae geschrieben hatten. Auf dem Weg zurück zur Villa war sie noch einmal zum Haus der Wünsche gefahren und hatte zu ihrer Überraschung wieder zahlreiche Fahrzeuge in der Einfahrt vorgefunden. Zwar war im Garten keine Tafel aufgebaut gewesen und es hatte auch nichts zu essen gegeben, aber das Zusammengehörigkeitsgefühl und die Verbundenheit waren sofort wieder spürbar gewesen. Viele Frauen hatten sie herzlich begrüßt. Einige kannte sie vom gemeinsamen Festessen, andere hatte sie noch nie gesehen. Die Frauen hatten unter dem Olivenbaum in der Rückwand des Hauses gestanden und wieder von Wünschen erzählt, die dank dieses magischen Ortes in Erfüllung gegangen waren.

Der Baumstamm war mit neuen Zetteln und Stoffstücken geschmückt. Sie steckten in jeder Ritze der rauen Rinde. Emily fragte sich, ob die früheren Besitzer die vielen Besucherinnen aus nah und fern stets ungehindert aufs Grundstück gelassen hatten, damit sie dem Baum ihre Träume und Hoffnungen anvertrauen konnten.

Diesmal fiel ihr sofort ein Wunsch ein, und er war völlig eigennützig. Sie wünschte sich Klarheit, wollte die widersprüchlichen Gefühle verstehen, die sich in ihr stritten.

Jetzt mit dem kleinen Luca auf der Hüfte, seiner runden Hand in ihrer und seinem dichten, zerzausten Schopf vor der Nase gesellte sich eine weitere ungewohnte Empfindung hinzu. Etwas zerrte an ihrem Herzen und an ihrem ganzen Sein. Luca berührte ihre Lippen. Ganz selbstverständlich küsste sie seine kleinen Finger. Sie setzte sich mit ihm auf einen Stuhl, drehte ihn zu sich und schaute in seine dunklen Augen. Es war ewig her, seit sie ein Baby gehalten hatte. Ihr Cousin Treat und seine Frau Max hatten eine kleine Tochter namens Adriana. Wann immer Emily die süße kleine Prinzessin sah, überhäufte sie sie mit Zuneigung. Aber nie hatte sie den Wunsch nach eigenen Kindern so intensiv gespürt wie jetzt in diesem Augenblick. Sie stellte sich ihre Kinder mit Daes Augen, seinem seidigen Haar und seinen vollen Lippen vor. Sie wagte sogar, sich auszumalen, wie Dae ein Baby – ihr gemeinsames Baby – schützend in seinen starken Armen hielt.

Wie hatte Luca es bloß geschafft, ihre biologische Uhr zum Ticken zu bringen? Nachdenklich strich sie ihm das Haar aus dem Gesicht. Sah der Kleine Dante ähnlich? War Dante noch am Leben? Vielleicht verletzt? Versteckte er sich an einem unbekannten fernen Ort vor seinen Verfolgern? Dachte er an seinen süßen kleinen Jungen und seine wunderbare Frau, oder musste er sich ganz und gar darauf konzentrieren, irgendwie zu überleben?

»Danke, Emily.« Serafina trat auf die Terrasse und streckte die Hände nach Luca aus.

Emily küsste den Kleinen auf die Stirn und atmete noch einmal seinen süßen Babyduft ein. Ohne ihn fühlten ihre Arme sich leer an. Sie dachte an Dae. Ob er wohl Kinder haben wollte? Sie hatte sich schon immer eine große Familie gewünscht, sich aber nie Gedanken gemacht, *wann* sie Kinder haben würde, geschweige denn mit wem. Irgendein nebulöser Ehemann war ihr immer durch den Kopf geschwirrt. Namenlos. Gesichtslos. Zeitlos.

Jetzt stellte sie sich Daes schimmerndes Haar und sein stoppeliges Kinn vor. Ihr Irgendwann-Ehemann hatte plötzlich ein Gesicht. Er schaute sie mit Daes Augen an.

»Willst du nicht doch mitkommen?« Serafina riss Emily aus ihren Gedanken.

»Danke, das ist lieb. Aber ich habe noch etwas zu erledigen.«

»Okay. Danke noch mal fürs Aufpassen. Ich wünsche dir einen schönen Abend.«

»Danke, Serafina.« Emily drückte zum Abschied Lucas kleinen Fuß. Sie schaute zu, wie die drei um die Hausecke verschwanden.

Dann holte sie die Notizblöcke und trug sie zu der Laube, in der Dae und sie am ersten Abend gesessen hatten. Mal war ihr, als wäre das sehr lange her, und mal, als hätten sie erst gestern dort Wein getrunken. Sie war so unsäglich nervös gewesen und jetzt konnte sie sich ein Leben ohne ihn nicht mehr vorstellen. *Liebe.* Als sie sich Liebe gewünscht hatte, wäre sie nie auf die Idee gekommen, dass sie einen so großen Einfluss auf ihre Gedanken und ihr Leben haben würde. Doch ihre Gefühle für Dae waren sogar stärker als ihre Gefühle für ihre Familie. Ihre Angehörigen waren ihr ungeheuer wichtig, aber sie dachte nicht ständig voller Sehnsucht an sie. Die Vorstellung, nach Hause zu fahren und mit ihrer Familie zu essen, nahm ihr nicht den Atem und machte sie nicht vor Freude kribbelig. Aber – wow! – ein Gedanke an Dae und sie zerfloss vor Sehnen und Verlangen.

Der Wind frischte auf, die Luft war feucht und roch nach Regen. Emily verschränkte die Arme, dachte an ihre erste Begegnung mit Dae und wie ihr dabei das Denkvermögen abhandengekommen war. All die unerwarteten Gefühle hatten ihre Sinne verwirrt. Die Laube sah jetzt ganz anders aus als am ersten Abend. Oder weshalb waren ihr die krakeligen Schnitzereien in der Tischplatte nicht aufgefallen, auf der sie gesessen hatten? Jemand hatte hier tiefe, laienhaft geritzte

Kerben hinterlassen. Und zwischen den Ranken des Blauregens, der sie so begeistert hatte, klaffte an einer Stelle eine breite Lücke. Der Boden war voller Schuhabdrücke und welker Blätter. Aber an dem Abend mit Dae hatte sie nur ihn gesehen und war ganz mit ihrem anschwellenden Verlangen beschäftigt gewesen, als die Außenseiten ihrer Schenkel einander gestreift hatten. Sie hatte seinen männlichen Duft bemerkt und gestaunt, wie schwer ihr plötzlich das Atmen gefallen war.

Sie legte ihren Notizblock auf den Tisch und setzte sich mit seinem auf die Bank. Versonnen strich sie über das Deckblatt. Was er wohl aufgeschrieben hatte? Was, wenn er jedes einzelne Gebäude abreißen wollte?

Sie schlug den Block auf. Die erste Seite war leer. Sie blätterte weiter. Nichts. Auch alle folgenden Seiten waren unbeschriftet. *Was soll das?* Sie schaute den Block noch einmal durch. Nirgends stand etwas geschrieben. Außer auf dem letzten Blatt. Dort hatte Dae notiert: *Es ist schwer, den Wert einer Sache auf den ersten Blick zu erkennen. Ohne sorgfältige Recherchen kann ich nicht beurteilen, welche Gebäude ich abreißen würde. Das gilt auch für das Haus der Wünsche.*

Das war's?

Was zum Teufel ...

Sie nahm den anderen Block zur Hand und überflog ihre eigenen Notizen. Sie hatte ihre Urteile ohne Zögern gefällt. Ein halb verfallener Schuppen? Was gab es da zu recherchieren? Weshalb sollte man ihn nicht abreißen und einen neuen bauen? Selbst aus der Ferne konnte man sehen, wie schlecht der Zustand des Gebäudes war. Ein Abriss war die einzig vernünftige Lösung. Und das Sonnenblumenfeld? Etwas so Schönes konnte kein Mensch zerstören wollen. Darüber musste man nicht lange nachdenken.

Aber von der Straße aus betrachtet war das Haus der Wünsche auch nur irgendein altes Haus.
O verdammt.

Dreiundzwanzig

Die Ellbogen auf die Knie gestützt, die Stirn in die Hände gelegt, saß Dae in seinem Lieblingssessel im Arbeitszimmer in seinem Haus. Er hatte einen langen, schweißtreibenden Nachmittag hinter sich. Die Besprechung mit Frank war kein Spaß gewesen, und noch immer wusste er nicht, was er Emily sagen sollte. Was sie hören wollte, war klar. Aber Zusicherungen zu machen, die er nicht erfüllen konnte, hatte keinen Sinn. Er warf einen Blick auf die Uhr. Mit jeder Sekunde, die verging, verknotete sein Magen sich noch fester. Emily musste wegen ihres Heimflugs morgen früh aufstehen und in Italien war es bereits nach elf Uhr abends. Länger konnte er das Gespräch nicht hinauszögern. Er klickte auf die Videoanruffunktion von Skype. Während der Ladekreis sich endlos drehte, schlug ihm das Herz bis zum Hals. Endlich lächelten ihn Emilys tiefbraune Augen an und vertrieben einen Teil seiner Beklommenheit. Er vermisste sie so sehr. Er schluckte gegen die Gefühle an, die ihn überwältigen wollten.

»Hallo meine Schöne. Tut mir leid, dass ich mich erst so spät melde.«

»Schon in Ordnung. Ich freue mich so, dich zu sehen. So weit von dir weg zu sein, ist furchtbar.« Ein pfirsichfarbenes

Negligee umschmeichelte ihre Schultern. Ihr Haar war so zerzaust, als hätte sie sich bereits hingelegt gehabt, und ihre schweren Lider machten ihren Blick unglaublich verführerisch. Oder spiegelten ihre Augen nur sein eigenes Verlangen wieder? Was es auch sein mochte, sie nicht berühren zu können, war wie Folter.

»Mir geht es ganz genauso, Babe. Wie fühlt dein Knöchel sich an?«

»Recht gut. Er macht kaum noch Probleme. Herrje, Dae. Dass du mir fehlen würdest, wusste ich ja. Aber jetzt, wo ich dich sehe … Du fehlst mir unendlich. Ich wünschte, ich könnte durchs Display kriechen und dich küssen.«

»Wenn das möglich wäre, hätte ich es schon längst getan. Bei deinem Anblick kann einem Kerl siedend heiß werden.«

Ihre Augen wurden dunkler. »Mir reicht es völlig, wenn dir heiß wird. Mehr will ich gar nicht.«

»Du hast ja keine Ahnung, Baby.« Einen Moment lang war er versucht, per Video neckische Spielchen mit Emily zu treiben. Aber dafür spukte ihm das Haus der Wünsche zu sehr im Kopf herum. Zudem wäre Online-Sex nur ein müder Abklatsch der Realität gewesen. Emily in verführerischen Posen vor sich zu sehen und dabei selbst Hand an sich zu legen, konnte niemals auch nur annähernd mit dem Gefühl mithalten, tief in ihr vergraben zu sein, ihr Herz an seinem zu spüren und ihre sinnlichen Lippen zu küssen.

Er atmete laut aus und fuhr sich durchs Haar. »Ich wünschte, heute wäre schon morgen.«

»Macht es dir wirklich nichts aus, mich abzuholen? Wenn du zu viel um die Ohren hast, kann ich auch Daisy oder einen meiner Brüder bitten, zum Flugplatz zu kommen.«

»Ich werde da sein. So beschäftigt, dass ich für dich keine

Zeit hätte, kann ich nie sein, Em. Niemals.«

Das Lächeln, mit dem sie ihn belohnte, wärmte ihn durch und durch.

»Danke für die wunderbaren Geschenke. Und der Besuch auf dem Weingut war sehr interessant. Ich wünschte, wir hätten es uns zusammen ansehen können.«

»Freut mich, dass es dir gefallen hat. Und noch mehr freut es mich, dass du gefunden hast, was ich für dich ins Sonnenblumenfeld gelegt habe.«

»Ach, das hätte ich fast vergessen. Ich habe ein Hühnchen mit dir zu rupfen, Mr. Bray.« Sie fixierte ihn mit zusammengekniffenen Augen, doch sie lächelte dabei.

»Dann mal los, Baby.«

»Du hast gar keine *Abreißen-oder-stehenlassen*-Liste geschrieben. Du hast mich an der Nase herumgeführt.«

»Nein, habe ich nicht. Ich habe aufgeschrieben, was ich für richtig halte. Hast du deine Liste gelesen? Ich finde, so weit liegen wir gar nicht auseinander.«

Sie verdrehte die Augen und zeigte auf ihn. Er musste lachen. Er nahm an, ihr Blick war streng oder strafend gemeint. Aber für ihn sah sie verflucht niedlich aus.

»Ich finde, wir liegen meilenweit auseinander. Ich habe geschrieben, dass ich die Scheune abreißen und das Sonnenblumenfeld stehenlassen würde.«

»Und ich konnte mich nicht entscheiden, also wäre alles denkbar, und deshalb sind unsere Meinungen gar nicht so unterschiedlich.«

»Du bist unmöglich.«

»Ha! Ganz im Gegenteil, Babe. Und sobald du zu Hause bist, beweise ich dir, was alles möglich ist.« Er gab seinen Worten Zeit zu wirken, und freute sich diebisch an dem Feuer, das sie in ihren Augen entfachten. »Was, wenn das Sonnenblumenfeld voller Giftschlangen wäre? Arglose Passanten könnten gebissen werden.«

»Das ist ein bisschen weit hergeholt. Aber ich weiß, was du mir sagen willst. Ein wenig Recherche schadet nie. Verstanden. Und ich verstehe auch, weshalb du geschrieben hast, was du geschrieben hast. Es ist bloß ... das alles ist nicht einfach für mich.«

Er beugte sich zum Computer, er wollte ihr näher sein. Wenn er doch nur tatsächlich durch das verdammte Ding zu ihr kriechen und sie hätte küssen können.

»Mir geht es genau wie dir. Es ist wirklich nicht leicht.«

Einen Moment lang schwiegen sie beide und schauten einander sehnsüchtig an.

»Wie ist die Besprechung gelaufen? Was wird aus dem Haus der Wünsche? Hast du dich entschieden?«

Zum ersten Mal seit Jahren hätte Dae gern eine glatte Lüge erzählt. *Ja. Ich habe den Auftrag abgelehnt.* Doch ein Blick in Emilys vertrauensvolle Augen sagte ihm, dass er sie ebenso wenig belügen konnte wie sich selbst.

»Es lief nicht gut, Emily. Er ist fest entschlossen, das Haus abreißen zu lassen, und ich bin nun mal ein Abrissunternehmer.«

»Ja, und ich erwarte auch nicht, dass du den Auftrag ablehnst. Du wirst das Haus wohl abreißen müssen. Das ist dein Job. Aber ... ich weiß nicht. Das Gebäude, der Mythos und seine Bedeutung für die Frauen hier sind mir inzwischen unglaublich wichtig. Ich hatte auf eine endgültige Entscheidung gehofft. Dann könnte ich mich damit auseinandersetzen, so lange ich noch hier bin.«

Er wusste sehr gut, dass Emily ihr Herz dafür geben würde,

anderen Menschen Kummer zu ersparen. Das Haus und sein Mythos waren ihr viel mehr als nur wichtig; sie hatte sich in das Haus der Wünsche verliebt. Das hatte er in ihrer gemeinsamen Nacht dort in ihren Augen gelesen und jetzt hörte er es in ihrer Stimme. Aber auch ihn hatte in dem Zimmer mit dem Baum ein ganz besonderer Geist umweht. Das hatte er sich nicht eingestehen wollen, doch die Erinnerung daran verfolgte ihn. Was er in den Stunden dort gespürt hatte, konnte er genauso wenig leugnen wie seine Gefühle für Emily.

»Ich bin immer noch am Überlegen. Ich hatte noch nie einen Job, bei dem die Gefühle so vieler Menschen eine Rolle gespielt haben. Für mich ist das eine völlig neue Situation. Ich meine, wie viele Herzen hängen schon an einem Wolkenkratzer oder an einem fünfstöckigen Parkhaus?« Er rieb sich das Gesicht, als würde ihm das helfen, zu einer Entscheidung zu kommen. »Bei diesem Auftrag schwanke ich wirklich, Em. Und nicht bloß deinetwegen. Ich bin kein kaltherziger Mensch.«

»Das habe ich nie behauptet. Du bist das genaue Gegenteil.«

»Hmhm. Vielleicht sogar noch mehr, als du ahnst.«

Ihre Stimme wurde weicher. »Ich weiß, wie achtsam und einfühlsam du bist, Dae. Das zeigt sich in allem, was du tust. Ich halte dich ganz und gar nicht für kaltherzig. Aber wir müssen nun mal alle unsere Arbeit tun. Persönliche Gefühle dürfen uns dabei nicht in die Quere kommen. Dass ich dir das Leben so schwer mache, tut mir leid. Das ist nicht fair.«

»Sei nicht so hart zu dir, Emily. Mir gefällt, dass du dir Gedanken um die Frauen machst, und an etwas so ... so Großes glaubst.« *Groß* reichte für das, was er in dem Zimmer mit dem Baum gespürt hatte, eigentlich nicht aus. Ursprünglich hatte er *etwas so Mächtiges, Magisches* sagen wollen. Aber das hätte pathetisch geklungen. »Du bist alles für mich, Em. Und dass ich mich mit der endgültigen Entscheidung so schwertue, muss wohl so sein. Aber es geht nicht darum, ob wir zwei richtig oder falsch für einander sind. Das Haus hat nichts mit uns beiden zu tun. Unsere Beziehung ist eine Sache, mein Job eine andere.«

»Das versuche ich gerade zu akzeptieren.« Sie schaute ihm in die Augen und er verstand genau, was sie ihm sagen wollte. »Ich muss mir klarmachen, dass unsere Meinungen bei jedem einzelnen Gebäude, das du abreißen sollst, auseinandergehen können. Es wird immer Dinge geben, die wir unterschiedlich sehen.«

»Ich glaube immer noch, dass wir gar nicht so weit auseinanderliegen, Em. Trotzdem weiß ich noch nicht, wie mein nächster Schritt aussehen wird. Einerseits ...« Er hielt inne. Mit jeder Faser wünschte er sich, sie wären im selben Raum, damit er sie berühren und ihre Energie spüren konnte. Damit er sicher sein konnte, dass es mit ihnen weiterging, ganz gleich, wie er sich entschied. Wenn sie zusammen waren, trug sie das Herz auf der Zunge und ihre Gefühle wie eine zweite Haut. Videoanrufe waren eine schöne Sache, ersetzten aber nun mal nicht echte Nähe. »Andererseits muss ich meine Arbeit machen und meine Verpflichtungen ernst nehmen. Immer.«

Vierundzwanzig

Am frühen Samstagmorgen legte Adelina ihre kräftigen Arme um Emily und drückte sie an ihre Brust. Emily stiegen Tränen in die Augen.

»Als du nach Italien gekommen bist, hast du etwas gesucht. Hast du es gefunden?« Adelina war gekleidet wie am Tag von Emilys Ankunft. Sie trug einen schlichten grauen Rock, ein graues Top und flache Lederschuhe. Das Haar hatte sie locker aufgesteckt. Bei ihrer ersten Begegnung hatte Adelina Emily die Freundlichkeit und Offenheit entgegengebracht, mit der sie sicher jeden Gast begrüßte. Jetzt musterte sie sie mit demselben ernsten und nachdenklichen Blick, mit dem sie oft ihre Tochter ansah.

»Du bist eine sehr weise Frau, Adelina. Wirklich suchen wollte ich die Liebe in Italien nicht. Aber die stille Hoffnung, sie zu finden, hatte ich wohl doch. Und ich hätte nie geglaubt, wie viel ich dabei über mich selbst lernen würde.«

Der Blick, den Adelina und Marcello austauschten, zeugte von großer Nähe. Von einer geheimnisvollen, aber doch greifbaren Verbundenheit, wie sie sich wohl erst nach vielen gemeinsamen Jahren einstellte. Emily wünschte sich dasselbe für sie und Dae. Sie wollte mit ihm über Witze lachen, die nur sie beide verstanden, und in Gedanken die Sätze beenden können, die er begann.

Adelina öffnete die Hand. Sie hielt Emily ein Band mit einem silbernen Anhänger in Form eines Olivenbaums hin.

»Das wollen Marcello und ich dir gerne mitgeben.« Sie legte den Glücksbringer in Emilys Hand und drückte ihre Finger zu. »Ganz gleich, was aus dem Casa dei Desideri und unserem geliebten Baum wird, du hast erlebt, was dieser Ort bewirkt, und wirst ihn immer im Herzen tragen.«

»Adelina.« Die Worte blieben in Emilys Kehle stecken. Sie blinzelte gegen die Tränen an. »Danke. Ich weiß nicht, wie es weitergeht. Aber ich bin so dankbar, dass ich an eurem Leben und eurer Gemeinschaft teilhaben durfte.«

Serafina schob sich mit Luca auf dem Arm zwischen Adelina und Emily. »Wenn ihr so weitermacht, muss ich so schrecklich weinen, dass Luca hinterher trockene Kleider braucht.« Lachend legte sie den freien Arm um Emily.

»Ich hoffe, Dante kommt zu dir zurück.« Emily strich Luca über die Wange. Er streckte ihr die Ärmchen entgegen. Sie drückte ihn noch ein letztes Mal an sich und hoffte dabei inständig, dass ihre Zweifel an Dantes Heimkehr unbegründet waren. »Ihr werdet mir fehlen.« Sie gab Luca seiner Mutter zurück und umarmte Marcello.

»Komm bald wieder, zusammen mit Dae«, sagte er.

Auch er glaubte bereits, dass sie und Dae eine Zukunft hatten.

Als Emily schließlich losfuhr, liefen ihnen allen Tränen über die Wangen.

Bei der Landung in Denver kam es ihr vor, als läge der Abschied von der Toskana erst eine Stunde zurück und nicht zwölf. Sie berührte den Anhänger, den Adelina ihr geschenkt hatte, und hatte das Gefühl, einen Teil ihrer Familie zurückgelassen zu haben. Selbst Adelinas Villa fühlte sich jetzt an wie ein zweites Zuhause. Unfassbar, dass sie und Dae sich in dem Haus begegnet waren, das sie schon so lange hatte sehen wollen.

Während des Flugs hatte sie immer wieder Daes Worte gehört. *Ich muss meine Arbeit machen und meine Verpflichtungen ernst nehmen. Immer.* Aber auch die Worte ihrer Mutter waren ihr durch den Kopf gegangen. *Wenn es wahre Liebe ist, muss er nichts an sich oder seinen Einstellungen ändern. Und dasselbe gilt für dich.* Beides war richtig. Und was sagte es über sie aus, dass sie gehofft hatte, er würde sich seinen Verpflichtungen entziehen, weil sie sich in das Haus der Wünsche, seine Legende und seine Bedeutung für die Menschen in seiner Umgebung verliebt hatte?

Das Gefühl, das an Selbstverachtung grenzte, schmeckte bitter.

Nein, sie durfte nicht so hart mit sich sein. Sie hatte tatsächlich ein großes Herz und musste sich nicht dafür schämen. Emily hatte sich immer für reif und vernünftig gehalten. Aber in den letzten achtundvierzig Stunden hatte sie eingesehen, dass sie in mancher Hinsicht noch erwachsener werden musste. Sie musste sich damit abfinden, dass ihr großes Herz nicht der Maßstab aller Dinge sein konnte.

Beim Aussteigen kämpfte sie mit ihren wild wirbelnden Gedanken, die ihrem wild schlagenden Herzen Konkurrenz machten. Zum ersten Mal seit seiner Abreise aus Italien würde sie Dae wieder gegenüberstehen. Die zwei Tage, die sie getrennt gewesen waren, erschienen ihr wie ein halbes Leben. Ihre Handflächen wurden feucht und ihr Magen fühlte sich an wie ein Bienenstock.

Sie wünschte, die Passagiere vor ihr würden schneller gehen.

Wussten sie denn nicht, dass Dae auf sie wartete? Nach tagelangen Grübeleien hatte sie endlich begriffen, dass es nichts zur Sache tat, womit Dae sein Geld verdiente. Es würde immer wieder Gebäude geben, über die sie unterschiedlicher Meinung waren. Und wenn sie für immer zusammenblieben, was sie sehr hoffte, würden sie sich eines Tages auch wieder wegen eines Gebäudes uneinig sein, das eine besondere Aura umgab.

Ich kann nicht steuern, was andere tun.
Die Welt und das Leben sind nicht schwarz-weiß.

Es würde immer Dinge geben, die sie nicht ändern konnte. Sie legte die Finger an den kleinen silbernen Olivenbaum. Ein Mythos lebte nicht durch die Gegenstände, die ihn verkörperten. Er lebte, weil Menschen an ihn glaubten.

Sie wollte nicht, dass Dae sich änderte. Sie wollte nur sicher sein, dass er seine Entscheidungen gründlich abwog und dabei berücksichtigte, was sie für die betroffenen Menschen bedeuteten. Sie wollte darauf vertrauen können, dass er alle Aspekte bedachte. Nicht nur die Faktenlage, sondern auch Gefühle. Dann mussten sie auch nicht unbedingt einer Meinung sein. Als er ihr in der vergangenen Nacht erzählt hatte, wie schwer er sich mit der endgültigen Entscheidung über das Haus der Wünsche tat, hatte sie verstanden, wie gründlich er alles abwog.

Und noch etwas hatte sie jetzt begriffen: Die wichtigste Frage war nicht, ob sie mit einem Partner zusammen sein konnte, der ein Haus abriss, in das sie sich verliebt hatte. Viel wichtiger war, ob sie für alle Zeiten und mit ganzem Herzen akzeptieren konnte, dass Dae ein selbstbewusster, erfolgreicher Mann war, der seine beruflichen Entscheidungen nicht von ihren Hoffnungen und Träumen abhängig machte.

Die Passagiere vor ihr blieben stehen. Sie hatten das Terminal erreicht und überall gab es rührende Begrüßungsszenen. Emily stellte sich auf die Zehenspitzen und suchte in dem Meer von Gesichtern nach Dae. Das Herz schlug ihr bis zum Hals, während ihr Blick von einem dunkelhaarigen Mann zum nächsten flog. Schließlich war es die vertraute Bewegung, mit der er sich das Haar aus dem Gesicht warf, die ihre Aufmerksamkeit auf sich zog. Tränen stiegen ihr in die Augen. Ihre Blicke hielten sich aneinander fest. Sie saugte sein entspanntes Lächeln in sich auf, das so gar nicht zu den hektischen Schritten passte, mit denen er sich durch die Menge pflügte. Beim Anblick seines eng anliegenden schwarzen T-Shirts und der Jeans, die über den Muskeln seiner Oberschenkel spannten, schlug ihr Puls gleich noch viel schneller. Ihr Herz wollte ihm entgegenfliegen. Es sehnte sich so nach Dae. Er war, was sie wollte und brauchte. Vor Dae hatte sie einfach nur existiert. Dann hatte er sie in den Armen gehalten, sie geküsst, sich ihr geöffnet und ihr Herz erobert. Sie hatte erlebt, wie es sich anfühlte, zu lieben und geliebt zu werden. Und endlich hatte sie auch begonnen zu leben.

Sobald er sie entdeckt hatte, gab es nichts mehr außer ihr. Die Menschen zwischen ihnen, das Stimmengewirr, die Lautsprecherdurchsagen – alles um ihn versank. Es sah nur Emily und ihre tiefbraunen Augen, die über die Menge hinweg zu ihm sprachen. Seine Beine trugen ihn wie von selbst zu ihr. Sein Herz gehörte ihr. Schon seit ihrer allerersten Begegnung auf dem Balkon der Villa. Emilys Blick hielt seinen fest, er lächelte und vergaß fast zu atmen. Dann lag sie in seinen Armen. Ihre Brüste drückten sich an seine Brust, ihre Lippen an seinen Mund und ihre Beine, ihre herrlichen schlanken Beine, schlangen sich um seine Taille, während ihre Körper und Münder zueinander fanden. Er musste nicht mehr denken. Mit Emily musste er nur noch sein. Nach zwei unendlich langen Tagen hielt er sie wieder in den Armen. Ihre Hände wühlten sich in sein Haar, ihre Lippen liebkosten ihn. Sie war genau da, wo sie hingehörte.

»Entschuldigung?«

Eine gereizte männliche Stimme holte Dae in die Realität zurück. Sie standen im Weg, weitere Ankömmlinge drängten an ihnen vorbei. Und sie knutschten wie zwei Teenager mitten im Ankunftsbereich. Was die Leute von ihm dachten, war ihm völlig egal. Aber vielleicht würde es Emily peinlich sein, wenn ihr klar wurde, dass sie an ihm hing wie ... wie eine hoffnungslos verliebte Heimkehrerin.

»Verzeihung.« Dae lächelte an ihren Lippen. Sie atmete schwer, schaute ihm in die Augen und lächelte, als würde sie nie mehr damit aufhören.

»Sag nichts.« Sie küsste ihn und legte dann ihren Zeigefinger an seine Lippen.

»Kein Wort, bis ich gesagt habe, was ich sagen möchte, okay?«

Er nahm ihre Fingerkuppe zwischen die Lippen und nickte.

Als er die Zungenspitze um ihren Finger tanzen ließ, sah er sie schlucken. Aber hätte er sich die Gelegenheit entgehen lassen sollen, ein wenig mit ihr zu spielen? Von den Reaktionen ihres Körpers bekam er nie genug. Jetzt schlangen ihre Beine sich fester um ihn und ihre Brustwarzen wurden an seiner Brust hart. Nicht einmal, wenn er es gewollt hätte, hätte er sie jetzt noch absetzen können. Ihm war völlig egal, wer ihnen zusah oder was die Leute hörten. Er wollte Emily in seinem Leben und im Augenblick wollte er sie in seinen Armen.

»Ich möchte nicht, dass du deine Pläne mit dem Haus änderst«, presste sie hastig hervor.

Pläne? Haus? Wovon redest du?

Er war noch ganz damit beschäftigt, ihre Nähe in sich aufzusaugen.

»Und ich möchte auch nicht, dass du dich in irgendeiner Weise änderst. Dich nicht und auch nicht die Art, wie du dein Geschäft führst. Ich liebe dich, wie du bist, und vertraue auf dein Urteilsvermögen.«

»Emily.« Ihr Name ging ihm so vertraut über die Lippen. Seit er zu Hause war, hatte er ununterbrochen an sie gedacht, und im Augenblick drohten seine Gefühle, ihn zu überwältigen.

»Nein, lass mich zu Ende reden«, bat sie.

Sie befeuchtete mit der Zungenspitze ihre Lippen, und er merkte, wie er hart wurde.

»Em …« Er lockerte seinen Griff, aber sie klammerte sich nur noch fester an ihn.

»Ich lasse dich nicht los. Du kannst mich bis zum Gepäckband tragen. Von mir aus auch bis zum Parkplatz. Ich steige erst von dir runter, wenn du mir sagst, dass du verstanden hast, was ich sage. Wir müssen nicht darüber diskutieren. Ich will nur, dass du es weißt.«

Sie hatte genau das gesagt, worauf er die ganze Zeit gehofft hatte. »Heißt das, du hast dich an mich gehängt wie ein Äffchen, damit ich nicht weglaufen kann?«

Sie lächelte und sah dabei so verdammt schön und selbstbewusst aus, dass er sie nie wieder absetzen wollte. »Nicht dass ich je vor dir weglaufen würde.« Er lehnte die Stirn an ihre. »Ich wusste es, Baby.«

»Jetzt schon. Ich habe es dir ja gerade gesagt.«

»Nein, Baby. Ich wusste schon in Italien, dass du nicht

erwartest, dass ich mich ändere.«

Sie kniff die Augen zusammen. »Wie das denn? Das war doch nicht mal mir selber klar.«

»Ich habe deinen wahren Charakter sofort erkannt, Emily Braden. Gleich bei unserer ersten Begegnung. Du lässt dich von deinem großen Herzen leiten, alles andere ergibt sich dann. Manchmal versucht dein Kopf, die Kontrolle zu übernehmen, aber …« Er küsste sie. »Aber dein Antrieb ist das Herz. Ich wusste, dass du mich so liebst, wie ich bin, und auch, dass sich das nicht ändern würde. Und jetzt lasse ich dich runter, damit wir nicht verhaftet werden. Denn wenn ich dich noch ein paar Sekunden länger so spüre, tue ich etwas, was nicht jugendfrei ist. Gleich hier. Mitten im Flughafen. Vor Hunderten erstaunten Zuschauern.«

Sie rutschte lachend von ihm herunter.

»Hand oder Arm?«

»Den ganzen Kerl.« Sie legte den Arm um seine Taille und schmiegte sich an ihn.

Er küsste sie aufs Haar, dann machten sie sich auf den Weg zur Gepäckausgabe. »Ich bin so froh, dass du jetzt hier bist.«

»Ich auch.«

Er war sicher, dass es keinen glücklicheren Mann auf der Welt gab als ihn.

»Dae?«

»Ja?«

Sie schaute an ihm vorbei. »Hast du dich entschieden, was du mit dem Haus der Wünsche machst?«

»Ja.«

»Dann ist die Besprechung mit deinem Kunden also doch gut gelaufen?«

»Es war zum Heulen. Er ist ein sturer Sack.« Sie standen am

Gepäckband und warteten, dass es sich in Bewegung setzte. Er sah, wie Emily die Schultern hängen ließ.

»Oh.«

»Ja. Ich hätte ihn am liebsten verdroschen.«

Sie schlang die Arme um ihn und legte die Wange an seine Brust. »Manche Leute haben eben kein Gefühl im Leib. Vermutlich wäre es völlig egal gewesen, was du ihm sagst. Du hättest ihn sowieso nicht umstimmen können.«

»Da muss ich dir leider recht geben.«

»Und wann fliegst du wieder hin und … erledigst den Job?«

»Kommt drauf an.«

Sie schaute ihn an.

»Wann du Zeit hast.«

Sie legte fragend die Stirn in Falten. »Ich würde sehr gern mitkommen. Vielleicht kann ich mich in ein paar Wochen für ein verlängertes Wochenende freimachen. Es wäre schön, Adelina und die anderen wiederzusehen und mich vom Haus der Wünsche verabschieden zu können.«

Das Gepäckband begann sich zu drehen. Bald kamen Emilys Sachen. Dae warf sich ihre Tasche über die Schulter, nahm den Rollkoffer am Griff und Emily an der Hand.

»Wann musst du den Job spätestens erledigt haben?«, fragte sie. »Ich muss erst mal auf meinen Kalender schauen.«

»Erledigt?« Er nickte, als würde er nachdenken. »Dieser Frank ist ein echter Kotzbrocken.«

»Solche Kunden sind schrecklich. Aber vielleicht hatte er auch nur einen schlechten Tag.«

Dae hielt die Augen auf den Ausgang gerichtet. »Nein. Er ist einfach so. Und weil ich ihn nicht davon abbringen konnte, das Haus abzureißen, habe ich es gekauft.«

Sie blieb so abrupt stehen, dass er beinahe stolperte.

»Du …« Sie blinzelte, ihre Lippen zuckten, als wüssten sie nicht, ob sie lächeln sollten. Dann kniff sie besorgt den Mund zusammen. »Du hast gesagt, du müsstest deine Verpflichtungen ernst nehmen. *Immer*. Ich wollte nicht, dass du das machst, Dae. Das ist nicht gut. Du hast einen Kunden enttäuscht und das ist meine Schuld.«

Ihr Blick verdüsterte sich und ihre Brauen zogen sich zusammen, als könnte sie sich nicht zwischen Ärger und Freude entscheiden. Er zog sie an sich. Er wollte, dass sie ihn verstand. Zu gerne hätte er jetzt gesagt, dass er sich nur ihretwegen so entschieden hatte, aber das war nicht der Fall.

»Baby, ich habe meine Verpflichtungen ernst genommen. Verpflichtung*en*. *Mehrzahl*. Frank hatte ich zugesichert, dass ich mir das Haus ansehen und eine Einschätzung abgeben würde. Es auch wirklich abzureißen, habe ich ihm nie zugesichert. Und dir habe ich gesagt, dass ich immer versuchen werde, das Richtige zu tun. Daran habe ich mich gehalten.«

»Ich weiß nicht, was ich sagen soll. Ich wollte dich nicht unter Druck setzen.«

»Das hast du auch nicht, Baby. Das war eine rein berufliche Entscheidung. Ich habe mich über das Haus und seine Legende schlaugemacht. Nach allem, was ich bis jetzt weiß, hat das Wünschen dort eine über hundertjährige Tradition. Verstehst du nicht, Emily? Du hast mir die Augen für die besondere Bedeutung des Hauses geöffnet, für den Mythos. Aber die Entscheidung habe ich getroffen. Ich habe getan, was ich für richtig halte.«

»Aber …«

»Kein Aber. Als ich zum ersten Mal am Haus war, kamen plötzlich zwei Frauen auf Fahrrädern dort an. Ich habe mich gewundert, wie selbstverständlich sie über das Grundstück gegangen sind, und dachte, sie hätten vielleicht mal dort gewohnt. Aber dann haben sie den Baum umarmt. Später hast du mir erzählt, was du von Adelina erfahren hast, und als ich wieder zu Hause war, habe ich mich mit Leuten unterhalten, die die Gegend gut kennen oder dort Verwandte haben. Spätestens als du mir die Bilder von all den Frauen beim gemeinsamen Wünschen geschickt hast, habe ich verstanden, wie wichtig das Haus und der Baum sind.«

Ihr Lächeln kam zögerlich, wurde aber schnell breiter. »Dann gehört das Haus jetzt dir?«

»Noch nicht. Aber bald. Die Verträge sind unterzeichnet, ein paar Kleinigkeiten sind noch zu regeln. Ich glaube, Frank ist ganz froh, das Haus los zu sein. Für seine Frau will er jetzt lieber etwas in den Staaten kaufen.« Er nahm Emilys Hand und gemeinsam gingen sie hinaus zum Parkplatz. »Jetzt müssen wir uns nur noch überlegen, was wir damit machen.«

Fünfundzwanzig

Emily schaute aus dem Fenster ihres Hauses auf einer Anhöhe über Trusty und wusste nicht mehr, weshalb sie die Aussicht von dem Weingut in den Chianti-Hügeln an Colorado erinnert hatte. Sie betrachtete den üppig grünen Rasen und den geschmackvoll angelegten Garten um ihre Terrasse. Schön, es gab gewisse Gemeinsamkeiten. Aber Colorado war nun mal nicht Italien, obwohl ihr Colorado jetzt, mit Dae an ihrer Seite, tausend Mal besser gefiel als vor ihrem Urlaub. Trotzdem: Als Dae in ihre Einfahrt eingebogen war, hatte sie eine fast panische Unruhe erfasst. Sie war so lange weg gewesen. Sicher warteten unendlich viele E-Mails auf sie, sie musste Kunden beschwichtigen, die Post erledigen, und mit jeder Sekunde, die verging, geriet sie weiter ins Hintertreffen. Colorado war wirklich nicht mit Italien zu vergleichen. Das hier war das echte Leben, kein Urlaub. Konnte sie das tiefe Glück und die innere Ruhe, die sie in der Toskana empfunden hatte, in ihren amerikanischen Alltag hinüberretten, ohne ihren beruflichen Erfolg zu gefährden?

Sie spürte Daes Wärme. Von hinten legte er seine starken Arme um sie. Seine stoppelige Wange drückte sich an ihre. Mit geschlossenen Augen sog sie seinen unvergleichlichen männlichen Duft in sich auf. Alles, was Dae ausmachte, sickerte in ihren Körper, umschloss ihr Herz und brannte sich einen Pfad in südlichere Regionen. Sie musste einen Mittelweg finden. *Unbedingt.* Sie wollte sich nicht nehmen lassen, was sie beide hatten.

»Froh, wieder zu Hause zu sein?«, fragte er.

Sie dachte daran, was er im Flughafen gesagt hatte. *Jetzt müssen wir uns nur noch überlegen, was wir damit machen. Wir,* nicht *ich. Wir* war ein starkes Wort. So stark, dass ihr beim Gedanken an die Zukunft, die es versprach, die Knie ein bisschen zitterten.

»Froh, wieder bei dir zu sein.« Sie drehte sich zu ihm und legte ihre Hände an seine Brust. Sie liebte seinen Körper, seine Kraft. Seinen Geruch. Und wie seine Erregung gegen ihren Bauch drückte. Sie versuchte, die Gedanken an die Arbeit wegzuschieben, und sich ganz auf Dae zu konzentrieren.

Ich habe mich viel zu lange nicht bei meinen Kunden gemeldet. Ich muss dringend ins Büro.

Der Drang, sich wieder in die arbeitswütige Frau zu verwandeln, die sie immer gewesen war, war groß.

»Ich war neugierig, wie du wohnst.«

Sie schloss die Augen und versuchte, die Gedanken an die Arbeit zu verscheuchen. Solange Dae sie in den Armen hielt, war das nicht ganz so schwer. Auch in das gemeinsame Kochen mit Adelina und Serafina hatte sie sich versenken und die ganze Welt vergessen können. Sie war eine Kämpferin und gab nicht so leicht auf. Sie würde es schaffen, die gemeinsame Zeit mit Dae zu genießen und die Gedanken an die Arbeit in Schach zu halten. Sie musste sich nur bemühen und dranbleiben.

Er hob mit dem Finger ihr Kinn an und küsste sie zärtlich. »Dein Haus ist Emily durch und durch.«

Die Gedanken an die Arbeit verflüchtigten sich. Sie versenkte sich in diesen Moment in ihrem gemütlichen und doch praktischen Heim, das sie für sich entworfen und errichten lassen hatte. Die sichtbar verbauten Planken und Balken aus Zedernholz stammten von den Gebäuden einer ehemaligen Pferdefarm in der Nachbarstadt Allure. Das alte Holz gab ihrem komfortablen Haus einen ganz eigenen Stil.

»Schön, dass es dir gefällt. Und du hast recht, ich erkenne mich wirklich darin wieder. Manchen Leuten würde der offene Grundriss nicht gefallen. Aber prägnante, klare Linien mit optimaler Platznutzung zu verbinden, hat mich immer gereizt.«

Platzverschwendung bedeutete Energieverschwendung und sie war eine Passivhausexpertin. Es war ihr gelungen, sich ein umweltschonendes Haus zu bauen, das zugleich eine friedvolle Ruhe ausstrahlte. Leider stand sie wegen ihrer Arbeit meist unter Hochspannung und konnte diese Atmosphäre kaum je richtig genießen. Sie legte die Arme um Daes Hals.

»Dich hier bei mir zu haben, reizt mich natürlich noch viel mehr.«

»Dein Körper sagt, du willst mich. Aber deine Stimme verrät mir, wie angespannt du bist. Liegt das an dem langen Flug? Oder liegt es an mir?« Er ließ die Hand an ihrem Rücken nach unten gleiten und drückte ihren Hintern.

Ihr Herz vollführte einen kleinen Tanz. »Es liegt an meiner Arbeit.« Sie spürte, wie sein Herzschlag sich wie ihrer beschleunigte.

»Es ist Wochenende. Heute hast du frei.« Seine Hand rutschte tiefer, seine Finger erkundeten den Übergang zwischen ihrem Hintern und ihrem Oberschenkel. Während des nächsten Kusses wanderten sie gefährlich nahe zu ihrer Mitte.

Mit einem lustvollen Aufstöhnen übernahm Emilys gieriger

Mund das Kommando. Gedanken spielten jetzt keine Rolle mehr. Wichtig war nur ihr Wunsch, Dae noch näher zu sein. Fest an ihn gepresst genoss sie seinen Geschmack, bis sie vor Verlangen fast verging. Er packte ihren Hintern mit beiden Händen, drängte die Finger tiefer zwischen ihre Beine und steigerte damit ihre Erregung noch. Nie zuvor hatte sie einen so übermächtigen sexuellen Appetit verspürt. Wie sollte sie das aushalten? Sie zerrte an seinem Shirt, wollte nackte Haut. Jetzt. Eine seiner Hände zog sich zurück. Sie wollte vor Unwillen knurren. Dann war sein Shirt plötzlich weg und seine Hand zurück. Diesmal von vorn. Er rieb sie durch ihre Jeans hindurch, bis sie glaubte, er müsste trotz des kräftigen Stoffs ihre Feuchtigkeit spüren. Sie wollte ihn in sich haben. Ihre Finger nestelten am Knopf seiner Jeans, ihre Küsse wurden härter und tiefer. Seine Gier stand ihrem Hunger in nichts nach. Er riss an ihren Kleidern, bis sie mit nacktem Oberkörper und den Jeans um die Knie vor ihm stand.

»Schuhe«, presste sie atemlos hervor.

Er kniete bereits vor ihr, hielt sie mit einem starken Arm fest und zog ihr die Stiefel von den Füßen. Dann befreite er sie aus ihrer Hose und warf seine restlichen Kleider ab. All die wunderbaren Muskeln an seinem Traumkörper gehörten jetzt ihr. Er hob sie hoch, ihre Lippen prallten auf seine. Bis zum Schlafzimmer waren es nur ein paar Schritte. Sie tasteten, küssten, rangen nach Luft und füllten den Raum mit ihren lustvollen Lauten. Er wollte sie aufs Bett legen, doch sie ließ ihn nicht los. Ineinander verschlungen fielen sie auf die Matratze. Emilys Beine legten sich um Daes Taille. Er schob die Arme unter sie und hob ihre Hüfte an.

»Kein Kondom. Bitte.« Sie wollte jeden Zentimeter spüren. Nichts sollte zwischen ihnen sein. Einen Moment lang zögerte er. Seine Lippen lagen still an ihren, er öffnete die Augen und schaute sie fragend an.

»Bist du ganz sicher, Emily? Ich bin es nämlich. Du bist die einzige Frau, die ich je geliebt habe, und ich werde dich lieben bis über den Tod hinaus. Aber ich möchte, dass du sicher bist. Du hast eine Karriere, ein Leben, und es gibt die einprozentige Möglichkeit ...«

»Ich habe dich vom ersten Moment an geliebt. Ich habe nicht nach Liebe gesucht, sondern nach dir, Dae. Du bist der einzige Mann, mit dem ich eine Zukunft und eine Familie will. Ich liebe dich und bin mir sicher. Hundertprozentig.«

Der tiefe, liebevolle Kuss, mit dem er ihr antwortete, wärmte ihren Körper und ihre Seele. Er drängte sich in sie und füllte sie aus. Sie wollte, dass dieser Augenblick niemals verging. Bald bewegten ihre Körper sich im vertrauten Rhythmus ihres Verlangens. Eine Woge von neuen Empfindungen überrollte sie. Tief in Emilys Innerem bildete sich ein Wirbel aus exquisiten Nadelstichen, jagte durch ihre Nervenbahnen und nahm ihr jeden klaren Gedanken. Daes kraftvolle, kreisende Stöße ließen ihren Körper beben. Er küsste sie tiefer. Weil sie so ihre Lust nicht herausstöhnen konnte, schwanden ihr fast die Sinne. Ihre Beine fielen von seiner Hüfte. Die Muskeln in ihren Schenkeln zuckten. Sie löste die Lippen von seinen, spürte, wie der Höhepunkt heranjagte. Mühsam rang sie nach Luft, um nicht in seinen Armen vor Wonne zu sterben. Er vergrub eine Hand in ihrem Haar und zog ihren Kopf nach hinten. Sie liebte es, wenn sein Mund ihren nahm. Das Gefühl, ganz und gar von Dae in Besitz genommen zu werden, katapultierte sie auf den Gipfel der Ekstase. Als Dae seine Zunge in ihrem Mund vergrub und mit der freien Hand ihr Becken anhob, glaubte sie, in einem Feuerwerk der Sinne zu verglühen. Während der letzten kleinen Nachbeben hauchte er ihr Atem ein. Sie konnte nicht denken, ihr Kopf war leer. Sie gehörte ihm, mit Leib und Seele.

Für Emily zu atmen, zu spüren, wie ihre zarten weiblichen Kurven unter ihm bebten, während ihre samtig feuchte Mitte um ihn pulsierte, raubte ihm den Verstand. Ihm war schwindelig vor Leidenschaft, er war betrunken von ihrer Liebe. Noch nie hatte er den Wunsch verspürt, einen anderen Menschen regelrecht zu verschlingen. Im Grund war er kein wirklich dominanter, besitzergreifender Liebhaber. Aber jedes Mal, wenn er mit Emily zusammen war, wollte er noch mehr. Jeder Muskel in seinen starken Armen schmerzte vor Begehren. Seine Oberschenkel waren zum Zerreißen gespannt. Er wusste nicht, wie lange er noch durchhalten würde. Aber Emily die größten Genüsse zu bereiten, war ihm viel wichtiger als sein eigenes Vergnügen. Sie war so schön, wenn sie sich ganz vergaß. Und zu wissen, dass es in seiner Macht lag, sie in diesen Zustand zu versetzen, machte alles noch viel kostbarer und schöner.

Letzte kleine Lustschauer durchliefen ihren Körper. Sie hielt die Augen geschlossen und atmete flach und schnell. Als ihr Atem wieder etwas ruhiger ging, küsste er zärtlich ihre Mundwinkel, ihre Wangen und ihre Lider.

»Versprich mir für immer.« Seine Worte kamen auch für ihn selbst überraschend. Eine Zukunft mit ihr war sein größter Wunsch, nur über das Wann und Wie hatte er noch nicht nachgedacht. Aber jetzt, wo sie wieder vereint waren, wusste er plötzlich genau, was er wollte.

Er wollte Emily.

Für immer.

Flatternd hob sie die schweren Lider. Ihre Augen weiteten sich überrascht, aber sie sagte kein Wort. Dann tastete ihre Zungenspitze sich über ihre wundgeküssten Lippen. Gleichzeitig zog sie ein Knie an und rieb die Innenseite ihres Oberschenkels an seiner Hüfte. Das war zu viel. Er verlor den letzten Rest Kontrolle, seine Leidenschaft gewann die Oberhand. Er stieß tief in sie hinein und sie wölbte sich ihm entgegen, hob das Becken und krallte sich an seinen Rücken. Ihre Nägel schickten Lustblitze direkt zwischen seine Beine. Das Zimmer war plötzlich kleiner geworden, war erfüllt von gestöhnten Atemzügen, die jeden harten Stoß begleiteten. Er ertrank in einem See aus Lust und Sinnlichkeit. Ertrank in Emily. Sie war eng und feucht. Ihre Hände packten seinen Rücken, seinen Hintern, seine Schultern, und ihre herrlichen Beine schlangen sich erneut um seine Hüften. In seinem Kopf war jetzt kein Raum mehr für Gedanken. Seine Bewegungen noch einmal verlangsamen, den Höhepunkt noch länger hinauszögern? Undenkbar. Er wollte sie ausfüllen, ganz und gar. Er wollte ihre Liebe spüren. Mit kurzen, schnellen Atemzügen jagte auch sie erneut einem Höhepunkt entgegen. Er ließ sich von der Flutwelle mitreißen, erreichte kurz nach ihr den Gipfel und überließ sich im freien Fall der Lust, die ihn zerreißen wollte. Völlig verausgabt und so tief verliebt, dass er sich selbst nicht mehr kannte, hielt er Emily hinterher in den Armen.

Mit ihr verschlungen wartete er darauf, wieder Herr über seine Sinne zu werden. Er rollte sich auf den Rücken und zog Emily an sich. Ihre Augen waren noch immer geschlossen. Erschrocken stellt er fest, dass er ihre Antwort nicht gehört hatte.

Die Luft wich aus seiner Lunge.

Plötzlich war ihm, als hätte man ihm in den Magen getreten. Hatte er sich so in ihr verloren, dass er ihr keine Chance zu einer Antwort gelassen hatte? *Verdammt.* Was für ein Mistkerl er doch war. Er hatte sich von seinen eigenen Gelüsten leiten lassen, ohne Rücksicht darauf, was sie vielleicht gewollt hätte. Sehr romantisch war sein Antrag auch nicht gewesen. Vielleicht hatte er für sie auch gar nicht wie ein Antrag geklungen.

Er schloss die Augen und atmete tief durch. Für vernünftige Denkprozesse war er noch zu benommen. Sie hatte seine wilden Küsse und Stöße erwidert. Sie waren auf derselben Wellenlänge gewesen. Auf keinen Fall konnte er das alles missverstanden haben.

»Ich liebe dich.« Emilys Atem streichelte seine Haut. Ihr Zeigefinger wanderte über seine Brust. Sie schob ihr Bein über seine Hüfte und rückte noch dichter an ihn heran.

Vielleicht hatte sie seinen Antrag wirklich nicht gehört.

»Em?«

»Hmm?«

»Ähm … hast du gehört, was ich vorhin gesagt habe?«

»Hmhm.«

Er zog die Brauen zusammen. *Ach ja? Und wo zur Hölle ist meine Antwort?*

»Okay. Ich dachte, ich frage mal.«

Sie lächelte an seiner Brust. »Dae?«

»Was?« Er hatte nicht so barsch klingen wollen, aber sein Ego befand sich im Tiefflug.

»Echte Schönheit verbirgt sich oft in den kleinen Dingen. In Dingen, die viele Menschen nicht sehen.«

Sie warf ihm seine eigenen Worte vor die Füße und ihr

verdammter Finger malte immer wieder dasselbe Muster auf seine Brust. Das machte ihn ganz verrückt.

Er atmete laut aus und hielt ihren Finger fest. *Was versuchst du, mir zu sagen?*

»Soll ich die Antwort aus der Art, wie du mich liebst, herauslesen?«

»Das könntest du. Aber sie ist noch viel deutlicher.«

Er fuhr sich durchs Haar. Sie spielte mit ihm, und so sehr ihn das frustrierte, es gefiel ihm auch. Er liebte sie für die Keckheit, in einem so entscheidenden Moment mit ihm zu spielen. Die meisten Frauen wären außer sich gewesen vor Glück und gleich aus dem Bett gesprungen, um der ganzen Welt davon zu erzählen.

Ihr Finger wanderte wieder über seine Haut. Er schloss die Augen und spürte ihm nach. Dasselbe Muster. Wieder und wieder. Er stellte sich den Weg ihres Fingers als Linie vor und ... *Gütiger Himmel. J. A.* Sie schrieb *JA!*

Er nahm sie in die Arme und zog sie unter sich. »Du trickreiches kleines Teufelchen.«

»Ich habe einen guten Lehrmeister.«

Er küsste sie. »Also ja? Du versprichst mir *für immer*? Du heiratest mich?«

Sie legte die Hände an seine Wangen und lächelte ihn an. Ihre Augen waren warm und voller Liebe, und als sie *Ja* flüsterte, berührte die Antwort sein Herz, als hätte es sein Leben lang nur darauf gewartet.

Sechsundzwanzig

Eine Woche später ...

Daisys und Lukes Haus und der Garten ihrer Ranch hatten sich in einen Traum aus Rosen und Lilien verwandelt. Die Tische waren mit weißer Seide und rosa Satin eingedeckt, die Stühle in festliche Hussen mit Schleifen gehüllt. Selbst Lukes berühmten Tinker-Pferden hatte man Bänder in die wallenden Mähnen geflochten. Luke fand es wunderschön. Seine *Mädels*, wie er die Pferde nannte, gehörten genauso zu seinem und Daisys Leben wie ihre Liebe zueinander. Die Trauung fand in einem eigens dafür aufgebauten Pavillon statt. Als Luke und Daisy ihre Liebe mit selbst verfassten Gelübden besiegelten, flossen Tränen der Rührung.

Die Gäste ließen das Brautpaar hochleben und bald war die Feier in vollem Gang. Emily sah ihre Cousins Treat und Dane bei ihrem Bruder Pierce und seiner Verlobten Rebecca stehen. Treat warf seiner Frau Max immer wieder verstohlene Blicke zu. Max war mit ihrem zweiten Kind schwanger und hielt ihre kleine Tochter Adriana an der Hand. Die Kleine war nach Treats verstorbener Mutter benannt. Treat war noch sehr jung gewesen, als er sie verloren hatte. Max und Emilys Mutter Catherine hoben die Köpfe, als Luke, Daisy, Wes, Callie und

Ross laut lachten. Ross prostete seiner Verlobten Elisabeth zu. Sie löste sich von der Gruppe, bei der sie gestanden hatte, und ging zu ihm. Emilys Blick suchte nach Dae. Im Augenblick war er in ein Gespräch mit ihrem Bruder Jake vertieft. Jake war eigens für die Hochzeit angereist. Er arbeitete als Stuntman und lebte seit einigen Jahren in Los Angeles. In seinem dunklen Anzug sah Dae einfach umwerfend aus. Dazu das lange, zur Feier des Tages nach hinten gegelte Haar und sein bronzefarbener Teint – er war so atemberaubend, dass Emilys Puls sich jedes Mal beschleunigte, wenn sie ihn ansah. Eines Tages würden auch sie beide sich das Ja-Wort geben. Sie lächelte.

»Einen feschen jungen Mann hast du uns mitgebracht.«

Die tiefe Stimme und der breite Colorado-Akzent gehörten Emilys Onkel Hal. Sie drehte sich zu ihm um. Mit ihrem Onkel verband sie seit jeher ein besonders herzliches Verhältnis. Hal war ein Kerl wie ein Fels. Emily umarmte ihn und fühlte sich sofort angenommen und geborgen.

»Danke, Onkel Hal. Ich bin immer noch ganz baff, wie schnell wir uns ineinander verliebt haben.« Vor einer Woche hatte Dae sie gebeten, ihm *für immer* zu versprechen. Ihr auf diese Art einen Antrag zu machen, passte zu ihm. *Versprich mir den morgigen Tag. Versprich mir den Samstag. Versprich mir für immer.* Selbst in ihren kühnsten Träumen hätte sie sich keinen romantischeren Antrag vorstellen können. Und erst recht keinen romantischeren Mann. Dae war inzwischen so gut wie bei ihr eingezogen, und bei einem gemeinsamen Abendessen mit ihren Brüdern und ihrer Mutter am gestrigen Abend hatte er mit jedem der Jungs ein paar Minuten allein gesprochen. Später hatte er ihr erzählt, er habe einfach ganz sicher sein wollen, dass ihre Brüder nichts gegen die Beziehung hatten. Natürlich hatten sie ihm ordentlich auf den Zahn gefühlt.

Emily nahm an, dass sie sich von den lauteren Absichten ihres Auserwählten hatten überzeugen wollen. Und noch am selben Abend hatte sie jede Menge Nachrichten voller sehr netter Worte über Dae bekommen. Offenbar hatten ihre Brüder nichts an ihm auszusetzen.

»So ist das nun mal. Die Liebe hat ihre eigenen Gesetze.« Hals Augen wanderten zu seinem zweitältesten Sohn Rex, einem grüblerischen Cowboy, der mit Argusaugen über seine bildhübsche Verlobte Jade Johnson wachte.

»Ich glaube, in dem Augenblick, in dem einem der richtige Mensch begegnet, hat die Liebe einen schon in den Fängen. Man muss einander nur noch in die Arme sinken.« Hal legte seinen Arm um Emilys Schultern. »Man ist völlig wehrlos. Das Herz tut, was es will.«

»Da könntest du recht haben. Wenn ich vor der Liebe zu Dae weggelaufen wäre, hätte ich ein großes Stück von mir selbst verloren.«

»Dann würdest du jetzt so unglücklich aussehen wie dein Bruder Jake. Irgendetwas brodelt bei ihm unter der Oberfläche. Und zwar gewaltig. Einen Wildfang wie ihn kann nur eine sehr starke Frau zähmen.«

»Ich weiß gar nicht, ob er gezähmt werden will, Onkel Hal. Ich glaube, seit mit Fiona Schluss ist, fehlt ihm tatsächlich ein Stück von ihm selbst.« Fiona war Jakes erste Liebe und während der Highschool zwei Jahre lang seine Freundin gewesen. Sie hatten sogar gemeinsam aufs College gehen wollen. Aber kurz vorher hatte sie sich überraschend von ihm getrennt. Seither hatte er keine Frau mehr wirklich an sich herangelassen.

»So was macht die Liebe manchmal mit einem Mann.«

Damit ging Onkel Hal zu seinen Söhnen Josh und Hugh, Emilys Cousins. Hugh und seine schwangere Frau Brianna freuten sich auf ihr erstes gemeinsames Kind. Als sie sich kennengelernt hatten, war Brianna eine alleinerziehende junge Mutter gewesen. Briannas kleine Tochter Layla hatte Hugh bei der Heirat adoptiert. Mutter und Tochter tanzten gerade miteinander. Hughs Augen tanzten beim Zuschauen vor Glück mit.

Emily konnte es kaum erwarten, mit Dae eine Familie zu gründen. Seit der Reise nach Italien hörte sie ihre biologische Uhr ticken. Die Zeit, die sie mit Luca und Serafina verbracht hatte, hatte ihr Klarheit verschafft und in ihr endgültig den Wunsch geweckt, Mutter zu werden. Auch Dae wünschte sich eine große Familie. Dieses Projekt wollten sie gleich nach der Hochzeit in Angriff nehmen.

»Schwesterherz.«

Emily drehte sich zu Ross' Stimme herum und wappnete sich für die geballte Ladung Brüder, die er im Schlepptau hatte. Alle fünf waren auf dem Weg zu ihr. Ein Wall aus Braden-Männern, groß, muskulös, selbstbewusst und mit fünf Augenpaaren, die sie ernst fixierten, rollte auf sie zu. Sie suchte mit den Augen nach Dae und spürte im selben Moment, wie er die Hände um ihre Taille legte. Froh, dass er ihr den Rücken stärkte, lehnte sie sich an ihn.

Er drückte seine glattrasierte Wange an ihre. »Hey, Baby. Ich glaube, die Kavallerie greift an.« Sein Atem streichelte ihre Haut, er flocht auf ihrem Bauch die Finger in ihre.

Ross lächelte freundlich, Jake mache ein finsteres Gesicht. Das Schweigen brach schließlich Wes. »Ich dachte, ich hätte dir gesagt, du sollst in Italien nicht zu viel Spaß haben.«

Emily sah Callie, Elisabeth und Rebecca heraneilen. Daisy raffte den Rock ihres schulterfreien Brautkleids und hastete hinterher. *Meine Kavallerie.*

Emily straffte die Schultern. Jake schaute gar zu grimmig. »Und gestern nach dem Abendessen hast du mir geschrieben, wie gut dir Dae gefällt.« Dae drückte ihre Hand, schob sich an ihre Seite und legte ihr schützend dem Arm um die Schultern. Die Geste war eigentlich unnötig. Mit ihren Brüdern würde sie schon fertig werden. Trotzdem schmiegte sie sich an ihn, denn sie liebte seine Fürsorglichkeit.

Wes lachte. »Spielverderberin. Wir wollten dir einen Schreck einjagen, aber du bist nicht darauf reingefallen.«

Ross grinste. »Wir freuen uns für dich, Schwesterherz. Wurde langsam Zeit, dass du deinen Prinzen findest.«

»Seit wann ist das Leben ein Märchen?« Jake schnaubte und schüttelte den Kopf, als wäre er von Irren umzingelt.

»Seit Emily keine Frösche mehr küsst?« Ross knuffte Jake in die Seite.

Jake nahm einen langen Schluck von seinem Drink. »Klingt, als müsstest du dringend mal zum Arzt.«

Elisabeth hängte sich bei Ross ein. »Klingt eher, als hätte Ross ebenfalls seine Prinzessin gefunden.« Sie zwinkerte ihren Liebsten an.

Daisy schob sich zwischen die Braden-Brüder und fixierte Luke mit zusammengekniffenen Augen. »Was ist denn hier los? Macht ihr etwa Emily und Dae das Leben schwer?«

Luke griff nach Daisys Hand und zog sie zu sich. Er gab ihr einen herzhaften Schmatz. »Wir sind ganz artig. Wir ...«

»Ihr wollt bloß eure Schwester beschützen?« Daisy seufzte. »Macht doch mal die Augen auf. Habt ihr Emily je so glücklich gesehen? Und seht ihr das Blitzen in Daes Augen? So sieht Liebe aus.«

»Dieses Blitzen habe ich auch«, sagte Wes.

»Verdammt, und ich kann gut darauf verzichten«, unkte

Jake.

Callie legte ihm die Hand auf den Arm. »Das ändert sich noch. Du weißt bloß nicht, was dir entgeht.« Sie schmiegte sich an Wes und Wes legte den Arm um sie.

»Callie hat recht.« Pierce küsste Rebecca auf die Wange.

»Tut mir leid, Jake. Aber das sehe ich auch so«, sagte Dae. »Ich hätte nie geglaubt, dass ich mal Lust auf eine feste Beziehung haben würde. Aber ich hatte einfach noch nicht die Richtige gefunden.«

Jake verschränkte die Arme und starrte düster in die Runde.

»Lasst Jake in Ruhe. Wenn er in Trusty ist, denkt er immer an die alten Zeiten und wird stinkig«, sagte Luke.

Jake schubste ihn. Luke baute sich vor ihm auf. Einen Moment lang funkelten sie einander an. Dann zuckte ein Lächeln um ihre Mundwinkel.

»Sollen wir?« Luke hob die Brauen.

»Wie bitte? Kommt gar nicht infrage.« Daisy drängte sich zwischen die Brüder. »Nicht bei unserer Hochzeit. Ihr werdet euch nicht raufen und eure Anzüge ruinieren.«

Jake und Pierce reichten gerade Rebecca ihre Jacketts. Wes riss sich seines herunter und drückte es Callie in die Hand.

»Nein, Wes. Nein. Nein. Nein.« Callie strich sich das dunkle Haar von den Schultern und glättete ihren Rock.

Wes schob die Unterlippe vor wie ein schmollender Vierjähriger. »Ach bitte, Baby. Bloß ein kleines Gerangel. Ich verspreche, niemandem wehzutun.«

»Ich höre wohl nicht richtig.«

Alle drehten sich zu Catherine um. Ihr Ton war streng, doch sie lächelte dabei.

»Jungs, das ist eine Hochzeit, kein Grillfest. Wir haben Gäste.« Sie zeigte auf die Verwandten und Freunde, die in

Gruppen zusammenstanden, sich unterhielten und dabei kein bisschen rauflustig wirkten. »Ein andermal vielleicht, okay?« Sie drehte sich zu Dae. »Außerdem würdet ihr Dae verscheuchen, bevor er euch richtig kennengelernt hat. Ehrlich, Dae, sie benehmen sich nicht immer wie kleine Jungs.«

»Stimmt. Manchmal benehmen sie sich wie Teenager«, sagte Daisy.

»Ja, und dir gefällt das.« Luke vergrub die Nase an ihrem Nacken und sie gab ihm einen Klaps.

»Ich lasse mich nicht verscheuchen.« Dae nahm Emilys Hände in seine. »Von Emily bringt mich nichts und niemand mehr weg.«

Emily spürte, wie sie rot wurde.

Jake streckte Dae seufzend die Hand hin. »Tut mir leid, Kumpel. Manchmal bin ich ein Idiot. Sei einfach nett zu meiner Schwester.«

Dae nickte. »Keine Sorge. Ich habe auch zwei Schwestern. Ich liebe Emily und werde mich immer gut um sie kümmern.«

»Sorry, Em.« Jake umarmte sie.

»Du alter Quatschkopf.« Emily drückte ihn. Ein bisschen tat er ihr leid. Sie fragte sich, ob er je über Fiona wegkommen würde.

Ein Handy klingelte, alle Männer griffen in ihre Taschen.

Catherine seufzte. »Im Ernst? Ihr habt tatsächlich alle eure Handys dabei?«

Dae streckte Emily das klingelnde Telefon hin.

»Oh, Emily. Du auch?«

»Tut mir leid, Mom. Ich hatte vergessen, dass Dae es für mich eingesteckt hat.« Sie nahm das Handy und sah eine ausländische Nummer auf dem Display. Stirnrunzelnd ging Emily ein Stück von der Gruppe weg.

»Hallo?«

»Em ... Emily?« Serafina schniefte.

Serafinas zittrige Stimme trieb Emily sofort Tränen in die Augen. *Nein, nein, nein. Dante.* Sie umklammerte das Telefon mit beiden Händen und wandte sich zu Dae um. Einen Moment lang sah sie ihn an, dann drehte sie der Gruppe wieder den Rücken zu.

»Serafina«, presste sie hervor. »Was ist denn?« Dass sie zitterte, merkte sie erst, als Dae die Hände auf ihre Schultern legte.

»Dante ...« Serafina schluchzte.

»O nein, Serafina.« Emily drehte sich in Daes Armen. Sie musste sich an ihm festhalten.

»Sie ... Sie haben ihn gefunden. Eine Familie hat ihn versteckt. Er lebt, Emily. Er kommt nach Hause!«

Emily erstarrte. Dann hörte sie sich plötzlich aufschluchzen. »Er ist ...? O Serafina!« Sie versuchte zu verstehen, was Serafina sagte. Aber sie redete so schnell, und Emily war viel zu durcheinander, um sich konzentrieren zu können. Dae hielt sie fest, bis das Gespräch beendet war.

Seine Augen verengten sich. »Ging es um Dante, Baby? Ist er ...?«

»Er kommt nach Hause.« Erneut stiegen Emily Tränen in die Augen. »Er lebt, Dae. Sie sagt, eine Familie hätte ihn so lange versteckt, bis er wieder bei Kräften war. Dann haben die Leute ihn heimlich zu einer US-Militärbasis gebracht. Dae ... Jetzt weiß ich, was wir mit dem Haus der Wünsche machen.«

Einen Moment lang fehlten Dae die Worte. Plötzlich hatte auch er Tränen in den Augen. »Er lebt? Er kommt nach Hause? Wirklich?« Er fuhr sich durchs Haar. »Ich fasse es nicht. Genau das habe ich mir gewünscht.«

»Ich mir auch!« Emily schaute ihn fragend an. »Moment mal? Du hast dir keine gemeinsame Zukunft für uns beide gewünscht?«

»Nein. Ich wusste, dass aus uns ein Paar wird.« Er zog sie an sich. »Und dein Wunsch? Hatte der auch nichts mit uns beiden zu tun?« Er küsste sie und schmeckte die salzigen Tränen, die ihr zwischen die Lippen rannen.

Sie schüttelte den Kopf. »So egoistisch wollte ich nicht sein, Dae. Ich glaube, wir sollten aus dem Haus der Wünsche einen Treffpunkt für die Frauen machen. Einen Ort für Feste, vielleicht mit einem Atelier für Kunsthandwerk. Was immer die Frauen wollen. Einen Ort für Wünsche und Träume, an dem Traditionen gepflegt werden können.«

»Perfekt. Einfach perfekt. So wie du.« Er küsste sie lange und zärtlich, wischte ihr die Tränen ab und küsste sie gleich noch einmal.

»Hand oder Arm, Ms. Bald-nicht-mehr-Braden?«

»Hand, Arm, Herz und Seele. Jetzt und für immer.«

Danksagungen

Als Schwester von sechs wunderbaren Brüdern macht mir die Arbeit an den Bradens riesige Freude. Schwester zu sein, ist oft eine Herausforderung. Ständig sucht man den Mittelweg, will stark sein und mit seinen Brüdern mithalten (Ich messe mich furchtbar gern mit ihnen!), und gleichzeitig doch ein Mädchen bleiben. Das gilt nicht nur für das Verhältnis zu den eigenen Brüdern, sondern fürs Leben allgemein. Sicher kennt jede Frau ähnliche Situationen, und ich hoffe, viele Leserinnen fühlen sich auch deshalb durch Emilys Geschichte angesprochen. Ich freue mich über Mails und Nachrichten in den sozialen Medien und bin gespannt, wie Ihnen Emilys und Daes Geschichte gefällt. Meine Leserinnen und Leser sind meine Inspiration.

Wer mehr über Passivhäuser erfahren möchte, findet in Adam Cohen, dem Gründer von Passiv Structures und Passiv Science, einen Experten auf diesem Gebiet. Online zu finden unter: www.PassivScience.com

Kirsten Weber möchte ich für die Formulierung »Das Herz ist kein vernunftbegabtes Organ« danken. Dieser Satz stammt von ihr und fiel während einer Diskussion über Emilys Entwicklung und Wandlung. Danke, Kirsten, für deine Zeit und deinen Rat. Lynn Mullan, Alessandra Melchionda und Silvestro Silvestori danke ich für die Informationen über Italien.

Doug Bralsford (Bralsford Ltd.) danke ich dafür, dass er den Kontakt mit Silvestro hergestellt hat.

Mein großartiges Lektoratsteam verleiht mit seinem Können meinen Büchern den letzten Schliff. Danke, Kirsten Weber, Penina Lopez, Jenna Bagnini, Juliette Hill, Marlene Engel und Lynn Mullan. Natasha Brown danke ich für das wunderschöne Cover und Clare Ayala für die Formatierungsarbeiten.

Wie immer geht ein besonders herzlicher Dank an meine Familie, die es mir ermöglicht, meine Leidenschaft fürs Schreiben auszuleben.

Abonnieren Sie Melissas Newsletter, um über Neuerscheinungen informiert zu werden:
www.melissafoster.com/Newsletter_German

Lesen Sie hier einen Auszug aus dem nächsten Band!

Bei Aufprall Liebe

DIE BRADENS

LOVE IN BLOOM – HERZEN IM AUFBRUCH

Eins

Eigentlich sollte es nur kurzer Besuch in Trusty sein, ihrer Heimatstadt in Colorado. Eine Stippvisite bei ihrer Mutter, ein paar Tage mit alten Freunden abhängen und dann weiter nach Los Angeles. Dort wollte sie sich mit Trish Ryder treffen, ihrer besten Freundin. Das war es jedenfalls, was sie jedem erzählte, der es wissen wollte – außer ihrer Schwester Shea und Trish natürlich.

Fiona kippte den Rest ihrer Margarita hinunter. Wie unwirklich es sich an dem Abend angefühlt hatte, als Trish sie anrief und ihr sagte, dass sie die weibliche Hauptrolle in dem Actionfilm *Jäger der Vergangenheit* übernehmen sollte. Trish würde also mit dem berühmtesten Filmregisseur im ganzen Land zusammenarbeiten. Mit Steven Hileberg! Es war das größte Ereignis in ihrer bisherigen Karriere als Schauspielerin, wenn man von der Nominierung für den Academy Award im vergangenen Jahr absah. Fiona und Trish hatten den Anlass mit einer virtuellen Party auf Skype gebührend gefeiert. Das war vor vier Monaten gewesen, doch für Fiona fühlte es sich wie eine halbe Ewigkeit an. Schließlich stieß Trishs Karrieresprung eine Tür auf, nachdem Fiona jahrelang überlegt hatte, wie sie sie öffnen sollte. Acht Wörter reichten, um Fiona zu überreden, sich von ihrem Job als Geologin beim Bergbauministerium beurlauben zu lassen und Trish für die Zeit der Dreharbeiten als ihre persönliche Assistentin zu begleiten.

Jake Braden übernimmt die Stunts für Zane Walker.
Alles klar.

»Schwesterherz, hörst du mir überhaupt zu?« Shea war vier Jahre jünger als Fiona. Sie war die Jüngste in der Familie der Steeles. Sie war blond, während Fiona und ihr Zwillingsbruder Finn dunkles Haar hatten. Außerdem war Shea die PR-Agentin von Trish. Fiona und Trish kannten sich seit ihrer Collegezeit, und als Trish soweit war, dass sie eine PR-Agentin für ihre Karriere brauchte, hatte sich Shea in diesem Bereich bereits einen Namen gemacht. Fiona war begeistert, als die zwei handelseinig wurden.

»Natürlich.« Fiona blickte auf und warf ihr langes braunes Haar über die Schulter zurück. Dann hielt sie ihr leeres Glas in die Höhe und signalisierte dem Kellner, dass sie Nachschub wollte.

»Ja, sicher. Also, was meinst du?« Shea sah sie mit ihren babyblauen Augen an und klapperte mit den Lidern.

Fiona rutschte verlegen auf ihrem Sitz hin und her. Sie war mit ihren Gedanken ganz woanders gewesen. Eigentlich hatte sie gehofft, in der Brewery, einem Pub und Restaurant in der Stadt, ihren Ex-Freund Jake zu treffen. Sie wusste, dass er in Trusty war und seine Familie besuchte, doch bis jetzt hatte sie ihn noch nicht gesehen. Die letzten beiden Stunden hatte sie mit einem Knoten im Bauch dagesessen und die Tür kaum eine Sekunde aus den Augen gelassen, als könnte sie ihn durch die schiere Kraft ihres Willens herbeiwünschen. Sie war sich sicher: Wenn Jake ihr schließlich gegenüberstand, würde er ihr nicht widerstehen können. Ihre Verbundenheit war zu tief gewesen, ihre Liebe zu stark und ihre Leidenschaft hatte immer ein Verlangen nach mehr geweckt.

»Hab ich's mir doch gedacht.« Shea beugte sich vor, ihre glänzenden goldenen Locken umrahmten ihr Gesicht. »Er. Kommt. Nicht.«

Fiona verdrehte die Augen. »Tja, dumm gelaufen.«

»Finn hat mich gestern angerufen«, sagte Shea.

»Und? Was macht mein böser Zwilling so?« Finn war überhaupt nicht böse, doch es war einer dieser Standardwitze in ihrer Familie, dass einer von ihnen böser sein müsse als der andere. Also hatte Fiona ihren Bruder den »bösen Zwilling« getauft. Sie selbst konnte gar nicht böse sein, sie wusste nicht einmal, wie das ging. Finn war allerdings in dieser Hinsicht auch nicht besser als sie.

»Nicht viel. Er war gerade in New York bei Reggie zu Besuch, und als ich den beiden sagte, dass du endlich versuchen willst, Kontakt mit Jake aufzunehmen, hat Reggie den großen Bruder herausgekehrt und gesagt, er würde ihn checken. Was immer das bei einem Privatdetektiv bedeuten mag«, setzte Shea lachend hinzu. Reggie war ihr ältester Bruder und arbeitete als Privatdetektiv.

Fiona verdrehte die Augen. »Sollte mich nicht wundern, wenn Reggie auch Jesse und Brent Bescheid sagt. Nur, um mir in den nächsten paar Wochen das Leben schwer zu machen. Als ob ich nicht schon nervös genug wäre.« Jesse und Brent waren jünger als Fiona, sie waren ebenfalls Zwillinge. Reggie, Jesse und Brent übertrieben gerne, wenn sie sich als Beschützer ihrer Schwestern aufspielten. Sie war froh, dass Shea wie ein Puffer zwischen ihr und ihren Brüdern stand. Finn ging etwas behutsamer vor und es überraschte sie nicht, dass er Shea angerufen hatte und nicht sie.

»Keine Bange, ich hab ihm gesagt, er soll mal halblang machen. Er weiß, dass du es im Moment nicht gebrauchen kannst, wenn dir die Jungs ständig auf den Fersen sind. Ich sorge dafür, dass sie dich in Ruhe lassen.«

»Danke, Shea. Meinst du, unsere Brüder werden jemals aufhören, auf uns aufzupassen?« Sie mochte sich nicht ausmalen, wie Jesse und Brent reagierten, wenn sie von ihrem Auftrag in L. A. hörten. Wahrscheinlich würden sie einen Bodyguard für sie anheuern.

»Bestimmt nicht. Ein Bruder kommt mit einem Beschützerinstinkt auf die Welt und wir Schwestern werden mit einem großen Tattoo auf der Stirn geboren, das nur Brüder lesen können. *Oh je, ich bin ein Mädchen,* steht da. *Hilf mir, bitte, bitte, hilf mir!*« Shea lachte.

Der Kellner brachte Fiona ihren Drink. Sie bedankte sich und leerte das halbe Glas in einem Zug. Margaritas waren aus zweierlei Gründen gut: Sie schwächten ihre Konzentrationsfähigkeit und ließen sie beherzter erscheinen, als sie tatsächlich war. Um unkonzentriert zu sein, brauchte sie allerdings keinen Alkohol, dafür reichte der bloße Gedanke an Jake schon aus. Doch Courage in flüssiger Form hatte sie dringend nötig.

»Da nehme ich ein einziges Mal all meinen Mut zusammen, um endlich mit meinem Ex zu reden, und er beschließt, nicht auf ein Bier in die Kneipe zu gehen. Jake geht doch immer mit seinen Brüdern weg, wenn er zu Hause ist.« Seit Jahren überlegte Fiona, wie sie an Jake herankommen sollte. Allerdings war Trusty so klein, dass sie unweigerlich mitbekam, wie er ihr aus dem Weg ging, wann immer er zu Hause war. Die Angst vor Ablehnung hatte sie zurückgehalten, doch nun stand ihre Zeit mit Trish in Los Angeles bevor. Am Set würden sie sich zwangsläufig begegnen, daher galt das Motto: Jetzt oder nie. Sie würde es riskieren, auch wenn die Möglichkeit bestand, dass er sie abwies.

»Meinst du, er hat vielleicht gehört, dass du hier sein wirst? Und dass er deshalb beschlossen hat, nicht zu kommen? Schließlich sind wir hier in Trusty, wo sich Gerüchte schneller verbreiten als Windpocken.« Shea trank ihr Glas leer und lehnte sich zurück. Sie ließ den Blick durch das Lokal schweifen. »Du hast ein tolles Leben in Fresno, Fiona. Und ich weiß, dass du dir dort die Männer aussuchen könntest. Außerdem ...« Shea beäugte die Männer an der Bar. »Hier gibt es jede Menge gut aussehende Typen.«

Fiona funkelte sie wütend an. Von außen betrachtet sah ihr Leben wahrscheinlich tatsächlich verdammt gut aus, und in mancher Hinsicht war es das auch. Sich von ihrer Arbeitsstelle beurlauben zu lassen war ihr leichtgefallen, denn die Entscheidung kam von Herzen und das scherte sich nicht um ihren klugen Kopf, der lauter rote Flaggen schwenkte und sie drängte sich zu erinnern, warum sie in ihrem Beruf so schuftete und was ihre Ziele waren. Für eine Frau, die Geologie mehr liebte als Shoppen, war Fionas Job wahnsinnig spannend. Und ihr Privatleben ... Nun ihr Privatleben sah auch nicht schlecht aus, jedenfalls von außen. Trish war eine wunderbare beste Freundin und sie trafen sich, so oft ihr Terminkalender es zuließ. Shea pendelte ständig zwischen Colorado, Los Angeles und New York hin und her, sodass sie sich ebenfalls ziemlich oft sahen. Fiona wurde zwar recht häufig zu einem Date eingeladen, doch die paar Mal, die sie mit einem Mann ausgegangen war, konnte sie an den Fingern einer Hand abzählen. In den letzten zwei Jahren hatte sie die allermeisten Einladungen ausgeschlagen. Wahrscheinlich würden die meisten jungen Frauen wer weiß was darum geben, mit den Wissenschaftlern auszugehen, die sich um sie bemüht hatten. Sie waren alle gebildet und höflich und, nun ja, solide. *Langweilig.* Warum war es so schwierig, einen *echten* Mann zu finden? Einen Mann, der sie nur anzusehen brauchte, um sie feucht werden zu lassen, und der findige Hände und einen geschickten Mund hatte, um die Sache zu Ende zu bringen. Ein Mann, der sich nahm, was er wollte, und es mochte, wenn eine Frau dasselbe tat.

Shea hob resigniert die Hände. »Ich weiß, ich weiß. Du bist es leid, dir weiter die Hörner abzustoßen und die Zeit zu vertrödeln. Jake Braden ist der Einzige, der zählt. *Jake, Jake, Jake.*«

Genau. Jake Braden ist der einzige Mann, den ich will.

Shea senkte die Stimme. »Fi, es ist sechzehn Jahre her, seid ihr zusammen wart. Sechzehn Jahre! Und wenn man den Gerüchten glauben kann, ist er nicht mehr so wie früher. Du hast ihm das Herz gebrochen, und zwar richtig.«

Dachte Shea, das wüsste sie nicht? Zwei Jahre lang waren Fiona und Jake ein Paar gewesen. Sie waren damals noch auf der Highschool und hatten eigentlich vor, auf dasselbe College zu gehen und dann zu heiraten. Ihr Leben war durchgeplant, ein ordentlich geschnürtes Päckchen. Sie hatte alles gehabt, was sich ein Mädchen nur wünschen konnte. Jake war aufmerksam und liebevoll, und er hatte keine Angst, sich zu binden. Die Bradens waren eine freundliche Familie, hielten zusammen wie Pech und Schwefel, und Fiona wusste, dass ihr Leben an Jakes Seite behütet und wunderbar geworden wäre. Jake hätte sich seinen Traum erfüllt, Stuntman zu werden, und sie wollte Geologin werden, und so hätten sie glücklich gelebt bis ans Ende ihrer Tage.

So war es geplant.

Die Wirklichkeit sah nicht ganz so bezaubernd aus.

Auf Drängen ihrer Mutter hatte Fiona mit Jake Schluss gemacht, zwei Wochen, bevor sie aufs College gehen sollten. Am Morgen nach der Trennung war sie zur Penn State University aufgebrochen. Sie wollte nicht bis zum Beginn des Studiums in Trusty bleiben, denn sie hatte Angst, dass sie seinen Bitten nachgab und mit ihm zusammenblieb. Stattdessen wollte sie herausfinden, was sie bisher in ihrem Leben verpasst hatte. Hunderte von Meilen von Jake entfernt vergrub sie sich in ihr neues Leben, und das bedeutete, dass sie bis zum Umfallen ackerte, um gute Noten zu bekommen, dass sie sich die Hörner abstieß – eine irrwitzige Idee, denn sie hatte gar keine Hörner – und schließlich ihren Abschluss an der Universität machte. Erst ein paar Jahre später, als sie einen guten Job hatte und einen Gang herunterschaltete, erkannte sie, welch gigantischen Fehler sie gemacht hatte. Sie hatte überhaupt nichts verpasst. Jake war alles, was sie brauchte.

Und nun saß sie hier an einem Dienstagabend, in der Stadt, in der sie vor so langer Zeit alles mit ihm beendet hatte, und wünschte, sie könnte die Zeit zurückdrehen.

»Nun, Shea, vielleicht ist es an der Zeit, dass ich sein Herz wieder zusammensetze.«

Jake wollte nur ein kaltes Bier und Zeit, mit seinen Brüdern abzuhängen, sonst nichts. Sie waren alle in der Stadt, weil Luke, ihr jüngster Bruder, geheiratet hatte. Er und seine Frau Daisy waren am Tag zuvor in die Flitterwochen gestartet. Jake hatte noch eine Woche frei, dann sollte er für Dreharbeiten am Set erscheinen. Er hatte dem Druck seiner Familie nachgegeben und blieb in Trusty, um seinen Brüdern Wes und Ross mit dem

Dach von Wes' Schuppen zu helfen. Sonst wäre er nach L. A. zurückgekehrt und wahrscheinlich die ganze Woche von einer Party zur nächsten gezogen. In Trusty zu sein machte ihn nervös. Er liebte seine Familie, doch die Stadt war nicht viel größer als sein Daumennagel, und er hatte mehr als anderthalb Jahrzehnte damit zugebracht, Fiona Steele aus dem Weg zu gehen. Freunde hatten ihm erzählt, dass Fiona auch in Trusty war, und er wollte ihr nicht in die Arme laufen.

Nein, heute war Jungsabend. Ihre Schwester Emily hatte ihren Verlobten Dae Bray zu Lukes Hochzeit mitgebracht. Sie und ihre Mutter und die Verlobten ihrer Brüder wollten im Haus von Ross und Elisabeth einen Mädelsabend veranstalten, sodass Dae und Jakes Brüder frei hatten. Ihm war es scheißegal, wohin sie gingen. Hauptsache, sie liefen *ihr* nicht über den Weg.

»Emily meinte, sie hätte gehört, dass Fiona ins Fingers in Allure gehen wollte. Ist also alles in Ordnung.« Wes packte Jake am Arm und zerrte ihn quer über die Zufahrt zum Leihwagen ihres Bruders Pierce, wo Ross schon an der geöffneten Beifahrertür wartete.

»Nun komm schon. Schließlich haben wir nicht alle Tage die Gelegenheit, ein Bier zusammen zu trinken.« Pierce lebte mit seiner Verlobten Rebecca in Reno. Ross, Wes, Emily und Luke wohnten in Trusty und Jake in Los Angeles. Ein gemeinsamer Abend mit seinen Brüdern war tatsächlich eine Seltenheit.

»Okay, aber ich nehme meinen eigenen Wagen. Komm, Dae, du kannst bei mir mitfahren.« Jake kletterte auf den Fahrersitz seines gemieteten Lexus SUV. Er wollte sowieso Zeit mit Dae verbringen und ihn ein bisschen besser kennenlernen, und solange Fiona nicht in der Bar war, hatte er kein Problem mit den Plänen für den Abend. Er brauchte dringend einen Drink oder auch sechs, nachdem er das ganze Wochenende hatte mit ansehen müssen, wie seine Geschwister mit den Frauen beziehungsweise mit dem Mann an ihrer Seite turtelten. Er liebte sie alle, aber irgendwann war ein Punkt erreicht, an dem ihm dieses ganze Herumgeschmuse mächtig auf die Nerven ging. Ihm reichte eine hübsche Blondine unter jedem Arm, dann ging's ihm prima.

Kurz darauf schob Jake die Tür zur Brewery auf. Einen Arm hatte er Wes um den Hals geschlungen und bohrte ihm die Fingerknöchel in den Schädel. Dann schubste er ihn mit einem lauten Lachen weg. Wes schlug ihm kräftig auf den Rücken und zeigte auf die Bar.

Im hinteren Teil des Raumes spielte eine Countryband. Die fünf Männer bahnten sich einen Weg zur Bar und Jake fielen mindestens drei heiße Mädels ins Auge, die er sicher für ein, zwei Stunden mit nach Hause genommen hätte. Natürlich nur, wenn er zu Hause in Los Angeles gewesen wäre. Hier in Trusty war es problematisch, Frauen aufzureißen. Er müsste mit zu ihnen gehen, was zwar für eine kurze Flucht nicht schlecht wäre, aber da Trusty nun einmal Trusty war, würde er damit nur die Gerüchteküche anheizen. Und Jake hatte nicht die Absicht, die Klatschmäuler mit Futter zu versorgen.

Heute Abend würde er mit niemandem nach Hause gehen, außer mit seinen Brüdern.

Pierce bestellte eine Runde Bier und hob die Flasche zu einem Trinkspruch. »Auf Luke und Daisy.«

Sie stießen an und Jake leerte seine Flasche fast mit einem Zug. Eine heiße Blondine mit hungrigen Augen, die neben Ross stand, beugte sich vor und sah ihn mit unverhohlenem Interesse an. Er setzte sein wirkungsvollstes Lächeln auf, dem bisher noch keine Frau widerstehen konnte, und musterte sie. Er hatte zwar nicht vor, mit ihr anzubandeln, doch etwas Hübsches fürs Auge war trotzdem nicht zu verachten. Nicht zu dünn, ansehnlicher Vorbau und … Er beugte sich nach hinten und besah sich ihre Rückseite. Hübscher Hintern.

Ross packte ihn am Arm und kehrte der Blondine den Rücken zu. »Sie hat's mit der Hälfte aller unverheirateten Männer von Trusty getrieben.«

»Na und? Interessiert mich nicht.« Jake zog eine Augenbraue hoch.

»Das sollte es aber.« Ross war der Tierarzt von Trusty. Genau wie Jake und die anderen Brüder hatte er sich nie mit Frauen aus Trusty verabredet. Es war einfacher, Frauen aus den Nachbarstädten zu treffen und den Klatsch zu umgehen.

Jake fuhr sich mit der Hand durch das dichte, kräftige Haar. Er leerte seine Flasche, setzte sie mit einem lauten *Aah* auf den Tresen und bedeutete dem Mann hinter der Bar, dass er noch eins wollte.

»Emily sagte, du seist nicht gerade wählerisch«, meinte Dae. Bei den Bradens waren alle Männer über einsachtzig groß, hatten dunkles Haar und die typischen dunklen Augen. Dae war ebenso groß und dunkel wie sie und sah genau wie die Bradens so aus, als würde er keinem Streit aus dem Weg gehen. Sein Haar war jedoch viel länger als das der Bradenbrüder mit ihren Kurzhaarschnitten.

»Das Leben ist kurz, Junge. Da muss man nehmen, was man kriegen kann.« Jake dankte dem Barkeeper für das Bier und stützte sich mit der Hüfte an den Tresen, sodass er die Tische und die Tanzfläche im hinteren Teil des Lokals besser überblicken konnte. »Ich glaube nicht, dass ich jemals so viele hübsche Frauen in Trusty gesehen habe.«

Wes drehte sich um und ließ den Blick über die Tanzfläche schweifen. »Deine Maßstäbe sind auch nicht mehr das, was sie mal waren, Junge.«

»Autsch, das tat weh.« Jake lachte.

»Kommt«, sagte Pierce. »Setzten wir uns da drüben in eine Nische, dann können wir reden.« Als der Älteste von ihnen war Pierce es gewohnt, die Führung zu übernehmen. Ihr Vater hatte sich aus dem Staub gemacht, bevor Luke auf die Welt kam, und Pierce war an seine Stelle getreten und hatte auf sie alle aufgepasst. Er besaß Hotelanlagen auf der ganzen Welt, und es hatte eine Zeit gegeben, in der er Jake in nichts nachstand, wenn es um Eroberungen für eine Nacht ging. Damals war er ein Playboy, der nicht im Traum daran dachte, sich auf eine dauerhafte Beziehung einzulassen. Doch seit er Rebecca Rivera kennengelernt hatte, hatte er sich um hundertachtzig Grad gedreht. Jake war der einzige Braden, der noch nicht in festen Händen war, und er hatte nicht vor, an diesem Status etwas zu ändern.

»Gute Idee. Ich hatte ganz vergessen, was für eine Fleischbeschau in solchen Bars abgeht. Ist schon eine Weile her, dass ich in einer war«, sagte Ross und folgte Pierce in die Nische.

Jake blickte ihnen nach. Sie sahen allesamt gut aus, daran bestand kein Zweifel, doch irgendetwas hatte sich bei seinen Brüdern verändert, seit sie in festen Beziehungen lebten. Ihre Ecken und Kanten waren nicht gerade rundgeschliffen, das konnte man nicht sagen – die Männer der Bradens waren und blieben Alpha-Tiere – doch Jake fiel auf, dass sie nicht mehr so lässig die Hüften schwenkend daherschlenderten. Sie strahlten mehr Selbstvertrauen aus, eben so, wie ein Mann es tut, wenn er weiß, dass seine Frau zu Hause auf ihn wartet.

»Ich schnapp mir schnell noch ein Bier.« Jake winkte seinen Brüdern kurz zu und ließ dann den Blick zurück zu der Blondine wandern. Sie wickelte eine blonde Strähne um einen Finger und betrachtete ihn, als sei er ein einziger großer Schokoladenriegel. *Oh ja, Babe, du kannst gerne ein Stück abhaben.*

Sie lächelte und kam langsam auf ihn zu. Sie wölbte den Rücken und schmiegte sich an ihn, sodass Jake einen ungehinderten Blick in ihre großzügig ausgeschnittene Bluse werfen konnte.

»Jake Braden, stimmt's?«, sagte sie mit betörender Stimme.

»Genau der.« Er erwiderte ihren verführerischen Blick, doch sofort kam ihm in den Sinn, was sein Bruder gesagt hatte. *Deine Maßstäbe sind auch nicht mehr das, was sie mal waren, Junge.*

Maßstäbe. Jake wusste nicht, ob er überhaupt noch welche hatte, und sein Leben gefiel ihm so, wie es war. Unkompliziert. Keine Verpflichtungen, außer sich selbst und seiner Familie gegenüber. Er stürzte sein Bier hinunter und bestellte ein neues.

Die Blondine schob ihm den Zeigefinger in den Bund seiner tief sitzenden Jeans. Ihre Augen weiteten sich, als ihr Finger auf der erfolglosen Suche nach seiner Unterhose seine Haut streifte. Jake grinste.

»Über dich erzählt man sich hier so manches.« Sie warf einen Blick auf ihren Finger, der immer noch in seinem Hosenbund festgehakt war. »Stimmt es, dass Stuntmen es gerne wild treiben?«

Jake beugte sich zu ihr, sodass sein Mund fast ihr Ohr berührte. Er atmete den Duft ihres süßlichen Parfüms ein und ließ sie einen Moment erwartungsvoll zappeln, bevor er ihr antwortete. Er kannte diese Spielchen. Er beherrschte sie meisterhaft. Verdammt, die meiste Zeit hatte er das Gefühl, als hätte er sie erfunden. Er warf einen kurzen Blick durch das Lokal und wollte ihr gerade sagen, wie gut er sein konnte – wild und rau oder sanft wie eine Blumenwiese –, als er Fiona Steel sah, die in einer Nische im hinteren Teil des Lokals saß und ihn geradewegs anstarrte. Sein Magen krampfte sich zusammen.

Mist.

Die Blondine zupfte an seinem Hosenbund und zerrte ihn zurück in die Gegenwart, in der er sich über eine blonde Frau in den Zwanzigern beugte, die vielleicht oder vielleicht auch nicht mit halb Trusty geschlafen hatte. Sein Kopf war wie vernagelt. Er konnte keinen klaren Gedanken fassen. Fiona war da und sie sah so verdammt gut aus, dass es ihn sofort erregte. Wenn sein Schwanz ein Kerl wäre, würde er ihn nach Strich und Faden verdreschen. In all den Jahren hatte er einen großen Bogen um sie gemacht – nun, außer im vergangenen Jahr, als er in einem schwachen Moment versucht hatte, sie zu finden. Das war bei seinem letzten Besuch in Trusty gewesen. Er hatte sie nicht gefunden, dafür aber eine Brünette aus einer anderen Stadt aufgetan, die mehr als bereit war, ihn abzulenken.

Er zwang sich, den Blick von Fiona zu wenden, nahm sein Bier vom Tresen und ging in den hinteren Teil der Bar, ohne ein einziges Wort an die Blondine.

»Hey!«, rief sie ihm nach.

Er hielt seinen Blick auf die Rückwand des Lokals gerichtet und hatte nur ein einziges Ziel: Er wollte seine Brüder finden und sich bis zur Besinnungslosigkeit betrinken.

»Jake.«

Es war eine Ewigkeit her, seit er ihre Stimme gehört hatte, und dennoch entfachte sie wieder dieselbe Hitze in ihm wie früher. Er stand wie angewurzelt da. *Weitergehen. Nicht stehenbleiben.* Sein Körper hörte nicht auf ihn, sondern drehte sich zu Fiona Steele um. Da stand sie. Sie war aus ihrer Nische aufgestanden und auf ihn zugekommen. Sein Blick streifte ihre makellose Haut. Ihre hohen Wangenknochen und die klare Kontur ihres Kinns gaben ihr etwas Majestätisches. Nicht, weil sie eingebildet wirkte, sondern weil ihre natürliche Schönheit sie von allen anderen abhob. Sein Blick blieb an ihren mandelförmigen Augen haften. Sie waren blau wie das Meer bei Nacht. Gott, er hatte ihre Augen immer geliebt. Ihr Gesicht war so schön wie damals, vielleicht sogar noch schöner. Er sah auf ihren süßen Mund und erinnerte sich an den ersten Abend, als sie herumgeknutscht hatten. Sie waren beide fünfzehn, fast sechzehn. Sie schmeckte nach Zahnpasta und Verlangen. Sie küssten sich langsam und forschend. Er drängte ihre Lippen auseinander, und als ihre Zungen sich zum ersten Mal begegneten, durchfuhr ihn ein Stromstoß, wie er ihn mit keiner anderen Frau je wieder erlebt hatte. Sein ganzer Körper zitterte vor Lust. Er träumte von ihren Küssen, sehnte sich nach ihnen in jedem Augenblick, den sie nicht zusammen waren. Sie küssten sich in den Pausen und nach der Schule und konnten sich bis spät in die Nacht nicht trennen. Ihr Mund war wie Kryptonit, er raubte ihm alle Willenskraft, die er je besessen hatte.

Bis zu jenem Sommernachmittag, als dieser Mund, in den er sich verliebt hatte, sein Herz endgültig zerbrach.

»Jake«, sagte Fiona erneut.

Er biss die Zähne zusammen und sah weg. Nicht, dass sein Blick irgendetwas gesucht hätte. Er wollte nur der Erinnerung daran entkommen, wie er den einzigen Menschen verlor, den er jemals geliebt hatte. Jahr um Jahr hatte er sich gezwungen zu vergessen, wie sehr er sie geliebt hatte. Er hatte sich ermahnt, endlich erwachsen zu werden, und sich verboten, auch nur ihren

Namen zu nennen. Und so sollte es verdammt noch mal bleiben. Er reckte trotzig das Kinn vor.

»Gut siehst du aus. Wie geht es dir?«

Vielleicht hätte niemand außer ihm das leise Zittern in ihrer Stimme wahrgenommen oder die Art, wie sie mit dem Saum ihres T-Shirts spielte, doch Jake erinnerte sich nur zu gut an all ihre Eigenarten und was sie bedeuteten. Gut. Sie hatte allen Grund, nervös zu sein.

Er wusste, dass er sich wie ein Idiot benahm, doch in ihm brodelte die Wut, die er jahrelang unterdrückt hatte. Plötzlich zuckte die Erinnerung durch seinen Kopf, wie sie sich zum ersten Mal liebten. Er erinnerte sich an die lähmende Angst und die Aufregung. Es war das erste Mal für sie beide. Er fürchtete, dass es alles zu schnell gehen würde oder dass er etwas falsch machen könnte, doch seine größte Angst war, dass er ihr vielleicht wehtat. Er wandte sich ab, drängte die Gedanken beiseite. Er konnte ja nicht ahnen, dass zwei Jahre später sie diejenige sein würde, die ihm wehtat.

»Danke, prima«, brachte er mühsam heraus. Es hatte keinen Zweck, er musste sie einfach ansehen, und kaum begegnete er ihrem Blick, hatte er das Gefühl, in ihren meerblauen Augen zu versinken. Unweigerlich stiegen all die Erinnerungen in ihm hoch, die er zu vergessen versuchte. Er konnte nicht wegsehen, auch wenn der Gedanke daran, wie sie ihn hatte fallenlassen, ihn innerlich verbrannte wie glühende Kohlen. Sie war nicht mehr ans Telefon gegangen, wenn er sie anrief. Erst hatte sie noch auf seine SMS geantwortet, doch nach ein, zwei Tagen war auch das vorbei, und sie verschwand, ohne sich einen Deut darum zu scheren, dass sie ihm das Herz gebrochen hatte. Jetzt wandte sie den Blick ab und Jake stellte fest, dass sie Wes ansah.

Sie lächelte ihm zu und sah dann schnell weg.

Was zum Teufel hatte das zu bedeuten? Jake wies mit dem Daumen über die Schulter nach hinten. »Meine Brüder warten auf mich.«

»Oh.« Fiona senkte den Blick.

Endlich schien Jakes Körper wieder so zu funktionieren, wie er es wollte. Im Gehen sah er, wie Shea aus einer Nische zu seiner Linken herüberwinkte. Als er aufs College ging, war sie nicht mehr als ein naives und verträumtes Schulmädchen gewesen. Er hob grüßend das Kinn und ging zu dem Tisch, den seine Brüder mit Beschlag belegt hatten.

»Ich hau ab.« Er spürte, wie sich Fionas Blick in seinen Rücken brannte.

»Was? Wir haben noch nicht einmal ein Bier zusammen getrunken.« Pierce klopfte auf den Sitz neben seinem. »Setz dich, Junge.«

Jake schnaubte entnervt. »Sie ist hier.«

Wes und Ross sahen einander vielsagend an und Jake spürte, wie er wütend wurde. Hatten sie gewusst, dass Fiona hier sein würde? *Was war hier los?*

Pierce packte Jake beim Arm und zerrte ihn neben sich auf die Sitzbank. »Setz dich und trink ein Bier mit deiner Familie und mit Dae.«

In der Stimmung, in der er gerade war, hätte Jake seinem Bruder normalerweise gesagt, dass er die Klappe halten solle, doch es war seltsam. Er war zu wütend und durcheinander, um sich die Mühe zu machen. Die Erinnerung an Fionas schönes Gesicht ließ ihn nicht los. *Verdammt.* Er griff sich Pierces Bierflasche und als Pierce den Mund aufmachte, um zu protestieren, brachte er ihn mit einem eindeutigen Blick zum Schweigen. Er hätte sich die Blondine schnappen und mit ihr abhauen sollen, dann stünde ihm jetzt wenigstens ein paar

Stunden mit unverbindlichem Sex bevor. Doch nun würde er die ganze Nacht nicht schlafen können, weil ihn Fionas Blick voller Hoffnung und Schmerz nicht zur Ruhe kommen ließ. Derselbe Blick, mit dem sie ihn damals in den Dreck getreten hatte.

»Du hättest aber ruhig ein bisschen freundlicher zu ihr sein können«, meinte Wes. »Du siehst aus wie eine Klapperschlange, die gleich zuschnappt.«

»Das war bescheuert, wie du dich benommen hast«, pflichtete Ross ihm bei. »Du hast sie da einfach stehen lassen, dabei wollte sie doch nur Hallo sagen.«

Jake sah seine Brüder nicht an. Sein Atem ging immer schneller.

»Jake.« Dae sah ihn aus seinen dunklen Augen ernst an. »Seid ihr nicht zwei Jahre zusammen gewesen? Vielleicht will sie sich wieder mit dir vertragen oder die ganze Sache für sich zu Ende bringen.«

»Ach ja?« Jake stand mit einem Ruck auf und stellte die Bierflasche unsanft auf den Tisch. »Nun, ich bin nicht mehr der, der ich damals war, und ich habe nicht das geringste Interesse daran, mich mit irgendwem zu vertragen.« Er stürmte zur Bar, packte die Blondine bei der Hand und zerrte sie nach draußen. Und die ganze Zeit verfolgten ihn Fionas trauriger Blick und der schmerzhafte Wunsch in seinem Innern, sie möge diejenige sein, der er die Autotür aufhielt.

Ende des Auszugs

Um weiterzulesen, kaufen Sie **Bei Aufprall Liebe** bei Ihrem Online-Buchhändler!

DIE VOLLSTÄNDIGE REIHE

Love in Bloom – Herzen im Aufbruch

Für noch mehr Vergnügen lesen Sie die Bücher der Reihe nach. Sie werden in jedem Band bekannte Figuren wiederfinden!

Bisher erschienen in deutscher Sprache:

Die Bradens (Trusty, Colorado)

Bei Heimkehr Liebe
Bei Ankunft Liebe
Im Zweifel Liebe
Bei Rückkehr Liebe
Trotz allem Liebe
Bei Aufprall Liebe

Die Snow-Schwestern

Schwestern im Aufbruch – Die Snow-Schwestern
Schwestern im Glück – Die Snow-Schwestern
Schwestern in Weiß – Die Snow-Schwestern

Die Bradens (Weston, Colorado)

Im Herzen eins
Für die Liebe bestimmt
Freundschaft in Flammen
Wogen der Liebe
Liebe voller Abenteuer
Verspielte Herzen

Bisher erschienen in englischer Sprache:

The Remingtons

Game of Love
Strokes of Love
Flames of Love
Slope of Love
Read, Write, Love

Seaside Summers

Seaside Dreams
Seaside Hearts
Seaside Sunsets
Seaside Secrets
Seaside Nights
Seaside Embrace
Seaside Lovers
Seaside Whispers

The Bradens (Peaceful Harbor)

Healed by Love
Surrender my Love
River of Love
Crushing on Love
Whisper of Love
Thrill of Love

Entdecken Sie Melissa Fosters Bücher auch auf:
www.melissafoster.com/series/die-bradens

www.ingramcontent.com/pod-product-compliance
Ingram Content Group UK Ltd.
Pitfield, Milton Keynes, MK11 3LW, UK
UKHW041303180426
11947UKWH00009B/656